孩子们必读的诺贝尔文学经典

查理十二世的人马

【瑞典】海顿斯坦姆◎著　李菲◎译

· 海顿斯坦姆卷 ·

北京联合出版公司
Beijing United Publishing Co.,Ltd.

图书在版编目（CIP）数据

查理十二世的人马 /（瑞典）海顿斯坦姆著；李菲译. -- 北京：北京联合出版公司，2015.2（2023.2重印）
（孩子们必读的诺贝尔文学经典）
ISBN 978-7-5502-4474-0

Ⅰ.①查… Ⅱ.①海… ②李… Ⅲ.①长篇小说－瑞典－现代 Ⅳ.①I532.45

中国版本图书馆CIP数据核字（2015）第010845号

查理十二世的人马

作　　者：（瑞典）海顿斯坦姆/著；李菲/译
选题策划：王成国　郎爱民
责任编辑：王　巍
封面设计：尚世视觉
版式设计：许　可

北京联合出版公司出版
（北京市西城区德外大街83号楼9层　100088）
福州俊丰彩印有限公司　新华书店经销
字数247千字　650毫米×950毫米　1/16　21印张
2015年2月第1版　2023年2月第2次印刷
ISBN 978-7-5502-4474-0
定价：40.00元

未经许可，不得以任何方式复制或抄袭本书部分或全部内容。
版权所有，侵权必究。
本书若有质量问题，请与本公司图书销售中心联系调换。
电话：010-64243832　4006586676

简介

一

　　这世界已经陷入战火之中五年多了,全世界都在流血,在遭难,在呻吟,在挣扎,人类已经进入了十七世纪——英国政治家作家福克兰子爵卢修斯·卡里所忧虑的动荡的时代,当时另一位政治家克拉伦登伯爵说他"跟朋友们聚在一起时,总是沉默或长吁短叹,不断悲伤地颤声低语:'和平,和平!'情绪激昂地诉说战争给人带来的痛苦,王国经历了灾难之后的凄凉,他再也无法安睡,心都要碎了"。
　　这时候美国民众认识了这一部作品,它堪称是现代瑞典文学最卓越的作品,它讲述的是一个毕生都在战场上浴血厮杀,光荣死在战壕里的国王,就算到了伏尔泰的时代,他仍然被看作战神,他是痛苦与不幸的化身;这是一部只与战争和战场,宰割和掠夺有关的作品,描写了伤者的哭喊,俘虏漫长而无望的等待,这一切人类不会忘,也不能忘。这时

候读这部作品可能并不合适,因为现在人类正在经历战火的洗礼,读完以后,很多人会认为自己就像从特洛伊城的大火,希腊人的刀剑和灭亡的恐慌之中逃出来的埃涅阿斯,当黛朵女王让他讲讲自己的故事时,他颤抖着回答:"噢,女王陛下,您让我回忆的是无法言说的痛苦呀!"

毫无疑问,这一部作品给予我们的是精神的熏陶,它让我们懂得曾经经历过的一切,用更纯净质朴的心理来面对奋斗和人生的坎坷。小说高于现实之处在于,它不仅带我们进入了一个奇妙美丽的世界,还赋予事物特殊的含义,向我们展示了"似乎永不会结束"的乱世,使过去那一切在我们眼前复活。从这一点而言,《查理十二世的人马》是一部时代巨作。

瑞典王国的分崩离析,统治者为了自己所信仰的真理而发动的令人绝望的战争,不幸的人们无休止的苦难与绝望,他们经历了饥荒,然而他们却是坚韧不屈地面对着,灾难虽然不可避免,他们却赢得了永远的荣誉——这就是呈现在我们眼前的简单却壮丽的画面,比希腊的《伊利亚特》更清楚明了更扣人心弦,是世界史作的重要篇章,如亚里士多德所教导的那样,通过惊恐与怜悯净化我们的心灵。

从这部由瑞典的历史和文化精髓所形成的作品里,那些质疑战争的本质和历史的哲理性的人可以得到启迪。给予作者灵感的不是简单的战争,也不是盲目而虚伪的本国至上主义。他所见到的是战争带来的不幸与落后,再无人比他的笔触更为冷酷尖锐。作者看到了故事主角有问题的一面,冷毅的个性使国王对灾难和不幸所带来的痛苦无动于衷。作者也看到了战争中人们所表现出的道德和人性的一面,这一点他们世代相承并发扬光大,这是每一个被打倒,需要奋斗拼搏的人所必备的精神食粮。

对这部作品的最高评价是——这部作品虽笔调平和,但现在的我们正处于全球混战时代,这部作品能给某些人以启示。作者魏尔纳·海顿斯坦姆曾跟罗曼·罗兰并肩参与反战运动,但他可不是美国作家保罗·

E.摩尔在他的作品《战争启示录》中所描述的那种盲目呼吁和平的人，而是那些能看出人类心理的矛盾一面的人，他赞同摩尔的观点："战争不完全是兽性的。近年来，不论是文学作品还是名人演讲，刮起了一股和平之风，虽然安抚了人们在战乱中受伤的心灵，却否定了战士光荣和自豪的一面。本人认为，这种风气是错误的有害的。战争中的英雄主义应该得到宣扬。军人难道不是因为曾经历过残酷的腥风血雨，才在风烛残年之时，变得真实，温和，可敬吗？期盼和平的我们难道能忘掉阅读历史所产生的那种厚重感吗，难道不能从历史经验中去控制我们兽性的一面吗？"

毫不做作，笔调温和，这是《查理十二世的人马》的特点。西伯利亚的俘虏们穷困之时仍然翻阅《圣经》；那些重返祖国的人辛勤劳作，在废墟之上重建瑞典王国，读完令人钦佩。

然而，这部作品所反映的不只是瑞典的历史，还有作者对那一段历史的思考，让我们明白为何要欣赏这一部作品。

二

1859年7月6日，本书的作者魏尔纳·海顿斯坦姆生于瑞典南部维特恩湖北面奥斯哈马尔一个贵族军官家庭，幼年时因患有肺疾，未能接受正规的教育，而被送到了南欧的温暖地带调养。因此，他的年轻时代与其他同龄的瑞典作家不一样。他深受地中海文化的影响，住在意大利，游历过希腊、埃及、巴勒斯坦和小亚细亚（今土耳其），整整八年没去过瑞典。

十七世纪末，他的一位祖先曾是驻君士坦丁堡（今伊斯坦布尔）的瑞典公使，对土耳其文化很感兴趣，另一位祖先曾去波斯（今伊朗）游玩，卒于1878年，其曾在雅典担任外交大臣，现在其后代仍然分布于塞浦路斯和土耳其士麦那（今伊兹密尔），受此家庭氛围影响，作者对东方文化可谓情有独钟。

海顿斯坦姆曾经想当画家,还曾在巴黎的杰洛姆(1824~1904,法国画家)工作室学习过,但后来,他却发现了自己在诗歌方面的天赋;1887年他回到了瑞典,1888年发表了自己的处女作诗集《朝圣年代》。

这部诗集如画一般色彩斑斓,如梦似幻,语言生动,风格活泼大胆,在平静甚至有些无意的描述中,所有的一切都很明了,观察细致入微,想象力丰富。年轻的诗人将意大利的狂欢庆典,法国的日常生活和壮美的希腊风景都融进了诗中,把它们描绘成让人心驰神往的《天方夜谭》式的神话世界,在我们眼前上演了大马士革街市上那般神奇的魔术。他热爱远古时代人们淳朴简单的生活方式,批判现实世界中的人们纷纷攘攘,紧张不安和丑陋。东方世界的无忧无虑和闲散自在让他感受到了快乐,因而他热爱这种生活。他是个不顾一切的享乐主义者,埃及那些信奉古老宗教的祭司们说:"酒、女人的吻和鲁莽的玩笑会惊动老年人,他们会祈祷神明不要降罪于这一切。"尽管如此,《朝圣年代》收录的短诗《孤独之思》则满是忧愁阴暗的思想。

1888年,海顿斯坦姆又出版了一部游记《从科尔迪腾达到布洛克斯伯格》;在小说《恩底弥翁》(1889)里,他描绘了一幅惨遭西方世界蹂躏的东方世界的图景。之后他还发表了几部小册子,包括《文艺复兴》(1889)和《佩琵塔的婚礼》(1890),后者是与诗人和历史学家奥斯卡·莱文廷合作的一部欢快的作品,抨击了当时所盛行的自然主义,还有那现实与思想中灰暗的一面。这时的作者年轻气盛,作为一名艺术家,他希望文艺能不受社会教义和伪科学的束缚;希望文艺创作是基于想象力而形成。

这些作品对瑞典文学的发展有着至关重要的意义,十九世纪八十年代,瑞典的自然主义者和散文家们兴起了一种"愤青文学"的流派。而海顿斯坦姆偏反其道而行之,十九世纪九十年代他写出了大量节奏活泼而富于想象力的自由诗篇。而后大批作家都步海顿斯坦姆和莱文廷的后尘。

然而，海顿斯坦姆年轻时热衷的生活与美的情趣很快就被更深沉的忧思所取代。1892年他完成的诗体长篇小说《汉斯·阿里埃诺斯》堪称他年轻时代的终结篇。他发现，美无法满足精神的饥渴，他所崇拜的英雄是东方神奇世界的探索者，是一个浮士德那样的人物，为找寻生命的意义居然踏进了魔鬼的乐园。他因想念先祖白雪皑皑的故园而回国，定居在瑞典蒂山的树林之中。

1895年出版的《诗集》不再描写地中海生活，沙沙作响的冷杉树告诉他的故事跟他在舞者和骑骆驼的人那儿听来的故事完全不一样。此时他所歌颂的爱是一个人靠努力所收获的一切，是一种"铺天盖地而来的热情"。他面前贫瘠的土地此刻有了一种不一样的美——这是他的父辈们忘我劳作的土地。再没人比这个无休的游子对故土的爱更热烈而深刻了。

  家！它如同一座
  由坚固的墙所包围的堡垒
  它是我们的天堂
  是我们在这世间唯一的财产

1899年出版的散文集中的许多篇目都表现了他强烈的爱国情怀，这又都源自他对历史的追溯。对这个想象力丰富的人而言，所有的史册、纪念碑、残骸和画像都是鲜活的存在；不论他走到哪里，都会让我们回顾历史，认识现在；我们周围已故去的一切就像巨大的幽灵一般潜进了我们的思想之中，这是海顿斯坦姆作品的最大特点，除此之外，他也从来不是一个顽固的保守主义者，他贵族的天性中透着一种强烈的民主之风。《诗集》中的《教堂里的歌唱者》就讴歌了兄弟情谊，让贵族们根据等级将他们的财物都倒进一个杯子里让人共享，诗中是这样写的：

> 穷人所关心的不是富人的财富与欢乐，
> 而是有福同享，有难同当。

这部《诗集》表达了作者对祖国的强烈感情，《人民集》中的抒情诗《同胞》则成为了全民选举和绝对民主的社会理念的起源。

1897～1898年出版的《查理十二世的人马》是海顿斯坦姆主要的小说作品，而对瑞典读者而言，只有诗歌才能充分展示其艺术天分。继《查理十二世的人马》之后，他还创作了一大堆历史作品——

《圣比尔格特朝圣之旅》（1901）向我们展示了中世纪时期瑞典的宗教特点；

《福尔孔世家》（1905）讲述的是福尔孔家族的沉浮史，还有《贝尔波的遗产》（1907）；

《瑞典人和他们的君主》（1908～1910），这一部作品回顾了瑞典的全部历史，是以一个瑞典学生读者的口吻而写的；

在故事集《圣乔治和龙》（1900）和1904年合集出版的作品《冷杉沙沙》中，还能看到他最本真而个性的创造力；

他的最后一部作品集是1915年发行的《新诗集》，其简洁质朴的文风凸显出作者成熟平静而尊贵的个性。

1887年回国之后，海顿斯坦姆曾回到自己的老家奥斯哈马尔的房子里住过一段时间。

1890年他搬去斯德哥尔摩附近的于什霍尔湖居住。1897年他加入了著名的国内自由主义者报刊《瑞典日报》，其宗旨是国防改革。

1900年他定居在韦特恩湖上靠近瓦斯泰纳的那都，他深爱那里，岸边有他幼时的家。

1917年，他的第三次婚姻也如前两次一样，以离婚收场。

1919年他去了国外旅游散心。

1910年斯德哥尔摩大学给他颁发了心理学专业的荣誉博士学位。

1912年他成为了瑞典皇家科学院的成员。

1916年获得了诺贝尔文学奖。

三

《查理十二世的人马》是一部散文体的诗篇，具备了诗歌所有的韵律与节奏，作品中并没有明显的故事起伏，跳过了无关紧要的情节，人物形象和故事场景十分明晰，这与其历史性的氛围十分相合。现代小说一贯要求是故事情节显得真实，叙述有条有理，细节描写煞费苦心，按这样的要求去呈现历史却是非常难处理，作者决不能完全展示出故事人物，一旦完全展现出来，人们就无法去想象。我们眼前要有一大片黑暗，包含了过去所有的谜团，人物在这黑暗的布景上活动，人们无法看清楚其真实的模样，只能想象大概的身形。

作者曾经当画家的梦想在《查理十二世的人马》中也有所展示。第一篇《绿色宫殿》中斯德哥尔摩城堡起火的场面多壮观啊！作者用精湛的艺术手法描绘出了查理十二世时期的风情——不仅有黑、白、灰色的北国冬日风景描写，还有血渍斑驳的战争场景。贝尔齐纳河边身处哥萨克们之中的绿林女侠；领导着一群喝醉了的乌克兰哥萨克们长征的马泽帕；在苏丹太后宫殿里穿梭在镀金的鸟笼和黑色柏树之间的亚麻色头发的笨女人，查理王国的贫穷与东方国家的奢华形成了强烈的反差。

作品的每一处都体现出作者作为贵族艺术家的特点。风格轻快的《仲夏征兵》故事中体现出了乡村的父权家长制；不屈不挠的葛罗森总是欠债，从这点可看出瑞典贵族千百年来无所顾虑的冒险精神；看到法赫斯在将士们面前对自己的财产进行清点，每一个瑞典人都能读到属于本国特有的幽默感，这种一本正经的神气是与谨慎小心的责任感联系在一起的。只有在监牢之中时，古斯塔夫·谢尔星才说出了这些官员们深深的悲伤，道出了这些官员们服务于主子时，自尊受到了冒犯和践踏，人格受到了侮辱：

> 在其他地方，
> 他高傲的同胞，
> 已经像乞丐一样蹲了下去，
> 尽管大部分都是贵族。

尽管被他人驱使做了奴隶，他们仍然有责任感和道德，他们记录下了他们每一个人和各自的开销，他们不是一大帮被人驱赶的羊群，而是一个民族，一个国家（《将军的文件》）。

　　查理十二世这个"充满活力与激情的英雄"，这个传奇色彩浓重的统治者，百年后铁格纳所歌颂的人物，海顿斯坦姆对其的描述却并不多。只有在泽兰上岸的时候，我们才瞥见了他孩子般的狂热。海顿斯坦姆最感兴趣的是他被击败，变得不幸的时候。国王感觉自己被上帝和子民所抛弃而孤独的时候，才变得诗化起来。作者曾在一篇文章中表达了他对查理十二世的态度："权力争斗最悲剧的地方在于人们无法完全公平地做出裁决，不仅不可能剪断整个悲剧中贯穿始终的不幸血红的丝线，对于最终道义上的判断我们也只能窥见一斑。这让人同情，不完全是对悲剧的主角；也让人热切地想找到一个可能的解决问题的途径，不论这有多难找。因此人类无法阻止悲剧的发生，细想查理十二世，我们一方面对其表示尊崇，也要对其进行道德的批判。如果真的有什么办法，那就意味着国王不是个悲剧的角色，我们也无须害怕。最传统的悲剧，除了我们所见的个人利益与大众利益间的冲突，还能有别的什么呢？

目录
Contents

绿色宫殿 / 2

小国王 / 14

正式接任 / 19

仲夏征兵 / 33

女算命师 / 43

法国佬 / 47

女绿林 / 61

马泽帕及其大使 / 73

胡克上校 / 80

少尉 / 94

干净的白衬衣 / 106

波尔塔瓦 / 110

水 / 130

议会 / 133

在教堂广场 / 136

阶下囚 / 140

目录
Contents

钟声响起 / 156
古斯塔夫·谢尔星 / 167
笨女人 / 176
本德新王宫 / 189
国务大臣 / 204
将军的文件 / 210
上厨在药店 / 213
托波尔斯科的瑞典俘虏 / 216
牢笼中的勇士 / 224

回家 / 230
艾伦思科德 / 251
马丁·罗森格德 / 257
沙皇 / 260
英吉布瑞特 / 265
托乐·奥瑞森 / 272
皮赫戈 / 295
英雄的葬礼 / 307
船 / 315

查理十二世的人马

I

**绿色宫殿**

在城堡的飞檐矮楼里,负责打更看门的人正在喝白兰地和麦芽酒,一个个头很高,肩膀很窄的人走向楼梯,他的围巾盖住了胡子拉碴的嘴巴和下巴,双手插在口袋里,这时一只青灰色的空酒瓶从他身后滚了出来,滚到了他两只鞋子的中间,他只好站在那里。他的毛袜子上满是补丁,而且很脏。

"你终于出来啦,疯子埃切罗特!"打更人喊道。

"你看你,把烟叶吐在酒里,用针刺彼得的画像,把一切都弄得乱七八糟!"埃切罗特也对打更人喊道。

"快把折叠桌子收起来!下令关城门啦,因为陛下的生命很快就要走到尽头了!"他对离自己几步远站在楼梯上的哈孔说道。

哈孔是国王查理十一世的贴身侍从,他面容平静安详,服装笔挺,却是罗圈儿腿,看上去像是刚从马上下来一样。他捡起地上的一个酒瓶,轻轻把它塞到埃切罗特的手臂下边。

"遵命，总管。"他说，"还是都督，我应该怎么称呼您呀？"

"我拉斯·埃切罗特是王室作战舰队里的一名上尉。"埃切罗特答道，"一直听命于陛下。在这里，总管、侍从、打更的人都是下人，是没有分别的。我会上表去抱怨一番，我一定会的。我难道没告诉过你，很快灾难之火便会从天而降，把这房子里的一切都烧成灰烬吗？那些官员们见钱眼开，才不管人死活，阿谀奉承已经变成他们的家常便饭，民怨四起。"

"都督，还是上尉，您不必再多说这种话了，上帝给我们的磨难已经够多了。灾难已经降临到城郊了，十年来，我们颗粒无收，只能活活挨饿。四蒲式耳①黑麦现在要十二个银币了。很快，就连王室的马厩里都没草料了，进口粮食的船被冻在岸边，开不出去了。"

埃切罗特走到他身旁，小眼睛滴溜溜地转个不停，眼神飘忽不定。他不时停下脚步，点着头，低声自言自语些什么。

从门洞里可以隐约看到城堡楼下一条长长的走廊，两侧有方形的石柱，哨兵在里边来来回回地巡视着。越过白雪覆盖的屋顶和城堡，可以看到有卫兵在王宫和哥德堡之间冰冻的梅拉伦湖上徘徊。三月的夕阳余光从城堡西侧的一间大厅外斜射进来，看起来好像是大厅里的支形吊灯被点燃了一样。

"是的，是的。"埃切罗特低声说道，"一切都将烧掉，我们所有的耻辱和荣耀。晚上我坐在那里抽着烟，从烟雾中观察着星象，美丽的星星们告诉我旧的世界秩序会被打乱，在匈牙利和德国出现了天灾，闹起了蝗虫，火山喷发出炽热的石块。两年前的二月份，公园的草就有手指头那么高了，我们就能听到鸟儿的歌声，九月就能在埃辛摘草莓，也

---

① 蒲式耳，英文BUSHEL，缩写BU，是一个计量单位，它是一种定量容器，好像我国旧时的斗、升等计量容器。在美国，一蒲式耳相当于35.238升/公制。一BU油料或谷类的重量各异。即使同一种油料或谷物也因不同品种或产地实际换算也有些差别。一英制蒲式耳/1.0321美制蒲式耳，合36.3677升。

就是在这时候,上帝才打开了我的眼睛,让我看到了不该看到的丑陋的事物。"

"以,以上——帝的名义,不,不要这么说!"哈孔结结巴巴地喊道,"你看到的是幻象吧,你当时是醒着呢还是睡着了呢?"

"半醒半睡。"

"如果你愿意跟我详细地描述你所了解到的一切,我保证会如实转述给国王陛下。你看到那下边两扇拉着窗帘的窗下了吗?我离开那儿不到半个钟头。国王陛下坐在一张由椅子改造成的床上,后边垫着枕头,身上盖着毯子,看起来又瘦又小,干干巴巴的,脸上好像只剩了鼻子和嘴巴,他头都抬不起来。可怜的陛下,尽管还不到四十岁,就得经历这样的病痛!之前,当他一瘸一拐地走到门边时,我非常高兴,好像自己恢复了自由之身一样,但我只是他所有仆人中的一个,他现在可以用手臂环着我的脖子,流着眼泪让我靠近他。我相信他对儿子的爱超过对妻子的爱。儿子过来看他的时候,他话说得很少,大多数时候是坐在那儿看着他。现在他的话题只有他的王国,而没有其他。一个礼拜以前,我还看到他颤颤巍巍地在写财产分配等之类的文件,现在他已经写下了给儿子的密旨,并把它放在了一个封好了的铁柜子里。一旦有人进入房间,他双眼立刻放出光芒,很快说道:'帮帮我吧,帮我治理江山,辅佐我的儿子,让他成为励精图治的国王!江山,江山!'"

哈孔用手抚过额头,他们继续一步一步地走下楼梯。

"我们下面左侧的房间是太后的寝宫,最近这些天她都不出门,只在房里打牌,就连泰新给她进贡都不理睬。没人知道她究竟怎么了,但我相信她是想借打牌来排遣自己的苦楚。牌桌边缘有叮当作响的铃铛,还有戴着花边和领结的各类名流人物,门旁边还靠着一根手杖,手柄上还镶着金,滑到了地上——"

"还有海德薇格·斯坦伯克夫人,她站在椅子后边,把它捡了起来。"

"她不在,因为她已经结婚了,而且一直都待在自己家里,据说现在变得又老又丑。你一点也不了解现状。"

"也许是吧。"埃切罗特眯着双眼，望向城堡北侧的房间，自老泰新过世之后，小泰新就一直住在这里。墙上高处仍然还有枞树枝架子。

"唉，谁住在那个像长盒盖的房子里面啊？哟！没有人住在那里，也不会有人去那里居住，我知道。那为什么不让它保持原状呢？那个见鬼的哥托普女人把这些没用的东西灌输给了国王陛下！你知道，每个人都有自己的灵魂，那每一栋老房子的黑暗角落里都会有鬼魂或是其他未知的生灵，当人带着斧头和刀进来的时候，就会吓到它们。你还记得老城堡教堂上面的绿色宫殿吗？我出生的时候它就在那儿了。噢，我会把我在那里看到的都告诉你。我会告诉你一个故事，哈孔管家，如果你能跟我回家，然后保证把我所说的一切告诉国王陛下。"

出了城堡大门，他们走上了护城河上的吊桥。一名背着包裹的信使正从马上下来，"怎么样啊？"埃切罗特急忙问道。尽管旁边人来人往，但信使的回答还依稀可辨。

"斯德哥尔摩以北六英里的范围内只看到了三个人，他们坐在路边，以一只自然死亡的动物为食。在北方，一磅掺树皮的面粉要五个银币。战士们有的饿死了，在兵团里还吃不到半饱——"

埃切罗特点点头表示明白，好像他早就知道这些事一样，手臂下仍然夹着瓶子，双手背在衣服后摆上，走在哈孔身旁。

他们到了埃切罗特住的阁楼，埃切罗特怀疑地瞥了哈孔一眼，把钥匙插进锁孔里的时候，他仔细辨认，自己不在的时候门有没有被打开过。房间很大，空空荡荡的。窗户上挂着一个笼子，里边有一只松鼠。一面墙上贴着一串串的钱币。有亮闪闪的埃尔宾银币，大大小小的铜板，一枚五达科特的硬币，甚至还有几张斯德哥尔摩银行三十年前所发行的纸币，现在已经没用了。埃切罗特走上前去，细细查看并数了数那些钱。

他说："傻子才会把钱深藏起来，这样他就不用自己保管了，但我还是希望钱就在我眼皮底下,这样大火一起,我就能把它们都装进袋子里。"

埃切罗特从一个角落里抽出五根木头,扔到了火炉里,用一根涂了焦油的木棒引燃。然后,他和哈孔点起了烟斗,坐在了火炉前的地板上。房间里没有椅子。

"现在,给我讲故事吧。"哈孔说。

埃切罗特讲道:

"我从没遇到过在绿色宫殿里发生的事。那是两年前,我在战舰上当上尉的时候,因为汉斯·沃什梅斯特想成为海军上将,担心我是他的对手,他就经常找我的碴儿,整我。有一次出去执行任务时,我礼貌地要求他在命令我系缆绳之前应该举起帽子示意,他就在甲板上大叫道:'你这家伙疯了吧!'于是我们就大干了一架,后来,就这样,我被开除了,那时候他们还给我二百五十块的生活津贴。噢,那是真的!从此,'疯子'的绰号就传了开来,不论我走到哪里,大家都叫我'疯子埃切罗特',并一直沿用至今。在部队的时候,我看到一个可怜的伙计把一个同伴的尸体埋掉了,然后又埋掉了他的师傅,最后,就为了四个便士,他埋了一个又一个人,自己做了一顶破帽子和一件黑色的长斗篷,他走得很急,死人的头发从他身上掉了出来,孩子们跟在后边,一边哭一边喊:'运死尸的来啦,运死尸的来啦!'尽管变成了这样的怪物,但是我们都知道开始时我们都不是这样的。现在就一字一句地把这些都单独告诉陛下吧。啊,对了,那时候太后希望在她梅拉伦湖的舰队的一艘大型帆船上换一个新的灯笼。我擅长绘画和手工,跟沃什梅斯特吵架的几天前,我得到圣谕带另一个都督奈尔思到河边城堡塔楼里的老教堂上边的储存室里,去做一个新的灯笼。

"我们去了并没有开始做,而是在玩牌,我一边玩牌一边操心着帆船上的破灯笼,那个坏家伙自己是完不成任务的,我突然有了个好主意,于是喊道:'奈尔思,见过长五条腿的狗吗?'

"奈尔思耸了耸肩,我继续道:'我刚刚在钢铁广场见到了一只,用四条腿走路,第五条含在嘴里。'

"听了这话,奈尔思很生气,为了激怒他,我更大声地喊道:'你一点也不聪明嘛!你敢不敢跟我打赌?我独自一人穿过绿色宫殿,要是走不过去,我就输了,就把这罐西班牙美酒给你,瓶底还有一个达科特(曾经在欧洲许多国家通用的金币)!要是我赢了,那灯笼就你一个人做。'

"奈尔思回应道:'我知道只要是你的决定,就没人可以改变,我不想让你认为我无法接受礼物,因此亲爱的埃切罗特,我就如你所愿,接受你的赌注,但要是一旦有什么不测发生,我可不承担照顾你老母亲的责任。因此我还是希望回家。白天,这栋漂亮的建筑非常美丽,但晚上这里经常发生奇怪的事,我宁愿去城郊的泥洞里睡觉。'

"我骂他懦夫,让他滚回家去。只剩了我一个人时,我才注意到天已经变黑了,为了坚定自己,我走上了通往绿色宫殿的台阶,透过锁孔往里边看。

"墙边有很多因为坏掉而被送到那里的橱柜和椅子,上面的绿漆基本上掉光了,露出了原木色。除了家具,还有狗和马,不远处的一个角落里放着一张床,上面还挂着帘子。残破不堪的屋顶上还有水不停地滴落下来。

"那时正是沃尔帕吉斯夜,因此还有一点灯光,这让我有种安全感,因此我坐下来等待着,但我知道,鬼怪们正在那儿的房间里聚会呢。看护者们把它们称为'夜精',因为它们只在黄昏后才从那里边探出头来。它们还没一个三岁小孩子那么大,全身都是棕褐色的,赤身裸体,身体是女人那样的。它们通常都靠着一个橱柜坐着,挥舞着它们的手臂,谁要是不巧碰到一个夜精,一年之内就会死掉。它们常常出现在阁楼里,有时候它们会在厕所尖叫,从椅子上跳下去,所以这里的女士们就不敢穿过阁楼,而是整晚躺在床上瑟瑟发抖。

"我一听到里面传来的警铃声,就打开了大门。

"我向前走了一步,但我太害怕了,只能双手抓着门把站在那儿呆呆地看。通过一个空房间的窗口,我看到了布鲁克贝里的塔,这让我鼓足了勇气,因此我快速走进了绿色宫殿,希望我回来的时候铃声依然在响,只要有铃声,黑暗中的精灵就会失去袭击的力量。

"大概走到了通道中间的时候,我突然看到有什么东西沿着床飞了过来,我偷偷溜到一把扶手椅里藏着。我的左膝跪了下去,大声尖叫,回声在房间里回荡。那一刻,我的眼睛瞪得很大,紧张到了极点。

"借着窗口的光,我看到一个人坐在椅子里。他和我一样呆若木鸡。但他突然抓着我的手臂,咬着牙低声吼道:'狗娘养的!密探吗?你是什么人?太后的侍卫?'

"'感谢上帝!'我低声说道,因为这时候我才明白,对方也是个人,我感觉到他的手微微发抖,便断定他的恐惧感一点也不少于我。我甚至注意到他只穿着袜子,而鞋子则挂在了他的胸口。

"我绞尽脑汁费尽口舌让他明白我下的那个愚蠢的赌注,最终他相信了我。

"'这么个破旧的老宅子!我找不到路啦!'那人吼道,以掩饰他的震惊,'房顶这么漏水,我的脚都湿透了!我只要活着,一定会在这里建新的房子。好人啊,你要是能把我从这破房子带到那边的舞厅里就好了!我是谁一点也不重要。'

"'很好!'我回应道,同时也认出了他就是张伯伦·泰新。

"他话不多,抓着我的衣服下摆,于是我转过身去走到他前边。我想我们心里都很高兴遇到了彼此。我把他带到舞厅门口,他叫我站在门外,黑暗中,我听到后边传来的铃声,我的手搭在锁上,这样我就能偷偷打开房门溜进去而不被他发觉。在窗口我看到了河流,里面的墙上靠着很多屏风,屏风上画着枝繁叶茂的树和白色的庙宇。

"泰新站在大厅中央,拍了三次手。

"一个女人从屏风后现身出来,打着一盏没被点亮的灯笼。这女人不就是太后的侄女,出身名门的海德薇格·斯坦伯克夫人吗?'看啊,看啊,看啊!'我咬着嘴唇想,'这个外国佬居然与这个女人勾搭上了?'

"'海德薇格,我的最爱!'他说,'我们直接去你的房间吧。不要反对,我的宝贝!'

"那时候海德薇格·斯坦伯克已经三十五岁了,她见他时神情紧张,要不是他抱她时她脸红了,我还真不敢相信她还有灵魂。

"然后我忘乎所以地轻声喊道:'啊哈,好了!'

"泰新转过身来,他太投入了,只是皱了下眉头,然后就简单解释了一下我为什么会在那里。

"'我们可能在什么时候需要帮助。'他说,'埃切罗特跟别人一样善良。要是他懂得怎样保持沉默,他会得到奖赏的。'

"然后他叫我带走灯笼,通过空荡荡的大房间,去太后的侍女间的通道上好好睡一觉。这正合我意,于是我按他说的退了出去。我仔细查看,啊,正好!那里没有旁人。睡一觉后,我准备告诉他们我要回去了。

"我已经听到夜精们在门里边叽叽喳喳,也看到他们举着小火把跑下楼去,进入了档案室,王国大事的文件资料就藏在这房间里的壁橱里。但是,我正要离开的时候,又发生了一件事。在之前提到的过道里我遇到了一个太后的侍卫,他正倚在灯笼旁,背靠着墙,呼呼大睡呢。

"我把遇到侍卫的事告诉了他们,'他是太后派来监视我的。'海德薇格·斯坦伯克说,她站着的姿势又变得像刚开始一样僵硬笔直,'他可不知道鸟已经飞走了。但我们要怎么出去呢?'

"她推开了泰新的手臂,沉思起来。

"'我早就在害怕和担心了,太后喜欢你,今晚我们的事曝光了,太后会妒忌的。'

"泰新双手伸向空中,像是在抓隐形的刀剑,双眼闪闪发光。

"'妒忌!因为我吗?她四十了,都有白头发了,声音粗而嘶哑,像个男人一样。我难道不能躲开那种噪音吗?除了瑞典的海德薇格·埃莉奥诺拉太后,我再找不到一个仁慈的庇护者吗?'他弯下腰去,'但是不要害怕,我的至爱,你不用愧疚,从今晚开始,你要跟随我。雪橇总能够——然后——愿上帝保佑我们!到意大利去吧,我在意大利有朋友。'

"'上帝知道,'她回应道,'不论你想去哪儿,我都会跟着你,我一点也不关心其他男人,我会为你着想,而不会抛弃你,现在我们必须得找一个最聪明的朋友。我想到的是大臣艾瑞克·林德斯基尔德,今天晚上他要跟国王陛下喝茶。埃切罗特就去国王的小楼梯下等他下来,告诉他我有事要找他,带他来见我。'

"泰新很果断地一挥手,但我没太留心对女士献殷勤的人,只顾得上去遵从这么高贵的女士的命令。

"我带着林德斯基尔德回来的时候,夜已经深了。他细细盘问了我所有的事。他的假发飞扬,大笑不止,赌咒发誓,声音响亮,好像整个宫殿都是他的。

"他进入大厅,单膝跪下,把帽子扔到空中,大喊道:"你们都疯了吗,我亲爱的朋友,你们要在一起永不分离,但所有的一切都在阻碍你们!你们的愿望只是一己私欲,一点也不高尚。进去,然后吹灭蜡烛!一个可怜的监工,碰巧脱颖而出,尽管这也仅仅是巧合,你也许会觉得他配得上天生的贵妇人。创世之初,上帝造好夏娃之后,亚当醒了过来,很自然地说道:'庆祝你的诞生!'

"'说的都是什么呀?'泰新低声对女伴抱怨道,'这就是他们所说的瑞典宗教。林德斯基尔德喝醉了。'

"'只喝了一点点。他现在情绪很不错。'

"林德斯基尔德没听到他们的话,继续大声说话,房间里响起了他的回声：'我怀疑你们很久了，爵爷们都察觉到了你们的事。但是，去意大利！啊哈！你只有在这里才有价值！你不要对我翻白眼，也不要宣称你能从自己设计建造的王宫里逃出去，对你而言，这世界上是否还有比你的手艺更重要的东西？'

"泰新面红耳赤，低头看着灯笼里的光。

"'我已经决定要嫁给张伯伦·泰新。'海德薇格·斯坦伯克说，'然后一切就成了这样。'

"林德斯基尔德把手放到胸前：'当然，当然！贵妇人发话了。我会从我的私家花园里摘来最好的花叶来庆祝。我出身并不富贵，我的先父是个铁匠，但他们立刻让他——啊哈，做了斯科宁的市长。想想，要是你是从斯科宁逃出来的呢？你会怎样建造宫殿？以斯科宁的特色建一所新的王宫？这要不是这城里的奇观才怪呢！你实现了自己的梦想，该有多骄傲啊！'

"林德斯基尔德一把拽住泰新的胳膊，做了个像是突然扔掉了一个脏兮兮的面具一样的手势。

"'先冷静一个月再说吧！现在，你吻一下恋人的手，后退三步，鞠个躬，然后跟我出去。现在我说话的时候，请保持安静！埃切罗特回到太后的那个侍卫身边，吹熄他的灯笼，叫一声，往他耳朵上狠狠打一拳，然后就逃，把鞋子丢给他，这样他就以为是夜精捣鬼。后来尊贵的女士，你平静地回自己的房间，不要被人发觉，以后我就安排你去波美拉尼亚旅行。然后你秘密地追到她，并跟她结婚。我会在家里会见陛下，把这些事告诉陛下。那个哥托普女人——我是说太后，那个狡诈的女人，陛下自己无法控制她，但是她身份高贵，别人也不能拿她怎么样，我听说陛下现在把她送到了后宫，不让她出来。现在的时代已经不一样了，我应该要提醒他们不能限制别人的自由。啊，孩子们，孩子们，你们不知道站在权力巅峰，向陛下提别人不敢开口的事，心里会是什么样的感觉！现在，相信我的话，你会在此书写自己的辉煌。'

"泰新有些不安地把手放到唇边,我完成了任务之后,他傲慢地取下了墙上的银行纸币递给我。

"'如果你不把我们的事说出去,那这就是给你的奖赏。'他说。

"不过我的不幸才刚刚开始,我病了,坐在家里,各种各样的疾病纷至沓来,痛风、肺病、鼻炎,腿上还留有一颗子弹。我找到那浑蛋塞到我口袋里的钱,却发现它们多年前就已经没用了。现在去跟陛下报告吧!"

埃切罗特还要说更多,但突然听到有人猛烈地敲打着门,是有人来叫哈孔去国王身边,他状况更加糟糕了。

几天之后,复活节后的第二天,人们说国王快死了,但埃切罗特只是如往常一样点了点头,好像他很久之前就知道了。一大群因饥荒而被解雇的男女侍从,绝望地站在下着雪的街头,无家可归,埃切罗特手插在衣服里从他们身旁经过,听着,点着头。一到晚上他就写了封信,然后交给了牧师瓦林,"不幸的人,"他写道,"习惯于藏在黑暗之中,然后他们才能分辨那些被财宝的光芒所掩盖的事物。"

四月的一天,风很大,他把最后一封信塞到瓦林家门下边,然后回到自己的房间,逗弄着松鼠。他不时嚼着从一个抽屉里拿出来的干梨肉。他这么闲坐的时候,突然听到了警报声,他从窗口探出头去,看到城堡的顶端笼罩着黄色的烟,城堡烧起来了!转身回到房间,他开始从墙上摘下硬币,仔细地把它们一一装进口袋里。他吓得全身发抖,牙齿打颤,一只手臂下夹着松鼠笼子,另一只手臂下夹着锡罐,匆匆下楼到了街上。

他紧贴着房子的墙壁,站在那里盯着城堡,火把城堡的房椽烧得黑漆漆的。很快三个侧翼的房子都烧起来了,大火发出的噼噼啪啪的声音盖过了警报声。

"看啊,看啊!"他说,"夜精们一定见到光明了。看,他们拿着火把在房椽上蹦蹦跳跳的!现在他们爬到了塔楼顶端,跳过了阻碍他们舞蹈的泰新新建的房子。它们想在里边自焚。这才只是开始，所有的一切都会烧掉——一切。"

士兵和侍卫们都跑去城堡前的桥上取水，运送椅子、柜子和油画等。皇太后海德薇格·埃莉奥诺拉在大门上方那两只持着盾牌的狮子下边现身出来了。两名侍从支撑着，几乎是抬着她走出来的，因为她留恋那里，只想站在一旁回头看。风吹起了她盖在银发上的头纱，然后盖过了她哭红的双眼，鹰钩状的鼻子还有浓妆艳抹的脸颊。

"你儿子的尸体被烧啦！"埃切罗特指着火堆喊道，"你孙子戴的王冠也在火里，你闭上眼睛之前他的整个王国都会被烧成灰烬。你难道忘了他生来手上就涂着鲜血吗？"

他紧贴着墙，走到城堡的角落里。火花像星星一样点亮了夜空，从教堂院子的墙上可以看到一座巨大的叫三冠的城堡塔楼，它有四层楼高。每一层都在熊熊燃烧，烟从门洞里冒出来，像是从烟囱里冒出一样。那些就是夜精了，他想道，它们用火庆祝胜利，而国王的城堡却烧成了灰。烟雾笼罩着整个城堡塔楼，升到半空，形成一个巨大的火团，像三只张开翅膀的巨鸟。圣尼古拉斯教堂的敲钟人爬上楼去敲大大小小的钟，但人们听到钟声的时候，塔楼的地板和屋顶已经都烧光了，塔尖和顶楼的武器也都掉落下来，人们纷纷转身逃跑。孩子们和女人们吓得直哭，都逃跑了。后来传说南大门那儿的人们看到一个疯子夹着一个松鼠笼子和一个酒瓶偷偷溜了出来，还低声唱着一首古老的圣歌。

小国王

　　大教堂里，听众们从长椅上站起来，望着军械库，查尔斯十二世在这里下了马车。

　　他很英俊，单瘦，还是个未发育成熟的孩子。他戴着个大大的发套，小帽子边缘插着羽毛，这样的装饰显得很滑稽，国王取下帽子，夹在手臂下，动作显得很紧张很局促。他目光低垂，弯着膝盖，步履缓慢，当时家里失去了亲人，都是这样走路的。他的丧服很华丽，贴边镶着貂皮，手套上缠着金色的蕾丝，高跟皮鞋上有搭扣和丝带花环。

　　在大家好奇的目光中，他在王室坐席里找了个位置，侍从给他戴上了金王冠。他面对圣坛，坐得笔直，但却不能集中自己的精神于这神圣的仪式上。终于，牧师走上了讲坛，念了一首短诗，说了一段铿锵有力的话之后，教堂里响起一阵嗡嗡声，国王脸红了，感觉自己像个被抓的囚犯一样。但他的思维仍然跟之前一样，不在这里。为了掩饰自己的羞怯，他开始拉扯白色貂皮上的黑色丝带。

"看那孩子！"后排的一个女人说，"他还需要受父亲的管教！难道魔鬼咬掉了他的手指吗？"

"看你这乡巴佬说的什么呀，你是不是坐错了地方啦！"一个贵夫人回应道，一把把那女人推到了过道上。

站在门边挂着手杖的老人打理着这儿的所有事物，敲着那些昏昏欲睡的人的头，跺着地板，挥舞着手，贵宾席里发出嗡嗡声，绅士们都转过头，牧师开始布道：

"安静，请大家安静一下！她要去哪里才能喝到甜粥呢？也许要向平民征收粮食吧？赶紧制止她！在天国，还是在陛下这里？要是找到她就好了！因此我跟你们说，上帝的儿女们，努力寻求和谐与爱，不要为了战斗而举起上帝赐予你们的武器，而要为了捍卫你们的利益！"

听到这话，年轻的国王再次脸红了，露出羞怯的笑容。就连坐在国王对面的太后海德薇格·埃莉奥诺拉也假惺惺地点点头，但她身旁年轻的公主们一直在大笑。乌莉尔卡·埃莉奥诺拉僵硬地坐在那里，海德薇格·索菲亚伸着细长的脖子往前看。她很高兴自己戴上了手套，这样就没人会看到她畸形的拇指，她把祈祷书举到嘴前。

国王现在才开始大胆地查看四周。他今天到的这地方多奇怪啊！整个教堂里堆放着所有从城堡的大火里被救出的家具和艺术品。只有中间有一块空地。讲坛旁边的角落里堆放着《受难日》和《最后的审判》等名作，在司开特的灵堂后他看到了他父亲床头的羽毛团和绿色的床单，交叉地堆放在枕头上，被丢到了一旁。然而这些只让他对父亲产生了恐惧感。他只觉得父亲是上帝派来看管他的，而没有血脉亲情，他一直认为父亲就是老国王，他也一直这么称呼父亲。他一直在看着那些寻常的物件，最终视线落在了最靠近自己的柱子上挂着的一件戎装上。

他以孩子般的热情爱过的老师诺登·诺科鹏就长眠于此。他想起以前冬天也得一大早起来学习，学做四则运算，用剪刀剪掉蜡烛的芯，诺登会给他讲古希腊和罗马英雄人物的故事。自老国王死后，他仿佛进入了一个梦里。他不能显出快乐的样子，只能表现得很悲痛，同时他也看到了很多人在偷偷地逗弄他，一会儿扮个鬼脸，一会儿吐下舌头。就连主教这时候也已经擦干了眼泪，请求国王不要过于悲痛，要放松自己。主教肃穆的面容有时能打动国王，让国王的双眼也涌上眼泪，但国王孩童的内心深处却生出了一点点胜利的快感。他之前害怕和回避的那些顽固不化的老女人，他突然发现她们地位低下，对他唯唯诺诺。有时候，她们紧张地坐在桌子旁，他顽皮地把水果种子扔到她们脸上，她们马上大笑着离开，围在太后周围坐下。城堡的火灾尽管对他而言既危险又奇特，那一天他兴奋而好奇，将这些都看在眼里，那甚至成为了他生命中最快乐的日子之一，尽管他自己不敢真的这样承认，别人的惊恐和他祖母的晕厥只让那一天更为奇特。现在所有过去的生活都过去了，老国王死了，他的所有都变成了灰烬。所有新鲜的，瑞典所期待的，都和他一样正熊熊燃烧，他才十四岁，寂寥地坐在那里。

有那么一会儿，他觉得诺登就站在讲坛上牧师后边，在说那些话。牧师摇了摇铃，示意听众们注意。然后他在所有人面前急切地严肃地，甚至可以说威严地对国王说话。他要求国王，以上帝的名义，不要沉溺于浮华和小人的谄媚之中，而是要无私地献身给慷慨的瑞典人民，那样，在百年之后，他闭上了眼睛，会有很多人哀悼他，他也可能进入天国。

这些恳切的话语回荡在教堂之中，年轻的国王感觉到喉头一阵哽咽，他想要再次想想其他无关紧要的事，但每一个字都狠狠地敲打着他正直的孩子的心灵，他低着头坐在那里。

他乘着马车回到卡尔伯格堡的时候才觉得轻松了不少，然后他独自一人待在自己的寝宫里，太后三番两次邀他下来吃饭他都没来。

他却走到寝宫外面的房间里，这里放着他学习所用的书，现在他看这些书的时间越来越少了。他已经喜欢上了研究创造，也迷上了科学，他开始鄙视书，像一个厌倦了生活的吟游诗人一样。最上边那些地理学著作，他拿过来翻了一两页就丢到了一旁。然后他猛地抽出了放在最下边的一本书，拿着它坐在那里一动不动。

这本书的卷角已经破损了，整本书都破破烂烂的，目录只剩了几页他小时候就会背诵的晚祷词。很多词句他都已经不记得了，但现在看到那些文字，他只需看两三遍就能回忆起来。

晚上他只喝了一杯啤酒，然后侍卫们就开始给他脱衣服了。他发了点不算过分的脾气，侍卫们只觉得他应该是累了，他们从他整齐的棕黑色的有点微卷的头发上取下发套，他穿着衬衣爬上了大床，看上去像个小女孩儿。

宠物狗蓬佩爬到他脚上，床脚下有一个装满了水的银盆，里边点着一支蜡烛。年轻的国王怕黑，因此对外的房门总是打开的，他的看护或玩儿伴会在那里过夜。然而，今晚国王却下令从今以后那张门要关上。听到这话，侍卫们才开始注意到国王的精神不太好，他们变得有些不安，并暗自猜测其中缘由。

"啊呀！"老哈孔抱怨道，自他父亲时开始，他就一直是国王忠诚的侍者，他也一直把年轻的国王当孩子一样看待，"那是为什么呀？"

"就按我说的做吧。"国王答道，"从明晚开始，晚上也不必点灯了。"

侍卫们鞠了一躬，然后从寝宫离开了，但哈孔关上门之后，坐在了外边的门槛上。一名叫赫尔特曼的侍卫也留下来站在一旁。他们听到国王转身过去躺倒在床单上，哈孔最后往锁孔里一瞧，在夜晚的微光里，他看到小主人正笔挺地坐在床上。

夜风呼啸，刮过城堡的露台和卡尔伯格堡的菩提树，但城堡的寝宫内却异常宁静。然而令哈孔奇怪的是，他能够听到一点点低低的说话声，甚至是几个词。他开始细心倾听起来。

然后他就听到了国王用不太高的声调背诵幼年时自己学会的祈祷词。

"教我控制自己，不要因谄媚奉承变得傲慢而自我，得罪了我的上帝和子民。"

老哈孔双膝并拢,为这段祈祷词而鼓掌,在这宁静得只有风声的夜晚,他还听到国王不断在祈祷。

"尽管我是国王的儿子,也是一个强盛的王国世袭的君主,我还是谦逊地认为我所拥有的这些是神特殊的恩典和祝福,正因如此我必须遵循基督教的礼仪,那样我才有能力去完成这么伟大的使命。万能的主啊,您掌握着君王的生死,叫我遵循您的命令,那样我才不会毁了自己和那些滥用您赋予我的权力的人。以圣灵的名义,阿门!"

正式接任

多枯燥啊！在这小小的宫殿之中，日子多漫长啊！穿着黑色衣服的政府官员们坐在宫殿上，手扶椅子打着哈欠，盯着自己的前方，好像在思考为什么双脚上穿同样的鞋子，而不是一只穿长筒靴，另一只则穿着舒适柔软的拖鞋。接着他们又打起哈欠来，在楼梯上的那些侍者也打起哈欠来，而楼下的厨房里，厨师们用手指蘸着油，尝了尝食物的味道，相互问道："这样够酸了吗，那些高贵的绅士们会酸到马上皱起眉头来吗？"

马车夫用黑色的羽毛和缰绳把马套在黑色的马车上。所有的桌子上都铺上或缝上了黑色的细平布。在老国王所安葬的灰修士岛的教堂里，仍然挂着黑色的华盖和织锦，全国各地都还在为国王的葬礼敲丧钟。送葬的队伍穿过白雪皑皑的街道，所有人都穿着丧服，只有年轻的国王仍然穿着紫色的朝服。葬礼在圣诞节期间举行，欢庆的乐声还没有结束，哀乐就把沉闷的大网撒在了泰斯科巴格。

然后，在一个天气阴沉的中午，太后的主厨过来了，手里端着一罐煮番茄。

"啊呀，天啊！今天可有得忙啦！尊贵的霍尔斯坦公爵他会来这儿作短暂停留，已经给我们送了一份价值不菲的礼物。太后殿下和格蕾塔·兰热尔公主殿下已经品尝了水果，一位名叫泰新的跑来厨房叫我们做好准备。别傻站在那儿啦，伙计们！用抹布擦一擦锅！要擦得亮亮的！"

这一天，瑞典的官员们都聚集到王宫里准备讨论国家大事。而现在桌旁的话题都是关于番茄的，所有人都在评论番茄的味道，同时，受邀的圆滑世故的老官员们一边喝着饮料，一边彼此说着相互赞同的话，完全忘记了他们之间的钩心斗角。

餐后，国王抓着拉斯·瓦伦司特德的衣服扣子，把他带到了窗户的壁龛前，像抓着一只鼻孔被穿了针的熊一样。

"告诉我，"国王急切地问道，"一个君主应该怎样为子民献身？我一直忘不掉去年春天的那场布道。"

平时瓦伦司特德说话的时候总会大张着嘴，好像在说："啊呀！"但是国王这次提出老成而独到的问题，他一点也不惊讶，而是答道："君王应丢掉所有小小的疑虑，将权力集于一身，变为子民的典范和意愿。我们那一次在教堂听到的是真正虔诚的祷词，但司佩格尔主教不是说所有人都只遵从自己所信奉的主吗？自太上皇的时代以来，权贵们都在为自己所得的权力而争吵不休。阿克塞尔·冯·雅戈尔、盖伦斯特纳还有，哎呀，得啦，他们在这里有内应。不过不论怎样，我总是会尽我所能地帮您，尽管您还年轻，但您还是应该从太后殿下的手里接管江山这个重担。"

站在壁龛旁边的太傅克伦姆听到这些话，用手指在湿润的窗户玻璃上写道："太后认为那重担跟她的头巾一样轻便。"

"是的，是的，亲爱的瓦伦司特德。"这时，国王答道，"我也一直觉得我应该那样做的。作为君主，必须要掌握自己的江山，要管好江山却是非常的难，为什么难管啊！今天我想要去康莎猎熊，但为什么不能去呢？因为我还有别的事要完成，那是我的责任。对我而言，责任就是束缚，是我胸前铐着的铁链，我不可能摆脱它。责任主宰了我的一切。"

他走进自己寝宫外边的房间时，蜡烛已经点燃了。桌子上放着一个闭封着的铁盒，里边放着老国王生前的秘密和愿望。老仆人们把它放在这里有很多日子了，但他还是没能自己打开。有一天晚上，他狠狠地打开了锁，之后却又退缩了。而这天傍晚他非常想打开这个盒子。

但当他把钥匙插进去的时候，之前那种对黑暗的恐惧感再次袭上他心头。他想象着面前放着老国王的棺材，一铲一铲的泥土往上面盖去，他现在觉得他正跟死人面对面地站在一起。他把哈孔召唤了进去，请求他往火里添木柴。同时他转动了钥匙，把盖子扔了回去，颤抖着双手打开了折叠着的纸。

"自己要掌握权力。"他站在那里，"要多留心你身边的重臣，他们很多人都很贪婪。很多人都只追求自己的利益，打着各自的小算盘。"

他读完老国王忧虑的警告，都没留意到哈孔已经离开了房间。

现在他是全瑞典的国王，高层政要已经聚到他门外要求他登基了。他们的请求是出于真心的期望还是有什么目的？他们对他的爱胜过对自己儿女和兄弟们的爱吗？然而他可不能跟这些老人们直说这些，他们应该已经细细衡量过自己说的话了。他能跟那些同龄人说这些吗，那些跟他一起玩儿的伙伴跟他相处都是小心翼翼的，他们对这些政事可是一无所知的。他感到前所未有的孤独，他将独自挑起老国王的权位。没什么比瑞典王国更重要的了，在所有的瑞典国王中，他希望自己是独一无二的一个。他难道没有从上帝那里得到预告吗？这么年轻就当了国王，他未来的路还这么长？老国王已经惹恼了上帝，离开了这世间。远处传来了歌声，还有鼓和小号喜庆的音乐声。

主教是对的。主教说过瑞典是这世间最伟大的王国，她的王宫就在一个平凡的小城里，再没别的了。主教给他戴上了王冠，他戴着王冠去教堂行礼。他难道不是从出生之时，六月的那天凌晨，太阳刚刚升起的时候就接受它了吗？铺在街道上的毯子被他的马蹄踩出了很多洞，他送给了农民做服装，但是贵族们还得走在毯子上，政要大员们还是需要华服，还得去满足这些人的要求。为什么要去尊重那些心底其实不愿去尊重的人呢？他们都得到了国王的特许吗？需要宣誓的是那些政要，可不是他。他当国王时的起誓已经在圣坛上沉默着向上帝说过了。现在，现在他已经统治了整个瑞典了！

他走到挂镜旁，漫不经心地看着自己少女一般的肌肤里的小痘痘，用手指狠狠挤压着眉毛末端。

然后他站起身来，两腿分开坐在了一把椅子上，骑着椅子在房间里转来转去。

"前进，伙计们，为你们的国王而前进吧！跳过去，宝贝，跳啊，跳啊！"

他想象自己骑马穿过一片草地去攻击敌人，有很多枪朝他的胸膛射来，但都落到了草地里。旁边的高处站着很多看热闹的人，法国的国王骑着一匹白马从远方赶来，挥舞着他的帽子。

下面的大厅里，老政要们仍然站着在聊天。他们听到了撞击声，停止了聊天，听着，但克伦姆一边写一边喊道："这只是陛下勤于政务的声音。他正在考虑要怎样回报我们这么支持他。"

瓦伦司特德不屑地撇了撇嘴，白了他一眼。

国王在房间里转够了之后，突然想到了什么，走到门口。

"科林克！"他大叫道，"科林克，你能不能告诉我，我刚刚为什么有想去康莎骑马猎熊的想法呢？"

快乐而面色红润的科林克轻声答道："因为现在伸手不见五指，天气也不好，熊都还在睡，因此打猎是不可能的。要我下令牵马拿火炬过来吗？"

"你还有更好的提议吗？"

"别的什么都好说，但是——"

"不，你说得没错。我们必须骑马去康莎，就因为这看上去不太可能，因为我们想要这么做。"

一会儿之后，国王骑马走过皇后大街，经过圣克莱尔墓地附近的郊区，到了一栋涂着黄漆的房子前。这里住着一位寡妇玛琳大妈，她经营着一家小旅馆。泥巴地里插着纸板当围栏，工匠们站在这上边修建城堡，夏天他们完成了自己的工作之后，就在玛琳大妈家喝酒取乐。一个角落里有一栋休息室，里边有壁炉和烟囱，休息室一扇窗面对着皇后大街，另一扇则面对着里边的李子树和花圃，这时候花圃里铺满了白雪。过去几个礼拜，玛琳大妈每天都往休息室里边送食物，但她的老主顾没人知道那休息室里住着什么样的人，那个人不知有什么来头，尽管玛琳大妈没多少积蓄，但还是在一个没落的贵族家庭里为那个人买了一架钢琴，晚上有时候，能听到紧闭的门窗后，传来从没人听过的音乐声和轻声歌唱的声音。

国王的侍从打着火把过来了，玛琳大妈透过门的缝隙朝黑漆漆的街道上查看。

"是国王！"她叫道，跑到休息室门口，敲打着门，"来的是国王陛下！熄灯从窗帘中间偷偷看吧！"

"他的面容多么英俊啊，年轻有为的国王！"她说着，回到了她的小房间，"他的生命纯洁而高尚。但他为什么要违逆上帝的意愿，自己给自己加冕呢？这也是他会犯错的缘由，在教堂的时候，那神圣的膏药盒'砰'的一声掉在了地上，这就是预兆。"

这天晚上之后，又过了好几个月，花园里的栗子树、李子树、灌木和茶树都返青了。从宫里到卡尔伯格堡，都立起了五朔节花柱。

国王旁边坐着的是霍尔斯坦公爵，他是来迎娶国王的姐姐海德薇格·索菲亚公主的，以结束宫廷里这难以忍受的沉闷气氛。他们经过玛琳大妈家的休息室时,霍尔斯坦公爵不经意地瞥到了大开着的窗户,看到了里边的人。

傍晚时候,出现了一个披肩领子高高竖起的人,偷偷地敲着旅馆的门,但玛琳大妈对他的态度不太友好,"戴着你的高领见鬼去吧!"她说。

他大笑着,用蹩脚的瑞典语解释道。

"我在这里的一艘德国战舰上作战,只是想来您这里喝一杯浆果汁而已!很快就会走的!"

他往她手里扔了几枚硬币,并把她推到一旁。她差点给了他一巴掌,但她数了数钱,然后就不再生气了。她把那杯糖浆放到花园的泥制的长椅上,而她自己则坐在了窗帘拉了一半的窗口偷窥新客人的言行举止。

他啜了一口果汁,脚后跟在沙子上滑了几下,观察着周围的环境。坐了一会儿之后,他觉得没人在看他,就站起身来,把高领往下拉了一下。他年轻又英俊,看上去意气风发,很讨人喜欢,他沿着小道慢慢走着。

"真是鲁莽的淘气包!"玛琳大妈咕哝道,"我猜他一定会去敲休息室的门!"

他果然去敲了休息室的门,却没打开,他于是渐渐靠近了开着的窗户,帽子则被他像骑士一般地夹在手臂下,然后他坐在窗台上说起话来,语调很轻,但语气很坚定。

这时候玛琳大妈再也耐不住了,走了出来。她走到沙路上,手指间绕着一圈线,偷偷探出头去看,同时仔细思考着自己该骂什么话。但她再走了几步,年轻人从树篱后跳了出来,愤怒地咆哮道:"哈,你这干瘪老太婆,滚开!我是霍尔斯坦公爵,但你不能告诉任何人我要她去干什么!"

听了这话,玛琳大妈非常惊讶,她转过身去,捶打着自己的膝盖,回到休息室,询问了里边的人,她听完那人的解释,然后拍打着膝盖,不敢相信，在她这个小旅馆里居然有如此非同寻常的事儿发生。

夏天无风的傍晚，栗子树一动不动，公爵总来这里，不论他怎么敲，休息室的门从没有打开过，但他会坐到窗台上，而玛琳大妈的围裙口袋里会多一枚达科特金币，她会在那里放果浆和酒，有一次甚至拿来一块葡萄干蛋糕，她用蛋清在上边写道："至高无上的国王"。

这天傍晚，公爵逗留的时间比以往更长，休息室里传出了钢琴的声音。

终于，他起身要走的时候，说道："权力，权力！为什么，大家都想得到它？为什么就你一个保持沉默？想想吧，你父亲已经什么都没有了。再见，再见吧！如果你不能征服那只狮子，你就会被狼吃掉。"

公爵站在窗前，周围一片寂静，因为小旅馆里的所有人此时都已经去睡了。

"你不回应我，"他继续说，"是害羞吗？那就用什么回应一下吧。在琴键上敲一下表示肯定，但如果你小手指发抖了就表示否定，绝对的否定。"

他在小道上徘徊。夜晚的天空清爽无云，也没有光，他感觉像是身处在栗树丛中却找不着任何可采摘的果实，突然他听到钢琴和弦的音乐声，从头上摘下帽子，用斗篷包裹着自己，迈着轻快的步伐从花园里出来。

那天晚上之后，玛琳大妈一直想着黄昏要为那位绅士开门，但却总没等到人。她不耐烦地从口袋里掏出金币数了起来，诅咒自己，因为她没有及时地诱惑绅士，从他那里得到更多钱。

一天傍晚，一个理发师的寡妇被埋在了玛琳大妈家附近的圣克莱尔墓地，十二个打着火把的人离开后，两个掘墓人留下来看守。他们坐在坟墓旁的木板上，说丧家的坏话。

"他们应该聪明一点儿。那老巫婆脸上盖着一顶系着黑丝带的麻布帽子，像个贵妇人一样，桌子上摆着香草蛋糕和蜜饯，我们在这里却一口酒都没得喝。"

"我在墙头看到玛琳大妈的房间里有光,我们要不去那儿讨一点吃的?"

他们走到街上,到了黄色木房子前,捶着门。

玛琳大妈拉开了一边的窗帘。

"你们来得正是时候,孩子们!"她见是他们,说道,"这些天没人会施舍你们,不过你们可以在我这儿得到一点钱。"

她把窗帘又拉开了一点,说话的声音更低了一些。

"给你们每人一张查理币。是的,看着吧,不安分的家伙,不论怎么揉都没事。这里有一个侍从,身份很高贵,很快你们就会知道的。通常黎明时分有很多宫廷里的傻子从这里经过,有一个年轻的绅士会到你们那里,你们就假装去搭讪,绊倒他,打趴下他,然后你们再逃跑。"

"这主意听上去不错啊!"他们答道,摸着钱币,"越是难做的事,就越想去做,不然不够刺激。"

他们回到了墓地大门前等待着,听到了玛琳大妈跟房间里的人在低声说什么。

时间变得非常漫长。一颗星星在停尸房上方闪烁着,打更人在布朗可伯格提醒人们防火,黎明很快就要来临。

玛琳大妈踩在去休息室的木地板上,木地板发出吱吱嘎嘎的声音,那个宫廷侍从打扮的高贵的人走路时脚有点呈内八字状,理了理衣服上的扣子,下楼来到了掘墓人这里。

皇后大街尽头的小巷里传来喧闹和马的踢踏声,宫廷里的人出来了。最前面的是科林克,他喝得醉醺醺的,只能死死抓着马的长鬃毛来保持平衡。他的后边是国王、霍尔斯坦公爵还有十来个骑着马的人。他们手里都拿着剑,穿着衬衣。国王喝酒喝得醉疯了,剑戳碎了窗户玻璃,推翻了告示牌,砍烂了木门。他无须听从任何人的命令,他现在想干什么就能干什么,没人会责备他,谁又敢去责备!晚餐时他打翻了侍从手中盛点心的盘子，把蛋糕的碎屑涂到他们的衣服上，那样他们衣服上白色的污渍像是雪球一样越滚越大。无法忍受的旧时代已经过去了，老人们打着哈欠，想吸鼻烟的时候就吸，他们再无须参与什么活动，所有大事都与他们无关。国王致力于把老王国变得朝气蓬勃，充满活力，整个欧洲都会震惊的，现在他就是全瑞典的主人！

这时候，那个不知名的高贵的侍从打扮的人自己躺在了墓地大门前的地上，两个掘墓人尽情地折磨、欺负他，抠着他的喉咙。

"谁在那儿？"国王喊道，并去追两个掘墓人，他们则从坟冢和十字架之中逃了出去。国王紧紧跟着他们，刺了他们中一个人的左臂好几剑，血液流了出来。最后，为了防御，他们举起了寡妇填了一半的坟头上的一块木板。见此情景，国王大笑着放了他们，又回到了墓门旁。

"是宫里的人？"他询问着爬起来的宫廷侍从打扮的人，"什么，你居然那么糊涂，忘了我们这时候是不戴假发的吗？没关系，坐到我们的朋友科林克后面去吧，紧紧地抱着他的腰，快去！"

这一群穿着衬衫的人，跑过街道和山坡，挥舞着手臂，国王摘下他的帽子，用剑把它砍成了两半，在那些闻声而到城门边的半睡半醒的居民们中间穿梭，叮叮砰砰的声音敲醒了马歇尔·斯特恩伯克将军，这位德高望重的老人穿着睡衣走到窗前，低着头开始悲叹，旧的时代已经过去了。

"这就是生活！"霍尔斯坦公爵大声喊道，"把帽子扔出来！我们要是能带上所有喜欢国王、追求国王的女人就好了！把发套扔出来吧！踩着马镫往你们的马头上撒尿！哈，来呀，伙计们！见你的鬼去吧，维瓦特·卡罗勒斯，瑞典国王，自由的国王！"

衬衫飞出来了，帽子、头套和手套都被扔到了街上，马儿们火速跑了出来，蹄铁都能溅出火花来。

疯狂的骑士们回到城堡，从马鞍上跳下来，让马儿以最快的速度狂奔。在楼梯上，他们打烂了灯罩，对着维纳斯的大理石雕像开枪。

"上啊！"国王叫道，带着所有部下冲进了小教堂，狠狠地抽打教堂里的所有人，"周日要揍他们一顿！"

公爵拍打着地面要求大家安静，科林克将色子扔到祭坛里，一只手伸到嘴旁以保持沉默。

"亲爱的听众们！"公爵开始说道，"我高贵的妻弟将于今天上午这时候来做出他心灵的选择并告知他忠诚的臣民，没什么比这事情更严肃的了。想想那些主动示好的女人！那个来自巴伐利亚的女人，跟她可爱的母亲一起流浪到这里，尽管自城堡被烧毁后，这里再没什么可供她居住的地方了！哎哟！有傻瓜说，这个女的只比陛下大了八岁。还有符腾堡公主，她已经过来祭奠先王陛下，她胸口不舒服，葬礼的时候经常咳嗽！就搜皮梅克伦堡格拉博公主，她跟她母亲一样，也想要爬到国王的怀里。还有蒲露莎公主，她才比陛下大两岁，还有丹公主，小金丝雀儿，才比陛下大五岁。她们都醉心于追求国王，精心打扮自己，美化自己的形象，这都是因为爱情使然。"

国王觉得有些难为情，回应道："我不是常说四十岁前不考虑结婚吗？"

公爵察觉到国王有点难堪，朝从旅馆里出来的宫廷侍从打扮的人眨了眨眼，又开始敲起地板来。

"很好。瑞典的国王陛下果然只爱荣誉和子民，而不好女色。所有人都去死吧！我要是瑞典国王，我就会召集所有美女来我这儿寻欢作乐，把那些老家伙们吓一大跳。我是说真的！她们会坐在我们面前的马上，跟我们待在一起一直到天大亮为止。但是，我好像还能说一会儿！跪在椅子上，嘿！打破陈规，突破现状！猛跺地板！天啊，拿水过来！国王渴了！拿水或果酒来，只要果酒，果酒！"

国王面色发白，手放到额头上。别人在旁边涨红了脸跑来跑去他都无所谓了。从心底而言，他也许并不深爱他们中的任何一人，他们喝醉了相互指责大骂有什么关系呢？只要没有人说他什么就好了，他可是上帝派遣来的君主。

"够啦，伙计们！"他喊道，想把剑插进鞘里，却发现剑鞘不见了。因此他十分冷静地把剑插进了外套里，坚定地朝门外走去。

公爵拽着那个不知名的宫廷侍从打扮的人的手臂，低声说了些什么，用手比画了几下，侍从打扮的人马上跟着国王，为他打开了门，跟着他回到宫里。

"我绝不再喝酒了！"国王想道，"我可不能忍受人们对我指指点点，说我说话结结巴巴，走路要侍从扶。我要比他们更受人尊敬。果酒也不比啤酒好喝，这也要看人的习惯。真正聪明的人喝的是水。"

他们一起走上楼梯，穿过走廊，到了他的寝宫，瓦伦司特德和几位其他高官已经在这里等着了，瓦伦司特德噘起了嘴。

"早晨六点。"他说，"这是我们通常来商讨政事的正常时间。"

"如果有什么犯罪案例，我就会早点到。"国王回应道，"不然我不会这么早上朝，我应该想我要做的事。"

他没有像他父亲一样，喜欢上玩扑克，他像仕女注意宫廷礼节一般地注重自己的尊严。他微微笑着点点头，直接走到了官员们面前，这样他们不得不从房间里退了出去。

"把一个孩子扶上宝座就收获了如此回报！"他们愤懑不平的声音瓦伦司特德都听在耳里。

而侍从打扮的人却在他们身后"砰"的一声把门关上了，这可逗乐了国王。他靠在他父亲之前收集珠宝和其他无价之宝的匣子旁的高床上，现在那匣子里装的都是保存在大象宝库的宝物。

"你叫什么名字？"他问那个侍从，"你为什么不回答问题？"

侍从喘着粗气，不断拉扯着自己的衣服。

"哎哟，回答我呀，伙计！我想你应该知道自己的名字。你几乎是背对着我的，我都看不到你。"

然后侍从走进房中，摘下头上的假发，扔到床头柜上，答道："我叫罗达·德乐维利。"

国王这才发现这侍从居然是个年轻的妇人,眉毛漆黑,她黄色的头发用卷发器烫过,嘴唇旁有一道浅浅的阴影。

她扑到他面前,双手环着他的脖子,热切地吻着他的左脸。

这个十六岁的少年第一次失去了自控能力。他眼前冒着火光,脸颊变成灰白色,双手垂在两旁。他只看到少妇的外套胸部以上没有扣上,露出了里边的蕾丝。她继续紧紧拥抱着他,一直吻着他的唇。

他没有回应也没有拒绝,只是一点点地举起双手,把她的手臂举过头顶,然后,深深朝少妇鞠了一躬,退到一旁,说话也变得结巴起来。

"抱歉,女士!"他的脚往后蹭,跺了一下,每退后一步就鞠一躬,退得越来越远,"抱歉,女士,很抱歉!"

之前她想说的话,一直都在她心底盘旋,而现在她却忘得一干二净。她随意地说着,自己也不明白自己说了什么。

"仁慈一点儿,先生!要是上帝因我的行为而惩罚我,他会遗憾的!"

她单膝跪在了地上。

"我在马背上见过你,先生,我在我住的地方的窗前见你。在我来这儿之前,我想象过见你的情景,我的男人,亚历山大。"

他立刻走到她身旁,扶着她的手肘,非常绅士地把她带到一把椅子旁。

"不要这样,不要这样。请坐,请坐!"

她一直握着他的手,微微皱着眉,热切地看着他,然后轻松地大笑起来。

"啊,哎,先生,你真是绅士,跟那些牧师一点也不一样。你是我遇见的第一个能正眼看人而不蔑视他人的瑞典人。你的亲信们喝酒、掷色子、玩女人,而你什么也不做,甚至看都不看一眼。我们还是好好说话吧,先生。"

女人的香水味、头发的味道让他难受到差点呕吐。她的拥抱，她温暖的手，让他像碰到了老鼠或一具尸体一样感觉恶心。作为天之骄子的国王和一个男人，让一个陌生人触碰到他的衣服、脸和手，他觉得自己受到了冒犯和玷污，而这个女人现在把他控制住了，让他无法脱身，那么这个直接碰了他的人马上就变成了他的敌人，他想要征服她，希望能把她压倒，以示对她的惩罚。

"我还是个小孩子的时候，"她继续说道，"我的牧师就爱上了我。他颤抖着双手，不断自言自语，念着祈祷词，我就跟这疯子玩儿，骗他。先生，你跟他太不一样了！你没有回应我，你非常平静，先生。就是这样，从里到外都透着正直。"她玩笑似的大笑，"哈哈哈，我都不知道是否能把这称为正直。"

他想要把手抽出来，不断使着劲。这几个礼拜，公爵、随从和侍卫们都在他耳边推荐那些漂亮的女人，这个，也是他们背后给他找的？那么，他就不能有一点清静的时候吗？

"抱歉，女士！"

"我知道，先生，你可以坐着好几个小时欣赏版画，你尤其喜欢那里面个头很高的年轻女士，也许只是因为你继承了你高贵的祖母的艺术特质，但你会一直那样吗？我又不是个死人，先生。"

经过不断挣扎，他用力挣脱罗达·德乐维利的拉扯，把她从椅子里拉了起来。

"不，你是个活的随从，女士，我命令你下楼去，把我的同伴们送到东边的前厅。"

她马上看出自己的意图无望，嘴唇旁的阴影更深更重了。

"遵命。"她回应道。

只剩了国王自己的时候，他又恢复了之前的平静，只是他有一点生气。这次意料之外的插曲让他酒意全消，他不希望像个不胜酒力的人一样，晚上通宵达旦之后就去睡了，而是想一直玩儿乐下去。

他脱下了外套,手里拿着剑,穿着衬衫去了东边的前厅里。

这个房间里满是已经干了的血渍。地板上坑坑洼洼里都是血液,墙上的人物肖像画,眼睛都被挖空了,上边挂着头发,还有长长的血迹。

外面的房间里传来一声牛的叫唤声。一只小牛犊被牵到了地板中央。

国王狠狠咬着下嘴唇,都发白了。随着一声口哨,牛转过了头。它闻到了血腥味,就把头伸出了玻璃破碎了的窗口,看着路上的行人。

同时,公爵在门外低声急切地跟罗达·德乐维利在说着什么。

"那么,没人能征服我高贵而固执的妻弟了。可爱的老哈妮很爱讲烹饪和美食,但那好像一点用也没有。他要不是继承了他父亲的冷漠,就会变成一个瑞典的魔王。他要不能变成神,就会变成魔鬼!小巢穴要是容不下大鸟,他就会摧毁这巢穴。嘘!有人来了。不要忘了!今晚九点在玛琳大妈那儿见,备一点无花果和葡萄干!"

他们身后的楼梯上,忠实的老仆人哈孔牵着两只羊出现了。他站在那里双手一摊,焦急地叹息道:

"唉!他们把我的小主人怎么了啊?在瑞典的国王家族里还从来没发生过这种事。万能的上帝啊,不要再给可怜的我们更大的灾难,因为不论是瑞典人还是我们的君主都希望过上宁静的生活。"

仲夏征兵

两个小女孩儿抬着一个筛子站在草地上,旁边一块长满了苔藓的石头上,他们的哥哥阿克塞尔·弗雷德里克懒洋洋地半睡半醒地坐在那里,今天刚刚过二十岁的生日。他的未婚妻小乌里卡来家里帮忙,用镰刀砍下松枝放在筛子里。两个小女孩儿伸出双手抱松枝,竭尽所能地帮乌里卡,融化的雪水从桦树和桤树上掉落下来。

"喔,喔,这么好的天气,连姥爷也出门了!"看到姥爷从下边的大房子走出来,乌里卡喊道。

两个小女孩儿也开始欢呼雀跃起来。她们合力提起筛子,朝大房子跑过去,筛子摇晃着,她们唱道:

> 春天的鸟儿呀,歌声多么美妙
> 来吧,小牧羊女,来吧!
> 今晚我们要在这小谷里唱歌跳舞

围篱的另一边是邻居家的地，雇农埃利亚斯从树林里带来了最后一捆木头。水从他的木屐上滑落，两头红色的牛犊银角和约曼，它们的轭架上挂着花楸树枝辟邪。埃利亚斯也开始唱了起来：

　　春天的鸟儿呀，歌声多么轻快
　　来吧，我的小羊羔，噢，来吧！
　　花儿们今晚将破土而出

但他唱到这里就不再继续了，而是弯腰对围篱这边的阿克塞尔·弗雷德里克说："打猎时候的火药味真难闻，烟囱里又掉烟尘，看来还会持续冰冻。"

大房子的门前有一个茅草棚，棚顶的茅草很乱，夏天，家里在这里会养一只羊。姥爷穿着一件灰色的双排锡铅合金扣大衣坐在下边的长椅上，乌里卡领着两个小女孩儿过去向姥爷问好。他们穿着的粗布衣服是家庭手工用越橘汁染的，小女孩儿每曲一次膝，就会在湿润的台阶上印上紫色的圆圈。

祖父用手背抚过乌里卡的脸颊。

"孩子，你一定会成为阿克塞尔·弗雷德里克的得力助手。"

"要真是这样就好了，姥爷。这庄园很大，这里有很多地方需要管理，而我还不习惯。"

"啊，是的。阿克塞尔·弗雷德里克那么小就失去了双亲，真是遗憾了，他的姨妈和我是他仅有的亲人。而现在我们每天仍然要照顾他，还有你，孩子，你必须要学着掌管这个家。最难管的就是那孩子了，他身体不太好。啊，亲爱的孩子们，感谢上帝赐予我们这美好的一天和这和平的时代！"

姥爷闻到了燃烧的杜松的烟味，骂了几句，因为木头潮湿，这样会产生很多烟尘。

他身后的厨房窗口里站着他两位女儿,为一头病了的小母牛在调制海狸香和月桂树叶浆。两人都穿着黑色的衣服,银灰色的头发都被梳到了脑后。

"阿克塞尔·弗雷德里克怎么没跟你在一起?"她们问乌里卡,"记得告诉他晚餐有他最爱的蜂蜜布丁蘸糖浆,还有青葱猪肉。"

"好呀,好呀。"姥爷听见了,说道,"今晚让仆人们休息休息吧。"

乌里卡马上去了仆人房间,仆人们都在这里捡短麻线,但还没捡多少,她好像听到了什么,年轻稚气的脸上露出了焦急的神情。

"但是,乌里卡!"姥爷叫道,"我看不清楚这个,乌里卡!过来,乌里卡!"

她把刚刚还在手里的钥匙挂到了门后,走了出去。

"那里不是有人骑马过来了吗?肯定是邮差来了。"姥爷问,"我已经三个月没收到过信了。等信真等得心慌!看看他,看看他!他正在包里翻着呢!"

邮差停在了阶梯前,拿出了一个封好的折叠的信封。

姨妈们到了姥爷两旁,给他戴上了老花镜,他的双手却颤颤巍巍地,打不开信封。大家都很着急,想马上看到信的内容,乌里卡就帮姥爷打开信封,并靠在姥爷的手臂上,指着上边的文字,给大家念了起来。

终于,她紧握着双手,盯着阿克塞尔·弗雷德里克所在的方向,眼睛里涌上了泪水。

"阿克塞尔·弗雷德里克,阿克塞尔·弗雷德里克!"她大喊道,从沙地上跑到草地上,"真不敢相信,天啊!"

"出什么事了呀?"阿克塞尔·弗雷德里克漫不经心地回应道,吐掉了含在嘴里的干草,他面色清秀,声音很好听。

"阿克塞尔·弗雷德里克,你不知道!丹麦要进攻霍尔斯坦,国王下令征兵,你在应征之列!"

他跟着她回到了大房子里,她则拽着他的手腕。

"亲……亲爱的孩子们！"姥爷结结巴巴地说，"我耄耋之年还遇到了这样的灾难！我们要打仗了！"

阿克塞尔·弗雷德里克站了起来，沉思了一会儿。

然后他抬起头来，回应道："我不会去的。"

姥爷在阶梯上焦急地直跺脚，而两位姨妈也在他旁边来回地走动。

"你已经在应征之列了，亲爱的孩子。唯一的办法就是我们也许要雇另一个人同去。"

"那当然再好不过了。"阿克塞尔·弗雷德里克平静地说。

他走进了大房子里，而乌里卡用围裙擦拭着眼睛，倒在了床上。

晚上，吃过蜂蜜布丁之后，他们围坐在桌子旁，姥爷通常是要赶制一百张网，但他今晚一直在发抖。

"斯德哥尔摩肯定乱成一团了。"他说，"芭蕾舞会、假面舞会，街上铺着地毯，各种各样的小丑、巫师随处可见，这样铺排的时代已经过去了，我都听够了。钱用光了，国王就开始卖王冠上的宝石。现在我们的陛下一定学到什么了。"

阿克塞尔·弗雷德里克回到了烛台旁，懒洋洋地趴在桌子上，两位姨妈和乌里卡则清理着桌面，乌里卡眼睛都哭红了。姥爷点点头，咳嗽了一会儿，然后继续说话。

"已经过去的和平的日子里，什么都没有留下，只有贪婪和敲诈，最坏的家伙们则阴谋篡位。我想这些权贵们现在就手足无措啦，哈哈！你们应该知道，我年轻的时候，奉命去参过军。来到战场上，战鼓敲响了，军旗飞扬，战马披着绣着花纹的长马鞍，我们身着佩着穗带的大衣，整装待发。"

姥爷拿起纱线想要系好，却又丢到一旁，站起身来。

"你要是见过那场面就好了，阿克塞尔·弗雷德里克。在月夜里，我们出征前站在冰天雪地里唱着圣歌，我认出了纳尔金人镶有白色滚边的红色军服，像是皱了的郁金香一样，还有克鲁努贝里人的黄色军服，卡尔马人的灰色军服,达拉那人的是天蓝色的,西哥特兰人的是黄色和黑色的,当然还有穿着其他服装的很多人。战斗即将开始,但大家都一片沉默,一切肃穆而简单。"

房间里顿时一阵沉默。

然后阿克塞尔·弗雷德里克说道,好像是自言自语似的:"如果衣物和装备都很好,也许在军营就过得不错了。"

姥爷摇了摇头。

"你身体不好,阿克塞尔·弗雷德里克,穿越整个王国去丹麦,这路途太遥远了。"

"是,长征我走不了,但要是有埃利亚斯和棕色的长马车也许可以。"

"你当然可以把他们带去,任何时候都可以使唤他们,但你没有带桩和钩子的布帐篷,还缺少其他的一些必备品。"

"路上埃利亚斯会给我买的,至于军服,我自己有。"

"等一等,等一等。"姥爷变得热切起来,穿过房间去打开衣柜,"乌里卡,过来,乌里卡,再读读那封信,圣上在穿着上还有什么要求。"(他鞠了一躬)"就放在桌子上!我们这儿有镶着铜扣子的大衣,还镶着绿呢滚边。是的,还有防护衣。就读一读外套的部分!"

乌里卡剪掉了一截牛油蜡烛的烛芯,然后双手挡在了眉毛上方,大声而平静地读道:"蓝色的短装,红色的衣领,镶着红色的呢子衬垫,前边有十二颗铜扣子,上边有四颗,口袋下边还有三颗,衣服两侧各一颗,每个袖子上还有三颗小一点的。"

"八——十二——对了。现在读一读有关裤子的。"

"裤子是用鹿皮做的,三颗扣子上都镶着麂皮。"

"家里有一条,但是薄了,很快就会有洞了。不过,埃利亚斯在路上会给你买一条新的。还有帽子和手套,它们在哪儿?"

"在门口的箱子里。"阿克塞尔·弗雷德里克答道。

乌里卡读道:"很大很长的黄色牛皮手套,很硬很结实,还有鹿皮或山羊皮的。还有优质的瑞典皮革蜡做的鞋子，还有鞋带。底部和鞋中底有鞋垫，鞋扣是黄铜的。"

"鞋子和皮革蜡的靴子在这里，还很好。你可以用我的马刺。你会是个很俊的瑞典战士，亲爱的孩子。"

"领带——一条黑色瑞典羊毛呢的，两英尺半长，九英寸宽，两头各有一条半码长的皮革绳，还有两条白色的。"

"埃利亚斯会在厄勒布鲁给你买的。"

"手枪——四把。黑色的皮革枪套，上边镶着细平布。"

"你一定要带上我的枪，还有大刀，护套是牛皮的，刀把是麋皮的。瑞典的士兵就应该是这样的。我们必须也得想想埃利亚斯要带的东西并把它们都装进背包里。"

阿克塞尔·弗雷德里克双手一摊。

"我现在最好上楼去好好休息一下。"

这会儿大房子里有了争吵声。每天这里都有敲敲打打的声响，壁炉里在烧火，晚上则点燃了蜡烛。唯一黑暗的地方就是阿克塞尔·弗雷德里克的房间。

阿克塞尔·弗雷德里克在家里的最后一个晚上，只有他去睡了。天亮了，所有灯光都熄灭了，姨妈们叫醒了他，给了他一点热水在床上喝，因为晚上她们听到他咳嗽了。

他下楼来到客厅，大家已经都起来了，就连男仆女佣们都在，桌子如往常一样摆在那里。他们一起吃早餐，什么话也没说，但吃过饭后，他们起身给姥爷拿来了《圣经》，乌里卡读《圣经》的声音哽咽，她停下来之后，姥爷双手扣在一起，闭着眼睛说道：

"跟我的先辈们一样，在这离别的时刻，我也把手搭在你身上，我的外孙子，祝福你，我已经活了这么多年了，谁知道我哪天就死了呢？至高无上的上帝啊，我在这里祈求他会带给你荣耀，我们所忍受的苦楚会让我们这个小国变得更繁荣富强。"

阿克塞尔·弗雷德里克站在桌子的一角，用手指托着盘子，忽然外边传来马蹄声，棕色的长马车已经在外面了。

所有人都走了出去，阿克塞尔·弗雷德里克坐在埃利亚斯旁边，穿着外祖父的狼皮外套，还是觉得有点冷，因为春天里，屋檐和树上都有露水。

"这是黄油桶！"姨妈们说，"还有面包袋。听着，埃利亚斯！座箱里有方块蛋糕还有水瓶。如果压力太大，任务很紧，亲爱的阿克塞尔·弗雷德里克，别忘了回家来！"

但是外祖父插进了她们之中，双手搭在了马车后面。

"箱子在右边吗？现在看一看！有刷子、掸子和刮刀，有粮食包和水瓶，这些都是必备的。箱子里还有罗盘、刀和勺子。"

乌里卡就站在他们身后，但没人察觉到她的存在。

她轻声说："阿克塞尔·弗雷德里克，夏天的时候，我傍晚会出门在黑麦上刻下快乐线和悲伤线，第二天早晨看哪一支长得最高——"

"现在都好了！"外祖父插话道，都没听到乌里卡在说话，"愿上帝保佑你和埃利亚斯！"

路旁站着很多农民和工人。

埃利亚斯举起鞭子，阿克塞尔·弗雷德里克则把手放在了缰绳上。

"这一路也许不好走。"他说。

"现在自由了，"埃利亚斯回应道，"也不是什么好事。"

阿克塞尔·弗雷德里克的手缩回袖子里，人们沉默着看着马车离开。

几个礼拜过去了，树都开花了。军队慢慢地穿过荒无人烟的瑞典，阿克塞尔·弗雷德里克穿着大衣坐着睡在埃利亚斯身旁，神情平和，羊毛手套都湿了。从兰斯克鲁那出来之后，棕色的长马车就落后于整个队伍，马儿站在阳光下，在壕沟旁吃草。马的主人和同伴肩并肩地睡在一旁。

马儿因牛虻而受惊,水被泼到了壕沟里,有几个乞丐开始对睡觉的人开骂,但他们仍然坐在那里睡,似乎一点也没受到干扰。

然后他们身后出现了一个衣衫褴褛的人,他骑着马赶过来,戴着亚麻色的大号假发,停在了他们的马车旁边。

埃利亚斯用手肘推了推阿克塞尔·弗雷德里克,拾起了缰绳,而阿克塞尔·弗雷德里克根本不愿意睁开眼睛,只是哼哼唧唧地说:"好的,继续赶路吧,埃利亚斯!我想在经历磨难之前好好休息休息。"

埃利亚斯又推了推他。

"起来,起来!"他低声唤道。

阿克塞尔·弗雷德里克懒洋洋地睁开一只眼睛,马上就变得面红耳赤,站起身来,还没下车就向来人行礼致意。

他马上想起来之前看过来人的照片,正是十八岁的国王。然而他变得真快!这个高贵而威严的年轻人是几个月前砍牛头、打破窗户的小孩子吗?他居然长得这么快!他个头还不到自己的一半,脸很小,但是前额很高,蓝色的眼睛很大,深陷在眼窝里,闪烁着迷人的光芒。

"这位绅士应该脱下外套,那样我才能检查他的军服。"来人不慌不忙地说道,"大地已经返青啦。"

阿克塞尔·弗雷德里克费劲地脱下外祖父的上衣,累得气喘吁吁的,国王仔细检查了外套和扣子,感觉了衣服的材质,拉扯并数了数扣子。

"很好!"他用老成的语调说道,"现在我们都是新兵。"

阿克塞尔·弗雷德里克直挺挺地站在那里,茫然地盯着马车的轮子。

然后国王慢慢地继续说道:"几天之内,我们就有可能要面对敌人了。有人告诉过我,在战场上,没什么比干渴更难熬的了。如果这位绅士你偶然在战场上见到了我,就上前来,把你的水瓶给我。"

国王再次骑上了马,阿克塞尔·弗雷德里克就坐下了。他没有热爱也没有憎恨,既没有担心,也没有过度兴奋,只是在思考着国王的话。

睡的时候他把大衣放在了自己和埃利亚斯之间。黎明时分,马车终于驶入兰斯克鲁那时,大部队已经支好了帐篷。阿克塞尔·弗雷德里克四处找寻着自己所梦想的盖着桌布的桌子,但他却只看到沉默寡言的一大群人,相互握着手,看着厄勒海峡,海浪不断冲刷着天边的云,瑞典的军舰上飘扬着各种各样的旗帜。

第二天早晨埃利亚斯就把马和马车都送到了牲口棚,因为国王已经控制了所有的船,只有在船队启程之后才能跟一艘渔船去泽兰。国王一直站在海滩上,几乎已经到了水里,嘎吱作响的钢缆把巨大的船锚抛出水面,泥土到处飞扬,船开了。桅杆上,风帆鼓起来了,阳光照耀着船上的灯笼和船尾的玻璃窗上,反射出金光。海上波涛翻滚,闪着金色的光芒,大帆船的影子也随之摇曳生姿,船上的三叉戟遥指向了海岸那边奇异的未知的土地。开出去了好久,那种云雾缥缈的景象才逐渐散去,海面一片澄澈蔚蓝。

然后,国王就忘乎所以了,他身体里男孩儿的本性又恢复了,他开始拍起手来,他站在船尾的灯笼前,周围都是跟他父亲年纪相当的头发灰白的军人,他们也微笑着拍起手来。就连主教大人爬上木梯也跟海员一样敏捷。这里再没有长幼之分,也再没有人争风吃醋,都是朝气蓬勃,斗志昂扬。

就像是得到了某种暗示,音乐和鼓声也同时响起,刀都从刀鞘里飞舞出来,海军将领安卡斯特纳也在喇叭里喊话,十九艘战舰上和百艘小一点的船上都响起了歌声。

埃利亚斯看到阿克塞尔·弗雷德里克在船上,正坐在外祖父的外套上,周围满是废弃物、尘土等。但埃利亚斯看到他的时候,他也慢慢地站了起来,跟别人一样挥舞着刀,看着舰队在水上消失,他的手在眼前挥舞了一下,摇了摇头。

埃利亚斯转身面对着牲口棚,抱怨道:"他身体这么虚弱,要是没有我,他一个人该怎么办呀?"

几天之后,埃利亚斯独自一人赶着马车来到了斯莫兰。他一经过那个睡着了的守城门的官员，那些农妇们就认出了他是瑞典人，便打开了家门，相互问着瑞典人是不是真的占领了泽兰，听说国王已经为这场胜利亲自下跪感谢上帝，但却因害羞而结结巴巴。

他只是点点头表示听明白了，并没有说话回应。

他一天天地往北方走，紧拽着马车旁的缰绳，马车上盖着一块旧帆布。

终于，一天傍晚，他走回到了大房子前的树篱前，一听到马车的声音，大家就都认出了这个声音，他们惊讶地聚集到窗边，外祖父走到外边的台阶上，乌里卡站在了院子中央。

埃利亚斯手握缰绳，慢慢地走着，马儿则站在了台阶上。

然后埃利亚斯小心地从马车上揭下帆布，露出一具长而窄的棺材，棺材盖上有一个山毛榉树叶编成的黄色叶环。

"我把他带回来了。"埃利亚斯说，"他把水瓶递给陛下的时候胸口中了一枪。"

女算命师

在里加的一个碉堡里,一名八十岁的老妇人正坐在里边纺纱。她长长的手臂静脉突出,强劲有力,胸部如一个男人一样平整。额前飘着几缕银发,头上裹着一块布,像戴了一顶圆帽子。

手纺车吱吱呀呀地工作着,她的孙子,一名号兵躺在炉火前的石地板上。

"奶奶!"他说,"您纺线的时候不能唱歌吗?除了抱怨和责备,我再没听您说过别的。"

她转过眼去尖锐地瞥了他一下。

"唱歌?那要唱你妈吗,她被人带去了莫斯科;还是唱你爸,他们把他吊在了桥上那房子的烟囱上了。我要诅咒我的诞生,诅咒自己和我所遇见的每一个人。你说说看,哪个有好声望的人不会骂人的。"

"如果唱歌的话,您就会开心起来的,奶奶,今晚,看到您开心了,我也会很高兴。"

"那些你看上去挺高兴的人都是骗子。所有人都是痛苦的不幸的，撒克逊人居然来占领了我们的城市，这真是我们的耻辱。今晚你为什么不离开去完成你自己的任务，反而在这里懒洋洋地躺着呢？"

"奶奶，我就走了，您不能说点让我高兴的话吗？"

"我要不是年纪大了，腿脚不灵便，我就得揍你小子一顿。你不想让我给你算命吧？他们不是都说我是女算命家吗？我告诉你，你眉毛上的曲线就预示着你会早死！我能预见未来，但我所见到的都是邪恶和低俗的欲望。你比我更糟，而我又比我母亲更糟，后生总比先生糟。"

他从地板上起身，往火里添了点木料。

"我会告诉您，奶奶，我今晚为什么在您这里休息，我为什么要您说一些好听的话。老总督今天已经下令今晚之前，所有女性，不论老的少的，疾病的还是健康的，都要离开，这样男人们才有足够的粮食，那些拒绝离开的只能去死。您几十年来都没离开过这儿的院子，最远都不过是那边的仓库，现在怎么能被赶到树林里挨饿受冻呢？"

听了这话，她哈哈大笑起来，转动纺车的速度也越来越快。

"哈哈！自我遵令看管仓库和陛下的宫殿之后，我就一直在等着这一天。那你呢，詹？再没人给你烤面包了，没人给你在长椅上铺床了，你就不担心吗？孩子还能担心什么呀？荣耀归于主，求主宽恕我们的罪过！"

詹用手揉着他棕色的卷发。

"奶奶，奶奶！"

"去吧，让我安安静静地把线纺完，我会打开门自己出去自杀的！"

他朝纺车走了几步，但随即转身走了出去。

纺车一直不停地吱吱呀呀，直到火炉的火熄灭了为止。第二天早晨，当号兵詹回来的时候，这里已经空无一人了。

这座城被围攻了很久，但防守严密，一直也没被拿下。禁令下了之后，所有的女人都出了城，进入了二月的茫茫雪地里，那些身子弱和病重的就跟着运垃圾的和马车出去了。整个里加变成了男人的王国,他们没有什么给予那些乞讨的女性,不时还有人偷偷翻墙出去。男人们连自己的温饱都无法解决,饿极了的马相互撕咬,或者吞噬马槽,在木制的墙上咬出很大的洞来。城郊不断开火,晚上战士们常常会被警报声惊醒,从房梁上抽出刀剑准备冲锋陷阵。

然而,傍晚号手詹回到曾经跟祖母住的房间时,他几乎总能发现折叠椅已经改成了床的样子,而且旁边的椅子上总有一碗霉干肉。这件事他对任何人都羞于启齿,但却非常担心。他认为他的祖母已经被冻坏了,她因之前对他强硬的态度而后悔,于是都没有休息一下就再次出门了。他惊恐得瑟瑟发抖,很多个夜晚,他都不吃饭就靠在雪墙上睡觉。他暗自祈祷,以求获得平静,但他看到那仍然整洁的折叠椅和空空的椅子时,他就会再次陷入焦虑之中。然后他会坐到纺车前,轻轻地踩踏着,听着自他出生时就日日都在听的吱吱呀呀的音乐声。

一天早晨,七十五岁的总督艾瑞克·达尔伯格听到了激烈的枪声。他不耐烦地起身,丢下自己在查看的地图和防御模型图。他虽然面容憔悴,但仍然能看出他年轻时的俊美,不过年轻时柔和的面容已经生出了皱纹,狭窄而紧闭的双唇显出几分肃穆。他整理了一下头上巨大的发套,双手颤抖着抚过稀疏的胡须。他走下楼梯,手杖重重地敲击着石地,说道:

"啊,我们瑞典人,瓦萨王国的近亲,过去一直纷争不断,最终却只躲在自己的房间里害怕黑暗的民族,我们的内心里有一颗黑色的种子,多年来已经长成了枝繁叶茂,遮天蔽日的大树,结出了苦果。"

他走得越远,情绪就越发激动,终于到了墙前,就不再开口了。

有好几个营升起了旗,奏响了军乐,但之后枪声就停止了,门口涌入了返回的大批疲惫而流着血的人们,他们刚刚打跑了来袭击的敌人。最后进来的是一个瘦弱的老人,他自己胸口有一个红色的刀伤,怀里还抱着一个像孩子一样瘦小的人。

艾瑞克·达尔伯格把手放到自己的眉毛上方仔细查看，伤者留着棕色卷发，这不是城堡里的少年号手詹吗？

疲惫的老兵靠在城门口的石头上，身上带着伤，受伤的人则躺在他膝头上。有些士兵弯腰查看伤口，揭开了伤者胸口血渍斑斑的衬衣。

"什么呀！"他们喊道，后退了一步，"居然是个女人！"

他们疑惑地弯下腰去，看着她的脸。她面朝着墙，头巾掉了下来，她的银发也随之倾泻下来。

"是那个女算命师贾娜尔！"

她喘着粗气，努力睁开混浊的双眼。

"我不想把那孩子独自一人留在这邪恶的世界里，但当我换上男装日夜为这里的其他人卖命的时候，我想我没有做错。"

战士们和将领们用怀疑的目光打量着艾瑞克·达尔伯格，她显然违反了他的命令。他继续冷冷地站在那里，一言不发，他手中的手杖颤抖着，敲打着石头铺成的过道。

他慢慢地转向士兵们，薄薄的嘴唇里终于吐出了几个字。

"别看了，都走吧！"他说。

法国佬

　　一辆敞篷马车陷入了波兰的沼泽地里,马已经挣脱了绳子。车上站着一个年轻人,他刚刚在军队里升了级,同伴们都叫他法国佬,因为他以前跟着贵族老爷去过法国,也在那儿学习了一些当地的礼仪。奥克斯胡福德上尉和几名中尉还有士兵们都在外边等待着,暴风夹着雪花刮到他们脸上。

　　"马车和箱子都应该丢掉。"奥克斯胡福德说。

　　法国佬打开了箱子,拿出了自己所能带的一切。

　　"多么五彩斑斓的晨衣啊!做工精细又漂亮!"奥克斯胡福德和中尉们叹道,"多么小巧的拖鞋!还有漂亮的帽子!"

　　"那是一份礼物,是——"

　　"把它扔掉!"

　　"是妈妈给的。"

　　"看那顶小假发!"

"还有中号的!"

"还有大号的!"

奥克斯胡福德再也控制不住自己了,拖着他。

"我说,把那些都扔掉!"

法国佬苍白的面容立马涨得通红,他一手按着刀。

"上尉大人,这么重——"

"您这么重要的人物会耽搁我们出征的,您觉得呢?"

"不是的。我要说,像你们这样一支战无不胜的军队,当然不应该穿着这么破烂的衣服,连晨衣都是好多年前的!"

"真是胡扯!像个女的!去你妈的!"

"上尉你太不尊重我了,但我是有教养的,我曾经游历法国,是的,还跟沃邦(法国路易十四时期的著名军事工程师)面对面地交流过。"

"那沃邦跟你说了什么?"

"他说了什么啊?"

"对,我就是问这个。"

"'滚一边去!'他说,因为他正要出门,而我就站在门口。"

"天啊!天啊!快点儿从马车上下来!过来,你们两个家伙,把这家伙的乱七八糟的东西收起来!"

法国佬把拖鞋和假发都卷进了花斑纹晨衣里,并把衣服背在背上,把一副长柄眼镜推到鼻梁上。

他下了车,瘦削的奥克斯胡福德站在他面前,面色红润,下巴上长着黑色的小胡须。

"听着,先生,你想在战场上干什么呀,想干出点名堂来吗?"

"虽然出身不好,但我还是想往上爬。谁知道我哪天会功成名就呢?"

"你想得美!在这里就没人提过要建功劳,但大家都必须要竭尽所能。"

奥克斯胡福德已经骂了他很久了，骂着骂着，他坚硬的心开始融化，说话的语气也变得柔和了不少："大胆地去干吧，你应该能上战场的！我们已经改造了不少像你一样的瑞典人。在那小树林子里，有一所大房子前边有洁白的阶梯，你要去那里侦察。我们总共还剩了不到二十五人，所以不能派人跟你一起去。用心侦察敌情，我们就能取胜！"

奥克斯胡福德带着小股人马离开了，而法国佬则背着衣物来到了房子前。

他什么人也没看到，犹豫不定地靠在了背风处的墙上。他全身湿透了，感觉很冷，但更要紧的是他的靴子里塞满了泥土。他难道不能从窗口里查看房里的情况吗？他最希望房里有一张干净整洁的床，铺着丝质的床罩，旁边还有脚套。

房子的下面横着一张漆黑的门，他十分谨慎地靠着墙移到了旁边。他擦了擦湿漉漉的眼镜，谨慎地探出头去观察。

里边传出动物踢踏和嘶鸣的声音，他看到一对亮闪闪的眼睛。他的心紧张得怦怦直跳，他后退了一步，抽出了刀。一匹黑马冲了出来，在院子里跑来跑去，后蹄扬起的雪花在空中飞舞。

"我可驯服不了这家伙。"法国佬想道，"如果战士骑着这样一匹烈马，马儿死去的主人会在沼泽里出现，偷偷到战士身后，把他从马鞍上揪下来。晚上他们烤火的时候总是讲这样恐怖的故事。"

他用刀吓跑了马，然后走了进去，推开了对面的一扇门，这样光线更充足。这下他才发现房子四周都是门。

马又嘶鸣着跑了回来，法国佬又把它赶了出去，然后他走了出去，靠近窗口，一个头发灰白的女佣伸出头来。

"斯坦尼斯洛思王或是撒克逊醉鬼的朋友是住这里吗？"他问道。

"这里是住了一个老隐士，不过他既不是什么人的朋友，也不是谁的敌人。"

"很好，那他不会反对一个冻坏了的瑞典士兵加入吧。"

女佣离开了，一会儿之后又带着一个梯子回来了，他顺着梯子爬了进去。

房间很大，木制的椅子很粗糙但却很干净，靠在墙边，墙上空空如也。他想用刀鞘把一把椅子推回去，女佣立刻把它搬到了之前的位置上。两个身着蓝色衣服的小姑娘跑了进来，什么也没说又消失了，她们卷发，面容苍白。一旦有一个人落后了几步，就会马上跑到另一个身旁。她们相互推推挤挤，用长长的手指摸索着，尽管是大白天，她们手中却提着两盏亮着的灯。

女佣替他清理掉了靴子里的泥土，擦干了地板上的湿鞋印之后，轻轻地小心地打开了去另一个房间的门。

"脚步轻点儿！"她低声说道。

那边房间里站了一个中年男子，他身着晨衣，鼻子又尖又长，头发很卷，洁白的手指上戴着很多钻石戒指。

法国佬坐在他的衣包上，透过镜片打量着那个人。那人被法国佬的神态逗乐了，于是他双臂摊开，深深地弯下腰。

"我很有礼貌的。"他说，"有这个荣幸认识您吗，善良的先生？"

"请坐吧，好心的先生。我不过是个被人遗忘的隐士罢了，既然您是个高贵的绅士，我会跟您讲一些非同寻常的故事。"

两位男士直挺挺地坐下来，双手放在膝头上。

"以前我是个很快乐的人，我外套上的花纹都是全华沙热议的焦点，但我三十岁生日的时候，我跟朋友们坐在一起喝酒，我举起酒杯跟朋友们说：朋友们，时间一年一年地过去，你们的眼睛越来越不好使了，心眼儿也越来越小了。一些人支持凶残的斯坦尼斯洛思大帝，而有些人则喜欢善良的奥古斯特大帝。于是你们各自做好了谋划，谋求职位和奖赏。我不想到死的时候才发现我的兄弟们都像该隐（《圣经》中残杀兄弟的人物）一样残忍。我把友情看得比爱情更重要，因为友情是灵魂的交流，因此今天我要跟你们道别，尽管我们都还年轻。你们不会再了解到我的任何事,但我现在仍然还看到你们,你们仍然坐在我的房间里陪着我,而我却要离开你们,独自一人老去。门外的女佣听到我这么大的声音,她会说,'现在老主人正跟他年轻时的朋友交谈。'"

"之后你就跟他们道别了?"

"然后我就回家了,关上了门。我的佣人们进出都要非常小心。"

"主人如此讲感情,客人在这里应该自在吧。"

"自在?您知道什么呀?带着灯走进房间的是我的双胞胎女儿,她们都是疯子,她们的母亲是一个遭人绑架的尼姑。不会,客人一点也不会自在的。"

"也许,你的意思是,我的到来打扰了你。"

"啊,我可不会这么说。但这里有鬼。"

他昂起了头,站起身来,满意地搓着双手。

"我觉得,不论怎样,作为主人,说实话是负责任的表现。这里有个傻男仆名叫乔纳森,他总是穿着棕色的衣服,把头发梳成辫子站在窗口和门后边。他非常热衷于自己的工作,就连死后他都会在客人们意想不到的时候为他们服务。幸运的是,这里客人很少。告诉我,您是伯爵吗?"

"我吗?不是。"

"你是王族吗?"

"不,也不是。"

"那也不是普通的贵族吗?"

"你是来侮辱我的吗?"

法国佬因窘迫而涨红了脸。"成为贵族一直是我的梦想。"他想道,"我会带着这个梦想去见上帝,那样就不会再有人骂我像女人了,他们就会说,'在那个人出名之前我就知道他一定会有成就的。'"

"这么个简单的问题怎么就伤害你了?"隐士饶有兴致地问道。

"我当然是贵族了,我的家族是很古老的一个家族。"

"那又是另一回事了。那样很好。尽管乔纳森是按基督徒的礼仪下葬的,不过他完全是个贵族的奴仆,只要他面前有个人,他就会竭尽所能巴结讨好他。"

法国佬的小手指头插进自己稀疏的胡须里,不耐烦地调整着眼镜。

"客人会品意大利红酒吗?"他问道。

"不会。"

"我也更喜欢澳洲红酒。我最爱的菜是蔬菜蘑菇炖肉,尽管用百里香炖羊肉也不错。烹饪主要是看调料。噢,我可不想回家就着黑吃燕麦片。"

"就着黑?你是说夏天的晚上吗?"

"夏天晚上有光。"

"冬天也是啊,因为那时下雪了嘛。如果你害怕黑暗,就不要再来南方了!你家附近有伟大的艺术家和学者吗?"

"以前没有过,以后也不会有。"

"你太低估你家乡的人了。"

"我只见过这大世界的几个小小角落,先生。我曾经在法国住过两个月,跟太阳之王(路易十四)一起住过一晚。"

"你?你曾经在路易十四身边?"

"是的,曾经,在剧院,尽管我只是在他身旁的空地上站着。以前瑞典圣明的君主也没统治过如此神圣的王国。他们也要向他鞠躬!"

"瑞典国王也是人啊。"

"当然,因为他让我们在国外被人注意,但那样多可怜啊!"

"最近华沙也非常穷。斯坦尼斯洛思携他胆小的妻子来教堂参加加冕礼的时候,他不仅从瑞典人这里得到了新的王冠、权杖、宝贝、刀剑、貂皮、腰带和鞋子,还得到了绶带、教堂墙上挂的织锦、餐桌上的盘子、加冕礼金和保卫加冕仪式的卫士,最后他感谢主教并吻了他的手。你也很穷吗?"

"穷？我吗？"

法国佬想起了缝在自己外套里边的两张废弃的查尔斯币，那是他的全部家当，不过他把眼镜放在了桌子上，很快答道："我很有钱，经常看演出，钱包里没十块钱我是不会出门的。"

"那你能借我五块吗？"

法国佬抬头看着屋顶。

"啊，真不凑巧，我今天把钱包留在我帐篷中的一件外套里了，但我一定会第一时间把钱送给你的。先生，不要把我们瑞典人当成不讲信用的人。不论我地位多高，我也是从普通人奋斗而来的。"

"您近期要是参与我们波兰的选举会很麻烦的，阿维德·霍恩带着自己的笔记本坐在那里记录下所有反对瑞典统治的人，而我们的国王绝望地解散了他所统领的政府。——而你也把我这里当自己家。烟斗放在香水瓶旁，香水放在脂粉盒上，脂粉盒又在烟盒上，烟盒又在洗脸台上，这些你慢慢就会发现的。"

说着这些，他拿出一本用皮革包边的书，坐下来阅读。

"请你不要再自找烦恼了。"法国佬回应道，从眼镜片里不信任地瞥了他一眼，他心里想着，"等着吧，等我获得了高贵的地位，然后大家就会说，'那位绅士就是我们新任的爵士马格努斯·加百利。'"

两个小女孩儿不时会跑到房间里，用灯光照亮他，每次他都站起来鞠躬。隐士一边读书，似乎完全忘记了他的存在，他终于拿起衣包，回到了外边的房间。

"天黑了。"他告诉女佣，"我很累了，不能再待在里边。"

"我们在大厅里给您备好了床。那里是唯一点了火的房间。"

房间里被浇过石灰水，椅子不整齐地堆在一起，还有两张粗糙的折叠桌子。门边有一张罩着荷兰亚麻布床罩的床，老妇人在烛台上点了四根蜡烛后就离开了，房间里只剩了他一个人。

他冷得发抖，仔细查看房间，并把刀放在桌子上，然后打开了他的衣包。他吹灭了三根蜡烛，把三个发套挂了上去，却把第四根扔到了床下，然后又把它放回到烛台上。

"该死的包裹！"他诅咒道，"我宁愿待在外边的雪地里，但既然已经进来了，最好还是保持清醒，以偷窥一些情形，并在窗口偷看情况。"

他尝试从里边锁住门，但门上既没有闩，他也没有钥匙。他试着脱下湿漉漉的难闻的靴子，却是徒劳，只好穿着睡衣和靴子躺在了床上。

有时候他能听到大厅下边的牲口棚里野马的踢踏和嘶鸣声，但过了一会儿就安静了不少，他开始觉得蜡烛不够亮，因为房间里所有地方都是一片漆黑。他戴上眼镜，以便看得清楚，环顾四周，但周围一片沉静。

然后透过床罩，他发现床头边的门柱旁站着一个又高又瘦的人影，穿着一件棕色的外套，梳着黑色的辫子。

然后他喉头一阵发紧，他觉得头晕，但他想道："这只是上帝在测试我，因为我梦想着荣誉和功名。"

他悄无声息地抓着床的两边，以控制自己不停地发抖的身体，然后他把右腿伸出了床罩。

"乔纳森！"他说，"给我脱靴子！"

那个人影微微一笑，黑色的嘴唇咧到了耳旁，但他并没有离开自己的位置。

法国佬牙齿直打哆嗦，但他并没有收回自己的腿。

"乔纳森，这就是你为贵客服务的方式吗？"

那个人笑得更厉害了，用手做出拒绝的手势。

法国佬才明白过来，这个人已经看透了他的骗局，并把他当成下等人，他紧张得直喘粗气，轻轻地呻吟着，但腿一直伸在外面。

"给我脱靴子，乔纳森！"

他的声音现在压得很低。

那个人双手在臀部擦了擦，微笑着，但仍然站在门旁。

这时候下面马厩里的马尖利地嘶鸣起来，很快，风雪中传来很多马嘶鸣回应的声音。

法国佬从床上跳了起来。

"我忘了自己的职责！"他喊道，"敌人来了！"

他奔到桌子旁，拽过刀，但那个人大步走在他身旁一直观察着他。

然后他呆呆地站在那里，与此同时，那个人一手拿着刀，一手伸出来去够蜡烛，两只手指夹起大发套，盖在了蜡烛上，蜡烛熄灭了。

"上……上帝呀！"法国佬结结巴巴地说，"我从来没有在您面前放肆无礼过，请原谅我这一次玩忽职守，丢脸了！然后您可以永远惩罚我。"

马的嘶鸣声越来越近了，野马从外边嘶鸣着冲了进来。

法国佬双手抱头，弯着腰，倒在那个人影的怀里。

"你这个魔鬼！"法国佬吼道。

法国佬抽出刀来，在黑暗中往墙上四处乱戳，椅子倒在地上。他再不能靠着乔纳森，但终于刺到了他靠在墙上的手，门也被打开了。两个小姐妹提着灯，大睁着双眼，面色苍白，只穿着内衣呆在那里，竟一点也不觉得难堪。她们只是彼此偎在一起盯着那个吵醒了她们的陌生人。这次他不再鞠躬，而是推开窗户跳了出去。他穿着睡衣，手里持着刀，沿着房子跑了，他听到身后的窗户那里传来一个嘶哑的声音，但他听不出来是隐士还是乔纳森的声音，也不知道他们是不是同一个人。

"我说过你是个傻瓜！"那个声音喊道，"一个十足的傻瓜，没有同伴的傻瓜，我想要算计你。但如果有其他人看到你，就会有一场战斗，我的房子，我的家，我的藏身之所就会在黎明到来之前化为灰烬。"

法国佬头也不回地跑到树丛中，想着："现在可以去做军官了！然后就有荣华富贵，荣华富贵！"

月光洒在雪地上，周围的一切都披上了银装，他看到戴着头饰的波兰人像影子一样掠过身旁，发现了波兰人，他就躲在一堆树枝旁或是一个树桩后。

终于他找到了一个盖满了雪的防护垛。一堆木料的后边出现了一名战士，低声问道："是谁啊？"

"愿上帝与我们同在！是同志啊！"法国佬回应道，爬进了三角区之内，找到了奥克斯胡福德，说："敌人来了！"

"我之前就觉得听到了马蹄声！"奥克斯胡福德轻声说，"也许最好还是进攻并占领那房子！"

"上尉，请不要让我带路！刚刚在那里，我被他们当客人，我是个爵士，把我杀了吧！"

"他们怎么对待你的？"

"像一个贵宾。"

"我们会看情况的，现在已经太晚了。瞄准！开火！"

一大群波兰士兵拥上前去，把长矛扔过树枝，但是有人从马鞍上回击他们。

"唉哟！唉哟！"这样的叫喊声回荡在整个树丛中。视线之内满是骑马过来和步行过来的人。在微光中看起来，他们就像是在风中摇晃的树枝。

"我想我们和敌人要有一场血战了。"奥克斯胡福德说，"我们一共只有二十五人，而我们周围的敌人有整整三个营。"

"现在我们只有二十四个了。"法国佬说着，拿着从一个跌倒的士兵那儿找到的一杆枪。

"现在只剩十九个了。"一会儿之后，奥克斯胡福德又说道。

不断有子弹射过来，杀死了一个又一个。骑马的士兵一退回去，瑞典人就停止了射击，但是沉寂再次鼓舞了波兰人，他们相信障碍物后边再没活人，然后他们冲了过去，却遇到了刀剑、石头和树枝的阻拦。因此激战一直这么持续着，谁也不肯让步。

奥克斯胡福德站在围栏后边,小声数着:"八、十、十三,我们现在没剩多少人了,这真是个不吉利的数字。"

他也持有一杆枪,膝盖上还有从亡故的士兵的子弹盒里捡的子弹。

"朋友!"他说着,把穿着睡衣的法国佬带到自己面前,"朋友,我中午在沼泽里就大致告诉你了。"

"现在我们只有七个人。"法国佬回应道,装上子弹开火,"但我们已经在这里僵持了三个钟头了。"

"朋友,很多人都告诉过我瑞典人不会总是嘲笑他们的朋友。你知道,朋友,有时候那些戴大假发的人会不得善终的。"

"现在就剩我们两个了。"

"差不多两个,因为我已经受伤了。"奥克斯胡福德说着,坐到了木料上,"差不多两个。"

现在就剩了法国佬一个人,他扯开了自己的睡衣,往自己血流不止的左臂上缠上一些碎布。他把背心也丢到一旁,眼镜塞到了靴子里,然后躺在了死人堆里,就像躺在树枝中一样,慢慢地匍匐前进。

波兰人再次向前冲,一切如常。

他们大叫一声跳过树丛,开始大肆抢掠,但他们看到他的满身血迹,半裸着身体,就任他躺在那里,天明时分才离去。

"这回,"法国佬想道,"这回我终于加官啦,荣华富贵很快就要降临啦!"

他从树丛中探出头来,在房子外的雪地里,他发现了那个假发,之前从窗口被扔到他身后的。

"那浑蛋!"他低声骂道,"那是我为保护他的巢穴而给的谢礼。"

一整天他都是夹着假发穿过树林的,直到傍晚时分他才遇到了瑞典军营的警卫兵。

军用的帐篷和隔间树林里到处都是,并没有用以掩护的壕沟。女人们坐在马车上或营房前的小道上,摇晃着膝头的孩子,或是轻声跟她们的丈夫说话。男人们围坐在火旁抽烟,手指上伤痕累累。科尼特·布罗肯和勇敢的中尉皮斯托正在讲述他们的冒险经历。奥博姆中尉让他的邻座触摸在克里索夫战场上留下的伤痕,箭从左眼下方穿过头颅直到右耳后方。德师博·阿德勒费总是抱怨说,这里的敌军跟在多瑙河上时一样,箭射得很慢,会伤到他漂亮的双腿。活泼开朗的达姆基则开着玩笑,手臂上仍然缚着在西里西亚一名女公爵那里当助手时得到的一个吊袜带。司凡特·霍恩的忠实仆人黎波正给他上绷带,霍恩说除非体内中了哥萨克的枪或箭,不然他可不认账。他面前站着的是慈祥的老医生涂冯威瑟,他不停地戴上又取下眼镜,在接待富有的病人时总会要一杯酒。所有人都在谈论战争时的运气,有些人可以饱尝磨难而获得荣华,但有些人可能正值大好年华而受伤甚至死亡。没有什么饮酒作乐的歌谣,但是国王下令整晚演奏铜鼓和双簧。平缓的声音在这里就像是六月里树的落叶掉在潺潺的小溪里的声音。

国王的卫兵们违抗旨意,把干草铺在他的营帐上,在干草上又铺了草皮,营帐看上去像个烧木炭的窑子。营帐也不在兵营中央,而是在兵营外缘,几乎处在黑暗之中。营帐里边,在帐篷杆旁边,有一个石头垒起来的火炉,卫兵们有时候会带来一个燃烧得正旺的火球。旁边还有一个纯银制作的洗脸盆,桌子上有亚历山大大帝的小雕塑还有镶金封面的《圣经》,旁边还有一条已经死去的狗庞贝的小银像。而椅子上浅蓝色的丝织锦缎和床单已经破损了。营帐中央趴着两条狗特克和斯努夫,国王却躺在地上的冷杉树枝上。清酒已经喝完了,随从胡特曼只有一杯融化的雪水和两块烤饼给国王当晚餐。然后国王戴上了绣花睡帽,盖上了被子。现在,瑞典的国王躺在自己荣耀的巅峰,窄小的头转向了快要燃尽的火球。他一直在读着自己之前风拂过卡尔伯格宫的菩提树的那天晚上在房间里读的那段晚祷词。他所信奉的上帝渐渐变成了《旧约》中的上帝耶和华,他无须祈祷就能听到他的命令,他把这军营中的人卷入这风暴之中,并在这里繁育生息。

然后狗儿开始大叫起来，符腾堡小王子马克斯兴奋地冲进营帐来。

"陛下！"他用银铃般悦耳的童声喊道，"醒醒！醒醒！二十五名斯莫兰士兵出城与敌人大干了一场！"

在他身后，法国佬靠在上尉司米德身上，而后者自己也绑着绷带，拄着拐杖，之前也带领十二名士兵勇斗三百波兰人。

尽管很疲惫，法国佬还是无比骄傲自豪地昂着头，但当他听到自己是在国王所在的营帐里时，他变得有些焦急起来。他弯腰颤抖着擦掉了手上的血渍，他无所顾忌地把中号和小号的假发扔在地上，戴上了最大号的。整理好自己的穿着之后，他双手垂在两侧，结结巴巴地讲述了自己的经历。

国王仍然坐在冷杉树枝上，慢慢地重复着他说的话，以便不错过任何一个细节。每到精彩之处，国王就露出孩子的笑颜来。最后，他朝法国佬伸出手去。

"奥克斯胡福德说得没错！"他说，"将士们跟敌人对决了一场。军营这里很安静，不然我一定会自己去的。既然那个波兰人向你借了五法币，那我会给他十个，你回去从窗户里扔给他。"

法国佬从营帐门口退了回去，司米德搂着他的腰带他进入了一群好奇地盯着他们的同伴们之间。那里有一大帮上尉中尉少尉，与他同龄，却比他的地位要高。

"法国佬！"他们嚷嚷道，"现在再没人嘲笑你的眼镜和假发了。但你的军功和荣耀呢？荣耀呢！"

"安静，安静！"司米德说，"可怜的人奖励是不一样的。如果陛下不同意，他不会给予奖励的，只会希望大家都为荣誉而战。"

没人敢反驳司米德，而他则放开了同伴的手臂，靠在他的拐杖上朝火旁靠近了几步。

"你没看到，"他低声说道，"你没看到陛下像对待自己人一样握着他的手。"

"那就是我永远的荣耀了。"法国佬说。

他的帽子上还滴着水，衬衣还有褶皱，手臂垂在身体两侧，话语依然含糊不清，牙齿打着颤。

"你想有爵位。"司米德回应道，"你奋斗了就得到了。"

 **女绿林**

纳尔瓦教堂里的警报声终于停了。俄国人大喊大叫的，踩着反侵略的瑞典英雄的尸骨冲了进来。一些哥萨克士兵把一只活猫塞进了客店老板的肚子里，还围在他周围大笑不止。沙皇彼得大帝很快穿过了街上和院子里的人群，来查看情况，他的右臂到肩上满是自己将士的血渍。军队停止了杀戮，在广场上和院子里集合起来。士兵们借教堂被那些不信神的人所亵渎的借口，开始对坟茔展开掠夺。士兵们用铁棍从教堂的地底下把石头撬起，坟墓也用铁锹锹开，金属的首饰盒摔坏了，银器就用掷色子的办法瓜分。街道上堆放着腐烂了或是已经烧焦的棺材，刚开始混战时，居民们把火把和砖块都扔到了街上，街道旁的沟渠里仍然留有死伤者的血液。棺材里有些尸体上的头发很长了，挂在了棺材板之间。有些尸体因用过防腐药物，保存完好无损，尽管沾染上了泥土灰尘，尽管变得干枯，但大部分尸体最终的表情是平静的。附近的百姓晚上悄悄来这里，在微光中辨认棺材上挂的棺材铭牌（用以记载死者姓名及生死

日期等），看到了近亲的名字，也许是母亲，也许是姐妹。有时候他们看到强盗们把遗物拖出来扔进河里，有时候，借着夜幕的掩护，他们自己也会偷一些并把那些东西埋到城外。因此，晚上人们总可能遇上一个老人或妇女带着孩子或侍从抬着棺材沿街悄无声息地走。

一天晚上，一群掠夺者们到了教堂庭院的一个角落里露营。哈！用旧床板、垫枕、椅子、旧棺材等这些废料来点篝火，多棒啊！火光燃得有牧师住宅的窗口那么高。旁边堆放着一大叠棺材。最高处的那一架棺材底部已经坏了，里边的死者头上戴着帽子站了起来，看着，似乎在说："求你们了，不要带我走！"

"哈哈！老祖宗！"强盗们喊道，在火边烤着苹果和洋葱，"你一定想润润嗓子吧，嘿！"

火焰冲到了牧师住宅的客厅，火星从破损的窗口飞了进去。房间里只有一张烂桌子和一把椅子，牧师头埋在双手之中坐在椅子上。

"谁知道呢？也许会把她弄出去的。"他咕哝道，站起身来，好像终于想出了一个好主意。

他银白的胡须一直垂到胸前，长发披肩。年轻的时候，他是王宫教堂里的牧师，他所得的并不多，他也从未推开过任何送上门的好处。后来，他一直单身，信奉上帝，衣食无忧，传说只要有漂亮女人陪伴，他就不上教堂。面对不幸，他比其他人更显得无畏和淡然，多年来，他也变得更冷漠更无所畏惧。

他走到门口，小心地拔掉了楼梯下窄小的凹槽上的纸板上的锈钉，然后移开了纸板。

"出来吧，孩子！"他喊道。

没有人回应他，他喊的声音也就变得更严厉，他重复道："出来，卡洛琳！其他两个女孩儿都已经被抬出去了。这也是我收留你的最后一分钟。都已经过去快一天了，没有吃的喝的你也活不了啊，是吧？"

仍然没有得到回应，他不耐烦地探头进去，这次说话带着很强烈的命令的语气:"为什么不听话呢?你觉得这里会有食物吗?家里一点盐也没有了。你一定得走了,你知道的。如果这样下去,强盗就会抢走你,我只能说,紧紧跟着他,跟他去任何别的地方。我见过很多次这种战争中的爱情,我也当过兵,经历过生离死别。你听到了吗,孩子?跟你说实话,你已故的父亲是个酒鬼,他曾经是我的马夫,也曾把我从冰窟窿里救上来,我也答应要给他和他的孩子一个未来。另外,他跟我一样,也是瑞典人。啊,我对你来说不就像父亲一样吗,就连圣母也不会否认的。你没糊涂,不是吗?"

这回黑暗的壁龛里传出了有什么人在移动的声音。一只手肘靠在了墙上,一阵摩挲声之后,卡洛琳·安德斯多特光着脚出来了,穿着一件内衣和一件破烂的红夹克,没有袖子,棕色的长发倾泻到后背上。

火光透过窗口照进来。她蹲在那里,内衣夹在膝间,低垂着头,但年轻的面容透着活泼快乐的神情,就像是冬天晴朗的清晨刚刚升起的太阳一样。

血液冲上了白发牧师的脸庞,但这一刻他只是主人和父亲。

"我都不知道这么简陋的家里还能养一个这么可人的女孩儿。"他说着,在她光滑的肩膀上友好地拍了一下。

她抬起头来。

"您过奖了。"她回应道,"我现在感觉很冷。"

"啊,这很自然。我喜欢你的直爽,不过我可没衣服给你,我自己的都穿在身上了。房子随时都可能起火。我自己可以出去乞讨,我口袋里还有一个银币。谁会关心一个老乞丐呢?但你不一样,卡洛琳,我了解这些下等人。我有办法让你离开,但我现在不告诉你,你一定会害怕的。"

"我才不害怕呢。随它去吧。说真的,我也没有什么特别的地方,只是有点冷。"

"到门口来吧,不要害怕。你看那边那些无赖那里有个木制的小棺材，应该不会太重，我想你可以躲到那里去。如果你敢进去的话，我就能把你带出城。"

"我当然敢进去了。"

牧师避开那些无赖的眼光，带她来到棺材旁，揭开潮湿的棺材盖，盖子并不严实，里边除了一些刨花和一条棕色的毛毯外，别无他物。

"这正是我所需要的。"她颤抖着拾起毛毯，裹住自己，踏进了棺材里，躺在了刨花上。

牧师弯腰面对着她，双手放在她肩头，看着她无畏的眼睛。她应该才十八九岁，她的发辫很光滑。

他这么站着，突然对她生出了一种前所未有的父亲般的怜悯慈爱的感觉，他一直在她面前装出父亲的样子，却从未有过父亲这种感觉，不过他现在有这种感觉了，长长的白发垂到她的面颊上。

"愿你好运，孩子！我已经老了，我的生命能不能继续还是就此而止已经不重要了。我经历过许多磨难和考验，为了赎我的罪过，我应该也要做一件好事。"

他不断地朝她点头，然后直起身来。

外边的喧嚣声越来越大了。他马上靠着棺材盖躲进了后边，把外边的长螺丝钉给拧紧了，然后蹲下来，用一根绳索绑好了棺材，用手臂把它背到了背上。他弯着腰踽踽而走了出去。

"快看啊！"篝火旁的一个强盗喊道，不过他身旁的一个同伙劝阻他道："就任那个老家伙去吧！那不过是个乞丐的棺材。"

牧师的脸上直冒汗，背部和手臂因重负而疼痛不已，他一步一步地挪过黑漆漆的大街，不时放下棺材以喘口气，但站在那里时手也不离开棺材盖，因为害怕被盘问，被赶走，或被喝酒的士兵给抢走。有好几次他都得靠边走，因为街上有很多要被流放到俄国偏远地区的俘虏乘坐着马车经过，他担心被当成俘虏。伟大的沙皇可不管这会造成什么样的后果。

终于，牧师到达了城门口，看门人迎上前来，他满怀焦虑地打起精神来，一手扶着背上的棺材，另一只手则从口袋里掏出那一枚银币，用以贿赂看门人。

守门的战士示意他出去。

他试图提脚往前走，却失去了气力，在门口他看到河水粼粼，他仍然害怕有人发现，便小心地把棺材放到了石板路上，然后他眼前一黑，朝前一倒，死了。

另一个看门人走上前来，开始诅咒抱怨起来。城门前可是不能立棺材的。

坐在炮塔的房间里赌博的官员们这才发现情况不对，走了出来。其中的一个，身形干瘪，饱经风霜的样子，戴着一副方形的眼镜，看上去更像牧师而非军官，他打着个灯笼走上前来，用刀鞘轻轻举起了棺材盖。

看到里边的状况，他猛地缩回头去，手中的灯笼都差点掉到地上去。他弯下腰去细细查看，用一只手捂着脸以隐藏自己的思想活动，他取下眼镜，站在那里思索着。他第三次弯下腰，打着灯笼靠近了棺材盖的缝隙，里边，卡洛琳·安德斯多特平静地躺在那里，就着灯光看着他，不知道究竟发生了什么事。

"我饿了。"她说。

他把灯笼放下，手背到后边来回踱了几步，冷峻的面容上出现了一个狡黠而得意的笑容，他偷偷取了一些烤苹果，扔进了棺材，然后他开始大声下起命令来。

"过来一下，伙计们！来八个人把这棺材送到奥吉福将军那儿去，告诉他，这是他忠诚的仆人伊凡·阿列克谢维奇送给他的小礼物。另外站在城墙旁边值哨的士兵也来八个，跟在后边，卷起皮制的围裙，像要吹奏喇叭一样，但最前边还要有两个人举着灯芯草蜡烛。快点，行动！"

士兵们惊讶地大张着嘴面面相觑,但却遵循了他的命令。他们大笑着用火枪抬起了棺材,士兵们从门口的一个角落里拾起两根木材,并涂上柏油,用稻草捆好放到灯笼里点燃,队伍朝营房行进着,士兵们嘴巴对着围裙做成的喇叭,唱了起来:

噢,你选择了保家卫国
你不介意住所
你像是个养尊处优的王子
女子和小人你毫不关心
但你什么时候才能得到回报呢,伙计?

他们到了营帐门口,士兵们举着火把冲了进去,坐在桌旁的奥吉福将军从帐篷里出来。

"尊敬的将军大人!"其中一个人喊道,"伊凡·阿列克谢维奇中尉大人为表衷心而给您送了这份小礼物。"

看到这么多人抬着棺材过来,奥吉福脸色大变,浓密的胡须下嘴唇紧闭。他的脸上满是皱纹,神情冷峻,实际上脾气很好,人很和善。

"他脑子是有毛病吧?"他假装愤怒地咆哮道,实际上心里却很惊讶,"放下棺材,打开盖!"

战士们用刀刃挑起盖子,漆黑的盖子就掉到了另一边。

奥吉福看了一眼,然后大笑起来,他笑得太厉害了,不得不坐到一把泥凳子上。战士们也大笑起来,引得营帐里所有人都大笑不止,他们笑得东倒西歪,不得不像喝醉了酒一样相互支撑。卡洛琳·安德斯多特躺在棺材里,手里拿着一个吃了一半的苹果,瞪大了双眼。她现在已经暖和过来了,脸颊通红,像个洋娃娃一样。

"天啊!"奥吉福喊道,"就是在圣安东尼的坟墓里也见不到这样的奇迹。这个尸体应该送呈沙皇陛下!"

"不要！"另一个官员说道，"我前天刚给他送了两个金发美女，他却只喜欢黑头发的。"

"那就这样吧！"奥吉福回应道，转过头去，"该死的伊凡·阿列克谢维奇，棺材送回去的时候，下边应该有一份上尉的委任状。嘿，甜心！"

他走上前，轻抚了一下卡洛琳·安德斯多特的下巴。

这下卡洛琳·安德斯多特坐了起来，抓着他的头发，往他的耳旁猛捶了一拳，然后又一拳。

他并没有因此而发火，而是继续大笑不止。

"我就喜欢这样。"他说，"我就喜欢这样。你会成为一个支援军队的女绿林，小妞儿，你要装点一下门面，我给你一个手镯，扣环上还有一颗绿松石。我们的人刚从纳尔瓦的霍恩伯爵夫人的棺材里偷来的。"

他从手腕上抖出一条手镯，她兴奋地接了过来。

傍晚时分，布料被铺到了帐篷里，卡洛琳·安德斯多特坐在桌边奥吉福身旁。现在她有了法式的服装，上边镶有花环，戴着金色蕾丝装饰的头饰。但是双手粗大！她学着戴着手套进食，但手套里边的手指粗大，纽扣之间红色的皮肤若隐若现。

"嘀嘀！嘀嘀！"将领们惊呼，"那双手会让男人们比征服了匈牙利更兴奋呀！救命！系好腰带！过来拥抱我们吧！我们会快活到死！"

这时候，她盛了一碟食物，咀嚼着蜜饯，勺子伸到了空中。如果有什么味道不好，她就做个鬼脸。她很会吃，但却没喝什么，她就只啜一口，然后把酒吐到将领们身上。那些人骂人的话她都学会了，她也大骂着，坐在那里一副很快活的样子。

"救命！救命！"将领们尖叫道，笑得喘不过气来，"熄了灯，这样我们就看不见她啦！别撞到了！救命！夫人，想抽一点烟吗？"

"见你们的鬼去吧！就不能让我安静会儿？"卡洛琳·安德斯多特回应道。

然而，奥吉福很巧妙地掩饰住了自己的情感，这样那些大笑的人才没有转向他，不然，他们会推着他的手臂，拽着他的衣服后襟说："啊哈，长官，你已经陷得太深啦！愿上帝保佑你，长官，保佑你和你的小情妇！"

他总是装着很平静地对待她，从未太靠近她，总是与她保持一定的距离。他没有当众拥抱过她，从没有人看到过他替她取下手套，把她非常红润的手放在自己脸上。尽管如此，她还是会不时掴他一巴掌，她对他的态度比对其他任何人更冷漠。但对这些他只是跟别人一起大笑，军营里从未像这样热闹过。

有时候他也想抽她一顿，但他羞于在别人面前这么做，他不想让别人知道这个女孩儿讨厌他，他害怕别人会猜到真实的情况，他跟女孩儿相处的时间还不长。"等着吧。"他想道，"总有一天我们会一起坐在锁好的门后的。就等着吧！到那时一切就会正常了。"

"天啊！天啊！"将领们喊道，"她在耍我们！我们必须掌控住局面！天啊，天啊，不，看她那样子，多凶啊！"

"去你们的吧！"她说，"去你们的！你们只配看到这样子。"

这样，她来进餐和离开的时候，他们都会过来逗弄她。

然后一天傍晚，她坐在一群喝了酒的老男人中间时，一名副官闯了进来，说话吞吞吐吐，非常难为情。他转向了奥吉福。

"我能直说吗？"

"随便你吧。"

"不论我说什么，都不会受罚吧？"

"当然不会，有话直说好啦！"

"沙皇正在去军营的途中。"

"很好，他是我的主宰。"

副官指着卡洛琳·安德斯多特，暗示奥吉福把她送给沙皇。

"沙皇很喜欢高个子女人。"奥吉福说。

"长官,最近这些天来他换了口味。"

"好吧,把她送给沙皇吧。带上武器,把三匹马拉的车带过来!"

这下警报也响了,士兵们敲起鼓,吹起号,拿起武器,雄赳赳气昂昂地跨步前行,喝得醉醺醺的那群家伙也被吵醒了,卡洛琳·安德斯多特被安排坐在一辆行李车上。

一名战士提着一盏点燃的灯笼出现在驾车的农夫身旁,她听到了农夫轻声在询问他要去哪里。

"把她送给沙皇。"战士平静地答道,手指越过对方的肩头指向女孩儿。

听到这话,农夫惊得瑟瑟发抖,愈发卖力地赶起骨瘦如柴的小马来,他不断地吹着口哨,鞭打着它们,让它们加快脚步。灯笼轻轻掉在了烧光了的地面上的冷杉木上,马车在石头路上不断颠簸,发出吱吱呀呀的声响。

卡洛琳·安德斯多特躺在干草堆里,盯着星空。她会被带去哪里?她以后会怎么样?她不断猜想着。手腕上的手镯是个护身符,是奥吉福所说的那个美丽预言的证物。女绿林!这听上去挺棒,尽管她起初不明白女绿林是什么意思。她轻轻抚弄着小小的银指环,然后坐了起来,借着灯笼的微光看着坎坷的路面。她很谨慎小心地往车外移动,慢慢地爬过了车门槛,脚垂到了地面,而没被人发觉。她会摔下去起不来吗?她慢慢地拖行了几步,然后就失去了平衡,踉跄了一会儿,就摔倒在灌木丛中。

三匹马儿飞驰着拉着马车呼啸而过,灯笼的光也消失了,她从地上爬起来,拭去脸上的血液,走进了茫茫的树林之中。

她遇上了一伙粗野的逃亡者,他们一看到她漂亮的脸蛋,马上就给她送上了浆果和蘑菇,并一直跟着她走。她收获了一帮随从,她对他们的态度很不好,他们几乎都不敢靠近她,但有的时候却彼此伤害。终于她接近了一个船长的妻子,她正准备跟丈夫去格但斯克,船长答应让他们在船上干活。天渐渐变黑时,大家一个接一个地出来干活,不要报酬。船长就着月光坐在自己的小船舱上,得意地吹着牧羊笛,很高兴得到这么一帮勤快的不要报酬的船员。他的妻子也从未见过像丽娜这么能干的女佣。但他们一出海,卡洛琳·安德斯多特就靠在船长的身旁,双手交叉,所有人都躺了下来,合着笛子的节奏唱歌。

"你觉得我会取代你的妻子吗?"她问道。

"揍她,揍她!"他妻子喊道,但船长只是更靠近了她,不断吹着笛子。船上的风帆日夜在海上漂着,船长一直陪在卡洛琳·安德斯多特身边,给她吹笛子,而后者则跟逃亡者们一起跳舞,而船长的妻子则坐在舱内痛哭流涕。

他们到达格但斯克的时候,船长用手臂夹着笛子,晚上跟卡洛琳·安德斯多特以及她的同伴们一起下了船。他们认为这下她应该去驻波兰的瑞典军队,请求国王收留她。

她和女同伴们哼着歌进入瑞典军营中的女性驻扎地时,那里响起了吵闹声,她都在忧虑,因为她们已经挨饿两天了,最后的一点食物分给了军中的小贩和战士们。不过她还是朝一个下士走去,双手放在了臀部处。

"你难道不害臊吗?"她问道,"让我的女人们挨饿,而你们无论如何都离不开她们?"

"你的女人?你是谁?"

她指着自己的手镯:"我是卡洛琳·安德斯多特,女绿林,带上五个人,跟我们走!"

下士朝自己的长官雅各布·艾弗兹伯格看去,他则看着她俊俏的面容和他的部下。她在那些扛着枪拿着铁棒的男男女女中多特别啊!不一会儿,她带着那五个人就运来了食物。晚上,营地的篝火烧得正旺时,国王居然来到了这里,跨上了马鞍。战士们围绕着装满了牛羊的车大声喊道:"查理国王万岁!我们的女绿林卡洛琳千岁!"

女人们围着国王的马,这样马夫们不得不让她们退后,卡洛琳·安德斯多特走上前去与国王握手,然而他却踩紧马镫,大声对下士和五个战士喊道:"干得不错,伙计们!"

从这一刻起,她就再不提什么国王了,不论她见到普通士兵还是将军,都对他们恶言相向。然而那个以功勋和伤病出名的年轻的卫兵马尔科·约克曼对她伸出手来时,她没有侮辱他,只是很不屑地把自己的空包递了过去。当她听到梅尔菲特将军在骑兵团前吹口哨或者看到戈乔森上校黄棕色的面容和漆黑的帽子时,她就愤怒无比。如果看到路旁躺着的伤病员,她就会给他喂水,并把他抬到自己的马车上。她的脸上结起了冰霜。她手握着缰绳,对所有军营里的人,已婚和未婚的女人和跟着她到处跑的逃亡者们发号施令,晚上火烧得正旺的时候战士们就知道马劳德王后出去抢夺去了。

多年之后,在萨克森渡过冬天之后,军营朝乌克兰进发时,国王下令所有的女人离开军营。

"先管好自己的事再说吧!"卡洛琳·安德斯多特抱怨道,然后自顾自地继续前行。

军队到达别列津纳时,女人们开始骚动起来。她们围在卡洛琳·安德斯多特的马车前,双手紧握,把孩子们高高举起。

"现在你能怎么办啊!男人们都已经过了河并拆掉了所有的桥,他们把我们留给了哥萨克。"

她坐在那儿,鞭子放在膝盖上,穿着很高的靴子,手腕上仍然戴着那条镶着绿松石的银手镯。惊恐的女人们围在她周围哭泣呻吟,像箱子一样的行李车后边偷偷溜出一些浓墨重彩的撒克逊女人,而且其中有一些穿着绸缎衣物,戴着金项链,所有以前她从未见过的女人从四面八方拥过来。

"该死的贱妇!"她怒骂道,"现在我终于见到那些上过军官们马车的货色了!你们在我这群穷人这里能得到什么?现在我们终于明白男人们没有负担的时候会干什么了。"

她们抓住了她的裤脚,朝她跪下,好像她一个人就能决定她们的命运一样。

"有没有人知道,"她问道,"那首《当我走过死亡之谷》的圣歌?唱一下,唱一下!"

有一些女人轻声地啜泣着开始唱,但其他人却冲到了河边,找到了遗留下来的船和桥的碎片,自己用碎片划船过了河。每一个丈夫或是恋人在军队中的女人都希望最终自己能够一起过去,但身着破烂,穿着没一点品位的单身女人都围在卡洛琳·安德斯多特身旁。同时,一些哥萨克兵已经渡过河来想抢她们少得可怜的东西,他们正在灌木丛中匍匐着向这边爬来。

然后她的心软了,从马车上下来。

"可怜的人们!"她说着,抚过女人们的脸,"可怜的人们,我不会丢下你们的。但是,现在,饶恕我吧,你们还是祈祷上帝洗清你们的罪孽吧,因为我也没什么可帮你们的,只能羞辱男人们,并像英雄一般地死去。"

她打开马车厢,从自己所抢到的东西里拿出一些长矛和瑞典刀具,放进了轻声唱歌的女人们手里,然后自己也拿过一把没上子弹的滑膛枪,下车到了马车旁的人群中等待着。于是,她们就这样等在落日的余晖之中。

然后河上的女人们看到哥萨克冲到车旁,误把她们当男人一样地砍杀。她们想要掉转船头,战士们从河岸上冲下来开火了。

"查尔斯国王万岁!"他们齐声喊道,"还有——噢,不,太迟了!看啊,看啊!女绿林卡洛琳手里拿着一杆枪死了!"

马泽帕及其大使

在一间奢华的卧室里，有一张很高的床，床角上都有羽毛装饰。半张半掩的床帘后躺着一个六十三岁的老人，被子都被拉到了他的胡须下方，长长的白发散在枕头上。他的额头上盖着一块石膏。这个人就是马泽帕。

床边的柜子上，摆着许多药杯，药杯的中间还放着几本拉丁文和法语的诗集，门边一个瘦小干瘪的牧师正跟两位穿绿衣服的使者在低声聊天，两位使者是彼得大帝派来的。

"他几乎听不懂你们的话了。"牧师低语道，痛苦地朝病人看了一眼，"他甚至可以一直躺着不说话。谁能想到一个安享天伦的老人会突然快死了呢？"

"伊凡·斯蒂凡诺维奇！"一个使者大声喊道，靠近床边，"圣上派我们来看望你。你还记得吗？你的那三个哥萨克偷偷去觐见陛下，称你正秘谋反叛，而陛下则把他们五花大绑押送回你这儿以示友好。伊凡

·斯蒂凡诺维奇,他相信你的忠诚。"

听到这话,马泽帕的眼睛稍稍张开,双唇动了一会儿,却只发出了一阵模糊的低语。

"我们了解。"大使们马上齐声喊道,"我们了解你想说的。你在问候圣上并谢谢他的关心,我们会告诉他你已经鞠躬尽瘁,你的脑瓜已经不太灵光了。"

"我担心,"牧师低声在一旁说道,"他会就这么过去的。"

大使们悲伤地点点头,退出了卧房。

他们一走出去,牧师马上关上房门。

"他们走了。"他说。

马泽帕坐了起来,把石膏从额头上取下来,扔到了桌子那边。他黑色的眼睛里闪着光彩,脸上闪过一丝红光,精致的鹰钩鼻下,牙齿雪白,像个年轻人一样。他掀开被子,穿着一件长风衣,脚上蹬着有靴刺的靴子,从床上跳了起来,开玩笑似的捅着牧师的腰。

"你这无赖,滑头!这次我们演得不错。莫斯科的人们会相信老马泽帕这下是终于起不来啦,再也干不了了。愿上帝保佑!哈哈,嘿!你这无赖!滑头!骗子!"

牧师冷笑了一声。他原本是保加利亚一个被罢免了的主教,圆圆的脸上长着一个塌鼻子和一双深陷的眼睛,看上去就像个颅骨。

马泽帕仍然非常兴奋。

"马泽帕要死啦!嘿,问问他的女人们!只要问她们!不,伟大的莫斯科沙皇陛下,我还要活下去,报复你!"

"沙皇怀疑您,大人,但他还是想让您自己交出兵权,他确实也是这么做的。"

"我会交出兵权的,如果不是他那天晚上喝酒的时候搧了我一耳光的话。我重视自己的面子就跟他一样,如果有人侮辱我,那我绝不会原谅的。这种伤害深入骨髓。如果我生来不是国王,那我也有国王一般的心。他给我的哥萨克穿上德国的衣服是要干吗呢？现在回到正题，说说你的冒险经历吧，你这骗子！"

"主人，我穿着行乞的修道士服装赶到瑞典军营。有时候，我也会喝酒找女人，但我低头看到破鞋子里伸出来的脚指头，就会想，'这就是马泽帕的使者！'"

"很好，那你是怎么找到那花花公子的？"

"花花公子？"

"当然是。瑞典的国王查理！他对那些烂布头的喜爱不亚于法国王子对香水和丝袜的喜爱，你难道不知道？他统治着那一群北方的蛮人，他们挥舞着马鞭，大声喊道，'废物！那什么也不是！无关紧要！'他的烦恼从不过夜。这也是他会掌权的秘密所在。他夜不能寐的时候再为他悲叹吧。我很想见他，我很期待。继续说吧！"

"我在女人的围巾和围裙上，我喝水的杯子和食品上，桌布、餐巾和烟盒、摊位上都看到了他穿军装的图片。他是所有人谈论的焦点，孩子们为瑞典做礼拜。老农民称呼他为上帝所选的新教徒教皇，一提起他就会摘下帽子。"

"噢，是吗？那你去了军营，是怎么见到他本人的？"

"我提醒您，我会预言不幸，我看出了一个预兆。我发现他很自负，目中无人。"

"他是世界所不喜欢的一个枭雄。"

"是马尔伯勒带我去撒克逊见他的，但他对我却很冷淡，不久他就离开了军营，其他国家都开始在背后偷偷嘲笑他。他手下的将领们也都累了。"

"他已经变成了一群乌合之众的首领，你明白。尽管那样，我也需要他去笼络一大群人。如果你不告诉我你见过他吃喝，我都不会相信他还活着。然后我应该说，瑞典的年轻主人沉浸在纳尔瓦之战胜利的喜悦之中，但他是军队的灵魂，始终关心军队。雪一直在下，鼓一直在响，军队里的人越来越少,大家都不知道他会把他们带去何方。敌人在炮火中认出他来的时候,他们惊恐地放下了枪,不敢开火,他都没注意有时候砍倒的人是正准备下跪的。那些刺客一看到他就放下了武器投降,他也不惩办他们。不要跟他协商!他可不像其他人一样为财产而战,他用刀剑来复仇和奖赏。那这场和平之战他想要得到什么呢?钱还是土地呢?在奥地利,他得到一个曾诽谤过他的议员和一群逃过边境的俄国士兵的帮助,解放新教徒。在普鲁士,他下令逮捕一名投降沙皇的上校,驱逐一位在作品中质疑虔诚信教的作家。在撒克逊,他盘问帕特克尔和所有背叛瑞典的人,放了索别斯基王子和所有投降瑞典的撒克逊人。瑞典国王强迫奥古斯特王把波兰的统治权送给了斯坦尼斯洛思王。现在,既然已经摆平了波兰,接下来他就想要发动对沙皇的战争,废黜沙皇,而他们的王位和政权他一点也不稀罕。自古以来,就没有其他外人执掌过本国的政权。"

他说话的时候,马泽帕狠狠抓着一个床柱,床角上的羽毛不断摇晃着。

但牧师举起三根手指回应道:"我已经提醒过您了。他所遇上的一切都会被他毁掉,然而他是冒险者的守护神。他经过冒险才变得伟大。您,大人,也是一个冒险者,而我跟您相比就不值一提了,因此我听命于您。"

他双手放下来,不客气地指着马泽帕:"你,伊凡·斯蒂凡诺维奇!你就没有怀疑过我为什么来投奔你?"

"因为你不忠,于是就被赶出了你的教区。"

"这事儿跟偷窃东西有关。圣像上有几颗翡翠——"

"于是你取了下来,并把玻璃片安放在那些翡翠原本的位置上,然后你偷偷卖掉了翡翠,这样就能过上富足的日子,而不只是教堂里的穷教士。"

"让我说!然后我就听说了马泽帕,他之前是乔翰·卡西米尔宫的侍从，他爱好跟女人上床，终于，一个吃醋的丈夫抓到他赤身裸体地在他家里，于是抓起他放在马背上，并把他赶到了荒郊野外。他就在那里建起了一个冒险者的王国。圣者保佑过你，马泽帕。我只需要一个善心的主子，他会让我安心读希腊文和古典文学，我可以对他说，'是的，伙计！都是过眼云烟，就连现在我们的主仆关系也是。'因此我到了你这里。我爱冒险的天性让我无法安然坐在这里，我也受够了你的水酒腻味，你是个十足的吝啬鬼，马泽帕，你现在要做军火的交易，我就跟着你。瑞典的国王不再听从他的将领们的话，也不再接受他老祖母和子民的恳求，走上这一条最冒险而不实际的道路，他想要与你结盟。有你和你的士兵的帮助，他就可以推翻你的主人。这是相关文件。"

牧师脱下了长袍，身着哥萨克服装，腰带上挂着一杆枪，他从胸前掏出了一些折叠的纸张。

马泽帕脸色变得苍白，一把将那些纸夺过来，紧紧贴在嘴边，低下头去鞠躬，像是面对着一个隐形的圣像一样。

"击……击鼓，击鼓！"他激动地结巴起来。

但牧师走到门旁制止了他。

"不，到明天再击鼓吧。"

于是他走到了旁边一个小房间里，坐到了一张放着他账簿的平整的桌子旁。他召集了随从，仔细计算着，定下了所需的牛奶量。他既是风流的爵士，又是博学的吝啬的地主，仆人们终于给他整理好了行李，有时候他也会弯腰检查一下。最后，第二天早晨他穿上了一件过时却华丽的哥萨克服装，刚坐下就马上从椅子上跳了起来，站到了镜子前，仔细检查自己的装束，将纤弱而洁白的手插进了胡须里。

一听到鼓声，他就跨上了马鞍，一路飞奔而去。

过了一段时间之后，在一个暴风雪的早晨，他来到了瑞典军营，遇上了国王的队伍，牧师似乎是不经意地把他的马停在他身边。队伍经过的地方蒙上一层灰烬，他们的武器都被盖上了以防止生锈。马车驮着伤病员及队伍的行李，有时候则是棺材，从旁边经过，最后边的是一群牲口。喝醉了的瑞典士兵，骑马奔腾的哥萨克，还有波兰瓦拉军穿着绿色或红色的斗篷，头上戴着高高的铜头盔，上边还挂着铃铛。有些人挥舞着装缨球的长矛和弓箭，或是镶着银和象牙的燧发枪，其他人则扛着木棍。这是一支神奇的队伍，走过人迹罕至的丛林小道，穿过冰冷的沼泽，越过被白雪覆盖的冷杉树林，朝神秘的东方前进。

"马泽帕。"牧师低声说道，"你承诺带三万哥萨克去瑞典，但现在跟着你的还不到四千人。"

马泽帕一直赶着马儿跑，沉默地点点头，牧师不断地在嘲笑他。

"前天走掉了一半，昨天更多。很快你就会剩下不到一百人，连看管你的行李和钱的仆人都不够了。你的起义失败了，你的城市被焚烧了，对你忠心的人都被抓了服刑了。很快你就会一无所有，只是瑞典一个名不副实的爵士。"

马泽帕仍然没有回应，牧师继续道："今天我也将离开你，因为瑞典的酒我喝不惯，而我的鞋子也坏了，脚指头完全露了出来。你的使者需要找一个更富有的主人。再见啦，伊凡·斯蒂凡诺维奇！"

马泽帕回应道："只要我还活着，我仍然是马泽帕。我的哥萨克们都离开了，但前面还有指挥官和兵器，瑞典国王就在前边，我会一直赶到那里，就像带着一支大部队一样。而他，土地贫瘠，将士们也很不满，他的辉煌即将殆尽，还像一个幸运的国王一样朝我走来。我带来多少人马对他和我又有什么关系呢？他已经具备了天子的荣耀，想成为天之骄子。他看待历史，就如同一个男子对自己的恋人一样，不是靠出身去赢得她的青睐而是凭他的个性。如果我们俩，他和我，某天侥幸存活下来，坐在大草原上的一间土屋里，我们仍然可以讨论哲学，并且像是在宴会上一样彬彬有礼。"

"你说他的光辉即将殆尽，你居然也看到了预兆！他不再能像一个马车夫一样自吹了。"

"大家都认同你，保持谦虚就很容易了。"

马泽帕傲慢地转过头去，朝国王那边奔去，而国王已经举起了帽子，在马上不断地鞠躬致意。

旁边一些将领们大声开着玩笑，国王可能都听到了。

"我到莫斯科之后，"安德斯·雷格克罗纳说，"我会用沙皇的睡帽补裤子。"

"哼！"阿克塞尔·斯帕尔回应道，"有古老的预言称斯帕尔家族的人将来会主宰克里姆林宫。"

"这边！"少尉们喊道，"打死任何胆敢阻止这样一位伟大而崇高的，朝自己的目标奋勇前进的国王的人！"

国王微笑着哼唱："俄罗斯帝国万岁，俄罗斯帝国万岁！"但当国王听不到他们的声音之后，他们就不再说了。

"陛下！"马泽帕用拉丁语喊道，眼睛闪闪发光，"陛下的征服欲这么强，天气好的话，我们一上午就能朝俄罗斯前进八英里左右。"

"这个我们可不同意。"国王回应道，朝前继续行进，在头脑里搜索着所有拉丁文字，眼睛却盯上了马泽帕洁白小巧的手，"现在离边界还远，我们必须要过去，我们一定要到俄罗斯。"

大家都不再说话，牧师勒住了缰绳。

"俄罗斯！"他咕哝道，"俄罗斯又不在欧洲的中央。但继续吧，继续跟着你们，冒险家们！我已经多次更改名字，更换衣物，你们瑞典人绝对认不出我了。但不要忘了，我是马泽帕的使者，那个乞丐牧师，用他的聪明才智改变了你们的命运，把你们带入荒野之中。你们干得不错，查理国王陛下和你马泽帕。最终决定一切的是人。"

雪一直不停，牧师一动不动地端坐在瘦弱的马匹上，军队悄无声息地匆匆前进。最后边的士兵回头看到那个不知名的牧师，看到他扁长的如死人颅骨一般的头时，他们非常害怕，加快了前行的脚步。

胡克上校

人们喝过了粥,餐桌两旁的牛油蜡烛都燃掉了一半,人们把椅子搬到更靠近火的地方。这个庄园的房子是这一带最小最差的,但这里的晚宴却很丰盛。木地板上铺着稻草做地毯,新鲜的杜松树摆放在黑暗处,火光把涂白了的木墙和窗口染成了金黄色。刚刚还上了一杯浆果汁。大家都明白,这一晚上最喜庆的时刻才刚刚开始。就连两个女佣今大都穿上了她们最好的节日服装,尽可能慢地清理桌子,守在门边,这时,查理国王手下的一名老将领胡克上校掏出了他的烟盒,坐到了火旁桌子上的主位上。然而,直到解开了鞋带,穿着厚厚的白袜子的脚放到了火炉的围栏上之后,他才完全放松下来。当然,他几乎一整晚都在不停地说话,而现在,终于谈到了艾伦克罗纳,刚刚从弗雷德里克国王那里得到了骑士勋章,只有在吸鼻烟的时候才戴上它。据称,他经常撒谎,但却没人介意,因为人们都不想打扰他的生活。这时,胡克上校变得严肃起来,思绪好像回到了过去。他已经老了,鼻子上满是冻疮。梳到前边的头发和飞扬的胡须颜色非常浅,没有人发现年龄在他脸上留下的痕迹。他如往常一样,穿着一件偏小的外套,笔直地坐在椅子里。他也如往常一样开始讲起故事来。

"是的,那年秋天,我在树林里迷路了,状况很糟。我是说在斯拉夫的那年秋天。卢文霍特刚刚让我们把所有东西都毁掉了,带领我们沿着索扎河找浅滩,那样我们就能摸索着到国王的军营,但是很多步兵抢了车。我那时候是个少尉,斯塔克伯格将军送我和其他几个人去控制住那些抢车的步兵,而俄国人也混在他们之中。我真不知道在那一片漆黑中自己怎样渡过了河,过河之后却发现身边再没有其他战友。我身体上沾满了泥土和水,孤独地站在岸那边的水草丛中,无意中发现了一个骑兵。他是我的军团里的,我们都叫他长詹,因为他是能举起瑞典刀的最高最瘦的士兵之一。他的胸膛很窄,但手很大。他的手臂和腿上简直看不到肌肉,瘦小的脸上没有一点瑕疵,他长相特别,斜着的双眼,厚实的下唇,上帝才知道他是怎么长大的。但那一刻,我很高兴看到那个瘦高个,就像见到恋人一样,拥抱了一下,但我们还是尽快地走进了树林里。

"我们跳跃着前行,以便取暖并让衣服变干,走了一个晚上,直到天明时分才躺下睡觉。

"许多天里,我们努力穿过树林,蹚过沼泽,我们的衣服跟以前一样潮湿。我们也曾脱下衣服挂在树枝上晾干,但秋天天气潮湿,这样做一点用也没有,而我们再次费劲地穿上衣服,感觉就更冷了。而靴子根本没想过要脱,我们前行的时候是干的,但一旦陷入沼泽或是淋了雨就便湿透了。

"我带了一点肉和一片黑面包,我跟他分食了,在这种时刻,他总是沉默寡言,对我唯命是从,后来,食物没有了,我们就嚼树叶树枝和所能找到的一切。然而,饥饿还不算什么,最怕的是晚上,晚上我们冷得发抖,无法睡觉,牙齿不停打战,这样的日子不知过了多久,我们失去了力气，肢体也变得僵硬，一动起来就很痛。

"一天傍晚，我们听到了一声狗叫，这让我们大感意外，我很兴奋，但又很害怕，变得犹豫起来，我心想要往与狗叫声相反的方向逃走，长詹也如往常一样默默地跟着我，但走了几步才发现我们离狗叫声越来越近了。然后我拽着他的手臂又转向了另一个方向，但狗叫声仿佛有吸引力，吸引着我们向它靠近。我终于放开了长詹的手臂，他仍然在往前走。

"'停！'我在他身后喊道，虽然受够了这潮湿的环境，但我也有点担心会走入敌人的地盘，那样的话，迎接我们的就是武器了。

"'停，停！'长詹很机械地重复着，脚步却一直没停。

"然后我跑过去抓住了他的腰带。我一抓着他，他就笔挺地站在那里一动不动，但我一松手他就继续往前走。

"'停下！站住！'我怒喝道，像火烧眉毛一样地急躁，这样一个已经学过我们钢铁一般律令的战士居然会如此固执己见，不执行命令，我实在是觉得惊讶，'居然不听少尉的话，你这家伙？'

"'停下！站住！'他重复道，但脚步仍然没停，好像无法控制自己的脚一样。

"'那就继续前进，以上帝的名义！'我喊道，'现在情况已经糟透了，你现在好像自己是少尉，而我是士兵，不过你是士兵，最好是要记得这一点！'

"长詹并没有回应，也许他没听到我的话。我跟上他，几分钟之后，我们就到了一个满是房子和牲口棚的平地。我们的正前方有一栋很大的木房子，有很多层。明亮的阳光透过嵌在木墙的缝隙中的雨珠反射出来，晶莹剔透，窗户玻璃也闪着金光，像是点着无数的吊灯，但门却是锁着的，烟囱里也没有冒烟。整栋房子没有一点生气，像一个没闭眼的尸体一样，嘴唇紧闭，没有呼吸，眼里却闪着神秘的冷冷的光。干草堆后的一根摇摇欲坠的木桩上拴着一条枯瘦的狗，在地上不断徘徊，一见到我们就摇尾巴。

"长詹走到门边敲门,却没人来开。然后他抽出刀来,用刀柄敲碎了旁边窗户上的玻璃,那一刻我们才听到一个女声惊恐地在叫唤一个叫瓦瓦拉的人。破碎的玻璃稀里哗啦地掉到地上,外边的框架也摔成了一条条。然后就听到房间里有人跑动的声音,接着,门就被一个威武高大的女佣打开了,长长的浅色发辫直垂到后背,黑色的头巾上和红绿色相间的连衣裙上镶着许多小银片,手中提着一盏没点燃的灯笼,这一定是她在惊恐之中随手提的。

"'我——我们不是坏人。'我说着,尽可能用平静的语气解释道,'愿上帝饶恕我们这样惊吓了您,尊敬的女士!不过我们饿坏了,我们想要——'

"'干衣服!'长詹插话道,冷得瑟瑟发抖。

"这是这么久的跋涉以来我第一次听到这个古怪的家伙自己主动说话,而且他居然不礼貌地抢说了我该说的话。女人把门打开了一半就离开了,他站到旁边给我让位,但我坚决地说:'少尉先生'先请吧。

"'愿上帝保佑我不要再遇上这种事。'他回应道,靴子的后跟不断相互敲击着。我心里很高兴这房子里有人接待我们,但还是有点生他的气,于是用一种不容他置否的语气大声喊道:'少尉'先进!

"听到这话,他才先于我拖着长腿跨过了门槛,这房子没有玄关,我们一进门就发现自己进入的是一个大厅,中间是一个杂色的瓷炉头,像一座城楼一样直戳到房顶中央。木墙上布满了苔藓,墙边有几把黑漆掉尽了的椅子,一个橱柜上还有青灰色的罐子。

"女佣跑开去叫瓦瓦拉,瓦瓦拉出来了,她害怕地站在黑暗的大厅最远的角落里,还有两个女孩儿在那边紧张地低声交流着什么。

"然而,听到我称呼她们为'尊贵的小姐',她们非常意外,相互对视了一眼,放松了戒备,假装不知道自己其实是奴仆。然后坚冰就融化了,她们告诉我们,两周前,一听到瑞典人来了,贵人们就离开了。

她们也偷偷告诉我们，这整栋房子，所有的地方，都没有留下任何有价值的东西，但她们很高兴能竭尽所能接济陌生人。

"瓦瓦拉的牙齿很漂亮，但又矮又胖，身着黑色的服装，然后她开始放声大笑，这让我很不舒服。还有那个名叫卡塔琳娜的黄头发女孩儿，她搬木头到火炉旁的时候，我忍不住开玩笑似的揉捏了一下她的耳朵。同时，长詹脱下了他破烂的蓝色外套，既没穿衬衫，也没有马甲，就光着瘦得可怜的上半身站在那里，见到这一幕，大家都忍俊不禁，只有他自己仍然一副一本正经的样子，我从没见过他那张肃穆的脸上露出过一丝笑容。我们各自穿上一件羊皮外套，并吃了一点萝卜泥，喝了一点淡啤酒之后，我们就躺在了火炉旁，大刀就放在我们的膝盖之间，我命令'少尉先生'跟我轮流值班，以防任何人可能对我们使坏。我也不让两个女佣离开大厅，大声用瑞典语朗诵祈祷词，将我们托付给上帝。

"但是，上帝让我们到这般田地，然后又给了我们惊喜。没有人打扰我，我于是沉睡了几个小时，然后被一阵炙热的感觉惊醒，醒来才发现脚靠到了火炉上，以往我把这种炙热的感觉叫作痛，而此刻它只是提醒我，我不是一具行尸走肉的尸体，而是一个活人。当我发觉温暖的大厅里漆黑一片，空无一人，而隔壁的房间里传出了刺耳的声音时，心里别提有多害怕了。

"我马上拿起刀，跑到门边，看到厨房的火炉烧得正旺，长詹穿着一件丝绸格子睡衣和高跟鞋站在火炉前。这家伙显然对觅食很有一套，因为烤架上已经有一只鸡了，他扔过来一个冒着热气的罐子，里面胡乱堆放着他从那些女孩子们那里讨要来的一切。他在一个烂柜子里取出一个玻璃杯，在火炉旁把它敲碎，碎片则落在地上。我走上前去，一把抱住了他，却抱不动他，他瘦弱的身体里似乎有无尽的力量，不论怎么努力，他都纹丝不动。他转过身来面对着我，目光呆滞迷离，我闻到了一股酒味。我吃了一惊，放开他，他喝醉了。

"黄头发的卡塔琳娜，看上去不仅不害怕反而被逗乐了，这时候也走到我身旁，温和地告诉我，嗬！老胡克上校那时候还年轻，长得又英俊……我们现在说到哪里了？噢，是的，她说他一个一个房间地走，翻出了所有东西，打碎了瓶瓶罐罐和钟。终于，他翻遍了所有酒窖，只有那个，那个钥匙丢了的房间没进去，她急匆匆地说道。

"'但是你，可怜的家伙，应该也想要点什么呀。'她对我说道，把我带到了另一个房间，这里可能以前装饰很豪华，墙上挂着绿色的织锦，绣着月亮女神逮到了鹿的图片。最漂亮的一块铺在了湿滑的地板上当地毯，扶手椅上都染成了金色，桌子中央的一个盘子旁边放着一些杯子，里边装的不是淡啤酒，也不是麦芽酒，而是一种黄色的清酒。

"一来到这富丽堂皇的房间，我也失去了理智，我的戒备心理有所放松，因为两个女孩儿看上去很高兴有机会这么铺张。她们也觉得自己之前在这房子里对人谦恭卑微的实在不舒服，这会儿能尝到她们从未品尝过的美酒，坐在以前只能对着下跪的椅子上，踩在自己之前碰都不敢碰的昂贵的饰物上对她们而言是一种荣耀。她们为我挑选了一件笔挺的银色礼服，后摆上有鲸须雕饰，看上去像是一条大裙子，那天晚上我费劲地脱掉了靴子，换上了袜子和红色的鞋子。但是，我没敢把刀丢到一旁，因为我还是不能完全消除戒心。

"卡塔琳娜孩子般天真烂漫地拍着手，这双手可既不洁白也不柔软，说跟我在一起很快活，因为我跟她们是同一阶级的，她们可以随心所欲，而在那个绅士一般的'少尉'面前，她们总是很小心翼翼。

"我坐在桌子旁的一把椅子上，这椅子几乎被我衣服的后摆完全盖住，我和两旁的女孩儿们一起碰杯喝酒。

"这个'少尉'出身高贵。我说，他以后可能成为地方议员。这是我到目前为止最荒唐的话，我继续编，'但是贵夫人们知道有时候那些出身高贵的人，因为某种不幸，可能会很愚蠢，头脑简单，因此我有时候要给他纠正一下错误。'

"我经常像士兵一样犯错。我有时候喜欢恶作剧，但同时我会非常随和。因此,我任长詹在厨房里翻箱倒柜,而我自己则非常惬意地吃吃喝喝。但每喝一口酒,我都感觉到酒让我丧失理智,这时候酒成了我的催眠药,一喝下它人就变得迷迷糊糊。我的意识告诉我应该把酒杯放下,但是,想起过去那些天里所经历的痛苦,我心里就很难受,就控制不住自己。我越来越沉迷这些女人,不是因为上帝使的美人计,而是由于我刚刚经历过的苦难。

"有一次喝完酒后,我双手握着刀柄,坐在那里睡着了。我听到了轻微的脚步声,她们走到了我的椅子后面。我必须保持清醒。但怎么回事!我手脚都不能动了,然而我还是清楚地看到织锦上的月亮女神和她的灰狗。眼前一片模糊,东拉西扯的女孩儿的脸和蜡烛的火光变得朦胧,我已经喝醉了,这一点毫无疑问,我又迷糊了,椅子背后有人蹑手蹑脚走的声音。一个陌生的奴隶手里拿着斧头站在那里,他举起了斧头,我感觉头脑中出现了一道闪电,然后一切就结束了。椅子怎么没有动呢?如果椅子动了,我也坐不下去。我说起了梦话,哇,那里,鬼!你要知道,这世上没什么可以吓到我。为了保持平衡,坐在了国王的部队曾经坐过的靠枕上,我不能……砰!看!现在我躺在了石板路中央……唉!你们笑什么?然后酒窖里……你刚刚为什么说有一……—一,二,一,二,一,二,穿蓝色衣服的少年,二,三,快乐与悲伤,三,四,他们热爱这片土地,四,五,勇敢拼杀,五,六,为了查理国王。'

"终于,我用疼痛的手肘支撑着自己,完整地唱完了第六圣诗,我相信魔鬼只要听到我的声音,就会吓得逃之夭夭。

"我曾经多次开怀畅饮,但从没有比这次感觉更糟的了。第二天早晨我醒来的时候,我完全是靠在椅子上的。我非常确定是上了女孩子们的当,当我发现两个女孩子睡在桌子底下的一张羊皮上,而桌子上的灯座里一支蜡烛仍然在燃烧时,我吓了一大跳。我听到厨房外边传来了陌生的声音,一个独眼老太婆娜塔莉亚和一个名叫马卡的脏兮兮的仆人出现了,这个仆人就是我梦中依稀见到的那样。他们说他们一直躲在阁楼里,直到确定我们不是坏人才现身出来。他们说临近的村庄里晚上也发生过同样的事,一听到我们的到来,这些人就卷好自己的财物逃跑了。

"直到这时我才完全放松了戒备,高兴地回到大厅里向女孩子们致意,长时间地热吻着卡塔琳娜。

"她醒了过来,大笑着转过身去继续睡,但我继续吻她,她马上躲开了,快乐地跳了起来。

"'你是个好女孩儿,卡塔琳娜,我再不用怀疑你了。'我说,'现在给我拿点水和盐过来吧。'

"她准备我的早餐的时候,我经常搂着她纤细的腰身亲吻她。后来她也会回吻我,并靠在我胸前的银色衣服上,一会儿哭一会儿笑。我们走过了许多房间,但在一张门前她总是会整理自己的衣服,因为'少尉'已经在里边一个高官的床上睡下了。最后,我们坐在了一把黄色的躺椅里,我让她坐在我膝头上,把她浓密的头发缠绕在我的手腕上。我低声对她耳语道,我坚硬的心从未感觉过如此的温暖,这话一点也不假。

"想起那段快乐的日子,我就很遗憾,我不想一遍遍地回忆它们,我把一切都留给你,尤其是孩子们,去尽情想象。我继续说,那时候,我让佣人马卡每天傍晚在房子前巡逻,刀不离身。有时候卡塔琳娜会开玩笑似的从我身上抽出刀,双手握着刀柄举起刀来,从房间里跑过。秋雨打在窗台上,她把织锦挂在通风的地方,风吹过的时候,织锦就飘扬起来,上边图画上的人物栩栩如生。每次她像摘下头盔一般地摘掉黑色的帽子喊'过来!'时总能听到回声。然后我把桌子和金皮革椅子堆放到一起,跳过这一堆障碍,抓到了她,并收缴了她的武器。我再没想过我的同伴们,他们此刻也许饥寒交迫,头破血流,我唯一的愿望就是一直待在这个我找到了自我的地方。

"卡塔琳娜身上总是散发着淡淡的薰衣草的清香。我们已经选好了一间边房,她把自己的大箱子搬到那边,箱子里贴满了蓝格子纸。这个箱子里装着她的衣物和其他东西,一打开就闻到了薰衣草的香味。她最喜欢跪在箱子前,把所有装在小箱子里的衣物都拿出来,然后又非常仔细地把它们放归原处。当我觉得乏了,或是房间里有些凉了,我就会邀她跟我一起到大厅里,坐在火炉旁。为了引起她的兴趣,我把以前在战场上用大刀杀人的经历全都告诉了她。我用这把刀杀过十一个人,我的手臂上还有枪伤和刀伤,但她并不太感兴趣。我一说起大布兰德季迪恩王子的传说,她就变得不耐烦起来。'这肯定不是真的。'她说着,开始把红绿色的布片缝在皮靴上,缝好之后非常漂亮。

"'少尉先生'则一直住在酒窖里,对这里的女人粗鲁无礼。卡塔琳娜也发现了这一点,这很幸运,她说,因为如果'少尉先生'这么高贵的绅士会变得温存,那像她这个阶层的人可就遇上麻烦了。一天上午,'少尉先生'突然记起了酒窖里还有一间房门是锁着的,我们之前一直未曾想起。他直接去了那里,这时卡塔琳娜变得非常不安。她握着我的双手请求我阻止他,我的心当时完全被卡塔琳娜俘虏,尽管之前所有的疑虑都再次涌上了心头,我还是听了她的话跑了过去。

"我们跟着'少尉'去了点着灯的酒窖,而他则在忙着打开锁好了的木门。

"'不许动!'我命令道,他口头上同意了,然而却一点也没有停下来的意思,仍然在敲打着。

"卡塔琳娜她们都指责我,说我不应该命令他,士兵是不能命令长官的,我还没来得及为自己辩解,门就打开了。

"小房间里有一个金色的俄国圣母像,像前点着一盏灯,桌子上堆满了各种食物,旁边有一张改装的床。床和墙之间有什么黑色的圆圆的东西在滚动,我们走近了才发现是一个驼背的老头。老头见被人发现了,就爬过来抱着'少尉'的膝盖,乞求原谅。他承认他曾经是这房子的主人,送走了自己的家人之后就躲了起来,如果我们怜悯他,他情愿做我们最忠实的仆人。

"'别这么紧张!'我回应道,帮助这个蹒跚的老者站起来,'但我们喝酒的时候,你要给我们打鼓取乐。'

"傍晚时分我们在大厅里吃晚饭,'少尉'仍然坐在最尊贵的椅子上,我和卡塔琳娜坐在他旁边。桌子左侧站着白胡子的房主人,手里颤颤巍巍地拿着一个铜钵,马卡则拿了两张锅盖。他们有节奏地敲击着厨房器具,而老娜塔莉亚则合着节奏坐在桌子一头的两人中间,唱起了当地的民歌来。

"我也不知道为什么,她悲伤的唱腔赶跑了我所有快乐的情绪,我开始想念起那一大群已经离去的战友来。我的马甲和衬衫里有很多焦急的亲友们写给他们在战场上的亲人的信,他们嘱咐我要是去了国王的军营就把信带给战友们。这些信都不是秘密,因为在里加的时候我就收到了很多未加封的信。

"我把蜡烛台拉近了一些,刚好瞥到了一封收件人不详的信,读道:

"请把这个交到约翰的手中。

亲爱的儿子:

　　尽管相隔了千山万水,还是请接受你父亲的祝福,在这片异教徒的土地上,有很多鳄鱼、蝎子和其他可怕的动物袭击同伴……

"我希望可以轻松地读完,但却有了一种神圣的职责感,我的心头也变得更加沉重。我注意到卡塔琳娜更用力地踩我的脚,但我却觉得这是爱的表达,把她踢开了。我终于放下了信,却发现她面色苍白,不喝酒也不吃东西。我靠到她身旁,希望能了解是怎么回事,桌旁的老汉惊讶地盯着她,没有作声,一直伸着手,像敲打铃铛一样敲击着钵。

"我仍然有疑虑,却不知道要怎样得到真相。然后我借口说感觉有点冷,就去了卧室,假装在黑暗中找了一会儿,叫道:'卡塔琳娜,亲爱的,你把我的羊皮大衣放哪儿了?'

"她走了进来,冲进我怀里,抱着我的脖子不断抽泣着。

"'你没听到,'她低语道,'马卡刚刚在那一片喧嚣之中告诉主人他已经召集了六十多个仆人,打破大厅的窗户是他给他们的暗号,到时他们会冲进来砍倒你俩。'

"我保持平静,并尽力安抚她,但她一直抽泣着告诉我一开始她也和其他人一样想杀掉我们,但现在她却觉得没有我她也活不下去了。

"我紧紧地拥着她,吻着她温润的唇和抽搐的面颊,那一刻心里突然变得十分平静。我和她的故事马上变成了过去,我要走了,却什么都没留给她,我现在老了,一直对此感到痛苦,感到遗憾。读信后是突如其来的危险境地,我都不清楚是谁造成这样的。当然,什么都不能怪。

"'我要是能带你走就好了。'我低声说。

"从门外的微光中我清楚地看到她摇了摇头,她把我带到窗口,要我从这里逃走。而我则假装生气,把她从我身旁推倒在地,高声叫道:'你为什么这样对我,你这女人?'

"说完话,我抽出了刀,走进了大厅里,而'少尉'一看到我,就从桌旁站了起来,也抽出了刀。

"然后房主举起了钵,想扔到水气朦胧的窗台上,但我们却拿着刀站在他面前,他双膝摇摇晃晃,看上去背更驼了。他变得越来越矮,手中的杵也开始抖动起来。娜塔莉亚沉默着画十字,而马卡见主人快要倒地了,赶忙跑到他身后扶着他的双肘,两张锅盖也随之掉在地上。他有时也想把杵扔到窗口,但老主人却一直抓着他的手不放。

"因此我们面对面地站了很久,我们听到了厨房里水壶烧开了水发出的咕嘟声。

"很快听到了脚步声,仆人们从窗口已经看到了一切。厨房门上挂着土灰色的羊皮大衣,衣服上还有一颗明晃晃的扣子。然后我们听到一声枪响,羊皮大衣里冒出烟来。

"现在我已经完全忘了有关'少尉'的身份的玩笑,把长詹推到一旁,以跟他们决斗一场,但这一刻,我的战友比其他时候更感动我。他异常坚定地站在那里,抓着我的胳膊,用他瘦弱的双臂把我拽了回来,我都不知道他怎么有这么大的力量。

"'少尉!'他说,'如果你把自己当普通士兵,而把我当少尉的话,那你应该知道我们在战场上的规矩是长官应该先加入战斗。'

"他以迅雷不及掩耳之势冲进了那一群仆人之中,大手举着刀,先砍断了架在他脖子上的木棍,然后又砍掉了别人的衣服。我又听到了一声枪响,看到了人们举着斧头和权冲了过来。他的右臂受了伤,鲜血直流,他举着武器跟另一个人斗,而我却在他身旁,胡乱砍杀。

"我们退到了厨房的一个角落里,我银色的斗篷成了碎片,黑色的鲸须从破洞中露出来。长詹的脸被烟熏得漆黑,跟跄着靠到我肩头,我抓着他没受伤的手,友好地捏了一下,说:'现在我懂得了你,詹,如果我们能突围出去,就再也不要分开了。'

"他什么也没回应,一只眼紧闭,一只眼睁开,他重重地跌倒在我面前的地上。

"这是我最后一次见到长詹,我经常嘲笑他,他经常让我生气,而现在我很高兴能以平等的同伴之义对待他。

"有那么一会儿,我拼命想要保护他的遗体,但我渐渐意识到那没有用。然后我再次陷入了雨后的树丛和泥水中,一只手指上还有伤口。

"然而我还是很幸运地遇上了二十多个瑞典士兵,爬到了一棵冷杉树上,看到了天边遥远的光芒。

"'你看到了什么?'同伴们问道。

"'一片黑暗。但要是闭上眼睛,看到的更多。我看到面前有一个敌营。我的下面有一片草场,延伸到我们脚下,很可能成为可怜的战士们的葬身之地。我身后一片荒芜，我们的兄弟们的尸体在落叶下腐化，焚烧过的农场母鸡找不到任何食物，而马儿们也只能找到树枝。更远的地方是海，海的那边我看到一条很长的路，旁边有摇摇欲坠的围栏，直通一座红色的老房子。房子里，桌上的萝卜刚刚撤下，一名尊贵的老者打开了他皮革封面的《圣经》，第一张启示录里放着一根黑公鸡的羽毛作书签，他思索着我们是否已经带着援军到了国王的军营，他的儿子是否在火旁读着他写去的信。'

"我当然没有把这些都说出来，但我知道我确实是这么想的。卡塔琳娜已经成为了过去。

"'你现在又看到了什么？'我的同伴们问道，'你爬得更高了。'

我看到树林那边黄色的烟雾中的烽火像烧熔的铁块一样，我揉了揉眼睛，远处火光中那一排灰色的浪纹提醒我那里是模糊的海岸线。

"'那点红光，'我低声对同伴们说，'是一个有很多籽的大苹果，我们要准备好刀。但是别急！那里不是俄国。你们没听到那两个呼喊着对方的警卫吗？我难道听不出那是我们的母语吗？我要是没听到七次"鬼"这个词，就让我见鬼去吧！'

"我怎么从冷杉树上下来的呢？我记不大清了。我不断挥舞着双手，跟所有穿蓝色和黄色外套的人拥抱，我要拥抱多少期盼的人，有多少经历要讲述啊！我走进了营帐之中，有时候是被人抬过去的，有时候是被拖过去的，有时候他们一看到我的大披风，外边还有鲸须摇摇晃晃的，他们就大笑不止。我走到哪里，笑声就传到哪里。

"'我有一封信要给巴格将军！'我喊道。

"'殉职很久了。'

"'还有一封要给西德上尉！'

"'也殉职了。'

"我跨过一匹死马，僵硬的尸体几乎被火烧光了。雨浇灭了火焰，我透过烟雾看到余烬的后面有几个表情严肃的长官围坐在一起。他们中间的地上有一个人戴着一条毛围巾,面部盖着披巾。我想要去他身旁,挥舞着信件,但突然一只手扳着我的肩膀,接下来的一句话让我止住了脚步:'你眼睛长哪儿了?难道没看到是陛下吗?'

"然后我双腿并拢站好了,把包裹举到我头顶,眼泪从眼睛里倾泻而出。"

胡克将军站起来,结束了他的故事,然后跟大家道了声晚安,走到了玄关,其他人听到他一直站在门口的楼梯上。

然后一个女佣把她的节日服装裹紧了一些,从圆桌上拿起了最后一截蜡烛,她握着蜡烛的底部,这样油就不会滴落到干草上。然后她走了出去给将军照明,大家都知道将军是查理国王手下的将领,他也很怕黑,从不敢独自再穿过阁楼。

少尉

这年冬天格外寒冷,瑞典士兵们把他们的宿营地搬到了哈达石墙的后面。很快,营帐里就满是被冻伤冻死的人。绝望的哭叫声满大街都听得到,路旁的台阶上有很多被砍断的手指、脚和腿。运送尸体的车一辆接着一辆,从城门口排到了市场,从四面八方拥来的冻得发紫的士兵们不得不在轮子和逃亡的人群中爬行。马儿们套在马具里浑身挂着冰霜,好多天都没有进食,没有人照顾它们,马夫们手都缩进了袖子里,活活冻死了。有些马车就像是棺材,车里坐着的人面容憔悴,读着祈祷书或是满怀期待地盯着路边的房屋。很多不幸的人们用含糊不清的语调或是沉默着祈祷上帝仁慈一点儿。城墙的一边站着许多将死的战士,很多人破烂不堪的瑞典服装上套着红色的哥萨克外套,赤裸的双脚上包着羊皮。被冻僵了的斑鸠和麻雀停在立着的尸体的帽檐和肩膀上,牧师们过来举行葬礼的时候它们就拍着翅膀飞走了。

在那个被大火焚烧过的市场里有一栋特别大的房子,里面有人大

声争吵。一名士兵把手中的柴火递给门廊里的少尉,士兵回到街上的时候,耸了耸肩,对门外好奇地偷听的人说:"只是那房子里的人在吵架而已。"

门口的少尉是最近跟卢文霍特部队一起来的。他把柴火搬进了房间,丢到了炉火旁。里边的吵闹声马上减弱了不少,但他一关上门,大家就又开始激烈地争吵起来。

站在中间的是主教,他的面部沟沟坎坎很多,面红耳赤,呼哧呼哧地喘着粗气。

"我觉得这整件事真是疯狂!"他大叫道,"疯狂!疯狂!"

尖鼻子的赫梅林不停地眨着眼睛,双手颤抖着,不断在房间里徘徊,而帅气的费尔德·马歇尔·任斯基尔德站在路火旁悠闲地吹着口哨,哼着小调。如果他这时表明自己的观点,争吵这会儿就会结束,因为他们曾达成了一致意见,但他就是这么哼哼着,保持沉默,不说任何话,这让人无法忍受。站在窗口的卢文霍特吸了一下鼻烟,然后关上了鼻烟盒,红棕色的眼睛从头颅里突出来,他的头变得越来越大。如果任斯基尔德停止了哼唱,他会如往常一样平静,但现在他眉头紧蹙,情绪激动。

他最后关上了鼻烟盒,咬着牙说道:"我没有要求陛下懂得军事。但他能够领导军队吗?遇到对抗或袭击战,他真的会有远见和眼光吗?那些训练有素的无可取代的老兵,都得不到陛下的重视。如果我们下决心要攻下一座城池,敌人用什么样的盾或挡箭牌都不管用,他们都会被杀掉。说真的,先生们,我可以原谅新人经常胡闹,但如果是战场上的将领胡闹,那绝不可以。这样的将领是不可能上前线的!"

"另外,"主教继续说道,"将军阁下,陛下没遇上什么艰难的战斗,开始的时候要认清形势,这样会更好,但现在陛下傻傻地要和解,这样人们就会疯狂了。"

他疯狂地挥舞着双手,但还是跟卢文霍特意见一致。他不停地说着，转过身去冲进了里面的房间。门被重重地带上了，任斯基尔德仍然不断哼哼唧唧着。他要是说些什么就好了！而现在，他并没有说什么。坐在桌子旁做出行准备的吉伦克鲁克神情激动，他旁边一个面容憔悴的官员在他耳边狠狠地说道："给主教夫人送一对钻石耳环，让卢文霍与她约会，主教就会改变想法。"

如果这时候任斯基尔德停止了哼唱，卢文霍也还能控制住自己，安静地坐到桌子旁，把文件放好，但相反的，状况变得越来越糟。他心烦意乱地走到门边，但突然又停了下来，脚跟并拢，像一个普通士兵一样站在了那里。这下任斯基尔德安静了下来。门打开了，刺骨的寒风刮了进来，少尉拉长了声音大声喊道："国王——陛下——驾到！"

现在的国王可不再是之前那个充满了好奇的小孩子模样了，只有那窄窄的肩膀和孩子一般的身躯还跟之前一样。他的外套脏兮兮的。短而突出的上唇边的皱纹变得更深了。他的鼻子上和一边脸上生了冻疮，眼皮因长期的寒冷被冻得红肿起来，只有头顶上被梳理过的头发直立着，像一顶尖的王冠。

他双手握着一顶皮帽，努力用一种冰冷僵硬的姿态掩饰自己的窘迫和羞怯，对在场的所有人不断地鞠躬微笑。

他们也不断地深鞠躬，国王走到房间中间的时候，站住了，笨拙地朝旁边鞠躬，尽管他来得仓促，但还是清楚地知道自己在这里要说什么。于是他一直沉默着站在那里，思考了很久。

然后他走到任斯基尔德面前，身体稍稍前倾，抓住了他衣服上的一粒扣子。

"我将请求，"他说，"主教大人同意我带两到三个普通士兵护卫我出去走走，我已经带来两个重骑兵了。"

"但是，陛下！这里有很多哥萨克，从您的兵营到这城里带这么一点人已经是在冒险了。"

"噢，胡说，废话！主教大人会按我说的做。这里的将领，谁有空谁就带上一个士兵跟我一起去。"

卢文霍特转过身去。

国王并没有理会他，而是站在了任斯基尔德离开的地方。在场的其他人都没有打破沉默，也没有移动一步。

长时间的沉默之后，国王再次向每一个人鞠躬，然后走出了房间。

"去吧？"卢文霍特说着，拍了拍少尉的肩膀，好像很关心的样子，"少尉应该跟着去！这可是少尉第一次跟在国王身边。"

"我没想过他会是这样。"

"他经常这样。他很高贵，从不命令他人。"

他们跟着国王走出去，国王吃力地走过那些马车，跨过倒下的战马的尸体。他的动作轻盈而不笨拙，但却非常小心翼翼而且很慢，一点也不会有失尊严。他终于穿过了人群到了城门口，跟七个随从们一起爬上了车。

马儿在结了冰的街道上打滑了，有一些滑倒了，想到卢文霍特刚才的样子，国王狠狠地蹬了一下马。男仆胡特曼整晚都在给他读书或讲传说故事，男仆告诉他有传言说他要不是天之骄子的话，就会当一个闭门不出的文人，会写下更多壮丽的诗篇，会写下许多精彩的战争故事，他大笑了起来。他想要只听故事不想别的，但怎么也做不到。过去这么多天来的疲惫涌上来占据了他的头脑。他刚刚在那房子里见过那些激动的脸庞。少年时的闹剧都被锁在了他过去的回忆中。他已经听够了这一路上绝望的哭喊声，他变得听不进任何人的建议。今天，跟以往一样，他都没注意到他们给他配备了最好的马和最新鲜的面包，也没有注意到早晨他们在他的口袋里放了一个钱包，里边有五百达科特，更没有注意到那些在战场上为他出生入死的士兵们。他只看到战士们见他时很沉默，战争使他不信任身边的任何人。最难对付的政敌，口是心非的大臣军官，他都不动声色地看在眼里，他们说的每一句话都印在他心里。他每时都会失去一个他之前非常信赖的官员，他的心也变得愈发地冷漠。在失败的重压之下,他的雄心壮志开始变得不堪重负,离开军营,他的呼吸才变得轻快一些。

突然卢文霍特站住了,心里在思考要怎样引起国王的注意。

"英雄啊!"他说着,拍了拍自己的马,"你已经老了,而我没有权利再阻拦你,我自己也在慢慢变老,跟你一样。但以上帝的名义,伙计,去跟国王吧!"

他注意到少尉紧张地朝国王瞥了一眼,就压低了声音说:"听话,伙计!陛下不像我们这些人一样随意发火,他非常和善,从不与人争吵。"

国王假装什么都没听到。他任由马儿漫无目的地在冰雪中徘徊。他现在只剩了四名随从。又一个小时过去,剩下的一匹马一条前腿受伤而倒下了,骑马者深感遗憾地往它耳朵里开了一枪,然后徒步独自离开了,消失在风雪中,不见踪迹。

终于,只有少尉一个跟随着国王了,他们慢慢地在树林中穿行,前边的山上有一幢灰黑色的房子,窗户很窄小,发出吱吱嘎嘎的声响,院子外有一堵墙。

这时传来一声枪响。

"这是怎么回事?"国王环顾四周,问道。

"一颗肮脏的子弹从我耳边掠过,但只打到了我帽子的一角。"少尉回答,不知道要在国王面前怎样表现自己。他说话有一点斯莫兰口音,因没被子弹打到而满足地大笑起来。

他很高兴自己有机会与一个万人之上的人肩并肩作战,继续问道:"那我们要冲上去揪住他们的胡子吗?"

这句话逗乐了国王,他跳下马来。

"我们要把马留在这里。"他说,脸上透着红光,十分兴奋的样子,"然后我们就冲上去,轻而易举地把他们赶跑。"

他们留下了气喘吁吁的马,匍匐着往前爬,爬到了山上的树丛中。

墙边一些哥萨克探出头来，黄色的头发披散下来，像那些将要被砍头的犯人一样愁眉苦脸。

"看！"国王低声说，双手重重地拍了一下，"他们想要关那张破门，该死的家伙！"

他最近黯淡无光的眼神这会儿闪烁起来，然后就变得神采奕奕了。他抓起剑，双手把它举过头顶，猛地冲进了那张半开着的门。少尉一直在他身旁砍杀，总是差点被他的剑柄戳到。一颗滑膛枪子弹打中了国王右侧的太阳穴。国王在入口处砍倒了四个人，而第五个拿着一把火铲冲进了院子，被国王抓住了。

然后国王擦去了剑上的血渍，把两个达科特金币放进了哥萨克的铲子里，激动着大喊道："跟这些从不还击只会逃跑的人打太没意思了！买一把利剑再回来吧！"

那个哥萨克什么也没听懂，盯着铲子的金币，沿着墙溜到大门口，逃跑了。跑出了老远之后，他还凄切地叫着"哎哟，哎哟"，希望有同伴来帮他。

国王像是跟那个哥萨克开玩笑似的自言自语道："小小的哥萨克，小小的哥萨克，去纠集你的同伙来吧！"

院子很黑很黑，摇摇欲坠。从里边的房间里传来一个像是竖琴的悠长的声音，国王好奇地走进了房门。这房子有一个很大的不太明亮的房间，火炉前有一堆血渍斑斑的衣物，这是逃兵们从倒下的瑞典士兵身上剥下来的。门再次砰的一声关上了，国王去了旁边的马厩。那里没有门，那种声音变得更大了。黑暗中躺着一匹饿坏了的白马，被套在墙上的一个铁环上。

国王不担心有刀剑相对，但这种伸手不见五指的黑暗却让他止步在入口处，他很害怕，然而他并没有表现出来，只是召唤来了少尉。他们走下了一段很陡的阶梯，到了一个地下室。这里有一口井，提水的轱辘旁有一个像是耳聋的哥萨克，因为他根本没有听到他们进来，他对身后的危险全然不觉，抽打着一个穿着瑞典军官制服的人。

他们用绳索把哥萨克给绑了，救出了那个人，少尉认出了那人是霍尔斯坦人福尔霍森，他曾是新骑兵团的一名少校，但却被哥萨克俘获了，当成拉水的马一样使唤。

他双膝跪地，用不标准的瑞典语说道："国王陛下！我怎（真）不改（不敢）相欣（相信）我的眼睛。对您我怎是（真是）感激不尽……"

国王兴高采烈地打断了他的话，转而对少尉说："把那两匹马带到这马厩里来。三个人显然是没法骑两匹马的，因此我们得一直守在这里等哥萨克们过来，这样我们可以再抢一匹马。请你，先生，去门口守着吧。"

说完这话，国王回到了房间，关上了身后的门。马儿们饿得不行了，就在树林里咬下树枝来嚼，这时它们也被牵到了马厩里，少尉一直在外边警戒。

渐渐的，好几个小时过去了。天色渐晚，风暴也更加肆无忌惮了，在傍晚的微光中，雪花也开始漫天飞舞。哥萨克们抬起头来从树丛中窥视着房子，风声中似乎传来了流浪者们"哎哟！哎哟！哎哟！"的喊叫声。

福尔霍森一直坐在马厩里的两匹马之间，这样他被绳索抽打的伤口就不会受冻，他又走到闩着门的房子前。

"国王陛下！"他喊道，"外面的哥萨克聚集得越来越多了，天黑了。我和少尉可以骑一匹马。如果我们一直待在这里，那今晚就将变成国王陛下您的最后一个晚上了，这个上帝是绝不闻许（允许）的！"

国王在里边回应道："只能按我们刚刚说的那样做，三个人是绝不能骑两匹马的。"

"你们该死的瑞典国王太固执了！我在马厩里听到他不但（不断）地来回走。他已经身心交瘁了！莫斯科的沙皇像个尊贵的长者一样站在他的臣民之中，把商人当朋友，他就把侍女当王后。只有在喝醉了酒之后行为才有一点不端，对女人特别的好，他总是说'一切为了伟大的俄罗斯帝国！'查理国王像李开（离开）垃圾堆一样离开自己的古土（故土），没有任何碰友（朋友），没有亲近的人。查理国王比吝啬鬼更孤独，他无依无靠。在那些高官贵人中，他就像个从千年古墓中出来的木乃伊，没有人关心。他是个人吗？噢，愿上帝慈悲！一点也不关心子民。他为大家着想吗？别提啦！一点也没有！只建桥和堡垒，掠夺了几面旗帜和鼓就拍搜（拍手）。不管国家和军队，只要人！"

"你的话也有点道理的。"少尉回应道。

少尉不断地徘徊着，因为他的手指已经冻僵了，几乎都握不住剑了。

霍尔斯坦人竖起衣领盖住面颊，挥舞着手臂大声喊道："查理国王在桥断了的时候高兴地大笑，而士兵和马匹都溺水了。他没有心！让他见鬼去吧！查理国王是一个小小的瑞典流浪汉，敲锣打鼓冲锋陷阵，惨败之后就没人瞧得起他了，哈！"

"那也是瑞典人为他赴死的理由。"少尉生气地说，"那就是理由。"

"不要生气，亲爱的朋友！我们第一次见面的时候你笑了，牙齿真好看。"

"我想听少校您讲话，但我很冷。您能不能过去在国王的门口听听动静？"

霍尔斯坦人走到门旁仔细聆听着。回去之后，他说："他只是不停地走来走去，重重地叹息，像是很苦恼一样。据说他现在总是这样，晚上睡不着，他知道他做得很不够好，最痛苦的事是苦难让人丧失了雄心。"

"那我们最好不要再取笑他了。能烦请您给我把右手上的雪给擦掉吗，我被冻僵了。"

霍尔斯坦人按他要求的做了，然后回到国王的门前。他双手敲打着前额，浓密的灰色胡须根根直立，惊呼道："天啊，天啊！天黑了，再不走就来不及啦！"

少尉喊道："先生，能请您帮我擦掉脸上的雪吗？我的面部冻僵了。我的脚也很痛，无法忍受了！"

霍尔斯坦人抓起一捧雪，"让我来守卫吧。"他说，"就一个小时。"

"不，不要。国王陛下下令要我留在门口。"

"喔，国王陛下！我了解他。我跟他谈些哲学、男女关系什么的，他会高兴的。他总是很喜欢听某个人冒险从女孩儿家的窗口爬进去与她幽会的故事。他身边没有女人，所以他脑子里都是漂亮的女人。他缺乏自信，如果女人想要他拜倒在她的石榴裙下，她必须先发起攻击，又不能直接表明，中间还要有阻碍，而他尊贵的祖母会尖叫着'结婚，结婚！'反而让事情更糟糕。查理国王从头到脚都很像瑞典女王克里斯蒂娜，尽管他是个男的。这两人应该要结婚的，他们是很完美的一对。噢，真替你们瑞典人遗憾，遗憾！如果一个君王骑马飞奔而去，任他的王国和子民被践踏和杀害，他还能算得上是真诚的人，只要没有奸情。噢，请原谅我这么说！我知道一些真诚的人他们一周内会同时爱上两三个女性的。"

"是的，我们是这样，我们是这样！但抱歉还得请您帮我擦掉手上的雪。请原谅我一直在呻吟。"

从那张关不严的门里边往外看，草丛里是那些倒下的哥萨克，面色苍白如雪。黄色的天空变成了灰色，微光中更近的地方似乎都满是绝望地哭喊声："要死啦！要死啦！要死啦！"

这时国王打开了房门穿过了院子。

国王迎风骑马之后，头痛愈发厉害，眼皮也变得沉重起来。他的面容显得非常高贵而独立，但靠近了之后还是发现他的嘴角仍然上扬着，看上去还是有些不安。他受伤的太阳穴这时候仍然是黑色的。

"这是新鲜的。"他说着,从外套里掏出一块面包,掰成了三块,那样,其他两人也能跟他一起吃了。然后他脱下了骑马的斗篷,亲自给放哨的少尉披上。

他对把他们关在门外感到有点难为情,然后就拽着霍尔斯坦人的胳膊,并把他带过院子,两人还一边嚼着硬面包。

霍尔斯坦人想,这下可以聪明地转移话题,有机会跟国王好好谈谈。

"和解可能会更糟。"他一边嚼着面包一边说,"啊,过去的美好时光!我想起了曾经在德累斯顿郊外的一次冒险。"

国王一直拽着他的手臂,霍尔斯坦人压低了嗓门。故事很生动很淫荡,国王的好奇心完全被提了起来。故事暗讽的情节让他脸上的笑容消退了。他漫不经心地听着。

只有在霍尔斯坦人把话题转到他们目前所处的险境时,国王才再次严肃起来。

"没事,没事!"他回应道,"没那么严重,我们必须要武装起来,战斗到底!如果他们冲进来,我们三个会守在门口用我们的剑砍倒他们!"

霍尔斯坦人拍了拍前额,查看了一番。他开始说起天上出现的星星来。他提出了一种测量地球与星星之间距离的办法。这下子,国王开始对他另眼相看起来。他提出了机智而敏锐的问题,总能想出一些他所认为的新奇的点子,一个又一个的主意之后,很快对话就涉及了整个宇宙以及灵魂的不朽,然后又回到星星上来。他们说的越来越多,国王说起了自己所了解的日晷的知识。他站在那里,剑刃插到了雪里,然后指向了北极星,这样第二天早晨他们就能知道方向了。

"这宇宙的中心,"他说,"一定是地球或者瑞典上空的一颗恒星。没有比瑞典更大的王国了。"

墙外边哥萨克们在大声喊叫着,但霍尔斯坦人一提到他们的袭击,国王的话就少了。

"天亮的时候我们就能回到大本营了。"他说,"我们现在不能得到第三匹马,不然我们就每人都有一匹马了。"

他说完这些,就回到了房间里。

霍尔斯坦人激动地指着国王的房门,对少尉说:"请原谅,少尉。我们德国人从不在帮助我们的人面前说假话,我会伸手帮你们摆脱险境,先生,我也可以为他而流血。我刚刚还责备他,如果没有见过他,人们是不会了解他的。但是,少尉,在这种天气下你不能再留在外面了。"

少尉说:"再没有比我现在披的这件更暖和的斗篷啦,我现在只愿上帝保佑!但是,将军,回去门口听听吧!国王陛下可能会自残。"

"陛下不会倒在自己的剑下,他很期待有战斗。"

"我在这里都能听到他的脚步声。敌人吵得越来越凶啦。他太孤独了。我看到他对着那一群将军不停鞠躬的时候,只想着,他多孤独啊!"

"如果我能活着从这里出去,我会永远记得今晚听到的脚步声,并把这个避难所当作天堂!"

少尉肯定地点点头,说:"去马厩吧,将军,好好休息一下,躲在马中间。在那里的靠墙处您能听得更清晰,也能看着国王。"

然后少尉用洪亮的声音唱道:

噢,天父啊,感谢您的恩泽……

霍尔斯坦人穿过院子,回到马厩,颤声唱起了另一首歌:

无论何时,无论何地,
我都将疲弱的灵魂托付你
噢,上帝,请您庇佑。

"冲啊，冲啊！"哥萨克在风雪中呼叫道，像是在回应他们，这时候已经是深夜了。

霍尔斯坦人挤在两匹马之间，一直聆听着房间里的动静，直到疲倦使他沉沉睡去。只是在黎明时分他被一阵吵闹声惊醒。他跳到外面，看到国王已经站在了院子里，看着前一晚被当成方向标立在那里的剑。

哥萨克们聚集到了大门口，但看到那一动不动的警卫时，他们又惊又恐，想起了那个瑞典士兵刀枪不入的传言。

霍尔斯坦人走到少尉身旁，狠狠地抓着他的手臂。

"现在怎样？"他问道，"布兰迪？"

说完他就放开了手，他感觉到少尉已经没有气息了。

少尉背靠在大门边的墙上站着，冻死了，但仍然裹着国王的斗篷，双手握着剑柄。

"现在就剩了我们两个。"国王说着，把剑从雪地里抽出来，"我们按之前安排的那样跑到马旁边去。"

霍尔斯坦人看他的眼神中再次透出厌恶，仍然站着不动，就像没听到一样。然而，他还是牵出了马来，但双手不停地在发抖，紧握在一起，都要握不住马的缰绳了。

哥萨克们亮出了大刀和长矛，但警卫仍然站在大门口。

然后国王漫不经心地跨上马，马儿疾驰起来。他的前额很干净，面色红润，剑闪着金光。

霍尔斯坦人注视着少尉，他脸上的表情不再那么痛苦，霍尔斯坦人也跨上马背，按少尉教的那样把手举到帽子旁边，咬着牙低声说："能见到一个英雄高贵地死去是英雄的荣幸。谢谢，伙计！"

干净的白衬衣

哥萨克的长矛刺穿了二等兵彭戈廷的胸部,同伴们把他放在一堆灌木材上,雷牧师在这里给他做圣餐礼。这里是委培里克城墙前一个冰冷的角落,刺骨的寒风吹得树上干枯的树叶漫天飞舞。

"愿上帝与你同在!"雷牧师柔声慈爱地说道,"这一整天的忙碌过后,你准备好要离开了吗?"

彭戈廷双手痉挛,血流不止,眼看快要死了。双眼大张着,枯瘦的脸庞被晒黑了,看不清他的面容,只能在青灰的嘴唇上察觉到死神的临近。

"没有。"他说道。

"这是我第一次听到你说话,彭戈廷。"

将死的士兵痉挛得更厉害了,嘴唇轻启,挣扎着开始说话。

"这时,"他慢慢地说,"就连最卑微最低等的战士都会有话说的。"

他勉强用手肘支起自己的身体，痛苦地喊叫了一声，雷牧师也不明白这是由于他心里难受还是身体受伤难受而引起的。

他把圣餐杯放到地上，用手帕盖上，这样飘扬的落叶就不会掉在杯子里。

"我，"牧师说着，把手放到前额上，"本人，一名基督徒，将会永远是见证者，日日夜夜。"

战士们从树丛中挤上前来听这个将死之人说的话，但他们的上尉怒气冲冲地拿着剑过来了。

"把这家伙的嘴给封上！"他喊道，"他一直都是军营里的顽固分子！再没谁比我对你们更好的了，但我也要履行我的职责，卢文霍特给我带了一大帮未经训练的新兵蛋子。他们一听到他哭号就害怕，不敢走上前去。你们为什么不听话呢？我给你们下了命令。"

雷牧师朝前走了一步，他银色的卷发上落满了黄叶。

"上尉！"他说，"只有上帝才能给将死的门徒下命令，只有他才有这个权力。三年来，我见到过彭戈廷在部队中忙碌，但却从没见过他跟任何其他人说话。现在，在上帝的面前，没有人能再让他沉默。"

"我应该跟谁说话？"血流不止的战士痛苦地问道，"我的舌头好像被捆绑住了。好几个礼拜我都没说过什么，也没人问过我什么。唯一还在用的器官就是耳朵，那样我就不会不遵守规矩和命令。'去！'他们说，'穿过沼泽和冰雪。'对这样的话我无可回应。"

雷牧师跪下来，轻轻握着他的双手。

"但你现在可以说了，彭戈廷。说吧，说吧，大家都在一旁听着。现在你是我们这里唯一一个有权利说话的人。你家里还有妻子或老母需要带个话给她们吗？"

"我母亲让我挨饿，把我送到部队，从那以后再没有别的女人会对我说那样的话'滚，滚吧，彭戈廷，滚吧，滚！你跟我们在一起有什么活路啊？'"

"那你还有什么事需要忏悔吗?"

"我忏悔还是孩子的时候我没有跳进水沟里淹死,忏悔礼拜日牧师你站在军团前劝诫我们要耐心地继续下去,我没有走上前去用我的枪结果了你。但你想知道我为什么会有这种可怕的想法吗?你难道没听说过吗,那些马车夫和警卫队的人他们在月光下见到过同伴们被打死之前,都瘫软在地上喊道'永别了,母亲!'他们把那些要死的人叫作要去黑色军营。我现在就是要去那里。但糟糕的是我会穿着这么破烂而血迹斑斑的衣服死去,我最不能释怀的就是这事。一个普通的骑兵是没办法像已故的列文将军一样那么隆重地被送回故乡的,但我在想的是多幅思尼凯的那些死去的将士们,国王给他们每人一口棺材和一件洁白的衬衣。他们为什么比我的待遇要高这么多呢?我死了,这一生就结束了。这时候最让我痛苦的事就是嫉妒他们干净的白衬衣。"

"可怜的朋友,"雷牧师沉静地回应道,"不论你现在相不相信,在黑色军营里,有很多人跟你一样。吉尔登和思博林还有莫纳中校都已经在战场上光荣牺牲了。你还记得那一千个士兵吗?你记得那个慈眉善目的瓦特朗中校吗?他曾经来我们军团给每一个战士发了一个苹果,他现在躺进了皇家骑兵团的墓地里;还有在霍洛夫曾牺牲的同伴们,还记得我的前任尼可拉斯·阿鹏迪吗?他是个虔诚的基督徒,但在卡利什布道时见上帝去了。埋他的地方长了很多草,现在都被积雪盖住了,没人清楚他到底埋在了哪里。"

雷牧师深深地低下头去,却感觉到彭戈廷抬起了头,伸出了双手。

"十分钟之内,最多不超过十五分钟你就要去见上帝了。也许这几分钟能抵得上过去的三年,如果你利用得当的话。你不再是我们中的一员。你难道没看到你的天使正光着头跪在你身边吗?现在,告诉我你最后的愿望,噢不,是最后的指令。好好想想,就一件事。这时候部队正准备行军前进,却因你而变得乱糟糟的。你的伤口和呻吟已经吓到了那些更年轻的人,也只有你能让一切恢复正常。现在他们都只听你的,你一句话就能让他们去对抗敌人。要知道你最终的话是不会被忘记的，也许以后那些在家乡的人们，坐在火炉后边烤土豆的时候还会记得你说过的话。"

彭戈廷一动不动地躺在那里，眼神中闪过一丝困惑，然后举起双臂好像是在乞求一样，低声说："上帝啊，请你帮我！"

他示意他只能轻声说话，雷牧师的脸凑到他的脸上，以便听他说些什么。然后雷牧师告诉士兵们，但他的声音颤抖不已，战士们几乎听不清楚。

"彭戈廷说，"他说，"这是他最后的愿望，希望你们用枪支撑着他，让他最后再上一次战场。"

现在鼓敲起来了，军乐也响起来了，彭戈廷的脸靠在一名战士肩膀上，一步一步地被带到敌人的阵地上。整个军团都围着他，就连光头的雷牧师也走在他身旁，都没注意到他已经死了。

"我会去督促，"他低声说，"让你穿一件干净的白衬衣。你知道国王也只把自己当成一名最平凡的士兵，他自己也希望将来会这样死去。"

波尔塔瓦

五月一日任斯基尔德元帅举办了一次晚宴,晚宴上,艾培格伦上校对战事好像非常关心,他用手指粘起面包屑,斜视着元帅。

"您能说说为什么要攻打乌克兰波尔塔瓦吗?"

"陛下想逗逗波兰和鞑靼的援军。"

"但是我们知道他们都没往这里派援军。欧洲人都忘了我们戴奥真尼斯式宫廷,大臣们骑着马,与助理们斗嘴,管家们在战争中死去,权位是用树桩做的,用帐篷布做宫殿,国王吃的是松饼,喝的是啤酒。"

"陛下想建功立业,一生最大的爱好就是出去征战,我们以后还要打很多仗。波尔塔瓦现在被俄国占领了,它只是个小地方,一声枪响可能就把他们打败了。"

听了这话,元帅沉默不语,放下了叉子。

"我觉得俄国人已经得到消息了,都做好了准备。"

他跑出去跨上马背。所有人都听到了枪声,站了起来。

城墙边的俄国哨兵们有一个习惯，就是在黑暗中拉长了声调大声喊："上好菜，拿好酒！"这样的喧哗中，自然没人发现吉伦克鲁克上校悄无声息的到来，他开始挖壕沟，正挖了一点点，这时候国王跑进了战场，与他年轻的副官在大声交谈。他跑的时候手里还握着剑，看起来那么可笑。吉伦克鲁克请他不要这么大声，以免敌人发现，尽管他这么说，敌人还是发现了他，向他们开火。火球升到空中，火光照亮了山头和草地，倒映在沃尔斯科拉湍急的河水中。吉伦克鲁克手下的挖壕沟的乌克兰哥萨克们丢下他们的铁锹和铲子跑回来，与瑞典士兵们奋力砍杀，保护国王，但还是打不过对手，有的败下阵来，有的被砍倒。

这时，枪声又响了起来。

"看！"吉伦克鲁克站在一棵树后对国王和他的副官说，"一个小小的举动就能引发这么大的动静，我最后一次斗胆请求停止进攻。我认为这些疲劳的将士需要休息，受伤人员需要在家里养伤，我们为什么不在冬天进攻呢，那时候就可蓄势待发，这样这座城就能轻而易举地拿下了。现在敌军的守备逐日增强，士气高昂，而我们现在剩了不到三十发大炮，我们的药粉湿了又干，干了又湿，反反复复，射程只有一点点距离。"

"胡说什么！我们的炮射程比马跑得还远。"

"但我们现在要的射程是成百上千里。"

"能射出一里，就能射出千里。我们必须英勇作战，才能获得胜利。我们要让乌克兰哥萨克们知道，他们在这里不会有一点危险。"

国王把剑夹在手臂下，冲进了战场上的枪林弹雨之中。副官跟在他身后，面色苍白，身躯笔挺，斗志昂扬，像是古代出征的少年一样。

两根很粗的树被战火烧得只剩下两根树墩，像门柱一样立在露天的壕沟里，国王站在这两根树墩之后，一个火球刚好落在国王面前，火球强烈如白昼的光芒让敌人发现了他，敌人围了过来。副官犹豫地瞥了他一眼，颤抖的手上下抚摸着他的剑柄，然后他爬上一根树墩，紧握着手里的剑。另一名叫莫滕·普里彻的低级军官也爬上了另一根。他深色的头发，棕色的脸，耳朵上还挂着黄铜的耳环。他们俩像是一些天主教地区那些涂了涂料的木圣像一样，一动不动地站在他们的国王身后护卫着，暴怒的俄国人用弹弓、野战炮和滑膛枪对准他们。他们都没撤，坚定地守在国王身边。他们感觉到了风声鹤唳的滋味，炮弹打到身旁，沙砾和土块都飞溅到空中，大地像受了惊的马儿一样战栗不已，木头、石块的碎片从身旁飞过。

"瑞典国王在那儿！冲啊，杀了他！"敌方的战士们喊道，冲上前来把乌克兰哥萨克们包围起来。乌克兰哥萨克们再次抓起铁锹，用草皮和泥土堆高壕沟，让国王隐蔽起来，经过战士们的奋力拼杀，国王终于脱离了险境。

火光冲天的战场上，所有人都参战了。一整天莫滕·普里彻都在战场上，晚上休息时，黑色的记忆涌上他的心头，这种暗无天日的日子何时是个头啊！他想起了自己误杀的阿克塞尔·哈德，还有他在战场上牺牲的幼年伙伴科林克斯特朗。他们的离去并没让他觉得痛苦，但他忘不了他们血淋淋的衣物。年少时快乐的时光和美好的回忆都被上天刮起的风暴吹得无影无踪，他只听得到子弹的呼呼声。他已经身在战场之中，每一天的冒险都是新鲜的体验。重大的胜战越来越少，他也就不再有原来的热情了。他有时候仍然会想去参加征服大国的战斗，想像原来一样还有一百多士兵跟在他身后。他从没忘记过任何时刻都可能是他生命的终结，这不幸的时刻来了，只有辉煌地死去，才能换来永恒的安宁啊！原来他多么想为国捐躯啊，但还是活到了现在，年老了，再不可能去带兵了。他想要证明，证明自己仍然是优秀的人，不然，他希望如一个普通战士一样战死沙场。

普里彻这时变得非常激动，睡不着了，从背后掏出枪来。谁不知道他莫滕·普里彻是神枪手，就连国王也会甘拜下风？不论是步兵还是骑兵他都能胜任。他低声自语，大笑着，把枪放到自己眼前，对准一个爬到了最远处的一棵樱桃树上的阴影开了一枪。被子弹打中后,阴影掉到了开着花的树枝上,看上去像只鸟。莫滕·普里彻像是逮住了猎物的猎人一样跑了过去。

那边躺着一个老人,已经被打死了,旁边站着一个九岁的小女孩儿。

"他是我爹。"她平静地说道,并没有哭,而是看着莫滕·普里彻,"我们出来摘荨麻,在回家的时候——"

"啊,在回家的时候?"

"我们听到了枪声,然后我爹爬上去查看,那是我爹的樱桃树。"

莫滕·普里彻摇了摇头,摘下头上的帽子,扯着头发,坐了下来。

"愿上帝宽恕我——他没对我有任何伤害,亲爱的孩子,你不懂这些。但我口袋里还有一沓科特。拿去吧!你看,孩子,我是个猎人,你懂得的,一个老猎人,经验丰富。以前我有一栋房子和妻子,我妻子常跟我吵架,还打我,因为我从不拿铲子去干活,你知道铲子是什么吗?我每天只是坐在树林里听黑雄松鸡的叫声,现在注意听还能听到。然后一天早晨我带着短火枪和狗出来游历世界。"

女孩就着火光看着那一沓科特,但他却把她抱到他膝头,轻轻地吻着她的脸。

"出来后第一天,我杀掉了狗。第二天我把我的枪送给了一个给我指路的护林人,那之后我就一无所有了。"

"那你还有铜板吗?"

"当然,当然。我就那样去了军队,并得到了一支真正的枪,在战场上用的,但是后来,你应该知道了,我又成了一个猎人。但是真遗憾!你以后每天天黑的时候来这里,那你就能得到我一天一半的猎物和我所收集到的所有东西。"

她一直盯着草丛里的枪,他起身离开了,枪也没拿。

"那孩子不可能知道是我开的枪,她永远也不会知道了。你真是个魔鬼,就这样夺去了一个无辜平民的生命。你不该杀他,不该杀他!"

他的手托着前额，蹒跚着走过草地，然后他去了达备狄尔的骑兵团，达备迪尔正躺在火旁阅读祈祷词，普里彻也坐下来读，后来他开始大声祈祷起来。

"有什么新鲜事呀？"第二天上午，战士们都问军中的布拉克尔小贩韦斯特·哥特蓝德，他的头发是红色的，也有点见识，穿着灰色的短上衣，周围堆满了瓶瓶罐罐，还晒了很多衣物。

"新鲜事？莫滕·普里彻半夜一定是中暑了，变得傻乎乎的。他光着头下了河还大喊大叫的。他一定是得了狂躁症，总是说他之前出去杀了一个人。"

战士们沉默着接过了装了还不到一半食物的铁碗。

"要不就吃一顿，要不就得去死。我们为什么不在还可以挽回局面的时候去大战一场呢？"

"国王忙着挖壕沟，吉伦克鲁克要日夜守在旁边。现在听听河边的莫滕·普里彻在说什么吧！他一直在祈祷，唱圣歌，战场上的将军暴跳如雷让人心骚动呀。"

傍晚时分莫滕·普里彻去了樱桃树那里，而九岁的小女孩儿披着一头几乎已全白的头发站在那里，神情很严肃。

他兑现了承诺，给她带来了他一天的口粮，给了她他仅剩的铜板，吻了她的双颊。

"你娘还活着吗？"

女孩儿摇了摇头。

"你叫什么名字？"

"邓尼娅。"

他还想再吻她的面颊，但她躲开了。

"先给我一铜板！"

他回到了营地里，遇上谁就找谁要铜板。

"我会一直照顾她，不让她受伤。她就像个小公主。我会拿出我的部分薪金来给她,这样将来她就有钱结婚了。她为什么不能结婚?当然,当然!我家里有个妻子,在外边还有情人。看起来我像是个杀人犯。小公主当然应该要嫁人啦!"

他抄写了一遍《约翰福音》,坐下来大声朗读给达备狄尔听。

春天到了,从山上的草地到沃尔斯科拉河黄色的岸边,所有的植物纷纷冒出了新芽,但战士们只看着波尔塔瓦,白色的城墙在树林上空若隐若现,还有木塔楼、栅栏和防御城墙,男女老幼在防御城墙上边用小推车和桶装了泥土、树枝等筑起了一堵矮墙。

"有什么新闻?难道他们不会让我们去杀敌?"战士们问着军中小贩。

"敌人会送上门来的。"他答道,用衣服擦了擦额头,"晚上我听到他们在装野战炮。瑞典没有重火力,除了那些乌克兰哥萨克们收集的之外,我们再没别的军火。沙皇的所有军队都集结在河对岸。"

这时雷格克罗纳少将骑马飞奔过来,大声叫道国王的脚受伤了,元帅在国王的担架旁说敌人已经开始攻击派彻斯卡村庄的最后十七个据点了。

"有什么新闻吗?"战士们每天都会问小贩同样的问题。

"如果再没别人说过什么,那我可就有啦。"他答道,用长柄勺指着翠绿的田野,"国王为自己受伤感到耻辱。酒喝完了,面包也吃完了,我今天只有一点点粥给你们,之后就什么吃的也没啦。敌人已经把我们包围了,我们的后路都被切断了。噢,真见鬼,真见鬼!只有瑞典人才能忍受得了这种痛苦!"

他狠狠地跺着脚,把长柄勺放到眼睛前,像刺客一样偷瞄着国王破旧的小屋,但他周围那些士兵们却垂下了头。

"你不该杀了他!"莫滕·普里彻高举着手臂仍旧低声说道。

五月就这样过去了,六月的炎热随着阳光闯进了营帐里。战士们坐成一排为盛夏的到来编织花环,但却没有交谈。他们想起了家乡的牧场、小屋和一望无际的原野。

周日晚祷之前,莫滕·普里彻溜到了果园里,小邓尼娅为了回报他给她的铜板,给了他一篮半熟的樱桃。他和她一起分食了樱桃,拍了拍她的小手,跟她一起玩,像个孩子一样抱起了她,却不见她一丝笑容。因为最后那个铜板,她允许他在她脸颊上吻三次。

他回到营地的时候,营地里一片嘈杂混乱。军官们检查士兵们的装备,不断磨着他们的刀剑,都被磨成了长柄大镰刀的样子了,布拉克尔的小贩把空锅都堆放在一起。国王下了决心一决死战。

国王窗外的草地上,将领们已经坐在一起接受分配和指令。闷闷不乐的卢文霍特睁大了眼睛坐在那里,外套的纽扣之间有小小的拉丁文字母。还有彬彬有礼的科鲁兹,双手交叉搭在剑柄上,斯帕尔和雷格克罗纳激动地大声争吵着什么,吉伦克罗纳上校站在桌子旁,专心致志地看着军用地图,小心翼翼地弹走上面的沙粒,一点也没注意到别人。元帅气急败坏地靠站在门边,鼻子有点像鹰钩鼻,皱起的嘴唇是紫红色的。

黄昏时分,战士们开始行军,大旗被收了起来,也没有奏乐,在一片小树林里,国王的担架停在了警卫队前面。战场上传来敌军趾高气扬行进的声响。曾经那么不可一世的查理国王的军队,现在只剩了一点点弹药,能用于对抗的不到四颗野战炮,当他们听到敌军离自己这么近时,很多受伤的士兵们都非常恐惧,喝过酒还没付钱给军中小贩就跑了。月亮盈了又亏,马儿配上了马鞍,战士们拿着滑膛枪或卡宾枪。一个步兵团里传来牧师发圣餐的低语,牧师不得不用左手在黑暗中摸索着前进,把圣餐杯送到跪着的战士们嘴边。国王把剑插到了担架边的土地里,将领们都披着斗篷躺了一会儿了,主教坐在一面鼓上,背则靠在一棵树上。为了不让自己胡思乱想,他们开始跟国王讨论起哲学的问题来。国王坐在一群哲学家之中,像学校的老师一样教导他们,而忠心耿耿的老拉丁语学者上校卢文霍特则在朗诵罗马诗篇。

停下朗诵之后,卢文霍特就从侍从手里拿过一把燃得正旺的火炬,照看国王,国王的头已经歪到了一边,睡着了。主教和将领们都站了起来,忘记了争吵,看到了熟睡的国王俊美的脸庞。他的帽子放在膝头,床单绑在了受伤的脚上。鼻子和脸颊上生了冻疮的面容憔悴而饱经风霜,看上去比以前更小更坚毅。面色微黄而润泽,但却有早衰的痕迹,嘴唇有点微微抽搐,看上去他像是在做梦。

查理国王确实在做梦,梦到他遇见了很多窃笑他的人,他们匆匆经过,用手挡着脸,遮盖住他们嘲笑他的样子。有时候他们是蓝绿色的,有时候他们像灯笼一样闪着光。终于,在一处堤坝上,出来了一个高大的人,全身裹着平纹皱丝织品,"滚开!该死的瑞典人!"他大声喊道,在马上大笑,"三百年前,在这里,帖木儿国大败了西方各国的联合军队。你们人这么少,大炮只剩了四发炮弹,还能把我们怎么样?我的军队可是不讲道理的盗贼和醉鬼,对我来说他们一文不值,但我还是很好地利用了他们。我正在建一艘前所未有的大战舰,我眼下跟在萨尔达木做木匠时一样,支持我的人成千上万。"

国王正想回话,却发现自己的舌头都动不了啦。

卢文霍特光着头跪在他面前,手搭在他肩上,说:"尊贵的陛下,天已经拂晓了,我祈求上帝保佑您,希望您能取得胜利。"

晨光已经照到了树桩上,国王睁开了眼睛,马上抓起剑来。一发现围在他身旁的人是胡须满脸的牧师诺尔伯格和其他侍从,他的面部表情就变得轻松了,他冷漠地对卢文霍特点点头,但是他一直在想着刚刚的梦。他觉得其他人一定也见到了他刚才做梦的样子。

"王国是什么?"他说,"王国是偶然形成的,应该有广袤的农场,还有一大片设有堡垒的土地。战争与和谈决定着土地的大小。但是,沙皇,你有能力统治一切,有能力管好自己吗?上帝应该是让你关心你的百姓,而不是只关心你的国土。如果我征服了你,你的一切都会成为灰烬,但如果你降服了我和我的军队,你所得到的也没什么了不起的，那只是我曾经拥有的成就。"

卢文霍特拽着科鲁兹的胳膊，悲哀地低声问道："亲爱的兄弟，我心里的阴影始终挥之不去。我们还能恢复自由吗？你看啊，元帅背着乌普兰人是怎样赌咒发誓的。吉伦克鲁克都不再听从元帅的指挥，你也在退缩。主教对我们有多傲慢啊！"

"瑞典人对人的态度都很傲慢。总有一天他们会毁掉的，再也没人记得他们。我们的子孙后代会忘掉的，今天是个开始。"

"愿上帝饶恕你说这种话！我从未见过比瑞典人更伟大的英雄了，从没有人比他们更自信更渴望自由的了。国王越来越让人不满，再也无法把我们团结在一起，尽管他还装着跟年轻时一样沉着。他生来就是天之骄子，但现在——"

"现在？"

"现在神明都放弃他了，他变得盲目自大起来。"

卢文霍特戴好帽子，拿起剑，再次转向科鲁兹，低声对他说："也许我只关心普通战士，而吉伦克鲁克掌控全局，他所有的营地都围上了栅栏，我们都无法真正了解他，而你只是盲目地听从他。愿我们今天都能跟他完成使命，因为我已经预见到，过了今晚，那些活着的人，就会嫉妒那些已经进入天堂的弟兄们了。"

他们现在骑上了马，卢文霍特去了他的步兵队，在晨光中他们看到了即将开战的战场。战场一片焦黑，都烧光了，只剩了一堆灰烬，草地上没有任何花草树木，地面平坦，马车可以一驰而过。

最大的俄国前哨站里一名穿红衣服的哨兵骑马出来，开了一枪。然后俄国人在外垒后敲起鼓，接着他们的士兵带着枪炮和旗帜冲了出来。很快，瑞典的军乐也响了起来，与之遥相呼应。

阿克塞尔·斯帕尔和卡尔·古斯塔夫·鲁斯领着自己的军团英勇地冲到最前面，对对方的前哨站不断狂轰滥炸。马儿打着响鼻，马具咯吱作响，刀剑和长矛相撞，灰尘土块掉落到树上，青翠的树木被沙尘掩盖。

国王派科鲁兹率左翼的士兵跟在斯帕尔身后，敌军在壕沟后火速冲向了沃尔斯科拉河旁柔软潮湿的草地。另一边，卢文霍特带着步兵队占领了两个前哨站，还用武力从南面攻击了敌人的大本营。战场一片混乱，女人们开始把马给套到马车上，沙皇的皇后，二十多岁，很高大，胸部隆起，洁白的额头，高贵地沉默着站在伤员旁边，手上拿着绷带和水壶。

与此同时瑞典将领们围在国王的担架旁，旁边有一条犬，与东哥得兰步兵队相距不远。国王下令停止前行，一大帮人都脱帽磕头向国王请求继续进攻。侍从霍特曼在用银制高脚杯给国王倒水，国王说："鲁斯将军已经被包围了，元帅已经抽调雷格克罗纳和斯帕尔去支援鲁斯了，他可能会很快来这里。"

因此军队一直在这里停留，很快斯帕尔就赶了过来，流着鲜血，声称敌军人数众多，他无法使鲁斯将军脱离包围圈，军队在这里耽搁了很久，没有人知道应该去哪里，而在这段时间里，俄国人士气高昂。这时卢文霍特突然出兵，行进到科鲁兹的中队占领的地方，带领步兵队袭击敌人。没有人知道这个指令是谁下的，元帅生气地冲到被围在中间的国王的担架前。

"是陛下下令卢文霍特率部队攻击敌军的吗？"

这无礼的问话让国王回过神来，好像是黑暗中突然见到了刺眼的亮光，他看向周围，旁边的将领们，甚至那些最贴近自己的人冷漠而不耐烦地盯着自己。

"不是。"他勉强地答道，马上脸红了起来，所有人都明白他是在说谎。

然后元帅变得非常生气，最后一点信任和尊重都不复存在，他的声音透着这么多日夜都积压在心头的愤懑和绝望。国王心里认为他很真诚，又不想在他面前丢掉君王的尊严，不想像一个受伤的士兵一样受元帅羞辱，于是轻描淡写地搪塞过去，为自己开脱。任斯基尔德刚好来到这里，他也不相信这样的谎言，于是没有按惯例下跪呈报，也没有作声，他想到国王经常这样，报复的时刻到来了，他控制不住自己，想要好好说国王一番。

"对，对的！"他在马上大叫，"你经常是这么干的。你经常是这么对我的！"

说完这些，他转过身去，背对着国王。

国王坐在担架上不动声色。在那么多人面前丢脸，他的自卑和沉默都让他成为了大家的笑柄。他的部下已经听到他撒谎了，收回说过的话只是更让他蒙羞。他给自己带来的难堪让他比失去王位更难受。他想要跳起来，跨上马，带领着仍然深信他是天之骄子的人离去。但脚上的伤痛让他无法前行。他的面颊仍然发烫，不过这是由于感冒，他的手第一次开始抖得厉害，很难握住剑。

"把担架抬到前边去！"他喊道，"把担架抬到前边去！"

"骑兵团还没过来呢。"吉伦克鲁克激动地回应道，"战斗就这么快开始吗？"

"他们正在赶来的途中。"国王恼火地答道，"敌军的步兵队已经冲过来了。"

然后吉伦克鲁克祈求上帝保佑国王，自己坐在马上，停在护卫军旁边，他们已经上前朝敌军开火了。

战争的徽章是系在帽子上的一根麦秆，在枪炮声和军乐声中响起了将士们的叫喊声："上帝与我们同在，上帝与我们同在！"远离故乡的战场上有很多老战士和他们的亲属，在战争开始之前呼喊着永别，原本他们是在家里享受天伦的。战场上，将领们走在最前面，他们面容如尸体一般苍白，合着军乐的节奏，像是在王宫旁边的广场上接受检阅似的，战士们紧握双手，捧着空的子弹盒。突然从护卫队前哨站的枪林弹雨之中冲过来一支扛着枪的队伍，他们靠近敌军之后，就扔掉了枪，抓住了刺刀，与敌人进行肉搏。他们完全陷入了灰尘和泥土之中，敌军的绿色军服和自己的蓝色军服很难分辨，有时候还会砍到自己人。在科鲁兹的队伍前，科尼特·魁科菲尔特身中一颗子弹，胸前贴着大旗从马上摔落下来。早晨刚刚在国王担架旁的军中见过他老父亲的李德伯格少校受伤昏迷，被人从这场白刃战之中拖了出去。托尔斯滕森上校倒在了尼兰军队前，基仑柏格尔中尉两边脸颊上都有伤，还继续在战斗，杀红了眼。霍恩上尉在斯堪的纳维亚骑兵团后边的灌木丛中踌躇着，他的右腿伤情很严重，而他忠实的仆人丹尼尔·里德波姆一直在搀着他，并为他擦拭额头。骑兵波尔·温迪洛浦扑在马上，已经死去，手里还有一面几乎已成碎片的旗帜，而保利中尉只认为他是受了伤，把自己的水罐递到他面前。兰克上校在卡尔马军队前胸口中了一剑，从马上跌落下来，列永耶姆将军腿上中了一剑，也掉落下来，德克罗少尉在西尔维斯帕尔中校的尸体旁用断剑护卫旗帜，直到自己生命的尽头。他周围躺着很多军士，其中一半都是英烈。最靠近前哨站的强克平军队，他们的上校受了伤，中校和奥克谢将军殉职以后，莫纳上校接管了他们。他身旁的土地上，少尉泰格斯基尔德脸埋在双手中，用手肘支撑着身体，身上有五处正在流血的伤口。几乎整个队伍里都是缺胳膊少腿的。

这时候元帅骑着马过来了，语调温和地对莫纳喊道："军官们都去哪儿啦？"

"他们伤的伤了，死的死了。"

"那你们怎么还活着？"

"是啊，我老母亲肯定在家里祈求上帝保佑我，因此我还活着，有这个荣幸来指挥这个军队，我们会履行我们的职责的。挺住，伙计们，挺住！"

兰格尔上校已经死了，辨认不出他的容貌，士兵们想从胳膊下把他支撑起来，却是徒劳。去了西哥特兰部队的伍尔夫斯帕尔上校双手护着胸口而倒下了，而他的将领，无畏的斯温·雷格伯格被子弹打中了后背，从马背上摔下来。敌军朝他打过来了，他听到了马的嘶鸣和马车行进的声响，他不断翻滚，翻起了很多泥土和灰尘，他身旁有很多逐渐僵硬的尸体和呻吟着的伤员，一个受伤的骑兵让他骑上了马，并好心地把他送上了货车。

那些几乎被撕扯成了布条的旗帜仍然有很多在人海中飘扬，但它们已经摇摇欲坠，最终会掉下来，一面一面地消失。乌普兰军团里的大部分人都来自瑞典的中心城市，斯维尔人古老的家梅拉德尔，这个军团已经被击溃了。画有苹果的旗帜被那些倒下的士兵的双手揉成了一团，斯特恩胡克上校握着哥萨克长矛、枪托和马刀躺在地上，结结巴巴地说："现在我们大喊：上……上帝呀，终……终于结……结束啦！"中校凡·波斯特和安乐普将军差不多是躺在一起的。格里彭博格上校和胡尔汉姆上校、艾森中尉和三名瘦弱的年轻的少尉非格尔、布林克和杜本都已经在临死挣扎了。"挺住，伙计们，挺住！"将士们喊着，一个接一个地倒了下去，那些尸体和布头碎片以及泥土为活着的人筑成了一道防护墙。枪炮和子弹在空中呼啸而过，落在死人和活人的身上，空中满是烟尘，人们几乎什么都看不到。

然后整个队伍开始纷纷撤退逃离。卢文霍特赶到了这里，从皮套里掏出枪来，对着自己的同伴们逃的方向开枪，想镇住战士们："挺住啊，伙计们，以上帝的名义！我看到了国王的担架！""如果国王在这里，我们会挺住的！"战士们回应道。"不要退，伙计们，停下，站住！上帝与我们同在！"战士们也对自己喊着，好像是要控制住自己，他们的手脚颤抖不已，汗液混合着血液从上边流下来。但他们一步一步地后退，骑马的也勒住了缰绳，手上脸上都被砍伤了，最终他们四散逃开，践踏着已经倒下去的人的身体。在升腾的尘雾中他们看到了国王，倒在那一群士兵侍从之中，没有戴帽子，手肘支撑着身体，受伤的脚还挂在担架上，盖着骑兵奥克斯胡福德的斑纹披风。僵硬的面部盖满了烟尘，但眼睛却闪着光彩，他断断续续地喊道："士兵们！士兵们！"

撤退的人们听到这个声音就停下了脚步,就算他们现在可以逃脱死亡的威胁,将来他们也一定会在将死之时想起这孤独弱小的声音。他们来到国王跟前,发现他没有力量支撑起自己,于是把他抬到了担架上,像对待一个将死的伤员一样。撤退的过程中也有人倒了下去,但那时,这些血流不止的人们手挽着手支撑着他,以防止他倒下去再受伤。然后沃尔菲特将军来了,让他骑上了自己的马,将军却倒在哥萨克们的枪林弹雨之中。国王挂在马脖子上的那只脚血流不止,绷带上满是灰尘。从壕沟中打来的一颗子弹击断了马腿,受了伤的骑兵戈尔塔把国王抱到他的战马上,自己则骑着那条只剩了三条腿的瘸马。追兵再次包围住了国王。

这时候吉伦克鲁克冲过了战场,想把那些撤退的士兵聚集起来,而他们却对他说:"我们都受伤了,我们的军官也都死了。"然后他见到了元帅,没有行礼,战斗的时刻没有那么多礼节要遵守。

吉伦克鲁克对元帅喊道:"您难道没听到我们左边还有子弹的声音吗?骑兵团很多人都受伤了,只能待在原地,哪里也去不了!"

"一切都乱了!这里一定会有人跟我走,但并不是心甘情愿。"元帅说道,骑马往左边去了,这时候吉伦克鲁克看到主教带领着他的将士们骑马去了右翼,这两人是有商量过吗?他叫喊着提醒他们别上敌人的当,但他们并没有回头。吉伦克鲁克手搭在马的前鞍上,明白大家都失去了冷静,肯定不是死就是被俘。

他的身后再没有瑞典士兵,俄国人像一座无边无际的森林从土壤里冒出来,人是树干,武器则是树枝。人越来越多了,很快就占据了整片土地,不断跨过那些血流不止的伤员和死者。这些人是沙皇的军队,他们入侵乌克兰,扩展自己的领土,让俄罗斯帝国名留青史。一种未知的奇怪的唱圣歌的声音离他们越来越近了,慢慢的一步一步的,像是在葬礼上一样,从那么多枪支弹药和人群的后方出现了一面巨大的旗帜。旗帜上有沙皇的家族图谱,周围有很多圣人画像,最上边的耶稣像下面是沙皇本人的照片。

瑞典的残余兵将们拥着国王聚集到行李车旁,这里是瑞典贵族护卫队和其他一些军团在看管。国王绑好自己的脚,仔细地擦去血渍,坐在了受伤的哈德上校旁边的蓝色马车上。

"侍从阿德勒费尔特去哪儿啦?"他问道。

他旁边的人回答:"他在您的担架旁中了一枪,摔下去了。"

这时候达勒卡里亚军队吵吵闹闹地从旁边经过。

"达勒卡里亚人,"国王询问道,"你们的上校谢格罗斯和你们的将军斯温胡福德去哪儿了,还有那个德雷克,据说在前哨站英勇作战,有权统领军队的那个人去哪儿了?"

"他们都牺牲了。"

"那么,我的副官、主教和元帅在哪里?"

他周围的人都摇了摇头,相互交换着眼神。他们应该马上告诉他所有真相吗?他们应该在这一天让他知道他现在就剩下自己了吗?他们应该告诉他,他最爱的姐姐海德薇格·索菲亚已经在棺材里躺了半年还没入土吗?没有人胆敢告诉他这一切。

"被俘了。"他们不情愿地回答道。

"被俘了?被那群莫斯科人俘虏了吗?那也比被土耳其俘虏去要好。继续前进!"

他面色苍白,但语调平静,嘴角还挂着一丝浅笑。

达勒卡里亚军队中一名头发斑白的士兵低声对同伴们说:"自在纳尔瓦以来,我还真没见过他显得这么有朝气快乐的时候,那时候他跟斯滕伯格在一起。他认为他今天取得了胜利。"

马车离开了,查理国王也就大摇大摆地从他最伟大的胜利面前离开了,他杂乱无章、舟车劳顿的军队目送着他离开。

两点的时候,所有的枪炮都用完了,宁静迅速蔓延了整个战场,这里,马泽帕最后的一些哥萨克和无数的乌克兰哥萨克都侥幸存活了下来。庄稼和工厂都被烧光了，树木都成了碎片，英雄的尸骨都被风沙所掩埋，他们死不瞑目，好像是从另一个世界里盯着过去的岁月和活着的人们。一些被俘的牧师和士兵们东游西荡，寻找着他们的同伴，有时候打开一个浅浅的坟头，在六月的傍晚柔声用他们的家乡话念着坟前的文字。然后他们盖上坟墓，草木在坟头上疯长。不久，他们也被埋在这一片沼泽地里，很多个世纪之后俄罗斯人称之为瑞典士兵公墓。

一个牧师发现了中校维泽尔，他跟他的两个儿子一起牺牲了，牧师捡起了他身旁饰有他们家族的饰物的祈祷书的封皮。

"你是你们家的最后一个。"他说，"在这战场上有多少家族灭绝了啊！谢格罗斯、曼纳斯瓦尔德、任斯基尔德、凡·波斯特。我也是我那苦难的断了后的家族成员中的最后一个，我现在扔掉你们的饰物，用我的武器来祭祀你们。"

在战场上战斗最激烈的地方堆放着一大堆尸体，但还有很多散落在各处。一大群乌鸦铺天盖地而来，黑暗与肃穆降临在这荒坟堆中，还有伤员仍在哼着希望能得到水。那些伤残最严重的人希望有人能好心给他们一剑以结束他们的生命，没人这么做，他们就拖着自己的身体到一匹被射杀的马前，跪下为自己家里的人祈祷，念过上帝的祷文之后，从皮套里掏出手枪自我了结。一个受伤非常严重的士兵说着一些鼓舞人心的话，并感谢上帝让他这么光荣地死去。他为自己和同伴们念了悼词，并三次手捧泥土盖到自己的胸口。"我们从土里而来，死也要回归土地。"说完这些，他大声祈祷，唱起了一首葬礼时的赞美诗，二三十个声音在黑暗之中应和他，天空中星光熠熠。

莫滕·普里彻一直在大地上游荡，对倒在地上的死人没有任何恐惧感，士兵们安静下来了，普里彻仍然在唱圣歌。他见到了一名举着火把的老妇人，她身后跟着一群人，驾着又长又笨重的货运马车，上边装着他们抢来的东西。一个受了伤的号手用手护卫着自己的一条有一个小银十字架挂饰的项链，但这群人发现了他，还是用干草杈把他打倒，抢到了手。

然后莫滕·普里彻扑了过去。"你们不能杀人,不能杀人!"他低声说。在那些女强盗中他认出了自己的小公主,九岁的邓妮亚。他的面容变得祥和,朝她伸出了双手,一半是出于父亲的慈爱,一半像是羞怯的恋人。她盯着他,然后发出了一声大笑。

"那就是那个该死的瑞典人。"她喊道,"他用钱来讨好我,得到樱桃并亲吻我的脸。"

她像一只猫一样蹿到他身上,扯下他的耳环,血液从他脖子两侧流下。他仰面倒了下去,女人们抓住了他,不断踢打着,把他的衣服都给脱了,她们发现了他抄写的《约翰福音》,像拔鸡毛一样撕光了那些纸张。她们脱掉了他的平底靴和破烂不堪的袜子,当他看到他的小邓妮亚抓着一把干草杈时,压抑不住自己的怒火,双手颤抖着,血液从伤口中流出,染红了衬衣,但他浑然不觉。

"再也不要相信这世间还有真诚的心。"他说着,吃力地爬上一匹黑暗中闯到他身旁的瘸马,"上帝已经遗弃了我们,这是他对我们的审判。一切都结束了,整个世界一片黑暗。"

他骑马走了两天两夜,一些受伤的落伍的士兵为他指路。他在沃尔斯科拉河与清澈的德涅河之间的一座小岛上发现了瑞典逃兵,德涅河奔腾不息,两岸灌木野草遍地,像个湖一样。俄国追兵已经追上来了,哨兵发现了穿着血衣的莫滕·普里彻光着背骑在一匹瘸马上,恐惧地跑到一旁,在他身后开了几枪,却并没打中他,他捡回了一条命。

烈日如火一般炙烤着大地。伤者和野营热病人躺在水边的灌木丛下,将军们站在一旁聊天。卢文霍特痛苦地对科鲁兹说:

"战争就是一盘棋,一切都由君王来决定。我跪着请求国王渡过河去,继续进攻,如果国王被俘了,瑞典人会变卖所有去赎回他,这是我们的责任,但他推开了我,说要考虑。"

"亲爱的兄弟,你对他说话就像对一个痛风的病人一样,你从来没把他当一个真正的男人，只觉得他是个喜欢展示男子气概的年轻人。"

科鲁兹到了国王的马车旁，不断用力挥舞着手里的手套，好像要打国王的额头一样，但很快又被对方凌厉的眼神所吓到。

"陛下遇上麻烦了吗？"

"我不能被失败打倒，我经常告诫自己。我希望草拟一份遗嘱，确立继承人。然后我们就能继续开战了！如果我会马革裹尸，我希望像一个普通士兵一样穿着自己的衣服葬在我倒下的地方。"

科鲁兹揉捏着自己的手套，他被这话吓到了，跟其他人一样低下头去。

"尊贵的陛下，我不是那种会向上帝祈祷饶恕自己的人，因为我非常了解英雄热切渴望的是什么……唉，就让它去吧，以上帝的名义！但今天陛下您不能再犹豫了。愿上帝饶恕我这么说，但陛下您已经陷入困难的境地了，我们最后一个士兵要是失去了生命，那被囚禁的就只有陛下您了！"

"面对少数人的反对容易，面对所有人的反对很难。"

"那是真的，那是真的。但是——愿上帝饶恕——我们这些穿军装的普通人可不能那样。以一己敌所有？那就是说一个人要与整个世界为敌，那要非同寻常的人才能做到，我们是一群不幸的人，除了手中的刀剑，再没别的可用来自卫。我已经说明了我的立场，请陛下跟我们留在这里吧，不要渡河，因为那样您就会孤立无援。然后别人会说：这国王多无能啊，把他的军队送给了俄国人！无情的可耻的笨蛋！看啊，看啊！他没有把所有的东西都留给俄国人，从撒克逊得到的钱还是带走了呢。噢嚅，是啊，哈哈哈！我们这群忠诚的将士再不能那样让陛下您一个人面对反对您的人，让您这么高贵的人听从像元帅、主教、卢文霍特和我们这么卑微低下的人。愚蠢的人什么时候才能学会了解灾难呢？陛下想牺牲自己，而死不是磨难也不是荣光，我们这些老兵都知道，但是，自尊，自尊，陛下您要有自尊，您的臣民最无法同意您这样做呀。

我们清楚，敌人是无法征服的。我们没有驳船和锚，没有钉子，木材不够，也没有木匠。因此我请求陛下留下来，不要违背大家的意愿。"

"准备好小船！"国王下令道。

那个勇敢的地主马泽帕已经整理好自己所有的钱物，坐到船上了。将士们把衣服绑在背上，手臂下夹着划桨和树枝，跳进了水里。午夜时分，国王也乘坐在两艘小船拼装的船上。吉伦克鲁克站在那里，沉默着把粘在纸板上的作战计划递给了卢文霍特，没有人说话。夜晚十分宁静，满天星光，波光粼粼的河面上连划船的声音都没有。

"我们俩再也见不到国王了。"科鲁兹对卢文霍特说，"他的眼神刚刚看上去那么有神采，那么明亮，我好奇的是他的将来会怎样。他以后瞎了，老了，被人嘲弄，那会是什么样啊？"

卢文霍特答道："他把自己所赢得的声誉戴在了他的臣民头上，这一点会永远铭刻在那沼泽中无人知晓的坟墓上。因此我们要为他为我们所做的一切而感激他。"

远处的黑暗中传来莫滕·普里彻悲凉的声音："'别人都把我当笑柄。'约伯说，'我也就成了被人耻笑的人，我的眼睛因哭泣而失明，我的整个身体都不过是个阴影。我对着坟墓说：你是我的父亲，对蠕虫说：你是我的母亲和姐妹。那我的希望在哪里呢？当我倒下了，那它也就不复存在了。'"

天亮了，莫滕·普里彻穿着血衣不断骑马前行，不断问人们有关基督教教义和《圣经》知识的问题。战士们沉默着站在国王的空帐篷旁边，但敌人叫他们必须投降，俄军将领保尔，皮肤被阳光晒成了棕褐色，爬山上来缴获战利品，莫滕·普里彻颤抖着双手走下山来。

哥萨克们坐在疲惫而打着嘶鸣的马上，戴着黄铜的头盔和武器，他们前边的地上堆放着许多半球形铜鼓、低音鼓、喇叭和滑膛枪，到处都是。他们仿佛看到出征前母亲和妻子在门廊、台阶和窗口上泪眼婆娑地向他们挥舞着手绢；老官员们悲伤地相互抱头痛哭；有些人卸下了绷带,任血液涌出来;两名战友在侵略者面前同时把剑刺进了彼此的身体,一起倒了下去,有人吓得都躲开了;一群脸上生了冻疮的年轻人过来了,他们没有鼻子和耳朵,看上去就像死人一样;派柏少尉,尽管还没成年,脚后跟就已经被削掉了,拄着拐杖蹒跚而来;侍臣甘特费尔特,失去了双手,两块黑得发亮的法国木头,完全套在了他的外套里;还有很多伤病员装了木腿,拄着拐杖,坐在急救马车上和担架上。

莫滕·普里彻双手交叉站在那里,眼前闪过一片火光,火光后的车里传来一阵呻吟,老普里彻走过来的步伐非常急促,他声音颤抖嘶哑,但后来声音却变得很粗重,听上去他可以随之飘走并化为火焰。

他奔向那已经没有武器的伤者,并指向了国王的空帐篷。

"只有他是罪犯。您,不论有没有孩子,穿上丧服,把他的照片对着墙!你,小邓妮亚,你会跟你的同伴们在坟堆间采花,用人的颅骨和马的头颅为他做墓碑!你,瘸子,用你的拐杖敲击着泥土,叫他去参加地狱里的集会,成千上万为他牺牲的人在那里等着他呢!但我也知道,将来,在正义的审判席前,我们都会跪在我们的木腿上或是借着拐杖跪下,说,'原谅他吧,上帝,我们都原谅了他,因为我们的牺牲既是他的荣耀也是他的耻辱。'"

没有人回应他,只是都向前弯着腰,一动不动,好像他们没听见他的话一样,他愈发感到失望,瘦削的脸埋进了双手之中。

"以上帝的名义告诉我国王还活着!"他喊道,"告诉我他还活着!"

甘特费尔特用黑色的木手指从头上取下帽子,回应道:"国王陛下脱险了。"

莫滕·普里彻头磕到地上,激动得浑身发抖,马上变得振作起来。

"多……多谢上帝保佑!"他结结巴巴地说,"若陛下得救了,那不论我的命运会怎样,我都可以忍受。"

"是啊,是啊,多谢上帝保佑!"所有瑞典将士都低声重复道,慢慢从头上摘下了帽子。

水

下士安德斯·戈洛伯格拿着水壶站在撒拉逊草原上,最后一批瑞典和乌克兰哥萨克逃到他身旁,马车上躺着一些在波尔塔瓦受伤的士兵。前一天晚上和这一天上午安德斯·戈洛伯格一直都忍着渴,以便最大程度地省水,而现在,这种感觉已经忍无可忍了。但他刚一把水壶举到唇边,又放了下去。

"上帝,上帝啊!"他叹道,"为什么在别人都渴的时候,我一个人喝水呢?如果您把我们带入这一片荒野之中,那您什么时候可能会说:'我让你们肩扛着武器像英雄一样从你们贫寒的祖国走进世界,但我看到你们的心地依然纯洁,你们是我的孩子,然后我撕破了你们的衣服,让你们拄拐杖,给你们安上木腿,那样你们就不会渴望统治别人,而是变成我的圣徒。我让你们变得如此伟大。'"

安德斯·戈洛伯格手拿着水壶站了更久一会儿,然后他走上前去,把水壶递给了躺在车上干草堆里高烧不止的国王。他的嘴唇紧闭,一张开就从里边溢出血来。

"不，不要。"他低声说，"把水给伤病员吧，我刚刚喝了一杯。"

安德斯·戈洛伯格很清楚国王根本没有喝水。他自己是唯一一个想到了以后还需要水的人，于是省下这点水，而且这么长的路程里，他们既没找到泉水，也没找到沼泽。而现在，他离开马车，虚弱和水的诱惑再次向他袭来。他把水壶挎在肩上，继续前进，都没有把它递给伤员。他停下来，心里不断地斗争着，但每次一把水壶举到嘴边，就又放下了，他现在还不想喝掉这些水。

"也许，"他想道，"如果我能给自己再补充点别的，可能会更精神一点。"

中午阳光正烈，他看到一个灰白头发的副官，几乎全身赤裸，肩膀上还有未包扎的伤口。于是他撕掉自己的衣服，给他包扎好伤口，并把外套给了他，想把水给他，但想到路还很长，还有更需要水的地方，就缩回了手，内心却充满不安。然后他把靴子给了一名马车夫，马车夫光着脚，有血液渗出。一想起其他仍然忍着干渴的人，他就无法安心喝掉自己省下的水，他非常痛苦难熬。他嘲弄似的指着那装满了金银的财宝箱，这些箱子分别装在两辆马车里，一路走来丁零当啷地响着，但却不能给这些不幸的士兵们一勺盐水。

"走！"他喊道，"继续前进，不要把这些箱子丢掉！走，各位！"

战士们什么也没回应，因为现在他们发现他又成为了过去的样子，在战斗还没开始的时候，他总是走在队列前边，斗志昂扬，说这个，说那个。他们没有注意到，他自己说完这句话后，用手敲打自己的脑袋，低声自言自语。

"我有必要把现在唯一对我有价值的东西供奉出去吗？"他想着，"哈哈！也许我们也会在草地上滚动那些钱筒而不用手搬运！天啊，天啊！在委培里克我听到彭戈廷死时还很嫉妒那些死了穿着干净白衬衣的人。我的期望可没那么高。我的期待很低……啊，只有这一条，不要躺在草丛里,而是躺在土地里,身上盖着泥土和草,墓碑上有那么几个字,就是这样——安德斯·戈洛伯格　生平未知。"

傍晚时分大家停了下来,几个乌克兰哥萨克已经在用铲子铲泥土,埋葬白天死去的同伴们。细长的草丛中长着一些低矮的樱桃树,官兵们欣喜地摘下樱桃分享,把它们当成是上帝赐予的礼物。安德斯·戈洛伯格偷偷溜到了灌木丛后准备喝水,他觉得没被任何人发现。然而此时喇叭声响了起来,提示大家俄国人已经追到了天际干热的草原尽头。

安德斯·戈洛伯格打开了壶盖,他闻到壶里水的味道,刚准备喝,心跳加快了,因为在靠他最近的一辆车上,负责照看银子的博尔耶克夫支起身子盯着他看。

安德斯·戈洛伯格想要与他对视,但却做不到,把水壶从嘴边挪开。

"愿上帝保佑那些追求正义的饥渴者们。"他说。

他像个圣人一样掏出水壶,递到了博尔耶克夫嘴边,渴得要死的战士把水喝得一滴不剩。

安德斯·戈洛伯格一直靠在马车后挡板上,车再次开始上路时,他的手松开了挡板,跪在了草地上。

"马车上可没有我的位置。"他说着,拖了一把铲子过来,"尽管我还不到三十岁,我已经跟九十岁的人一样疲劳虚弱了。还是给我一把铲子吧,那样的话,如果我还有一点力气,我至少还能挖个坑自己躺下去。我坎坷的一生即将过去,经常有一个声音在我耳旁喊道:'我的孩子们啊!'"

马车旁的战士们再次开始了流浪,号兵也开始骑马。成群的鹳张开翅膀逆着夕阳飞行,安德斯·戈洛伯格仍然双手扶着铲子跪在草原上。

自那以后再没人知道他的命运究竟如何。

 议会

秘书史密德曼已经带着文件站在会议室接待厅里了,这是要给贫困的瑞典百姓增税的文件,正要通过各州首脑的审核签名。

官员们陆陆续续地到场了,老弗洛里奇原本正坐在病怏怏的福肯伯格旁边打着盹,突然间醒了过来。

"我们必须把所有的钱和权力交给国王。"他发红的眼眶都没抬一下就说。

听到这话,阿尔韦德·霍恩猛地跳了起来,椅子都被推倒在了地板上,高举着双手大声喊道:"跟修女伊娃·格蕾塔一起去祷告吧,别把对陛下忠心耿耿的我们都当盗贼了!"

"你这撒旦,撒旦!"福肯伯格怒斥道,发白的手指敲击着椅子的扶手,"每一天都有污蔑和诽谤。瑞典人再也不尊重他人的荣誉了,没有一个人有勇气说出对国王的反对意见。是的,不要再坐下去了,霍恩,因为所有人都对你在战场上的表现不满,你只会用你的武器像科鲁

兹赢得海德薇格·索菲亚公主的芳心那样赢得乌尔里卡·埃莉奥诺拉公主的青睐。是的,是的,是的,不要再评说国王这件事了。还是读读他的信吧!读吧!有没有一点请求我们去这样做?"

"哈!还是不要读啦!"霍恩回答道,扶起椅子重新坐下,"都是些关于女人,做这件事的借口和无关紧要的事儿!想都不要想一个从不跟人交流的人会安安静静地坐在房间里把心事都写到纸上!但我还是承认所有痛苦过去之后总有一天会要清算的。"

"总有一天,你居然这样说!"身体不太好的福肯伯格说着,双手颤颤巍巍地支撑着自己站起来,"总有一天!那时候瑞典人还会是胆小如鼠的伪君子吗?暴君克里斯丁和埃里克十四世都没他对我们做的坏事多,因此他就是个魔鬼!我们男人们在战场上死去,家里就剩了老女人,她们抚育了瑞典民族。"

费边·瑞德神情严肃地站了起来,他说话的声音非常轻细。

"会议开始!"他喊道,指着敞开的门,"我不是胆小鬼。我以前也从没有围着主子不断巴结讨好,因此我一直得不到国王的宠幸。我的祖国,对我而言就是所有——父亲和母亲、家、回忆、所有的所有!我知道现在我的祖国正面临着大灾难,也知道某一天总会战胜灾难。但现在不是思考这些事的时候。上帝给了我们一顶荆棘之冠,但最伟大的不是那些找机会取下它的人,而是那些戴稳了这顶王冠并且说'天父啊,我站在这里来侍奉您'的人。我告诉你们,过去多年来我们所取得的成就再没比今天更伟大的了。"

霍恩走进了会场,但是他突然转向福肯伯格低声问道:"除了我,我母亲还有很多个儿子,他们都死在了战场上,我活着,却生不如死!你提到了国王,如果一个人让整个国家遭这么多磨难,那个人难道要比其他人配拥有这个权力吗?"

瑞德扳着福肯伯格的肩膀,低声说:"人们受的磨难已经够多了,你今天要让人们走向更深的苦难吗?"

官员们都进入了大厅,但福肯伯格继续在接待厅里徘徊。当他终于在会议桌旁坐下时,秘书已经读完了长长的文件,要求大家签名了。

没有人要求发言。福肯伯格在扶手椅里蜷缩成一团。他的双眼噙满了泪水。他忘记了之前的事,双手摸索着全身,低声说:

"我的笔,我的笔!"

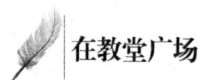 在教堂广场

宽肩膀的莫拉人容·斯奈尔正跟他的农民邻居蒙斯和马赛厄斯一起吃粥。他非常吝啬,为了省取暖的柴火,他整个冬天都躺在一张挂着帘帐的床上。他从圆窗口探出头来,又大又干瘪的脸上满是皱纹,没有胡须,看上去比野人的脸还要丑陋。他语速很慢,声音响亮。

"我觉得,"他说着,用手敲着桌子,"我们就快要进入吃树皮的日子了。明天我将杀掉我最后的一头牛。每年都要加税赋,征新兵,现在牧师也走了,教堂空了,教堂的钟声不会再响了,买圣餐酒的钱和教堂里储存的粮食都带走了。"

"这话说得真对!"蒙斯说。

蒙斯挠了一下脸上的痒,又用喝粥的勺子盛了一点盐,因为这天是安息日,所以他就舍得用盐。其他的时候蒙斯非常吝啬,他经常向邻居讨东要西,会数自己粥上的盐粒和锅底下的木块有多少。

马赛厄斯则趴在桌子上,面容干皱而丑陋,牙齿发黑,眼睛小但却

闪着狡黠的光。他却是这三位中最吝啬的,这个教区里没有比他更贪婪的。他会吝啬到去教堂的祭衣间找牧师要他的木鞋穿。

"我的看法很简单,"他瓮声瓮气地说,"上帝是让我们农民向国家要钱,我绝不会给政府一个铜子儿。"

容·斯奈尔回应道:"你要是给钱就把我的渔网拿去卖了吧。"

"这话说得真对。"蒙斯说。

马赛厄斯冷笑一声,用刀背砍断了一块面包,说:"哼,人饿了能怎么办呢?"

容·斯奈尔摇摆着他黄色的长头发,站起身来,说话的声音就连房子外边很远的地方都能听到。

"嘿,你这懒汉!那就从墙上取下你父亲的大口径短枪,杀了长官和评税员,把尸体藏在干草仓里就是了。在你被抓或是被毙掉之前,你就跟我去斯德哥尔摩把我们农民的想法告诉那些达官贵人们。我们要的是和平,也应该要和平!"

"这话说得真对。我们跟你一起去。"蒙斯说着,颤颤巍巍地站了起来。

就连马赛厄斯也站了起来跟容·斯奈尔握了握手。

"首先,我们去一趟教堂跟其他人说说这事儿。"他嘀咕道,"我们必须尊重传统。"

"我会说的,这是当然。"容·斯奈尔回应,"我们要的就是和平。"

他们走出了小屋,在路上跟家庭主妇、女佣、老人和孩子们都说了。他们到达教堂广场的时候,身后已经跟了二三十个追随者。

秋日的太阳冷冷地照着木房子、湖水和长长的白色教堂。在教堂前的广场上,人们站在马车之间窃窃私语着,但是坐在圣坛旁行坚信礼的孩子们并没有从教堂的门廊里跑出来。从树林里出来的那些已经穿上了皮毛外套的老人们一看到容·斯奈尔开始大喊大叫,因为他们都认为他是这一教区里最一毛不拔,也是最有威信的人。那些穿着白色的衬衣,皮革的短裤和背心的人都转向他，因为在他们看来，这世上没有比他缓慢而执着的话语更有力量的东西了。

"你们都是伟大的教民，你们。"他对他们喊道，"我认为应该学一学有关忍耐的新祷词。"

没有人回答他的话，所有人都围在他身旁。

"国王被俘了！"他们喊道，"国王被俘了！国王被俘了！"

"是吗？"容·斯奈尔双手紧握，目光从一个人转向另一个人，像是要确定这事的真实性。

"真的，确实。"蒙斯说。

"住嘴，你们这群家伙！你们知道什么呀？"容·斯奈尔咆哮道，双手紧握着举了起来，所有人都退到一旁，给他让了路。

他坐在房前的一张长椅上，但人们都不愿离开他，他周围的人群围得更拢了，大家都不想落下他说的每一个字。

"国王真的被俘了吗？"他再次问道。

"这事已经传遍了所有人。法伦的一个铁匠说国王是在草原上被抓的。"

马赛厄斯走上前来，弯下腰去，伸出了他修长的手指。

"我只想问，容·斯奈尔，你对这些事怎么看？"

容·斯奈尔双手放在膝盖上，太阳的光芒洒落在他僵硬的前额上和坚硬的嘴唇上。他低头看着地面。

"你怎么看？"人们低声问道，"在斯德哥尔摩，一位议员已经把自己的钱都捐给了王室，还有一个捐了他的官位，还有人建议每个富人都应把自己的钱都拿出来，自己身边不能有钱。只有太后不想节衣缩食，真不要脸，所有人都在砸教堂的窗户。"

"而我们，"马赛厄斯说，"我们应该从墙上取下大口径短枪，容·斯奈尔说的。"

"这话说得不错。"蒙斯说。

容·斯奈尔仍然保持沉默,他周围也一片沉寂,只听得见教堂的钟声。

"是的。"过了一会儿他说道,他的声音变得比以往都更深沉更痛苦,"我们应该从墙上取下大口径短枪,离开家里。上帝啊!达勒的好人啊,如果国王被俘了,那我们就要求他们带我们上战场杀敌,那样我们可能把国王救出来。"

马赛厄斯仍然在沉思,但他的眉眼都变得光彩熠熠。

"听着,这是我们的传统,也是我们的自由。"

"这话说得没错。"蒙斯说。

"是的,是的,这是我们的传统和自由。"人们说道,赞同地举起了双手。然后人们欢呼起来,再也听不到教堂的钟声了。

 **阶下囚**

最近斯莫兰芬何德的氛围非同一般，所有的工作都失去了价值，所有明天已经没有希望，人们要不就忍饥挨饿，要不就尽情吃喝或咒骂。每个农场里都有新穿丧服的寡妇，有的还带着孩子。一整天女人都在说那个已故或是被俘的人，晚上从睡梦中惊醒，听到了穿着黑色油布衣服的马车夫驾着马车带走了那些死于瘟疫的人。

海德薇格·索菲亚公主的尸体躺在达尔摩教堂里，因为没钱七年都没有下葬，而现在查理家族的老太后海德薇格·埃莉奥诺拉的棺材也放到了旁边。几位困倦的侍女守护着被裹在一张简单的亚麻织物里的尸体，昏暗的蜡烛光洒在尸体周围。

最年轻的侍女站起身来，打着哈欠，走到窗口，掀起黑色的布帘看看天是否亮了。

接待室里传来人一瘸一拐走路的声音，一位个子很小但很壮实的残疾男人朝棺材走来，他努力控制着木腿的步伐，带着敬意掀开了帘子。

他近乎全白的头发从脑后垂下，从脖子垂到衣领处。他把长颈瓶里的防腐液倒入了尸体所穿衣物的裙子和马甲之间的一个容器内。但是防腐液流动很缓慢，他等待着，然后把长颈瓶放到盖尸布上，走到了窗口的侍女身边。

"还不到七点呢，布隆伯格！"她低声说。

"刚到六点。外边天气很糟糕，我感觉很快就有暴风雪降临了。但在瑞典，现在没人能预测好的事情了。相信我，不会再有足够的钱办风光的葬礼了。圣人埃切罗特预言的火灾和苦难还只是开始。但愿火不会烧到王宫面前的土地上来吧！在乌普萨拉平原上，大火将教堂和城堡烧光了，在韦斯特罗斯市和林雪平市，暴风雨夹杂着大火中燃成的灰烬掉落下来，整个王国都着火了。请原谅我说出了事实，尊贵的女士，说出实话终究比撒谎要强。这是我一贯的准则，在第聂伯河边，这条准则还救了我一命呢。"

"救了你一命？你那时候就是你们队里的一个军医。坐到我旁边来，给我讲讲这故事吧。时间还很长。"

布隆伯格听从了她的话，讲起故事来，像个牧师一样，不时伸出食指和中指，而其他手指则弯曲着。

两人都朝躺在棺材中的尸体看了一眼，尸体被精心安放在那里，脸上的皱纹处涂抹了蜡和防腐剂。他们坐在门帘外窗口的长椅上，布隆伯格开始低声讲他的故事。

我当时失去了意识，躺在波尔塔瓦荒芜的沼泽里。我已经依靠木腿走了很久，还被马给踢了一脚，等我走出沼泽地的时候，已经是晚上了。我感觉到一只冰冷的手在我的外套下摸索，拉扯着里边的扣子。我觉得可能是什么牛鬼蛇神，但却听到了柔弱的说话声。我不慌不忙地轻轻揪住了那家伙的胸口，从他惊恐的话语中我发现他是一名哥萨克，来自之前跟瑞典结盟的乌克兰，一直在服役。作为军医，我已经见过许多这样的人，也包括被俘的波兰人和莫斯科人，也能听懂一些他们的语言。

"人心难测，"我轻声说，"但上帝训诫我们要忍受。邪不压正，不虔诚的人会遭遇不幸的。"

"请原谅我，好心的先生。"乌克兰哥萨克低声说，"瑞典国王不管我们乌克兰的哥萨克，死活都只能凭我们的命运，而我们所背弃的俄国沙皇正赶来要把我们赶尽杀绝。我只希望能得到一件瑞典的军服穿，这样我才能变成你们中的一员而不被他杀掉。请不要生我的气，好心的先生！"

为了确定他是否带着刀具，他说话的时候，我找出了火石和兵器，并把我身旁的干野草和树枝点起一堆火来看。这时我才发现面前这个受惊的小个子老头狡诈的面孔，两手空空。这时他像一只饥饿的动物找到了猎物一样地跳了起来，在火光中弯腰走向一个死在草丛里的瑞典少尉。一个死人是不会反对让一个可怜人穿他的衣服的，于是就没有反对乌克兰哥萨克，他从死人身上脱下外套的时候，一封信从那外套的口袋里掉了出来。从那地址我知道那个流血而亡的孩子名叫福肯伯格。他平躺在那里，像是睡在了出生的房子里的草堆上一样。这信是他姐姐写来的，我只看到了后来变成我最喜欢的格言的话："说出实话终究比撒谎要强。"然后乌克兰哥萨克就熄灭了我点起的火。

"请您同意我把火熄掉，先生。"他低声说，"不然还会有更多抢东西的人过来。"

我并没有留意他说的话，只是一遍遍地重复："说出真相终究比撒谎要强。这是至理名言啊，老伙计，你会明白，我按这话做，比你乔装打扮隐瞒身份更能活下来。"

"我们可以试一试。"乌克兰哥萨克回应道，"但我们要保证，活下来的人要为另一个人的灵魂而祈祷。"

"同意！"我说着，向他伸出手去，好像这一刻这个胡子拉碴的人就变成了朋友和兄弟一样。

他扶着我起来，天明的时候我们遇上了一群流浪的伤员，他们想偷偷地进入波尔塔瓦投降，又都想要隐藏自己乌克兰哥萨克的身份。那个跟我一起的乌克兰哥萨克的靴子很大，靴口抵到了臀部，衣服后摆垂到了脚上。一名哥萨克上前来检查他，他就转向了我们，提高了声调大声用在军营里学到的仅有的瑞典语喊道："我是瑞典的。真可恶！"

他们带走了我，让那名乌克兰哥萨克和我，还有我的八个同伴，一起住在一栋大石房子的上层。我们俩先到那儿，在一条走廊上收拾出了一个有一扇窗户的小角落，铺上干草，再没比这更舒适的了。我口袋里还有一支锡制的长笛，是我在斯塔罗杜步时从一个死去的卡尔梅克人身上搜到的，我自学了一些动听的小调，我用这个来消磨时日。我们很快发现，我只要一吹笛子，就有一个年轻的女人出现在小巷对面的窗口里。也许是有女人在听，我吹奏的时间变长了，我自己都没注意到。我不太确定她是不是比其他女人长得更漂亮，也许是我长期生活在男人之中，有点不太适应她的出现，但我还是很高兴我的笛声吸引了她的注意力。然而她面对着我们窗口的时候，我从不敢看她一眼，因为在女人面前我总有点害羞，也不懂得如何坦然面对女人，我也没跟那些总向女人们献殷勤的男人们讨教过。"让每一个人的心灵保持纯洁。"《圣经》有言，"不信教的人不知道上帝，也就不能保持心灵的纯洁，也就会误会他的兄弟，因为上帝是无所不能的。"

然而我意识到，一个男人任何时候都应该展现出最美好的一面，我外套的一个袖子有点破了，我在吹奏时就总是把破的一面遮挡起来。

她经常双臂交叉搭在窗台上，双手圆润洁白，但是很大。她经常穿一件猩红色的上衣，银制的扣子，上边还有很多花纹。一个经常推着独轮手推车卖果酱面包的老妇人叫她菲多索娃。

天黑的时候，她会点一盏灯，她的窗口没有窗帘，她一点着火我们就能看到她，但我觉得经常偷看她是不礼貌的，因此我跟乌克兰哥萨克一起坐在角落里的干草堆上。

祈祷书中还夹着几张已经破烂不堪的穆勒布道词,我为那个乌克兰哥萨克译读了很久,当我注意到他根本没听时,我就转换了话题,问他小巷另一边的邻居的情况。他说她已经结婚了,因为乡下未结婚的女孩儿总会把头发编成长长的辫子,并扎上红色的丝带。而她的头发总是披散的,像是在服丧的寡妇。

天完全黑了下来,我们躺在草堆上,我发现乌克兰哥萨克偷走了我的鼻烟勺,我把它收回并指责了他,然后我们就又像朋友一样并肩卧下了。

天亮的时候,我为自己苟且偷安而感到羞耻,于是我跟乌克兰哥萨克做了很久的祈祷,洗漱并整理好一切之后,我就又去了窗口吹起了一首我最拿手的曲子。

菲多索娃已经坐在清晨的阳光之中了。为了向她展示瑞典人跟她们乡下人有多不一样,我叫乌克兰哥萨克打扫整理房间,几个小时后,被石灰涂过的墙重新焕发洁白的光彩,蜘蛛网也被除掉了。我不再想其他了,我休息时,意识到自己在这样的困境中也可以变得快乐。在外面的大厅里,我的同伴们都坐在地板和长椅上,重重地嗟叹,低声谈论着家里的亲人。那时我们俩还每天都能去防御墙边透气散心一会儿,晚上我自己躺在干草堆上时,我总是羞于祈祷上帝,我不能在这里苟且偷生,应该把他们带出去,这是我的责任。我内心里渴望一个小时的自由时间,但需要编一个理由得到俄国人的许可。我认为要是真的担起了这个责任,就必须去那里冒险,但是我没去冒险。

我早晨去了窗口,发现菲多索娃穿着衣服睡在地板上,脖子下垫着一个垫子。这时候还很早,感觉有点凉,我没有心情吹笛子。但当我站在那儿等待时,她可能是偷瞄到我在看着她,她起了身,大笑着向我伸开了双臂,这一切来得如此突然,我都没来得及收回视线。我的头脑开始发热,放下了长笛,行为举止非常愚蠢,我自己对这一点非常不满。我拉紧了皮带,从窗口取回了长笛,仔细查看,假装在吹走里边的灰尘。那名看管我们的俄国副官通知我的那位乌克兰哥萨克说他是那天进城的两人之一，我们没有理会他。我把乌克兰哥萨克拉到一旁，要他给我带一些在这附近被烧毁的房子旁见过的那种黄色的满天星花来，我们可以在某个合适的机会送给菲多索娃，她看上去像是一个好心的贵妇人，可能会给我们这样的可怜人换一点水果或坚果。沙皇每天给我们的那一点点面包都不够我们填肚皮的，我说。

他很害怕自己一个人出去，但又不敢不去，那样我就会不信任他，因此他顺从地去了。

他刚一出门，我就开始后悔叫他出去，因为这会儿我一个人，时间就更加难熬。我一直呆坐在角落里的床上，没有人看见。

我一直在浮想联翩，似乎不久之后就听到了乌克兰哥萨克的声音。我想也没想就去了窗口，看到他带了一大束开得正艳的满天星站在菲多索娃身旁。一开始她并不想接受鲜花，说这些花是一个野蛮人送的，那它们就不够纯洁。他假装只能懂一点点她说的话，通过不断眨眼点头和各种手势，他让她明白花是我送的，最终她才接受了。

听他这么说，我实在羞愤难当，又回到了角落里。他回来之后，我揪着他的肩膀，不断摇晃着他，命令他面壁。

但我的手还没松开，他就站在窗口活泼地做着手势，不断飞吻。然后我走上前去，把他推到一旁，朝对面鞠躬。菲多索娃坐在那里把花朵都分开，把叶子扯掉扔到地上。我非常生气，这种情绪帮助了我，使我有勇气开口说话，只是没有去思考一下应该怎样有礼貌地跟她聊天。

"请您不要对我同伴的无礼粗鲁的举动而生气。"我结结巴巴地说。

她仍然专心整理着花儿，好一会儿之后才回应说："我丈夫还活着的时候，经常说很难再找到像瑞典士兵那么帅气的。他见过那些脱光衣服被女人鞭打的瑞典囚犯，女人们经常责骂他们，最终还是因为被他们拔手枪射击的姿势而倾倒而哭泣，不再折磨他们。因此这些天来我对你们也非常好奇，另外您吹奏的曲子很好听。"

她的话让我开心起来，这时我应该夸赞她的身材好，夸赞她手臂很漂亮来回应她，但我还是掏出长笛，吹起了一首我最爱的小调——在我需要的时候，我从心底里呼唤你。

那之后我们聊了很多次，尽管我懂得的俄语很少，但我们很快就熟悉了彼此，日子也不再那么难熬了。

中午整理过碗碟并看过炉火之后，她从屋顶取出了一张她丈夫生前用来在河里捕鱼的渔网来。她在网中放了一盘热气腾腾的卷心菜和一瓶淡啤酒，渔网的手柄很长，她用竹竿从街道对面伸到我们这边送食物给我们。我朝她举杯，她点了点头，说为我们可惜，还说俘虏是没有什么过错的。傍晚时分她把纺纱机搬到了窗口，我们一直聊到天黑。我再也不觉得在这遍地疮痍的时候感觉到快乐是一种罪过，因为我的想法很纯洁，没有半点冒犯她的意思。我把这一片废墟之中的满天星看作对上帝唱的赞歌，我感觉非常幸福。

夜深了，我和我的乌克兰哥萨克一起祈祷，再次为他偷了我的鼻烟勺而指责他，这个多嘴的家伙居然低声对我说："主人，我看出来你喜欢上了那个菲多索娃，她真是个非常善良而单纯的女人，是值得你追求的，我一眼就看出你不会再喜欢上别人，你想办法去把她带走。"

"多嘴！"我说，"真是多嘴！"

"说出真相终究比撒谎要强，你过去常常这么说。"

他一说到我的这句格言，我就沉默了，而他继续道：

"沙皇已经下令给那些愿意归降并效忠于他的瑞典人提供工作和丰厚的奖金。"

我没有理会他这话，而是沉浸在自己的思绪中："你真是疯了。我要是能带她一起逃走，我早就这么干了。"

第二天早晨吹过长笛之后，我才得知今天轮到我去放风了。

我变得激动不已。我梳理好头发，比平常更仔细地打扮好自己，换上了乌克兰哥萨克少尉的服装，这样就不会穿得破烂不堪了，同时我想了很久。我应该去见她吗?那我该说什么?然而这可能也是我唯一一次近距离跟她聊天,我要是就这么错过了这一次,那我以后老了该有多后悔呀!我的心跳得比任何一次站在枪林弹雨之中,看着战友们倒下,面对敌人时都更加激烈,我把长笛插在口袋里走了出去。

我走到街上,她坐在窗口,还没看到我。我没请假是不能去她那儿的,我也不知道自己该怎么办。我沉思着向前走了几步。

然后她听到了我的脚步声,探出头来。

我把手举到帽子上,正要打招呼,但她突然大笑着跳起来喊道:

"哈哈!看啊,看啊,他那条腿是假的!"

我举着手站在那里,呆看着她,没有思想也没有感觉。我的心好像在迅速膨胀,充满了胸膛,都快要炸开了。我想我可能结结巴巴说了点什么。我只记得我当时不知道是不是该转身回去,我仍然能听见她的笑声,这世间的一切都变得无关紧要,自由和囚禁都让我觉得恐惧,突然间我意识到我是一个残疾人。

我模糊记得一段长长的很高的阶梯,在那里我遇上了另一群瑞典囚犯,模糊记得我回应了他们,问候过他们,还从他们借我的烟枪里掏出了一点烟灰。

我感觉这一天是如此漫长,我在外面没有待多久,就按原路返回经过她的窗前。我在她的窗前千方百计地拖延时间,一会儿跟这个人打招呼,一会儿跟那个人聊天,但很快俄国军官就过来命令我回到我的住所。

我步上走廊,努力说服自己不要表现出自己的情绪,而是要友好地在窗前向她致意。她过去一直梦想见到的瑞典士兵们现在居然是靠木腿行走的残疾人,这难道是她的错吗?

"快点过来!"军官怒吼道,我只得加快脚步,木腿发出的咔嗒声在房子的墙壁间回响着。

"敬爱的天父啊!"我低声自言自语,"我一直忠诚于您,这难道就是您给我的奖赏吗？您让我年轻时变成一个无助的囚徒，连女人都嘲笑我吗？是的，这是您的奖赏，您让我遭到更大的羞辱，那时候我可能才终于得享天恩。"

我回到窗口把手举到帽子上致意，却看到菲多索娃离开，这让我有一点不安。我蹒跚着走回干草堆，每一步都十分沉重。

"我跟菲多索娃谈过了。"乌克兰哥萨克低声说。

我没有回应他。我的幸福是生长在废墟之上的花，现在被毁掉了，如果它再次出现了，我自己也会用木腿把它踩掉。那乌克兰哥萨克的话对我来说还有什么意义呢？

"嘿！"他继续说，"你走了之后我去见了菲多索娃，告诉她你非常仰慕她，而不是她所认为的单纯的喜欢，如果你现在不是囚徒，你会跟她求婚的。"

我沉默着双手握拳，嘴唇紧闭，掩饰住自己的烦恼和难堪，我也感谢上帝每一秒都让我在人前受尽耻辱和嘲笑。

我打开了通往外面大厅的门，开始跟其他囚犯们说话：

"我们为找食物受尽煎熬，如同身在沙漠中的野驴一样。在不属于我们的田地里，我们就像佃农一样工作，为那些异教徒采摘劳动成果。我们白天没有衣服穿，晚上也没有被褥御寒。我们被山洪冲下，我们除了悬崖没有任何庇护。但我们不乞求您的怜悯和同情，万能的上帝。我们只祈祷：请给我们指一条路，与我们同在！但是，您离开了。您背弃了我们，并在我们的鞋子里放了荆棘，但我们还是您的仆人，您的孩子。我们的兄弟睡在了战场的泥土之下，他们是一首比您所选的征服者所打出来的江山更美的歌。"

"是啊，上帝，给我们指一条路吧，与我们同在！"所有囚犯低声附和着。

然后从一个最黑暗的角落里传来一声颤抖的喊声："啊，我原来的生活是美好的，上帝时时在护佑着我，他的光芒照耀着我，照耀着我走向黑暗！我现在已经步入人生之秋，我的孩子也在我身旁，我希望上帝与我同在！因此我的心跟约伯一样在呼喊，但我什么也听不到，我大声祈祷：不要再折磨我了！我会把我听到的一切都告诉你，噢，上帝，赐我慧眼让我看到你！"

"安静，安静！"乌克兰哥萨克低声说道，一把拉住我，他的手冰冷而颤抖，"沙皇陛下驾到。"

过道里挤满了乞丐、小孩儿、老女人和战士们。沙皇在人群中央，又高又瘦，脚步很平稳，没有侍卫。他的随从只有一群不断尖叫跑来跑去的小矮人。他时而转过身去拥抱亲吻个头最小的矮人，像一个父亲一样，时而会停在房子前。不断有人给他献白兰地，他都很开心地一口喝干。这人就是沙皇无疑了，他统治着这里的一切。他离我的窗口非常近，我都能触碰到他绿色的布帽子和他棕色外套上快要掉下来的扣子。他衣服的下摆上有一个镶着名贵钻石的大银扣子，腿上套着粗羊绒袜。他棕色的眼睛神采奕奕，黑色的小胡须直立在粉色的双唇周围。

他一看到菲多索娃，好像就被她吸引了。她端着一个杯子走上街头，跪在他面前，他捏了一下她的耳朵，手托着她的下巴，她的头被抬起来，他注视着她的眼睛。

"告诉我，女人，"他问道，"知道哪儿有适合我用餐的地方吗？可以去你家吗？"

以往沙皇出行很少带随从或是朝臣，他也不带任何床上用品或炊具，但只要他想在某处留宿，那所有的一切都必须马上准备好。也正是出于这个理由，一大群仆人到处跑来跑去，忙着收拾一切。这边来了一个拿着锅的人，那边来了一个带着陶盘的，那边还有一个拿着长柄勺和饮水器具的。菲多索娃的房间里铺着厚厚的干草。沙皇就像个普通随从一样帮忙整理，所有的指令都是一个驼背的名叫帕瑞奇的矮个子下达的。这个矮个子不时在沙皇面前把拇指放到鼻孔旁擤鼻涕，做一些粗俗的动作，我都不好意思在高贵的夫人您面前提起。

沙皇叉着双手走到窗口，发现了我和乌克兰哥萨克，像战友一般点了点头。乌克兰哥萨克卧倒在地上，低声说"我是瑞典人，是真的！"但我用脚把他踢到一边，要求他不要出声，站起来，因为瑞典人是不会这样问安的。为了尽可能地掩盖他，我走到他面前站在那里挡着他。

"那有点怪啊！"沙皇说，但很快他就用俄语问我是什么人。

"布隆伯格，乌普兰军团里的军医。"我答道。

沙皇眯缝着眼盯着我，那目光如此犀利，我从来都没见过。

"你的部队已经不复存在啦！"他说，"你看，这是任斯基尔德的剑。"他从腰间取下了还带着剑鞘的剑，扔到桌子上，所有的盘子都弹了起来，"但你一定是个浑蛋，居然还穿着不知道是上尉还是少尉的服装。"

我回应道："'这话可真难听。'圣约翰说过，衣服是我从自己倒下去的同伴那儿借的，如果这也是犯错，我仍然希望得到原谅，我确实是军医。我的人生格言是——说出实话终究比撒谎要强。"

"很好。如果这是你的格言，那就带着你的仆人过来这边，我们可以好好聊一聊。"

乌克兰哥萨克战栗不已，连路都走不稳了，跌跌撞撞地跟在我身后，我们一进去，沙皇就让我跟其他人一起坐在桌旁，没把我当犯人，说："坐吧，木腿人！"

他让菲多索娃坐在他膝头，完全不考虑别人的感受，周围的仆人们不断跺脚吹口哨，一大群王公贵族都聚集了起来。一个被称为犹大的矮个子仆人从最近的盘子里抓了一把小虾朝屋顶扔去，人们这么称呼他是因为他脖子上挂着一个像是犹大铜像的饰物，虾子们像雨一样落在盘子里和人们周围。这样所有人都把视线转向了他，他样子难看地对着沙皇，冷冷地责骂道："你开心吧，彼得·阿列克谢维奇！我在城外就听说了这个波尔塔瓦的美女菲多索娃，我当然知道，你只顾享乐，你这该死的！"

"这是真的。"其他围在沙皇周围的人都说,"你是个傲慢自大的盗贼,彼得·阿列克谢维奇!"

沙皇有时大笑,有时会回应他们,有时候则像没听到一样,沉默着坐在那里,一副沉思状,双眼转动着,就像阳光下两只闪着绿光的昆虫。

我记起来曾经见过查理十一世跟鲁德贝克打仗的时候,鲁德贝克认输的时候总比十一世要多。而现在情况恰好反过来了。尽管沙皇自己打扫整理这里,把自己当成最下等的仆人,我眼睛里只看到菲多索娃坐在他腿上。我看出了他的用心,在城门口看到他穿着短上衣,刮光了胡子,我就知道他有什么样的目的。

我脑子里嗡嗡作响,马上谦卑地跪在草堆上,结结巴巴地说:"陛下!说出实话终究比撒谎要强,上帝对摩西说,'你不能跟那些恶魔在一起。'因此我请求不要再让我待在这里喝酒,很快,我的脑袋就要不保了。我去年陷在沼泽里,我们国王救了我,给了我水喝,他有点像您,也有点不像。"

沙皇的右眼角下方的皮肤开始抽搐。

"是的,天啊!"他说,"我跟我的兄弟查理可不一样,因为他讨厌女人和酒,像个女人炫耀丈夫的财产一样炫耀他子民的财产,曾经像侮辱女人一样地侮辱我,但我却很敬重他。为他的健康而干,木腿人!喝吧,喝吧!"

沙皇跳了过来,揪着我的头发,把高脚酒杯送到我嘴边,浓啤酒泡沫打湿了我的下巴和衣领,逼着我为查理国王的健康碰杯。两名穿着蓝色领子、棕黄色军服的战士进来了,向地上开了两枪,本来就烟雾缭绕、满是洋葱味的屋子里又充满了烟火味。

沙皇再次坐到了桌子旁。在这样喧嚣的环境中他有时默坐着,好像在思考问题,但他希望大家玩得开心,不允许任何人不喝酒。他再次让菲多索娃坐在他膝头,可怜的菲多索娃!她坐在那里,一点也不开心,双臂举起,嘴唇微张,似乎在等待着从爱抚和拥抱中逃离出来。她为什么没勇气从桌上抽出剑来,对准手腕,在事情变得不可救药前挽回她的尊严?只要我能够捍卫她的尊严,她怎么嘲笑我的木腿和我的窘境都无所谓。我从没有距她如此近过,也从未见过像她这么巧夺天工的容貌。可怜的菲多索娃,如果你能知道被你羞辱的朋友单纯的愿望就好了,他是多希望看到你平安无事啊!

宴会持续了好久。那些累得不行的侍从和喝醉了的达官贵人都倒在了草堆上,呕吐或是撒尿。这时沙皇站起身来,头探出窗口,看一下天色后,又命令道,"喝,木腿人,喝!"拿着杯子在房间里找到我,让那些显贵抓着我,直到我喝完所有的酒,他面部的表情更显诡异。当我们终于再回到桌旁时,他把三个装得满满的陶碗推到我面前,说:"现在,木腿人,你要为所有人的健康而喝酒,告诉我们你的格言的含义。"

我努力支撑着自己再站起来。

"祝您健康,沙皇陛下!"我喊道,"说实话,您生来就是统治者。"

"是吗?"他问道,"要是还有更好的统治者,为什么士兵们会拿着武器向我敬礼呢?还有什么人比一个不胜任的统治者更让人鄙视的呢?我要是发现自己的儿子不适合继承我所热爱的伟大的王国,那他就该去死!木腿人,你不必要为这个干杯。"

枪咔嗒作响,所有人都开始喝酒,但沙皇却没喝。

然后我努力聚精会神,就像守财奴收集硬币一样,因为我相信,要是我能让沙皇变得慈祥温柔,那我可能能救下我的菲多索娃。

"嗯,那么,陛下,"因此我继续说道,高高举起一个碗,"这碗里是阿斯特拉罕浓啤酒,是蜂蜜酒和白兰地加胡椒和烟草发酵而成的。发酵之前要经过炼烧,这样的酒很容易让人醉倒。"

说完之后,我把碗砸到地上,裂成了碎片,然后我又举起了一个碗。

"这是匈牙利酒。'平时只喝水。'阿波斯尔在写给蒂莫西的信中说,'但为了胃的健康,可以用一点酒,因为你经常生病。'一个圣人对待在家里的病人这么说。但在枪林弹雨的战场上,告诉我,有多少痛苦呻吟的人希望喝一杯这种甜酒毫无痛苦地死去?"

与此同时我又把这个碗扔到了地上,碗碎了。然后我拿过第三个碗。

"这是白兰地,贵人最看不上眼的,这些贵人们茶点之后是不会口渴的,不会像沙漠中的人渴望下雨一样渴望喝白兰地,但会嘲弄那些享受它的人。但是每一口白兰地都会给人力量,像一个占领了新领地的君王一样,从流血和死亡中感受征服的快感。因此我认为白兰地是最好的,作为一个勇士,是应该要说实话的,因为说实话总比撒谎要强。"

"对的,你说得很好!"沙皇叫道,端过碗来喝酒,同时他给了我两块金条,这时沙皇的枪掉到了地上,"我会给你通行证和马,你想去哪儿就去哪儿,并给人们讲波尔塔瓦的故事。"

然后我再次跪在草堆里,结结巴巴地说:"陛……陛下,请原谅我说这话,您身旁坐着的女人真是美丽而单纯。"

"哈哈!"所有贵人和侍从们都大笑起来,笑得都直不起腰,"哈哈!哈哈!"

沙皇站起身来,把菲多索娃带到我身旁。

"我明白了。这个靠木腿走路的人也陷入爱河啦。很好。我将她本人赐给你,你和我保持朋友关系。我已经下令每一个来真心投靠我的瑞典人都会成为我的子民。"

菲多索娃像是梦游一样地站在那里,向我伸出手来。她嘲笑过我又有什么关系?我已经都忘了那回事了,而她不会再笑我的木腿了,因为我会关心她,为她而奔波,跟她一起祈祷,为她打理一个舒适的家。我会像抱孩子一样把她抱在胸口,问问她,一颗真诚的心能不能打动她。她可能已经想好了怎样回应,因为她的面颊逐渐变得通红,然后红透了整张脸。斯德哥尔摩普里斯特街上一个遥远角落里的房子里,一个孤单的老妇人拿着自己的祈祷书倾听着,猜想着会不会有她的信,不论我是活着还是死了,都不会从遥远的地方回去问候她。我每个夜晚都在为她祈祷。在这生死由命的战乱之中我经常想念她，而那一刻我不再想她了，我所看到和听到的只有菲多索娃。我很生气，怎么为了面前的人把经常放在心里的母亲忘记了呢？

我弯腰去吻菲多索娃的手，但她却低声说："先吻沙皇，沙皇！"

然后我朝沙皇弯下腰去，吻了他的手。

"我，"我柔声说，"我将忠于我的救命之王。"

沙皇的脸仍然板着，侍从们把惊恐的乌克兰哥萨克从角落里拉出来，让沙皇看看他可笑的模样。但这时沙皇的手开始痉挛，他的脸色变得铁青，身体瑟瑟发抖。他走向乌克兰哥萨克，用拳头猛击他的面部，血液从他的鼻孔和嘴角流出，用一种自己都辨认不出的粗重的嗓门吼道："我早就认出你了，你这骗子，从你进门的时候开始我就认出来了。你是乌克兰人，你这叛徒！你穿着瑞典的衣服伪装自己。把他拉出去，拉出去！"

所有人，就连喝醉了的人都开始发抖，紧靠到门边，一个贵人惊恐地低声说："把那女人带上来！推也要推过来！他只要见到美貌的女人就会平静下来。"

他们揪住她，她的上衣上部都被撕开了，她轻声哭着，他们把她一步步架到沙皇面前。

我面前一片漆黑，我退出了房间，站在星空下的大街上，听到了喧嚣声逐渐减少，侍从们开始唱起歌来。

我紧握着双手，想起了在战场上答应要为一个可怜罪人的灵魂而祈祷。但我越是祈祷，想的也越多，我的祈祷也变成了为一个更伟大的罪人的祈祷，他忠诚的追随者们已经流落到了荒凉的原野之上。

军医的故事结束了，焦急地朝棺材看了一眼，侍女跟着他到了灵柩旁。

"阿门！"她说，两个人再次把被子盖到了蜡白的查理王国的太后身上。

查理十二世的人马
II

钟声响起

在斯莫兰南部通往斯堪尼亚几个小村庄的一条通往教区教堂的小道旁,有一个风力磨坊,风车被刷成了红色,叶片是那一带最大的。磨坊主早就过世了,磨坊就由他的妻子按她自己的方式管理,她名叫科尔斯汀·布尔,她幼年的生活很幸福,可谓含着金勺子长大的。她从未告诉过别人她的出身以及她是怎么从一个富裕的牧师之家来到这么一间小小的磨坊的。这磨坊的大梁就在她的床上方,岌岌可危,她也从来没抱怨过。丈夫很穷,没有其他的房子,只是在磨坊的屋顶掏一个烟囱,就把磨坊作为他们的家。这样年复一年,她一直一边纺线一边沉默着看着男人们忙活。如果有人问她什么,她就以点头或摇头来回答,她很少离开磨坊。她身材又高又瘦,面容苍白,头上戴着一顶硬帽子,手指纤长,让人想起教堂里抹大拉的马利亚画像,尽管画像已经发黄干瘪了。她从来不与女人打交道,因此所有女人就算经过她身旁也不跟她说话,她们也不知道她是高傲还是羞涩,但她们许多人都以为也许两者都有。当教堂司事和牧师穿着最好的衣服去请求这个老女人捐助时，她非常害羞、胆怯，脸红到了脖子根，不停地摇着头。

一天早晨，她在小溪边的一堆枯枝上发现了一个小男婴，没有人知道他的父母亲是谁，于是她小心翼翼地把孩子抱了起来。

"谁也不知道你究竟会是好人还是坏人，"她说，"但我总有一天会知道的。你就叫乔伊吧，我会让你成为像天使一样纯洁的人，我已经受够了折磨了，我会给你留一笔钱，让你的生活安逸舒适，不用承受我所经历的那么重的负担。"

男孩儿长大了到他行坚信礼成年的时候，所有人都被他的虔诚打动了。他富于光泽的亚麻色头发长及肩膀，夏天天气晴朗的傍晚，他就坐在养母身后的磨坊台阶上，孜孜不倦地读着从牧师那里借来的书籍。他们坐在那里总是沉默寡言，很少说话，但有时候男孩儿会指着一些他认为很棒的句子，轻柔而大声地朗读出来。

牧场送出了他们收获的草料，因此，书里也夹了很多三叶草做的书签，但是有些有点枯萎了。夜深了，空中只有一颗星星，但是却光芒闪耀。人们都还没睡，不断聊着天，房门都是打开的。

很多人都在悄悄议论一个传言，称瑞典军队在波尔塔瓦吃了败仗，现在丹麦人将要来统治瑞典王国了。

一个周六的晚上，有人骑着马来到了磨坊的台阶前要求借宿。

乔伊不太确定地望向养母，问来客能不能上山去教堂牧师的住所留宿。

"不。"他答道，"我想今晚先看看大家过得怎么样。"

他进入了磨坊下面的通道里，跟大家坐在一起，满足地就着盘子喝酒，吃一块黑面包。

他蓄着络腮胡，看上去就跟普通的农民差不多，有时候他会大张着嘴说斯堪的纳维亚语，声音非常刺耳；有时候他又眯着眼睛，富有感情地说着斯莫兰方言。他整晚都没睡，快活地不停说话。有时候他会拿一块木炭在墙上画出乔伊的样子。后来他教科尔斯汀·布尔怎样给机器轴承润滑。他还唱着圣歌和自己配词的波尔卡舞曲。早晨他从自己的旅行包里拿出一件扣子闪闪发亮的军服来。乔伊和老妇人正狐疑地透过百叶窗观察他会去哪儿时,他已经站在了教堂的广场上,人群的嚷嚷声好几里之外都能听到。

"那是蒙斯·波克!"人们高呼道,"那是我们英勇的斯滕波克将军!如果他能跟我们在一起,我们就会挺身而出,为国而战,我们每一个人,父父子子,所以帮帮我们吧,上帝!"

"乔伊!"科尔斯汀·布尔对她十六岁的养子说,语气里透着一种前所未有的坚决,"你应该专心读书,某天穿上白色的法衣,就像我的教父一样,不要在这世间打打杀杀。把你的枪和刀都放进皮大衣里,系一条腰带,然后去树林里躲起来,直到我们的土地上恢复了和平为止!在那之前我不想再见到你,要记住这个!你听到那些男人们在教堂的广场上时怎么大呼小叫的了,但也许他们的嘴很快就会被黑色的土壤给封上。"

他按她要求的做了,从人迹罕至的小道上进入了树林中。繁茂的冷杉树直立笔挺,很长一段距离内他都得用皮大衣遮住脸。傍晚时他到了一片很宽的湖水旁,对面的小岛上长满了桤树。

"我要把家安在那里。"他想道。但是湖水深不见底,漆黑的水根本不透一点光,他的脚深陷其中,他又累又困,坐在一块岩石上。

他听到树木发出的沙沙声,但湖面很平静,天空中浮云的倒影停留在水中一动不动。湖那边很远的地方传来短促而不洪亮的牧羊铃声。两个牧羊女颤声吹着牛角,被人遗忘的坟堆旁的草丛中,萤火虫点着灯笼在飞舞。

"你是从战场上逃出来的吗?"一个声音问道,他抬起头来,看到一名牧羊女正站在刺柏树丛中做着编织,她看上去比他大一两岁,还背着皮靴。

"是啊,不过我被湖挡在了这边,快天黑了,野浆果和野菜过一会儿就很难找到了。"

"你一定不熟悉这树林,没有人会去那边找吃的。我九岁起每年夏天就会在这里放羊。你砍倒几棵小冷杉树并用藤条捆好,就能渡过湖去湖中的小岛了,在那里你可以用冷杉树树枝盖一栋木房子,做一套渔夫装。"

她小心地从衣服里掏出一根很长的棉线,从头巾里取出一根白镴针,并把它折弯了,把棉线穿过去。

"这是你的鱼钩和鱼线。"她说着就继续一边编织一边走了。

那天晚上他并没有太在意她的建议,但当天亮了,阳光再次照进他的眼睛里时,他抽出了自己的刀。

他按她所教的那样做了一些木筏,乘着它漂过水面去了岛上。他踏上那里的草地,就像踩在软绵绵的羽毛铺盖上,感觉很好,因为土壤很潮湿,他不用走很远的路找蚯蚓了。他用手指挖开草根,发现下边藏着很多蚯蚓。当然,钓鱼一开始并不顺利,但他无意中在水面撒下几片莎草之后,情况就变得不一样了。他衣服口袋里还有个火药盒,要烤鱼非常容易。

然后他开始匆忙修建住所,明朗的夏夜晚上都没休息。他明白要是房子建得太高就很容易坍塌在柔软的泥土上,因此他建了一栋茅草顶的小木屋,他不能直立着站在房里,只能爬进去。每天早晨他都在岸上收集折断的冷杉幼苗、树枝和树皮。终于他做出了一个石头的炉灶,一整晚他都点着火驱赶蚊子。忙碌的时候他有时会大声自言自语,好像在监视一大帮工匠忙碌一样,他把这个岛称作奇迹岛。

他经常会遇见那个牧羊女,她叫莉娜。她经常一边编织一边放牧着羊群。她教他设置套索和陷阱,后来他们每天上午都会查看有没有捕到什么猎物,她还教他跟各种野生动物打交道。

"看到那只漂亮的鸟儿了吗?"她问道,指着一只蓝黑色的大鸟,大展双翅飞过整片树林,"我给它取名为韦克射的王老五,因为它从不回家,也没有呼朋引伴,身着这么漂亮的羽毛孤单地停歇在树枝上。"

"听!"一天晚上,听到深谷中传来的猫头鹰的叫声时,她说,"我管它叫收税员,它的颈部有一圈白色的羽毛,当它转过头来,怒睁着红眼,大张着喙,不论是人还是野兽都会被吓着。但如果看到它巢穴中小小的白色的蛋时,你才会发现,它是个很棒的父亲。"

但她了解最多的还是鹤。

她说:"我还从没见过长腿的白鹤秋天成群从沼泽上飞起前那种张开双翅的样子呢。它们栖息的地方周围总会安排爪子下抓着石头的警卫,要是睡着了石头就会掉落。最神奇的是,如果有人看到它们起飞,人自己也会伸开双臂,想象着跟它们一起高飞在空中,地面上的湖就像闪亮的小水滴一样。"

"我想看看白鹤。"乔伊说。

"你秋天应该就能见到了,不过那之前你还有很多要学的。首先,你要能够站得就像是一棵干枯的刺柏一样,弯腰蹲下时就像一块石头一样,平躺在地上像枯树枝一样。"

"这些我都会练习的,但你不能去我的岛上,想都不要想。我的火炉很高,墙上挂了很多东西。地板很滑,你不能走,只能爬。"

他想起了在主教的书里读到的美好故事,他想告诉她他一点也不比她差,但他的话却引起了她的好奇心。

"如果你让我看一眼那房子,我就会去给你弄一杆有子弹的枪和火药筒。"

"你不能去我的岛。"

"如果你让我看看那房子,我会在五天内教会你找野果子和树根吃。"

"这是我来这儿的缘由。你说到要做到,然后你才能来看我的房子,如果你真的能到达那里的话。"

说完这些他把木筏套在脚上，消失在水面上。

"敌人已经在岸上了。"他对岛上假想的士兵们说，"但他们没有用来做木筏的斧头和刀。只要我们一直坚持，状态好的话，就会平安无事的。"

但那天傍晚，他正要在灶台边铺上新鲜的刺柏树枝时，看到牧羊女乘着干树枝做的木筏涉水而来。

"敌人想快速攻占我们的领地。"他继续说，"但我很早就知道了一个小秘密。我会让整个奇迹岛像船一样漂走。"

他用一根长杆在水面划了一下，漂浮着的小岛就往水面那头又漂了一点。

然后他在劈啪作响的火堆旁睡着了，但过一会儿他再睁开眼睛时，牧羊女正站在他面前，在低矮的铺着狐皮的屋顶上偷窥着他。

她没有问他任何有关高高的火炉、墙上挂的猎物和湿滑的地板等，只是说："又有风暴来了，小岛又会漂到其他地方。但你为什么要把狐皮晾在屋顶而不是铺在地上呢？我们要在小岛周围插上刺柏树枝，这样别人就看不到我们和这里的小屋。"

他觉得她说得有道理，于是马上就去了岸上捡拾刺柏树枝。午夜过去很久快到黎明了，他们仍然在忙着装饰和稳固他的小岛。他们甚至用桦树枝和钉子做了一张门放在小窝的入口处，终于，他们再次用两根木桩划水，让小岛脱离了陆地。

"活动桥也要架起来。"乔伊说，"要知道，让客人过得舒心是我们的职责。"

"女厨和女佣动作很慢。"她说着，把火堆上的两条鱼翻了一下。

野蜂嗡嗡飞舞，湖水粼粼，小岛和岛上的水草随着湖水荡漾着。饭后，乔伊躺在了火堆旁，但莉娜却觉得自己还只是外人，于是用手臂当枕头蜷缩在入口处，没进入房内。刺柏上水珠滴落的声响合着她心跳的节奏，她睡的时候数着这些小水滴从小窝的屋檐上像星星一般划过空中……五、六、七……她想起了一首歌来：

> 这是这一礼拜最后一个上午
> 教堂的钟声响了起来
> 她的面颊上流下痛苦的泪水
> 尽管她头上的新娘花冠依然新鲜

第二天她就不再想离开小岛了，而第三天，不知不觉的，他们开始称这里为"我们的小岛"。每天早晨他们都会去岩石上，然后她就去放羊或是跟他一起去检查圈套和陷阱。终于，她也开始教他怎样靠野果子和树皮果腹，她很快就发现他比自己还在行了。他又干又瘦，像一根被折下来的树枝一样，但他的肌肉变得更加紧实发达。他总是沉默寡言，当她问他有什么心事时，他却总是转身离开。

他们不再清楚日期和时间，但安息日这天，风把教堂的钟声带到了野外，然后乔伊穿上了他改装了的皮大衣，把她带到了长满了野草的土堆上，在这里他们可以看到湖水那边的情况。他这时才握着她的手，跟她说起了上帝广无边际的爱，他们经常长时间地跪在草地上祈祷上帝会在他们的灵魂中播下爱的种子。

然而，说完这些之后，乔伊总是显得心事重重，一个人离开。

夜晚变得更加漆黑了，她放羊回来时总要点起火把行走在树林墙间。紫杉树已经长得很高了，像是一条隧道，黑色的树枝从树的主干上伸出，像藤条一样缠着她，但她并不害怕。她只想着一件事，不论她在哪里，在忙什么，她只想着夏天就要结束了，而她和乔伊的未来还不知道会怎样。

然后，十月的一天清晨，乔伊唤醒了她。

"还记得你说过的白鹤吗？"他问道，"现在我可以像刺柏一样站着一动不动，蹲在那里像石头一样，躺下的时候就像枯腐的树枝一样。

我学会的比这些要多得多了,我可以以野果子和树根为食,如果有这些,我可以什么都不吃。"

她坐了起来,听着远处的声响。

"那不是鹤。"

"那我就去看看究竟是怎么回事。"

他在湖水里洗了个澡,像周日时一样穿上了皮大衣,她想要挡着他不让他离开,他轻轻地把她推开了。

"不要走,乔伊!"她乞求道,"我不会让你丢下我的!"

他们沉默着把小岛系在水边,走上了岸,穿过树林走到了一块空地上,在这里可以看到一大片长满了苔藓和野草的荒野,看到科尔斯汀·布尔的磨坊和教堂。

"乔伊!"她几乎尖叫出来,紧紧抓着他外套的后摆,"跟我回去吧!"

他温和地说:"我已经痛苦很久了。你看那里!草地上那个瘦长腿的灰色的家伙!那些警卫像白鹤一样站在他身旁。那是蒙斯·波克,他又出来征兵了。我想飞去那里。"

他猛地挣脱了她,衣服的后摆也被撕了下来,跑到了烧焦了的树林和苔藓之间的草地上。

她犹犹豫豫地跟着他,但看到他跟警卫打过招呼之后就直接走进了全副武装的人群之中,她急切地靠近他。

她走进人群中时,他已经到了蒙斯·波克面前,从他手中接过钱。

"你的背包在哪里,斯莫兰人?"将军问道。

"我没带背包,我可以五天不吃任何东西。"

莉娜冲到了他和将军深棕色的马之间。

"他,乔伊,可不是士兵,我们在树林里有自己的家。"

"至于婚姻,我可是要看到白纸黑字的证书。"蒙斯·波克回应道,说话的时候面部一阵发烫。

然后莉娜双手捧着衣服的后摆，让他看到确实是从乔伊的衣服上撕扯下来的。

"这个就是牧师的真羊皮证书。"他大声喊道，"那这笔钱就是你的了，年轻的女士，但是他已经参军了。现在，他就是斯莫兰的英勇的卫士了，以上帝的名义，向前冲吧！战鼓我们没有，但是我们仍然能穿着木屐前进，这一点让我很感动。"

所有人的木屐踩踏着岩石和土地，就连骑马的人都穿着木屐，他们踩不到马镫了。

最后一批士兵消失在草地尽头时，莉娜去了磨坊。她不敢告诉乔伊的养母他上了战场，只说了她怎样在树林里遇见了他，并拿出了那衣服的后摆，科尔斯汀·布尔仔细查看了一下。

"就是这件，没错了。"科尔斯汀·布尔说，"尽管我不喜欢见到女人来找我，不过你最好还是待在我这里等乔伊回来。我真的需要人帮忙，因为我年岁大了，我所有的男性亲人都疯了一般跟斯滕波克跑了。教区里一个男劳力也没有，只剩了那个神父，真是个傻瓜！"

她说完这些之后，就没再问莉娜他们在树林中的生活，也没有问乔伊去哪儿了，只是如往常一般沉默着继续做她自己的事。磨坊的机器再没有转动，因为没有粮食需要打磨，寒冷的冬天里没有人来人往说话的声音。路过的乞丐也以为这里没人居住了。

春天来临的时候，洁白的云朵飘浮在空中，一天，一个男孩汗流浃背，气喘吁吁地跑了过来，对所有他遇见的人只喊了一个字，然后就消失在草地另一头的树林里。几个小时后，一个人也这么骑着马大喊着飞驰而过，然后消失。女人们都聚集到教堂的广场上来。瑞典，瑞典王国获胜了，蒙斯·波克和他的士兵们在厄勒海峡击败了所有敌军！

只有科尔斯汀·布尔没问任何人究竟怎么回事，只是每天中午都坐在磨坊的台阶上，一边沐浴着阳光，一边与莉娜修剪羊毛。春天来临，雪水融化，小溪与沟渠中的水也涨了起来，她们坐在阳光下沉默着修剪羊毛的时候，听到了附近教区里传出了钟声，这天还只是星期三，还不是做礼拜的时间，人们满怀期待地拥到道路两旁，教堂的门大开着，教堂司事踽踽着走出来，身后跟着一群穿着盛装的牧师。

一大群士兵的木屐再次踩在了地上，不过这次是兴高采烈吹奏着芦管和风笛。农民士兵们回来了，他们胡子拉碴，羊皮大衣都被割烂了，只有蓝色的眼睛依然透着忠诚的光芒。他们手上握着棍棒，枪别在腰间，蓬乱的头发上戴着很宽大的帽子，得胜的军队终于归家了。这一捷报从最北方的拉普兰人拴驯鹿的木头建造的简陋的教堂里传了过来。

蒙斯·波克走在载着伤病员的马车前，他穿着灰色的大衣，拄着拐杖而不是拿着剑。农民们挥舞着围巾和帽子大声为这次得胜归来而祈祷，但他却转向少尉们，嚷嚷着要他们唱歌。

大家安静下来以后，蒙斯·波克一个人继续前行，一首接一首地唱着自编的歌曲。

科尔斯汀·布尔从磨坊的台阶上站起来，手放到眼睛上方仔细地寻找着，而莉娜却害怕地跑进了荒野的树林之中，她再也不敢等待了，只是跑开去在空空的粉袋间哭泣。

科尔斯汀一步一步地走上台阶，站在台阶最高处，背靠着磨坊的墙。然后她把手举到眼前，做成望远镜状往远处看。乔伊坐在最后一辆运伤员的马车上，如往常一样开心而沉默，但手臂和肩膀上都打着绷带，脸色也更苍白了。

她的双手更紧地贴着眼睛。

"所以到头来他还是跟我所想的一样，尽管我之前已经给他下了禁令了。尽管他是科尔斯汀·布尔的养子，但他还是做出了他自己人生的选择，选择了那个女孩儿，尽管那个女孩儿是最贫穷的牧羊女。"

这一刻，她却听到了教堂司事和牧师在教堂尖塔的天窗里说笑的声音，大钟也第一次开始敲响。

她皱着眉头，走进了磨坊，说："我没有粮食也要打磨，我的磨坊要继续工作,就像是牧师没有儿子上战场也要敲钟一样。"

机器的轴承吱吱呀呀地开始运转起来,军队唱着歌走过,而空空的打磨机翼运转得越来越快了。

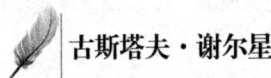

古斯塔夫·谢尔星

正准备顶着一篮坚果上街私访的苏丹在后花园里见到了他的母亲。她手臂朝后一挥,把罩着脸的纱巾揭开。

"人们都很关心时局。"她说,"你什么时候再召集军队帮助我强大的北方部队打沙皇,命令你的士兵跟着他与沙皇大干一场?"

苏丹把篮子放在了一张石桌子上,回答道:"他逃亡到我这儿来的时候,我还不了解他,但人们都谈起他。我问自己,为什么一个孤苦无依的逃亡者仅凭他自己就统治了一个国家?我真搞不清其中的缘由。我想跟他结盟,尽管他是个异教徒。两军部队在普鲁特河边相逢了,人们在清真寺点起火把欢迎他的到来。但听我说完!我愿意与他联盟。宰相过来告诉我,他看到远处的河水里有个人骑着马涉水过来,这个人正是瑞典国王,从本德骑马飞奔而来。宰相过来告诉我时声音还是颤抖着的。他独自一人跑到了营帐里,没有任何人迎接,全身湿漉漉的,坐在了穆罕默德旗帜下的矮桌子桌首。他要求赶快给他送上新签署的联盟条约,他要把它撕成碎片。然后,这个被击败的俘虏骄傲地坐在离故土千里之外的地方,头上穆罕默德的旗帜飞扬,他却好像是国土已经扩展到阿拉伯沙漠了一样,只是命令我的军队继续战斗。那一天风很大,搭建营帐所用的布也被吹得呼呼作响,旗帜也不断飞扬,他举起拳头,砸在了神圣的绿流苏上。但是,我告诉你,我还是在帮他。那以后,他就一直在我这里,每天我都有很多钱和各种各样的礼物敬献给他。我把他当成我的客人,但他却把这里当成了自己的家,年复一年地留在这里。宰相建议我不要再对这不受欢迎的客人过分慷慨,我们不应对他抱有期望。他那个国家太贫困了,不会有任何伟大的成就。母亲,这就是我的想法。"

他说的时候,天逐渐变黑了,这天晚上,停留在苏丹所在城市的瑞典高官在托马斯·冯克的家里紧急集合。他们焦虑地低声交谈,天亮的时候,冯克把蜡烛推到了桌子另一头的军队牧师阿格瑞尔面前。

"分别前给我们读一段《圣经》吧,我们的谈判没有任何进展。他们的宰相确实把军队带到了战争最前线,但宰相更想要的是香车美女,而不是受伤的士兵。在普鲁特河,他接受了俄国的贿赂。那时候起,土耳其就不再与我们联盟了。学会了他们语言的古斯塔夫·谢尔星可以把这些事写一封信去送给苏丹。只是,谁能亲手把这信交给苏丹啊?周五苏丹去清真寺,那时可以把信交给他,去送信的人一定要做好牺牲的准备,因为他一定会被抓,如果他不能一条一条地证实信中所言的真实性,他就会被无情地杀害。这里谁能做出那样的牺牲呢?我们还是来听听《圣经》吧,然后大家就都回家去想一想。"

赫曼·特斯穆德从墙上的书架上取下《圣经》,放到阿格瑞尔面前。

"我喜欢打开天窗说亮话。"他说,"这种情况下我同意冯克的观点。如果我们的国王真的占领了法国,那他所拥有的比失去的要多得多,这会儿他就是这世上无可匹敌的帝王。但我们现在却很贫穷,那我们究竟得到什么了?权力无可匹敌,但是双手空空如也。"

这整个过程里，军委秘书谢尔星坐在桌子的另一头面对着拉好的窗帘。他之前已经秘密写了一封给苏丹的控诉信，他的手碰到了衣服里的信，但他却不知道该把自己的计划告诉谁。他想：这会儿天就要亮了，今天是周五，苏丹会骑马去清真寺。天明的时候，来看看被百叶窗里透进来的阳光照到的第一个人是谁，我希望好心的上帝会这样告诉我这个人是值得我信赖的，我会相信那个人。

他一直在自己沉思，而没太留意阿格瑞尔在微弱的烛光中读的文字。

"女人披着紫色和猩红色的斗篷，戴着华贵的珠宝……我又看到那女人喝着圣人和耶稣的见证者的血液，我一看到她就觉得非常惊奇。"

谢尔星为自己没能专心听阿格瑞尔的朗读而感到羞愧。他继续背对着大家，苍白的脸埋在手里。他听到了城市从睡梦中醒来，街道上人来人往，渐渐地变得热闹起来，微风拂过房子周围的栗子树，他听到宣礼官在大声歌唱。

阳光从百叶窗的缝隙中透进来。他既不敢移动他的椅子也没敢把手从脸上拿开。

第一缕明亮的阳光从窗帘正中的缝隙中照进了他自己的眼睛里。

他猛地站了起来，不得不找个借口掩饰过去。

"尊敬的先生们，我感觉身体不太舒服，想先回房休息一下。"

他明白不用去找人协助，他自己就是上帝所选的唯一的真相揭露者。他的房间里洒满晨光。这个房间在大家商议对策的房间的楼上，这栋木头房子的墙和地板很薄，他仍然能听到阿格瑞尔的声音。

他打开了抽屉，这里装着很多他和同伴们想要不被人认出时所用的土耳其衣物和饰品。金蕾丝和流苏闪耀着光彩，他慢慢地解开瑞典外套和马甲的扣子，想换上外国的服装。但他看着放在床上的衣服，看到被砍断的袖子上缝合的针线，一眼就想起了母亲把他的通行证和钱都绣在了这里，于是他再也放不下这件旧衣服了。他一头栽倒在床上，一手抱着衣服，把衣服当枕头躺着，脸则埋在了外套的针线处。

"上帝啊，上帝啊！"他低声叹道，"这是你给瑞典人的使命，他们要向这邪恶的世界展示贫穷和宽广的胸怀有什么好处。难道他们没被贫穷所打败吗？不正是由于贫穷他们才变得不受人尊敬的吗？如果他们有钱去贿赂苏丹，并不以此为耻，所有苏丹的战士们都会投降。沙皇在哪儿投钱，哪儿就要付出生命的代价，这不是上帝您的旨意吗？"

他仍然能听到阿格瑞尔读《圣经》的声音："跟她一起享受荣华富贵的地上的王应该为她哭泣哀叹，他们看到她被焚烧的时候，恐惧地站在她受罚的地方之外，说：'哎呀，哎呀！为伟大的巴比伦城而悲哀呀，很短的时间里，对他们的惩罚就已经来了！'地上的商人也应为她哭泣哀叹，因为再没人买他们的货物，那些金银珠宝，那些华贵美丽的衣服，那些香木，那些玉石和名贵的木材制作的容器，还有铜的、铁的和大理石制品，还有各种烹饪的香料，美酒、油、面粉和麦子、野兽和羊、马，双轮马车、男人和奴仆……"

谢尔星仿佛看到在面前这座伟大的城市，苏丹骑着马走过来，他自己把信呈上。这一刻他觉得长头巾变成了菜地里的细叶芹和蒲公英，光脚的农夫们在一条溪流中划着船。房子边的长椅上坐着他的母亲，她把他的通行证和钱都绣在了外套的袖子下。他站起身来，手放到眉毛上，大声喊道，似乎是对母亲在说："瑞典人不应该被人嘲笑，不应该像乞丐一样被人追赶，他们中总要有人去牺牲！"

"你在跟谁说话？"阿格瑞尔问道，他这时候上楼来到了这间房门外，"你从里边锁上了门，我休息的地方也没有了。"

谢尔星把所有衣物卷了起来，把这一堆都再次收拾好。他在一个角上贴上一张纸，他在纸上写下要把这一切都赠给他的仆人，他不希望其他人穿他的旧瑞典军服。

"亲爱的兄弟！"他对阿格瑞尔喊道，"不要觉得我很讨厌，再让我一个人待会儿吧！"

与此同时他穿上了有些褶皱的土耳其裤子,套上了拖鞋,手臂也伸进了镶着金的衣服里。他把信件插进了腰带里,戴上头巾之后,才小心翼翼地打开了窗户。

阿格瑞尔坐在最高的台阶上,不时过来转一下门把手。他想,谢尔星真是个害羞而矜持的年轻人,不知道他在干什么,但像他这么没见过世面的少年绝望的时候这么干也不用见怪。

他再次转了转门把手,说:"你可不能干蠢事啊,谢尔星兄弟,要花点时间好好冷静一下,调整好自己。你在房间里走来走去又不肯开门是什么意思啊?"

谢尔星没有回应,而是打开了窗户,安静地顺着栗子树的树枝爬到了地上,这样朋友们的说话道别声不会让他失去控制。

树丛中一大帮穿着浅蓝色外套的仆人们带着无数的金银制品走了过来,看上去奢侈豪华,但这一切只在这边呈现。谢尔星没有回头,偷偷溜到大门口,到了圣索菲亚教堂和苏丹宫殿之间的广场上,躲到了一棵大树下的一群乞丐和瘸子之中。

他想,这里就是上帝指示我要来的地方了。你们这群可怜的瘸子,你们这群乞丐,连休息的地方都没有,学学我的同伴们是怎么飞黄腾达的吧!

他一直盯着伊斯坦堡,守卫们一直用剑抵挡着那些好奇张望的人们,晚上下过大雨之后,墙上湿了一大块。他不太习惯这种没有高跟的拖鞋,觉得自己比平常矮了不少,他踮起脚尖,在人群中看到了土耳其王宫和昌盛门。白人宦官们在王宫里一条用镶金的羽毛装饰的丝绸路上来来往往;长满胡须的乌里玛披着蓝紫色的斗篷,穿着蓝色的靴子;将领们披着天蓝色的斗篷,战士们戴着黄色的高帽子探头看着仍然关着的宫门。终于,苏丹出现在这一群人之中,他看到了。他摸摸腰带中的信,想起了信里的最后几句话:"这个,不是为任何人的请求而写的,而是为了真理和瑞典人古斯塔夫·谢尔星受压迫的同胞而写的。"

在信中，他揭露了宰相和官员们的贪污腐败状况，而现在，看到金银在阳光下闪耀，他觉得他揭露得太少了。他回忆起了自己的国王经过草原时乘坐的木马车，想起了本德将领们弄黑了租来的破旧大衣的裂缝，这一切土耳其人是不会看到的。然而他见到了这些有权有势的人带着一种比这些在围巾里瑟瑟发抖的旁观者更尊敬的态度对待这些逃亡者。

人群因惊恐而沉默着，圣索菲亚教堂里传来祈祷者们的歌声。他听到他们在像基督教教堂一般神圣的地方为穆罕默德的后裔唱赞歌，他们的殉道者的尸骨就埋在这地方的柱头后。谢尔星靠着一根乞丐的拐杖支撑着自己。昌盛门打开来，他看到了宰相金字塔形的头饰和绿色的土耳其式长衫，侍从穿着浅蓝色的服装，将领们蹬着墨绿色的马镫，穿红衣服的刽子手手中持着砍刀，端茶送水的人带着手帕、托盘和金色的壶，最后面是坐在丝绸帘子里的新婚的苏丹艾哈迈德三世。

谢尔星双手伸进腰带，抽出了信，想跑到苏丹跟前。

"愿真主保佑不幸的人！"乞丐们说道，"那就是个疯子，他都不知道自己在做什么。"

他们揪住他的衣服，不让他上前，但他们太虚弱了，根本控制不了他。然后一个瘸子开始用拐杖打他，但他却像没有感觉一样，把信举过头顶，穿过人群，走到苏丹面前。

苏丹身体稍稍前倾，脸色苍白，眼里却闪着光彩。他都没勒住马，就伸出手来，接过信，藏在了红狐皮镶边的丝质大衣里。

刽子手们抓着谢尔星，带着他穿过土耳其王宫，去了昌盛门下边的一个监狱里。

"你居然敢上书告状！"他们吼道，"你所写的一切都有证据吗？"

他恢复了神智，说："证据？我的话还能有假！要了我的命，抽干我的血，作为证据吧！"

他们叹着气，摇了摇头，留下他一个人，但监狱墙上透进来一丝光芒，就像那天早晨决定冒险的时候所看到的阳光一样温暖而灿烂。这更坚定了他的决心昂首等待着对他的惩罚。

他从地上捡起一块尖锐的石头，在阳光照耀到的墙上写字消磨时光。阳光慢慢的消退，他一个一个字地写着。傍晚的时候，他已经用母语在远离家乡的死囚牢里写下了这样的句子：

我挨饿、受冻
为了我所跟随的英雄
我们甘愿为之流血
而圣人已牺牲

他写完"牺牲"这个词，光线就完全消退了，牢房里也完全黑暗下来。在第三张大门，也就是最里边的那张欢乐门里，传来了宫廷乐师们弹奏的音乐声。

他的头脑里一团乱麻，他提高了声调，扭动着双手，大声喊道："女人和金钱我不在乎，美食和美酒就更别提了，还有人们所追求的华丽而俗气的生活！一切都是虚荣，虚荣！一旦得到了，就什么价值也没有了。我把旧衣服枕在头下睡觉，也睡得很香甜啊！这世间的一切我都淡然相对。如果我还能得到自由，我就能坐在那树下的乞丐之中，一发现有小蜥蜴经过，就兴奋不已。噢，我的心啊，我的心跳得如此猛烈，外面的阳光如此美好，你为什么一直徒劳地待在我的胸口这儿呢？"

黑暗中，他一直保持清醒，他越来越急切地想再次看到墙上的光线。从锁眼儿里他看到皎洁的月光照耀着大地，而他周围却一片漆黑。

然后他坐了下来，继续想着第二天上午要刻到墙上的诗句。他相信，只要获得了自由，他就会去给王宫门前树下那群贫苦的人翻译和背诵这些诗句；如果他再见不到蓝天了，也许他的不幸的国人能好好享受墙上的瑞典语诗句。他完成了整首诗之后，就坐了起来，唱起了一首童年时就记得的东方歌曲：

> 我挨饿受冻
> 为了我所跟随的英雄
> 我们甘愿为之流血
> 而圣人已牺牲
> 他的军队已经离开
> 无论老幼
> 他的启明星还未醒来
> 因为空中仍然飘浮着乌云
> 在其他地方
> 他高傲的同胞
> 已经像乞丐一样蹲了下去
> 尽管大部分都是贵族
> 你们这群饥饿的人啊
> 坚守住你们的王国
> 坚守！

他仍然唱着歌，突然一道红光从他盖在眼睛上的手指缝中透过来。他站了起来。天亮了，是太阳升起来了？但是红光不断地在墙上闪烁，他听到人说话的声音越来越近了，然后光熄灭了，钥匙在锁孔上转动的声音传来。

两名奴隶带着火把走了进来，把一捆绑好的衣物丢到他面前，然后其中一个举起火把对他说：

"苏丹向你问候，并说：他非常尊敬瑞典人和他们的国王，因此他想待你以宾客之礼，而不是把你当囚犯，你信中所提到的他会好好调查。这些据说就是你的衣物，回到你自己家去吧！"

谢尔星跪着打开了那一捆包裹，看到了自己的瑞典军服，他把外套举到火旁，看清楚真的是自己的那一件，他看到袖子上的痕迹和母亲绣的黄色线。在两名奴隶的面前他脱下了土耳其式的服装，再次穿上了虽有些破烂但却让人深感光荣的服装。

他拿着帽子走出了监狱，沐浴在月光之中，但他到了王宫前树下那群睡着的乞丐身边，却揪住了旁边一个老人的肩膀，亲吻着他。

"你不认识我。"他说，"但如果你相信真理，你就跟我去我的国人那里，他们会教你怎样生活得更好。我经常看到我的国王像你一样枕着石头睡觉。"

 **笨女人**

一个冬天的早晨,浓雾笼罩在马尔马拉海上,海面就像覆盖着积雪的岛屿一样,但斯坦布尔所有黄色的光塔都已经开始闪烁着光芒了,就连最低矮的塔也如此。苏丹母亲的一名宦官去了之前的主人墓前祈祷,回来的时候市场上一名高大的白人女佣吸引了他的注意,因此他把她买了回来。他跟在她身后几步远的距离,不时用他的银饰竹竿指着路,但却不断摇着头想着:他们这次会怎么说呢,会怎么说啊,这连巫师都猜不透。啊呀,她这双脚像是钢铁做的一样!

他指引着她穿过王宫外边那些高傲的不理人的守卫,转向了水池边。在这里,他敲响了几乎完全隐藏在葡萄架中的一张花园门。

"孩子!"他们等待的时候,他对女人说,"现在正拿着钥匙过来的老人是被废黜的弥赛亚,你最好要知道,他是个古怪的危险人物。据说他年轻的时候被人称为救世主,像个犹太人一样住在士麦那。他说自己是第二个上帝,但是看护直命令司士来证明他是不是刀枪不入时,他就改口了,变成了王宫的门童。"

锁开始咔嗒作响,一个老者谨慎地慢慢地打开了门,老人的腰间系着一根破烂的围巾,像腰带一样。

这名宦官高傲地把漆黑的手搭在老人的肩头。

"我会给你一枚银币,老家伙,但我们走之前,你要给这位新来的用人算命,我从来没带复杂的人到你这儿来过。注意,女士,听我说,用这个在沙子路上画一条线,这样这个人就能通过它解读你的未来。"

女人按要求画了一条线,弥赛亚就弯腰看着沙子,咕哝道:"这是一条直线,它穿过小道一直延伸到玫瑰丛下。这是直线,我说的,没有弯曲,没有跳跃。留着你的钱吧,先生,别给我了,这样一条直线是什么也看不出来的。这个女人的命运我无法预测。"

"那你会遭报应的,老狐狸!"宦官骂道,抓过他的拐杖,打在弥赛亚背上,"还记得你宣称说自己是真主派来的预言家吗,有一天总会骑上七头蛇?"

弥赛亚像鹤一样单腿站了一会儿,两条腿的膝盖处相互摩擦着,然后他后退了几步,满是皱纹的脸扭曲得变了形,举起双手咆哮道:"我在你的图画中看到了磨难和波折,不认识的女人,你会遭到不幸的,毒蛇和蝎子会让你去死!我已经说出了你的命运。"

说完之后,他把他们送出去然后小心地关上了门,一瘸一拐地走过水旁的卵石路。

这时宦官已经扶着女佣的手臂,把她带到了像堡垒一般高的墙壁之间的陡峭的石阶上。他们爬到了御花园里,这里的道路是用碎贝壳铺就的,他们踏上去就碎裂了,他提醒她脚步一定要非常轻柔。柏树间有用丝线挂着镀金的鸟笼,里边关着一些鸟儿,小喷泉里喷出的水流进了帕罗斯大理石的容器里,他带着她走过一条栽着紫薇花和黄杨木的长长的小道来到了一处面临大海的地方。

一圈悬铃木中间有一个白色的飞檐凉亭,塔尖上有很多月亮和星星饰物，门前的地毯上，两个保姆正柔声跟刚学走路的几个孩子说话。门口中间有一个白头发的妇人穿着及脚的貂皮大衣坐在椅子上，给孩子的一个纯金拨浪鼓上绕上有花边的白色缎带。这位老妇人是苏丹的母亲，从雷斯蒙来的异常美丽的希腊人，年轻时双唇丰润，让穆罕默德四世为之痴狂。

老苏丹王后仍然记得，土耳其人举着火把占领王宫的时候，她被废黜的丈夫就住到了宫殿最里边的阁楼里，整天都在为死刑犯而祈祷。她仍然记得以前在后宫里，她整夜无眠，双手抱着妃子在老苏丹的城堡里出生的伊斯兰教徒的后代不断徘徊。她每次坐在轿子上经过昌盛门时，就想起了她自己的后代在土耳其人的欢呼声中即位称王的时刻，想起自己的后代掌管权力就像她现在握着孙子的拨浪鼓一样牢固。她的面容微黄，眼神敏锐，略显忧郁的微笑里却透着一种慈祥温婉。

宦官俯身到地毯上，得到她的应允后才再站起来，开始说道：

"从前，在海婉王宫，一个孩子找到了一颗在最清澈的水里生成的大钻石。太后，没有人知道这钻石怎么会在那里，但有一个学者说，就在那个地方，东罗马帝国皇帝的王冠失踪了。您应该听说过，太后，一个穷人曾在爱格瑞门那里找到了一颗名贵的宝石。他一点也不知道这宝石的价格，用它换了三个银勺，而现在，这钻石就在您儿子头顶的王冠上。这城里的土堆间有各种各样的宝贝，也许在我们脚下就有，但寻宝者带着铁锹过来，总找不着地方，只能找到一些砖块和骨头。您的仆人我去买女佣的时候也经常去找。一整年里，我都按您下的命令在找一个高个子黄头发的女孩儿。一想到您的命令，我就非常焦虑，就连甘甜的泉水都不再甘甜了，柔软的枕头都比城堡里的石阶还硬。而今天，当我想暂时忘却我的烦恼，在您丈夫的墓前祈祷一番的时候，万能的真主让我意外见到了您所期待的这位女仆。"

他揭开女佣头上戴的面纱，女人金黄的头发梳理得非常精致，五官清秀而生动。

太后把拨浪鼓放到膝头，微笑着说："斋月里的一天晚上，我儿子梦到我拥抱并亲吻一位个头很高，黄色头发的女佣。王宫里又没有这样的人，这个梦真让我奇怪。但我还不清楚应该给这个新来的仆人什么活儿干。她太高了，身材不够优美，不能去跳舞或是服侍我儿子，我儿子喜欢的是四肢细小的女人。"

"这是自然。"宦官回应道，他看出自己买回来的女奴并没有让太后开心，"但无论如何请让我把这个女人最棒的一面告诉您，这个女人懂我们的语言。要不是卖奴隶的人竭力确定，我还真不敢相信他告诉我的话。我认识他，也知道他是一个非常大方的商人，他从来不向我们隐瞒奴仆的年龄和出生地。回来的路上，我发现这个女人也确实能听懂我们这里的语言，这证实了那个商人的话。因此，太后，请您相信我确实给您带了一颗珍贵的宝石！您并不常提起您在本德的儿子，伟大的瑞典国王！这个可怜的女人就是他的子民，出生在他的国度里，那里没有花草，仲夏的时候路上还有很深的积雪！"

之前一直很平静的太后扔下了拨浪鼓，满腹疑惑地站了起来。她忘了自己的尊严，围着女仆转圈，仔细审视着她。她握着她的手，举起来细细查看，然后放下。她掰开她的嘴唇，看她的牙齿。她触碰她的头发和皮肤，这么长的时间里太后一直保持着微笑。

"这女人的全部，"她说，"都那么大，嘴，就连下巴都很大。孩子，让我看看你的腿！"

女佣做了个不耐烦的姿势，转过身去，用她的母语咕哝道："呃，真讨厌！"

"她非常淳朴。"宦官马上就发现了，掩饰道，"我之前就发现了，那个商贩是不会说假话的，他说他没给她起过什么名字，只叫她笨女人。"

"那仍然这么叫她吧，直到她值得取更好的名字时再说。孩子，现在让我看看你的腿！"

女佣变得更不耐烦起来,双手一直护着她棕色的长裙。

"哎呀!就不能让我一个人待着吗?"

"她说什么?"

"我真的不知道,尊敬的太后,也许是不想去洗衣服吧。"

"不用,她应该来照顾我的鹦鹉,因为其他人都搬不动鸟笼。现在看管鸟儿的晚星,太小了,应该有更美好的未来在等着她,让她教教这个新来的吧。"

太后的好奇心得到了满足,不再说话,回到了门旁叫保姆照顾小孩子们。

日子一天天过去,晚星教这个新来的女佣怎样照料和喂养鹦鹉。日落之前,她们总会取下鸟笼,坐在御花园里低声聊天,而太后这里最年幼的女佣,十三岁的女佣晚星也喜欢上了这个笨女人。太后曾命令她们把最大最漂亮的鹦鹉带到银鸟笼里来,那样她最爱的病鸟也许能呼吸一下海边腥咸的空气。她们坐在鸟笼边的长椅上,晚星会用手臂环着她朋友宽阔的肩膀,开始问她所有想到的问题。

"说说你的故事吧,我也会把我的故事告诉你。"

"没什么可说的。我是跟着恩尼伯格将军的夫人从一个叫尼雪平的城市到了里加城。在那里我嫁给了一个勇敢的信仰基督教上帝的士兵安德森,但那城市被围攻了,饥荒也开始了,安德森试着帮我们女人逃跑,而我被俄国人抓了,被捆绑在马车上,卖给了土耳其的奴隶贩子。"

"告诉我,你会跳舞吗?不会呀,这世上还有比跳舞更让人幸福的事吗?"

晚星站了起来,轻柔地跳起舞来,半闭着眼睛转圈圈,飞扬的面纱像是波斯香料燃烧的蓝白色烟圈一样。

"被废黜的弥赛亚说过将来我会有两百条头纱和用红锦缎装饰的房子。我真的相信如果我能在苏丹面前跳舞的话,他说的就会成真。你不知道我晚上都睡不着觉,一直想着那一切。我每天晚上都会想,也许明天我就能在苏丹面前跳舞了,尽管他都没见过我。那你最想什么?我是说,你有什么期待和希冀?你说,没什么好介意的?这么平平淡淡地喂养鹦鹉就是你所想要的生活吗?我从没听任何人说过这工作很好玩的。我觉得坐在这里喂养这些愚蠢的家伙真是受罪。你是个奇怪的姐妹,没有人真正了解你。"

笨女人闷闷不乐地坐在那里。她逗弄着笼子里九十岁的鹦鹉,试着教它一些她的母语,这样就能听到一个活物说她的母语了。

"现在,学着说,安——德——森!"她命令道。

但这只高傲而挑剔的鸟儿放声尖叫,就是不模仿她的话。

她盯着海边沐浴在阳光中的威尼斯商船上晾晒的湿漉漉的风帆,船头有镀金的灯笼,旁边还有装着蔬菜水果的帆船,空中海鸥飞过。船上的信号旗垂到了海面,划船的人攀爬上去扬起被黄昏的微风吹起的旗角。

她第一次想起了弥赛亚猜测她命运的话,她觉得真是荒诞,那个驼背的老狐狸应该是开玩笑说的,他说话的时候手上的铃铛摇晃着,干油菜籽、鹦鹉的羽毛都落在了他的帽子里。当她看到自己的影子被夕阳打在镶嵌在石椅的图案上时,她微微一笑,好像在苏丹的王宫里看到了自己的家一样,门旁边还有一双自己的斯莫兰羊皮靴。双手放在膝头做美梦可不是她该做的事,突然她听到路上传来的脚步声。

眼医和他的助手带着一个装着洗眼剂的玛瑙盒走了过来,但医生是盲人,因此助手双手牵引着他走过来。王妃们躺在镶着蕾丝花边的窗帘后的躺椅里,欣赏着满园的风信子,风信子后边飘扬着园丁浅蓝色的衣服,倾听着潺潺的流水声。所有的烦闷都远离了,快乐像一座山一样在心中升起,山的最高处只有敢于冒险的人才敢攀上去,有的人从山上能采摘胜利的果实,有的人从上边摔得粉身碎骨。枝繁叶茂的悬铃木和橡树的阴影投在岸边的草地上。不远处,那一堆紫薇花和月桂树丛后边就是后宫,苍松翠柏,随风哗啦啦作响,大理石的房屋像雪一样洁白,屋前种满了葡萄藤和玫瑰花,小窗口前还有木栅栏。那些权贵们坐在后宫的最高处,在精致的绿松石碗里搅拌冰冻果子露,俯瞰着自己王宫的美景。

"太阳要入水了。"晚星说,"我们去草坡上玩吧。亲爱的姐姐,你在想什么?"

"我一整年都没有听到过祈祷词了。但是现在天气凉了,我们还要把那只可怜的鸟带回去,这样它不会生病。"

"我们为什么要管那鸟儿呢?又没人看见我们。来吧,亲爱的姐姐,牵着我的手。"

笨女人绷着脸取下了沉重的鸟笼,并没有做出回应。她一步一步地带着它爬到了阶梯顶端,圣索菲亚教堂里传来的唱圣歌的声音让她虔诚地跪了下来,她用母语低声祷告:"我以为,人就该铭记自己的职责,就算没有人监视自己。"

那之后她变得更加不搭理人,脾气也更暴躁,其他女佣都嘲笑她。她总是来来回回地穿过后宫长长的走廊,侍奉的宦官们总是在那里呆呆地看着比西尼亚奥林巴斯山。小晚星也不再孩子气地用手臂环绕着她了,只欢快地跳着舞,有时叫唤她:"看管好那只病鸟!"

笨女人并不哀叹自己的命运,她别无所求。她不再期待未来,却对身旁这陌生而痛苦的生活日渐感到厌倦。很快,鹦鹉就成了她唯一能回应的对象,她照料最仔细的是那只最虚弱最年长的鹦鹉,它已经见过九位苏丹了。她这么做,并不因为它年纪最大最重要,却因为它最衰老最需要照顾。它吃食用的碗和勺子已经磨损很严重了,她有时候整晚都坐在鸟儿旁边。

然而,终于有一天,女佣们发现她除了鹦鹉,还有其他照顾的对象。夏天的晚上,宦官没有给她的水壶灌满水,她喝的水不多,只睡了一会儿,口渴使她醒了过来。她想到好几个礼拜都没下一滴雨了,凉亭外的郁金香一定也和她一样干渴。她的嗓子越来越干得冒火,她就愈发能想象花儿的干渴，于是她站了起来，一个接一个地取下了其他熟睡女佣的装得满满的水壶，走到外边给郁金香浇水，在花田边她被宦官们抓住了，他们起先还以为她溜出来是偷东西的。这件事在王宫里传了很久，但太后对她一如既往地好，偶尔太后甚至把经常放在床单下的钱包都交给她看管。

早晚守卫们都能看到她拿着鹦鹉的食碗，她回答问话的声音很粗。但要是在墙头看到了被废黜的弥赛亚像白鹤一样单腿站在卵石铺成的岸边的水中时，她总会害怕得战栗不已。

一天，王宫女总管要求她把鹦鹉笼子带到最靠近海边的潜望亭，她自己日落时也会到那里去。

她像以往一样生气地说了几句难以理解的话，整理笼子的时候她一直在抱怨。傍晚时分，郁金香花圃被小小的玻璃灯照亮，整个花园像是被火光照亮了一样，她穿上了那件自她站在奴隶交易市场以来从没穿过的那条皱巴巴的裙子。

她进入潜望亭时，所有苏丹的舞者都聚集在那里了，脖子上银丝网的裙子上都有鹦鹉羽毛制作的饰物。中间站着胖胖的女总管，戴着一副镶金的四边形眼镜，她手中拿着一大卷羊皮纸，她写得一手好字，而且很有学问，知道很多这城里的人都不知道的优美的诗篇和故事。

"听着，孩子，"她说着，给笨女人的发辫上也系上一个小羽毛饰物，"我们现在要去让尊敬的太后开心一下，这是一个古老而快乐的节日，叫鹦鹉之冠，我们要去庆祝。所有这些女孩儿们都很会跳舞，只有你不会，所以你就站在这一群舞者之中，用你长长的胳膊和大大的腿去模仿她们的动作，那可真是最好玩的游戏了。"

"是啊。"晚星在女总管身后附和道，"那可真是最好玩的游戏了。"

"不，我不能那样做。"笨女人回应道，"人们可以跟我一起跳，我们牵着彼此的手，用力踩着节奏，像这样跳，唱这样的歌：少年们来了……"

她握着两个舞者的手,带着她们跳舞,这让总管吓了一跳,眼镜都从鼻子上滑下来了。总管从口袋里掏出一把短剑,上边满是银片,末端还雕了一个封条,轻轻的在门柱上敲了几下。

　　"太后娘娘任何时候都可能带领朋友们和宦官出现在帘子那边的房间里,长史公会坐在那边把一切都记录在史书上。你这么捣乱是疯了吗?这样跺脚很可能会踢到蜂箱,但这不是舞蹈,因为舞蹈是优美的。"

　　舞者们嘴里咬着加糖的栗子和李子哈哈大笑,她们笑得直不起腰来,不得不坐到了长沙发上,宦官们在门帘后一声不吭。

　　然后笨女人突然失去了理智,这么多日日夜夜以来一直埋在心底的怒火突然爆发了出来,她用母语高声说了一大堆粗话:

　　"我要是真的在乎你们这群丑陋的黑鬼那才见鬼了呢!我一点也不在乎你们,你们这群淫乱和罪恶之徒!你们不讲别的,只讲怎样能幸运地得到君王的宠幸,怎样成为那七个嫔妃中的一员,她们每人可得两百条披肩!一整栋房的所有房间里都有个女人,这是合理的吗?啊,啊,啊!我可是个诚实的女人,诚实的女人,瞧瞧,我可从没见过这撒旦的宫殿!我可不在乎金银珠宝荣华富贵!哎呀,现在你们叫我笨女人是要付出代价的,你们这群该死的!"

　　"很好!"总管说道,她一点也听不懂她说的话,却观察到了她的小动作,"非常好!舞蹈开始,你进去的时候就这么做,只是吟诵诗篇的时候声音要小一点,轻柔一些,脖子不要这么多动作,演滑稽剧是要开心一点。现在提着这个篮子,你可以看到,里边有一束新鲜的玫瑰。我要弥赛亚亲手采摘来放在篮子里,因为干这种事没人比他更在行。舞蹈一结束,你就要走上前去,跪着把花篮放在最棒的鹦鹉面前的珍珠母桌子上。"

　　笨女人僵硬得就像亭子前的柏树一样,接过了篮子,她一接过篮子缠满了苔藓的手柄,她感觉到黑暗包围了她。她从见到太后的时候开始,就变成了别人的笑柄,但她并不在意这些,而在这星光满天,她被叫到亭子里供大家取笑的时候，她才深深体会到孤独无助的滋味。

帘子另一边传来了鼓乐声，一会儿之后，女总管又在门柱上用短剑敲了几下，然后帘子被拉了起来，舞者们进入了亭子里有火炉的房间，花冠鹦鹉们挂在了房梁下星星一般的灯下。一群人谦卑地恭迎太后，她正靠在一堆垫子上。女总管打开羊皮纸，富有感情地朗读起故事来：

"神圣的鹦鹉，你拥有花儿般的外表和人的声音！这是一个关于舞蹈者的故事。从前有个托钵乞讨的僧人，名叫特克。他平时睡在光秃秃的地面上，不穿别的衣服，只包裹一层大毯子就能走到大街上。一天他正在一棵橡树下的井里取水喝，忽然看到一个男孩儿正一边拨弄着乐器一边跟一只鹦鹉跳舞，还试图往鹦鹉的爪子上系一串钻石和红玉。'就算你是苏丹的儿子，'特克说，'你也不应该只想着虚荣和享乐。要知道，比坚硬的钻石更宝贵的是水，因为它可以滋润你的舌头，比宝玉更珍贵的是血滴，因为它点燃了你的生命之火。'男孩儿却说：'你真讨厌！我父亲可不是这么教导我的，他说钻石珠宝和这世上美好的一切都跟我们心里的血液一样鲜活，像挂在给全世界庇荫的大树上的露珠一样，这才是真主的爱。抬头看着那棵树，既不能坐在上边也不能躺在上边，但我一跳舞就能从地面飞上去。'孩子说完话，就开始优雅轻柔地跳起舞来，托钵僧都不愿转过眼去，只觉得自己也应该要跳舞。然而，他还是想先喝一口水，当他弯腰面对着井水的时候，他开始为自己丑陋的容颜和蓬乱的胡须而不好意思起来，瘫坐在那里。这时鹦鹉同情地飞了过来，脚上戴着金光灿灿的环，洁白的翅膀张开，停在他的毯子上，就像是那里的一个羽毛饰物一样。托钵僧再次在井水中看到了自己的形象，他颤抖着站了起来，跟男孩儿一起跳舞，同时声称，他的教友们从那以后应该用音乐和舞蹈来感激和赞美真主。神圣的鹦鹉啊，为了纪念那次舞蹈，我们今晚才在这里给你们戴上花冠，向你们致敬。"

总管的故事一结束，女仆们就轻轻摇摆着，开始旋转，舞蹈。她们的动作十分轻柔，脚步声都听不到。她们的面纱完全自然下垂，没发出任何声响，音乐声也很低沉，像是从遥远的海上传来的一样。

晚星闭上双眼，举起手臂放到脖子后面，欢快地舞蹈着，尽情展示着自己的柔美。她的脚还没有巴掌大，头发长及膝盖。她只想着这一刻非常美好，总有一天苏丹会赐给她一间铺满绫罗绸缎，洒满了香水的屋子。

笨女人按要求站在这轻歌曼舞的人群中，头发上有鸵鸟蛋和挂在灯上的流苏，她不知道自己穿着破旧的衣裙站在那里会有多高多美，也从未想过这一点。她并不因她的面容姣好，头发如太后钱包上的丝绸一般柔软而感谢真主。她从不觉得泥土是芬芳的，喜悦的感觉是美好的。跳舞的时候她不会像一个优秀的女祭司一样举起双臂，她从未唱过感激的歌，更不用说跳舞了，上帝并没把这项技能赐予她。她明白这些切尔克斯人和莱斯沃斯岛的女孩儿都跟她一样出身贫苦，也跟她一样单纯，但她们有一种她所不了解的技能，就是神秘的舞蹈。她一直低着头，却一直能感觉到女总管焦急而不耐烦地透过眼镜片看着她。

很长一段时间里，她都假装什么都不知道。然后她突然想起了模仿别人舞步的要求，要在这一段舞蹈中当一个傻子。她臀部轻轻摇晃，走了几小步。立刻她就听到了她周围传来的轻笑和低语声，门口突然吹来一阵风，把冬天的枯叶吹到了石地板上。

她抬起头来，发现一些围观者们双手遮着嘴，偷偷地笑，低声议论她的动作笨拙。她成功地满足了总管的要求，但耻辱和恼怒却让她变得僵硬。她一直能感觉到灯光下的水蒸气和脂粉的香味。舞蹈终于停止的时候，她把篮子放到了最棒的鹦鹉面前，它蓬头垢面，无精打采地待在栖息处，不停地眨眼，她再也看不见前边的绒毯。她跪在那里，手开始抖抖索索地把篮子放到光滑的珍珠母桌面上，玫瑰花掉到了地上。

然后一大群蝎子爬到了篮子边缘，从下边的土壤里钻出了一条扁平头的蛇。

地不断摇摆了一会儿，好像它会跳舞一样。然后飞快地嗖嗖地朝鹦鹉移过去。受惊的鹦鹉不断叫嚷着，撞到了笼子边的银网上，找寻照顾它的人。整个亭子里如坟墓一般沉静，笑声消失了，掉落的花冠散落到地毯上，鸟儿尖声喊出了她一直试图教它的那个词：

"安德森！安德森！安德森！"

"你终于说出来啦！"笨女人喊道，从地上站了起来，在梦里，她见到过弥赛亚把蛇和蝎子藏在了篮子里的玫瑰花丛下。她周围那些害怕的旁观者，匆匆靠着大厅墙壁溜走了。

她小心谨慎地提着篮子，把它带到了打开的窗子旁。蛇转向了她，咝咝地吐着舌头。但她收回手的时候，蛇绕到了她的手臂上。它咬破了她的手腕，血流不止，她把它砸到地上，它才松了口，她用大脚把蛇头踩成了碎片。她朝墙边走了两三步，背靠着墙站在那里。

这时候她周围才再次传来了低语声，但高傲的老太后，她已经见过土耳其人在王宫门前肢解大臣的尸体，也多次听到过花园小道上偷偷摸摸的脚步声，她不害怕，走上前来熟练地检查着她血流不止的手臂。

"最可爱的孩子呀！"她平静地说，拥抱并亲吻着这个将死的瑞典女仆，"你用自己的生命救了我最爱的鸟。但你也给了我们一个很难解开的谜。我们所追求的一切对你来说都微不足道，那你平常所做的一切无聊的事又怎么对你这么重要呢？他们一直对你指指点点，因为你不懂得跳舞。哎呀！孩子，跳舞可比你出的谜语要容易得多了！如果真主派这样的奶妈给我们的孩子喂奶，那我真要感谢真主了。"

后来，灯光熄灭了，夜晚的喧嚣也不再，小晚星一直坐在自己的睡毯上，没睡着。这世上真有比绫罗绸缎和珠宝更珍贵的东西吗？为什么以前没有人说过呢？

"你不要这么痛苦地怀念那死去的人。"她的一些朋友悄悄地说，"她没有爱过你，她的悲剧也不是你造成的。这样的事是无可挽回的。"

"你不用为她这么难过。"她们第二天晚上又说，"要是你爱上别人就好了，现在你的心都是她的了。太专情了，你们切尔克斯人。"

但太后却说："你眼睛下有黑眼圈儿了，我建议你要开始涂口红了，如果苏丹碰巧见到你现在的样子，那要等到你拥有用绫罗绸缎装饰的屋子还得等很久。"

晚星死了，被葬在了听托钵僧学跳舞的故事的回廊外的树下，跟那个笨女人一样。僧人们在树旁种了很多风信子，很长一排，并把这个地方称为姐妹之墓。

"这里睡着两位很久很久以前的公主。"他们会说，"大公主相信真主会保佑勤劳的人，而小公主热爱跳舞，正因如此她们才是姐妹，她们都对真主很虔诚。"

宁静的傍晚时分，这里总会有木笛和小手鼓吹奏的音乐声，听起来就像是一群孩子用从玩具市场买来的玩具提琴在自娱自乐一样，但不时的会有虔诚的僧人穿着白色的僧服从敞开的大门里跳着舞走出来，他们有的光着脚，有的穿着袜子，脚步非常轻柔，似乎能听到树下轻微的叹息声。

本德新王宫

在波尔塔瓦战争中活下来的人跟着国王越过草原来到苏丹的王国,扎营在本德一个漂亮的河谷里。许多官员继续住在自己的马车里,但国王却让他们在地上搭建房子和帐篷抵御冬天的寒冷。国王每天都能从苏丹那里得到不少的钱和生活必需品。每次鼓乐声起召集大家吃饭或是礼拜时,大家都非常开心。土耳其人纷纷去向瑞典国王表达敬意,国王不会喝酒,讨厌本德的居民,不允许近卫结婚。农夫农妇们看到穿蓝色衣服的骑兵拥进他们的葡萄园里,马上跑出来把家里的葡萄卖给他们,金币和银币拥进了妇人的围裙和篮子里。但是,最后,苏丹厌倦了这么慷慨地接济瑞典人,瑞典人就没钱了,居住在营帐边的土耳其人都跑了,不再理他们了。

在本德住了很久之后,国王从营帐里走出来约见葛罗森上校。

他挽着葛罗森上校的手臂:"我仍然坚持,将五万土耳其士兵给我们,我们才会回去。既然他们不给我们钱,那我们就要捣乱。我们要在这里建王宫,要建得比自己的宫殿漂亮三倍,另外,王室餐桌上每天都要准备充足的食物。"

说完这些,他走了出去,命令士兵们在到处都是稻草屋的沃罗尼查村前边的岸上建一座王宫和一座石头街道四通八达的城池。

国王把建在苏丹土地上的这座新城叫作卡洛波利斯。伤痕累累的士兵们打起精神将皮革的围裙围在腰间,开始锻造锁和安装门窗,让土耳其人看得目瞪口呆。将领们得意扬扬地命令木匠、石匠、泥水匠、凿石匠和玻璃匠在烈日下工作,国王一瘸一拐地走到他们之间查看进度,他面色红润,额头饱满,好像已经完全忘记了在乌克兰出师不捷的事了。

王宫建起来了,像莱茵河上的城堡一样,房顶很高,阳台是红色的,可以在这里看到湍急的德涅斯特河水流过。铺着瓷砖的顶楼周围挂满了绸缎、玫瑰和钻石珠宝。精致的大门上配着闪闪发亮的铜锁,包括两个大厅和八个房间,地上铺着法兰绒帘,房间里有锦缎沙发。地毯很厚很软,就连最重的战靴都不会踩出声响,傍晚时分会亮起红色的灯光,好像是要举办舞会一样。外面,街道上建了许多官员居住的房间,一座像彩虹一样的木桥沟通沃瓦尼查河两岸,所有不太牢固的营帐前都建有城墙和防御措施。这一座坚固的城池可是勤劳的瑞典人在没钱的情况下建起来的。经过河边的不知内情的人还以为这是淳朴的乡下人为他们的牧羊人首领,在这牛羊遍地,草木丰茂,鸟儿飞翔的地方建了一个王国。

王宫的门外有很多驯鹿和獐鹿,一直盯着门口,不论国王去哪儿,都会跟在后边。蝴蝶们不请自来地停在营帐外军乐队前的绣着三顶奇怪的王冠的黄色旗帜上。桑树林前边的斜坡上长满了野花草,洗过澡还光着身子的战士们坐在水边,一点也不记得之前的磨难了,因为他们的伤疤好了就忘了疼。其他人大笑着用他们的滑膛枪捕猎鸟儿和兔子,或是在棉花地里闲逛,把牛群赶到天边那绵延不断的深山里去。哈尔德和吉尔塔浮伤严重,仍然有些痛感,他们穿着衬衫躺在木屋之间的草地上喝着酒,阿克塞尔·斯帕尔一直在旁边吵闹不休。卡斯滕·费夫把从斯德哥尔摩送来的新城堡的壁画挂在墙上,国王却不同意,他不希望见到建筑物里有什么雕塑或是别的装饰,只要外形漂亮而且大就好了,所以他每天上午都会跟国王争辩,国王可比泰新要求更严格。法国佬现在非常像土耳其人,只有最昂贵的烟能够满足他,他坐在那里抽烟,但却只能用右手装满烟袋,因为他失去了左手。斯科拉根斯特纳医生将细面放进锅里,他头顶上方的门上挂着木制的瓶瓶罐罐。孔拉德·斯帕尔上校跟鲁斯和基伦斯盖普刚从尼罗河和耶路撒冷朝圣回来,上校的小屋里满是画像、木乃伊和鳄鱼标本。很快那里又建了一座小城,有很多官员们讨论公事用的房子,还有宫殿,但宫殿非常低矮,人们都能把手臂靠在房顶上。住户们以鼓声作息,每天一大早,薄雾散去之后,就出现了一个慈眉善目的人,穿着笔挺的军装,双肩耸起,双唇紧闭,一副严肃的神情,划船到河上来——这个人是霍特曼,拿着一个很高的锡罐为他的国王来取干净的饮用水。

在秋季候鸟们必经的地方,有一座棕黄色的本德堡垒,屋顶是四边形的,这里每天都有很多土耳其人、鞑靼人、亚美尼亚人和吉普赛人进进出出,他们居住在河边原来乌克兰哥萨克的土屋里,马泽帕曾经就是在这里死在他们的女人们的怀中,当他们把骆驼和驴安全地系在树上之后,他们好奇地看着小宫殿里的厨房和那些官员们办公用的小房子。他们为瑞典人准备了各种美味佳肴,但当外国使者向瑞典国王身处困境表示同情和慰问时,他们会用剑阻挡住那些客人。他们不时会遇上带着邮包的信使,特别是一个没穿鞋的穷苦波美尼亚农民,这人自发地穿越欧洲大陆给国王送来一百达科特当经费。王宫里举行宴会时,有三十名乐手弹奏小提琴、双簧管和鲁特琴,这时候聚集过来的人是最多的。乐手一停下来,下面的土耳其人就奏起了铜钹、芦笛和鼓。这时候土耳其人会拥抱他们的瑞典朋友或是满足地坐在地上盯着官署打开的窗户,那里时常有两个老人正弯腰在桌子上书写什么。两人要想看对方一眼,就要完全转过身来,因为他们都只有一只眼睛。那个一直咬着笔的人是法官文·穆勒,而对面那个口袋里总装着零食,不时会往嘴里放一块糖的是葛罗森上校,他穿着一件深红色的丝质睡衣,法式的蕾丝围巾和乌黑的卷发随风飞舞,脚上却穿着沉重的军靴,因为一天晚上国王从窗口跳进来把他柔软的拖鞋扔进了火里。他的脸比干柠檬还要黄,但眼睛却一眨一眨闪着光,他一张开嘴巴,穆勒就在椅子里笑得合不拢嘴。

然而,很快山头就乌云翻涌起来,战士们乘着雪橇跟土耳其人在德涅斯特河上玩起了旋转木马,围巾在冰面上飞扬。

一个昏暗的早晨,葛罗森把他的羽毛笔用力扔了出去,从桌子的裂缝中掉了下去,落在了地板上。"穆勒,"他说,"我们没有钱买粮食,不得不射杀了十九匹良马。如果我不能马上筹集一大笔钱,那我们就完了。整个卡洛波利斯很快就不再是我们的了,不论我怎样跟基督徒和异教徒们谈判。他们不会再给钱了,很好!让他们滚蛋吧!我们没钱,我们离开了,但也要毁掉这座城。"

他举起假发,手抚过发烫的头部,但穆勒却继续写着,悲伤地问道:"陛下在哪儿?"

"他正坐在餐厅里读法国诗篇,两手往旁边摊开,就像平常他有了什么惊人的打算时一样。他遇到人总表现得很高兴,经常让人有受宠若惊的感觉。有一件事,兄弟,经常让我烦恼。这世上总有人对陛下阿谀奉承,陛下就是喜欢这样的人,会赐给他很多东西,其他人就都会只对国王说好听的!听听他跟费夫谈论艺术或谈论心理学就知道了!还有这些,真让人丢面子,这都是什么呀,他写出来的根本看不清楚。他难道没从瑞典优美的诗篇中学一点点吗?阿谀奉承的语言是由华丽的金线织成的光辉灿烂的网,看上去金光闪闪,仔细辨别就能看出其中的黑洞。瑞典士兵跟着这样的人不就是去送死吗?不要让他像常年在外的游子一样身无分文地充满懊悔地回家。还是来想想,我们究竟该去什么该死的地方弄到点钱。"

穆勒把笔插到了耳朵上。

"深受上帝和君主喜爱的人是会受到同伴的嫉妒的。在营帐里，大家都在纷纷议论你，议论你怎样去弄钱，这你总会知道的。收拾好你的账本和睡衣，穿上你的旧军装，几天之内我们就要起航了。就在前天，本德的首领骑马过来了，挥舞着军刀，以他们君主的名义命令我们回家，我告诉他陛下已经下定了决心。你注意到了吗，他的刀举得高高的。"

"好吧，那么，我们要削减开支，这是唯一的出路。哈德过来了，我看到他了。进来，进来吧！"

葛罗森转过身去，向经过门口的三人打招呼。其中之一名叫阿克塞尔·鲁斯。他很瘦，长着棕色的卷发，是王室骑兵团的一员，对他而言，再没什么比自己的祖国和国王的荣誉更重要的了。跟他同行的有上尉奥罗夫·阿波戈。他整张脸奇丑无比，满是刀剑伤，贝壳的碎片打落了他两颗门牙。还有一个是普通的卫士，他名叫谢武德·托尔夫斯拉格，是卡洛波利斯最强壮而高大的战士，他力气很大，可以折弯马蹄铁和锡碗，没人听到过他的笑声。他的面部几乎被晒成了黑色，不论是唱圣歌做礼拜还是游玩，他都不参加，他最大的乐趣就是寒冷的夜里把手缩进袖子里，一个人站岗放哨。

"我把你们叫来，"葛罗森说，回过头来，"因为我觉得你们是我们最勇敢的三位勇士。根据你们的级别到你们的队伍中去，用勇气去激励那些不坚定的人们。很快我们将会见证一件我们从未曾经历过的大事。我们已经竭尽所能了。"

他一边说话，一边换衣服。他刚刚系好剑带，窗口就出现了一个骑马的人，他敲打着窗台。

来的是国王。

他意气风发地坐在那里，好像又恢复了年轻时的活力。他的穿着跟以往一样简单而一尘不染，稀薄的头发被一根绳子绑了起来，脖子上有个绳结。他眼里流露出孩子般的神情,他用马鞭又抽打了一下窗台。

"葛罗森,现在我们要马上赶往本德!"

上校犹豫不决地跑到门外的石阶上。

"陛下您这时候是不应该来的,警铃已经响起了。土耳其人已经厌倦了他们的贵客,过去的友谊已经不在了。您自己看看!军营里再没有土耳其人了。他们都希望现在就砍倒我们,将我们的东西都掠夺走。"

国王微笑着点头表示赞同。

葛罗森心里担心,但还是笑着骑马到了国王身旁。

国王却反常地骑着马小跑着穿过了平地。屋檐下,土耳其士兵们已经站在那里,手里握着刀和枪,但国王却像对下人一样对他们挥了挥手。在本德泥泞的街道上,小商贩们已经停止了营业,带着武器的士兵和店主们不断地走来走去。他们接到了苏丹的命令,要把瑞典人赶回家去。他们疯狂地大喊大叫着口号,却意外地发现国王来到了他们之中,马蹄扬起的灰尘落到他们的衣服上,但他们放下了武器,跪在地上磕起了头。

"哈哈!"年轻的女孩儿们在后宫的亭子里笑道,"他的头这么小,与身材太不成比例了,他的身体跟靴子比起来也太小了一点。哈哈!"

年长一些的妇人们愤怒地把她们推到一旁。

"阿拉保佑,幸好我们没有这样的君主!"

她们一边说一边把自夏天以来就一直绑在窗台上的干花环取了下来,把花和叶子朝他扔了过去,一朵枯萎的玫瑰掉在了他的帽子上。这时候,城楼的大钟敲响了,号召居民们起来反抗瑞典人和他们的国王。

国王平静得如同出来游玩儿一样,不停地在街道上逛,直到夕阳涌来两名骑手才找到了他。

葛罗森指着一堵低矮的石头墙说:

"看那上了天堂的玛穆博阁主教坟墓旁的草堆!那是马泽帕的坟

墓！那真棒！马泽帕的坟墓。伟人就应该这样死去。"

国王身体歪到了一旁，把他的手放在平常放的膝盖上。

"葛罗森，亲爱的好人，如果一片枯叶百年前掉在了地上，这件事所造成的细微影响并不容易被察觉，那一刻也是上帝所创造的无数永恒的瞬间之一。如果这一刻也有一片树叶掉落到地上，而且没发生别的事的话，那么这一刻也成了永恒。如果我们把所有的永恒都记在脑海里，那我们就能预知未来，那样我们就能算出我们毁灭的日期和时间。我们还是别想太多！"

葛罗森半是出于敬畏半是出于友情握着国王的手。他已经看到，国王带领着最后一批随从来到沃罗尼查之后，没有政事的压力，这段时间也许是国王过得最舒心的日子了，是他人生中的安息日，对那些随从们来说，他更像是个同志。寒冷的二月傍晚，天空星光熠熠而深沉。在马泽帕的坟墓旁，葛罗森想说些什么，没办法控制自己。

"回家吧！"他低声说，"只要我活着，查理十二世会变成伟大的给人带来和平的国王，会完成克里斯蒂娜未完成的事，因为她就是个草率的女人。回去吧！很快就会有兵变了。我了解瑞典人，他们跟其他民族一样，也有妻子儿女。如果我们真的征服了一大帮土耳其人，那我们确实组成了瑞典国王统领的新教徒王国，但征服他们是要钱的。很快我们连为借钱而送礼的钱都没有了，我们必须示弱，向贫穷示弱，我们一直都很贫穷，这让我们抬不起头来。统治我们的是贫穷而不是人。啊，看，门已经打开了，我们一无所有，离开吧！"

国王一直保持沉默，葛罗森在黄昏的微光中靠向了他，然后又坐直了。他自己的话赶跑了他跟国王坐在一起畅谈的快感。他的脸上尽管仍然有微笑，但轻松的氛围已被破坏了。

然后葛罗森想要开开玩笑。

"是的，我们如果有钱，就能给军队购置重型武器，在敌人的国内建一个我们的堡垒，我们像那些侍卫一样不建立小家庭，而是一个大家庭，我们不要钱，在一张桌子上吃饭，但要让雷尼兹和其他伟人们坐上座。有他们我们就能集合起不同信仰的人，那样我们的堡垒就能变成和谐的真理殿堂，尽管我们既没有土地也没有仆从。我们想要这样做，但事实是，我们现在要不就投降，要不就斗争。"

"我们现在只能斗争。"国王说着，猛地用力一拉马的缰绳，葛罗森的手里只剩下了空空的手套。

他转过头去看那只巨大的手套，吻了它很久，然后把它放在了外套里靠近胸口的位置，低声说："那就不要管其他了，只等我的子弹呼啸而出。"

瑞典人想要建围城，于是在离王宫几步远的地方挖了一口井，井里的水晶莹剔透而且清凉。沃罗尼查的女人们相信在这口井里喝水的人不接近女人，不喜欢战争，他们认为这一点在老葛罗森身上表现得特别明显。他只喝酒，而不喝一滴从这井里打上来的水，而且只要遇上漂亮的女孩儿，他就会向她脱帽致礼，并用他的食指和中指托着她的下巴，像是一个多愁善感的绅士一样。他们中的其他人可没这么做过。

阿波戈经常手臂下夹着鹤嘴锄笑着到井边来喝水解渴，然后就飞快地回到了壕沟里的战士们身边。将士们用桶、床板、马车和挖出的泥土，在冰冻的土地上建起了一堵防护墙。国王站在那里，用绳索将椅子绑在马车上。人们都跑了出来，沃罗尼查的屋子都变得空空荡荡的了，一大群土耳其人和鞑靼人带着枪炮聚到了一起。冰冷的夜晚，一大群人聚到了井边，水罐咔嚓作响。这天晚上是谢尼德·托尔夫斯拉格当班，他刚刚从土耳其人那里偷了一些家禽和干草。他旁边的灯笼前站着葛罗森，拿着刚刚从英格兰人、法国人和犹太人那里借来的钱，所有武器都按其价格的三倍付了钱，好像每天早晨他都能收到一大笔达科特一样。

有时候瑞典骑兵团白天也会出来，在围攻者眼皮底下买回一些牛和羊来。国王有时候也会骑马到对面的军营前，看看哨兵们是否按他所要求的那样用瑞典军队的方式扛武器。

王宫的窗口有一人多高的土围成的栅栏。霍特曼和随从们把一个长长的装着银餐具的橡木箱子搬进了餐厅,还把法式挂毯和柔软的坐垫还有重要的书籍文件放到了阁楼上。军事文件、泰新的画和法国的悲剧作品依次放在堆满了金子和珠宝的马车上,枪支弹药都归王宫管理。国王的这座小城,在离故土千里之外的地方,根本无法给所有人配备必要的武器。最有礼貌的王室侍从杜本,额头上冒着汗,不断训练随从,端茶送水的和看护财产的。主厨波柏戈不得不扔下长柄勺,扛着刀剑走在霍特曼和气喘吁吁的伙夫之间。穆勒则光着头,外套的接线处磨得光溜溜的,手指上沾着墨水很悠闲地走在教堂干事们前边。

"看看陛下!"他低声对杜本说,"无拘无束的心灵才最快乐。尊严对他来说太宝贵了,只要不损他的尊严,那他就不会再觉得不幸。但只要外面那些黄种人冲进来,我就放下刀剑。五百个人能打得过两三万人吗?"

国王看到霍因斯坦使者法瑞斯从本德赶到军营来跟他做最后的道别,国王似乎是故意让他的随员走到法瑞斯面前。瑞典的官员们马上就把他们的书、鼻烟盒和钱交给使者托他保管。法瑞斯最终离开的时候,衣服下边藏满了宝贝,他都不能扣好衣服了。然后战士们也开始藏好自己的财产,最后一枚达科特,藏在身上好多年了,从马甲的裂缝中掉了出来,跟初恋情人送的银器或马毛藏在无花果树下或者泥土里。侍从克里森多夫手里拿着铁锹站在岸边斜坡上战士们之中,他老祖母的象牙画像就被埋在了一架葡萄藤架下。

"我年纪大了,"他说,"体弱多病。我感觉现在我就要倒下去啦。我很高兴我所有的一切都将交给我将要倒下去的黑色的泥土,而不是被抢走。我们这群可怜的人在外国的土壤里埋的财物上头很快就会长出小草来。"

他把铁锹递给下一个人的时候,听到了国王的声音,转过身去。

国王脸红得像个十五岁的孩子,在外面的壕沟里发号施令,他周围都是最尊贵的瑞典人。在波尔塔瓦冒险救他的戈尔塔，好战的禁卫军首领哈德手里都拿着剑。牧师布仁纳不断转头天真地低声安慰着一个又一个士兵。他的助理奥利维柳丝拉住他的斗篷，而达尔朵夫撕开他破烂的衬衣，无畏地对国王喊话。

"看这里！"他大喊着，指向自己的胸膛，"看吧，这就是我们证明自己愿为祖国流尽最后一滴血的证据！我们也都准备好了，因为我们置这里所有的土耳其人于死地，所以苏丹马上会派兵来追我们。我们都知道，不只是土耳其还有其他海洋国家都会尊敬地给我们的国王让路回国，通往德国的道路依然可通。土耳其人曾厚待过我们，现在却要赶我们走，所以我们要藐视他们。"

国王答道："土耳其人把自己给卖了，因此他们是活该。我们以前像勇士一样战斗，但你这话说得像是逃兵。遵命是你的职责，今后也要像之前一样表现才好。"

他说着，像个同志般地拍了拍达尔朵夫的肩膀，不带一丝责怪，在敌军咆哮而来时骑马返回王宫。

克里森多夫腼腆地站在士兵们中间，轻声跟他们说话。

"我明白全世界都会因我们现在的处境而责备我们的国王，觉得他是疯了。但是土耳其人猜想用武力就能让他屈服，这种想法更疯狂。尽管所有人都该背弃他，但我们应该忠诚于他！"

厮杀声遍地而起，敌军也冲了上来，葛罗森却戴着蕾丝的帽子站在壕沟里，好像友好地跟土耳其人招手致意，一副无所畏惧的样子。他从背包里随意掏出一些达科特、阿尔布雷特钱和一些糖果。他把这些都随意地撒在地上，然后他指着他们营帐，营帐上空出现了一道三杠虹，营帐门前，国王平静地自豪地坐在嘶鸣着的马身上。

"走，走！"土耳其人咕哝道，返回城里时收回了他们的武器，"我们不要去惹那个铁头，我们是他的朋友。让他先想到明天吧。"

第二天是礼拜日，瑞典人在国王的宫殿里做早祷，似乎没什么要紧事一样。窗口被装了泥土的麻袋和凝结的水霜封上了,整个大厅看起来就像是要塞里黑暗的通道。铺着白布的桌上点着两支蜡烛,牧师弯腰看着《圣经》,以便朗读今天的经文。

"他进入船里时,他的信徒都跟着他。注意!海面马上有一场大风暴,船随波逐流,他却睡着了。"

国王手里拿着皮帽站在桌子旁,毫无疑问,他的解决方案已经被人们所接受。在波尔塔瓦,不幸如山崩地裂般朝他压了下来,他还没来得及从病床上起身,一切就都被毁了。现在他又恢复了健康。年复一年,日复一日,他已经发现了他想要修补的网的破洞又加大了,而这张网只能用金子来修补。他不希望签订什么条约,而是只希望在光天化日之下用武力解决。里加、派尔努、雷沃、维堡、凯克斯霍姆,他想到的这每一个名词,都是失地啊。要是他倒下了会怎样呢?生命是短暂的,但战争所带来的荣光则是永恒的。

牧师再次低头读《圣经》。

"他的弟子走上前去唤醒他,说:'上帝啊,帮帮我们吧。我们会死去。'"

这一刻有火药炸到了王宫厚厚的墙上,但没炸穿墙壁,牧师继续朗读着:

"他对他们说:'噢,你们这群不讲忠义的人,你们为什么害怕?'"

一名军官急匆匆地跑到国王身旁,低声说:"刚刚那枚炮弹使大家都没心情再听下去了,土耳其人也攻上来了。"

国王回答道:"我们不能因为有炮弹就中断祷告,每个人都有自己的职责要履行。"

王宫的天台上,军乐手们用雷鸣般的鼓声奏起了波尔卡曲子和火炬舞乐。"阿拉!阿拉!"成千上万的土耳其人和鞑靼人回应道,他们挥舞着刀枪冲过了壕沟,白色的衬衣飞扬起来。然而也有一些土耳其人把刀剑藏在腋下,友好地把自己的烟草袋递给了瑞典士兵。当国王佩好剑冲进战场时,他看到自己的士兵一个接一个放下了武器,他气得面红耳赤。他大声喊着葛罗森和达尔朵夫,但没人回应他。他发现这场战斗必须靠他自己努力去拼杀,很多人是认为不值得去付出自己的生命的。

"忠诚的勇士们跟我冲啊!"国王喊道。

谢武德·托尔夫斯拉格召集了一大帮刚刚经历过痛苦战争的普通士兵和随从到他身旁,他们忠诚地围绕着从马上跳下的国王,举着剑冲向了离自己最近的土耳其人,与之展开生死对决。谢武德·托尔夫斯拉格像一道黑色闪电一般冲到国王前边护卫,敌人一冲到面前,他就用刺刀杀出一条血路。一支枪瞄准了国王的太阳穴,但鬼使神差,国王稍稍偏了一点头,子弹从他面前擦过,打中了哈德,他倒了下去。国王看到阿克塞尔·斯帕尔将军跳起来脱下了衣服。锋刀和利剑相互猛砍,短兵相接,国王和他的护卫鲁斯还有两名瑞典士兵被包围了,土耳其人押解着他到王宫里,然后王宫的门就被闩上了。

他不想失败,焦虑和战斗的欲望在他的血液中燃烧,他眉毛都被火烧焦了,血液从鼻子和耳朵里涌出来,他带领四十个战士到了侍从的房间里,他亲切地朝房间另一头的老霍特曼点了点头,此时霍特曼头部正绑着很厚一层绷带,肩扛着一杆枪站在沃尔伯格、格罗尔和菲力伯格等一大批忠诚的勇士身旁。然后国王眉头紧锁,眼睛里闪着怒火,举起长剑,冲过挤满了土耳其人的房间,到了同伴们面前。鲁斯一直在国王的左侧作战。脏兮兮而没有牙齿的阿波戈蹲在他的手臂下,像个宦官一样,把他的剑对准了土耳其人的肚皮和胸膛,而谢武德·托尔夫斯拉格一直朝前冲,揪住一个又一个土耳其人的胡须,把他们从窗口甩了出去,他扭断了武器,用脚把它们踩成了碎片,然后扔到外面的院子里。土耳其人把火药放在防护墙上的桶里,火光四起,烟雾浓浓。哦嗬!刀剑发出的声响就如同竖琴在叹息。

大厅里,两支烧了一半的蜡烛仍然照着那本打开的《圣经》故事,讲上帝醒来，责备风。在浓重的烟雾中，瑞典士兵只能靠脚上有马刺的靴子来分辨敌友。突然传来一阵使人听了发抖的怒吼，土耳其人穿着便鞋，鞑靼人则着黄色的半筒靴和白色的衣服拥进来了，吃力地攀爬进了烟雾之中，像爬楼梯一样，瑞典人就看不到他们，刀剑刺向四周，却空无一物。

"这些人是巫师吗？"霍特曼低声说道，站在《圣经》旁边，国王把窗口的一个水桶推倒了，烟雾也随之散去，他们这才发现敌人一直吊在门上或天花板上，吼叫声再次在房间里响起来。

最后，敌人被赶出去之后，国王把三十二名幸存的战士分成几组，每个窗口边安排一组，他自己则去到了死人堆里，从他们的肩上卸下弹药。他的伤口仍然在流血，鲁斯刚刚在国王与两名土耳其人的手刃时开了一枪，救了国王，现在正给国王包扎伤口。

"我明白，"国王说，"鲁斯并没有背弃我，但我在想，其他人都去哪儿了？"

"那些更伟大的人们可能死了或是被俘了。"

听到这话，国王的眼里再次闪耀出光彩，他握着鲁斯的手，把他带回到大厅里，窗口，战士们正对着还在冲锋的敌人开火。黄昏从外面涌进来，天快要黑了，但在桶和土堆之间还能看到许多行李车、门板和葡萄酒盆，土耳其人在后面步步紧逼，院子里满是被打倒的伤员和死者。

阁楼里送出了一小桶白兰地供人解渴，而国王这些天来喝的只有水，他把杯子递给一个又一个人，让他们喝上一小口。终于，所有人都喝完以后，他又往战士们喝过的酒杯里倒满了酒，像战士一样一口干了。

"这样更好，"又激战了一个小时后，他说，"我们要像勇士一样战斗到最后一口气，因英勇而不朽，而不是自动投降赖以苟活。"

炮火伴着枪声降落到这房子上，长长的火箭飞到了屋檐的木瓦板上。这时候，烟雾中出现了新鲜草木的清香味，好像是新鲜果木的味道。然而，很快一名土耳其将领带着部下走上前来，像是刽子手一样。他的部下背着草木，而他自己则举着火把。这些可燃物被堆放在房子的迎风一方之后，他就把火把扔到了木堆上。很快火苗就蹿上了屋顶，阁楼里所有宝贝都付之一炬。

克里森多夫被遗忘在一个起火的房间里，房间里还有许多垂死挣扎的人，躺在地板上，一听到垂死之人的低声说话，他苍白的面孔就有了些生气。他仍然能分辨出院子里瑞典人的呼喊声，只觉得这声音好像是从遥远的地方传来的。外边的地面上结了冰，敌军将领们穿着衬衣站在冰雪地里，双手被绑在背后。鞑靼人脖子上挂着守卫的蕾丝帽子，腰带上绑着黄色或黑色的假发，赶着一帮瑞典贵族子弟，把他们当奴隶使唤。他们把这些人绑到马车上用鞭子抽打，戈尔塔和孔拉德·斯帕尔被戴上了脚镣，到了井旁给牛喂水。一名土耳其人抓住了布兰德克里佩，把他的手绑到了查理十一世曾经用过的剑柄上，敌军将领已经盘腿坐在了营帐里的沙发上等待战争结束。

成千上万的人在山上，在遥远的光塔里和本德要塞里惊讶地发现了这一个大火堆。他们看到瑞典国王和守卫们用外套包着头，冲到了阁楼上试图扑灭大火，却因为烟雾和枪炮不得不退回去。瑞典人在摇摇欲坠的房子里后退，朝所有的窗口开火，他们的衣服着火了，面部和肩上血流不止。他们在枪炮声中倒了下去。土耳其人都相互大喊着说瑞典的查理国王真是个火怪，想跟自己的部队一起赴死。整个地区呼声四起，不是因为复仇成功而是因为火光使他们感到惊愕。

夜晚已经降临了，火光照亮了整栋房子，一片嚷嚷声中传来国王清晰的声音："我亲爱的鲁斯，我们要跟这些人决战到底！"

他自己这会儿已经拿着一挺卡宾枪来到了窗口，他沉默着，似乎下定了决心，来到了装着泥土的袋子前，一个人站在了那里。

鲁斯闯到了他面前，被一颗打到他帽子里的炮弹击中，倒在了他主子的怀抱里。国王并没有后退，而是无所畏惧地抱着他最忠心耿耿的士兵站在那里。

土耳其人再次疯狂地冲到了窗口，但却倒了下去，炽热的挡板照亮了整个房间，像是在举行一场宴会一样。

"那个瑞典的查理国王在庆祝。"将领说道，"波尔塔瓦的胜利是百姓的胜利，而今天是他的胜利日。"

然后房间的门被打开了。谢武德·托尔夫斯拉格火光闪闪地带着武器出现在台阶上。

"让开！"他大喊道，"陛下！陛下！"

国王第一个冲入了战场，那些无法跟上他的人背靠着墙进行自卫。士兵们倒在他脚下，他头上刀光闪闪，像是一座钢铁帐篷一样。他从马上被拖到了地面上，土耳其人轻易就夺走了他的武器。

"要是每个人都拼命，"他说，"那结果就会大不一样。现在没什么可说的了。"

他一站起身来，眼睛里的光彩就消失了，他把他所有的钱都分给了让他缴械的土耳其人。焦黑的烟雾中伸手不见五指，他捏着从大衣上扯下的碎片，跨上了一匹佩着紫色马鞍的白色土耳其马，他大喊一声，好像所有的伊斯兰旗帜都变成了他坐骑蹄下的地毯一样，朝本德的牢狱奔去。

他一点也没有回头看那火光冲天的宫殿。一整晚大火都没熄灭，在浓烟滚滚的灰烬中，土耳其人拿着刀站在那里，不过一大清早沃罗尼查的女人们就到瑞典人挖的井边用水罐开始取那里晶莹剔透的水，然后她们会送给那些饱经磨难的人们喝。周围的桑树和葡萄架下埋着那些无家可归的士兵最后的一点钱，还有他们英勇的国王的签名画像，很长一段时间之后，农夫农妇们都认为在多暴风雨的秋季收获果园里的水果时，能从地里挖出一些枪支弹药来。

 **国务大臣**

沙皇得胜归来了，俄罗斯民众身着盛装在街边吹着喇叭欢迎他。他的前面是一排又一排衣衫褴褛的缴了械的瑞典囚犯，他们在俄国人庆祝胜利的砖头拱门上看到东方之鹰把溺水或是乱箭射死的瑞典狮子撕成了碎块的图片，每走一步，他们就更深地进入这奇怪的邋遢的野蛮人之城。楼塔就像雨后春笋或是古怪的指着金色星星的星象仪。所有大房子前都有桌子，上边摆放着各种精美的食物和点心供沙皇和军官们食用。蜡烛和灯光照耀在那些胖胖的长着黑胡须的基督徒和不知名的达官贵人面前，街道两旁大批民众拥了出来，嘲笑挖苦着那些俘虏。那些哭累了的妇人，早生华发的妻子和姐妹，那些被波罗的海国家从瑞典赶来屈身为奴的人们从窗口看到了那些囚犯之中有自己的亲人好友，他们大喊着《圣经》上的慰藉之辞，但全城都是枪声、警哨声和胜利的歌声，如狂欢节一般，他们的呼喊声根本没人听见。

首先过来的是瘦瘦的穿着灰色军服的芬兰士兵们，有人示意他们去营火边的时候，他们总是笑着摇头，红色的胡须也飘扬起来，他们在雪堆上摇着枪，固执地重复着他们唯一会的一句："不用啦，谢谢！"

"你们可爱的芬兰兄弟啊，"窗口那些被监禁的瑞典女人们说，"你们自己的家陷入了水深火热之中，而你们却生死都跟着我们的男人们，站在矮小的冷杉树旁站岗。如果我们能在瑞典举行圣诞晨祷，我们会对着雪地里的冷杉树丛喊道：'芬兰人，芬兰人！'"

然后就是各级别的军官，他们身后是俘获的装着胜利品的马车。一辆长长的雪橇上载着铜鼓，多少个夜幕降临的时刻，它的声音召唤着战场上的骑兵队集合；另一辆雪橇上载着军鼓，在被攻克的城市里，军鼓尖锐的声音让侵略者们收起武器，老实地跟在一位年轻而霸气地坐在马上的君王身后，君王的手里还拿着囚徒们手铐脚镣的钥匙！他们身后就是拖着各地旗帜的士兵，他们把那些旗帜夹在左臂下，旗杆则在泥土里拖动着。冻得青紫的手戴着皮毛手套，紧攥着那些仍然沾有敌人血渍的旗帜。雪球、石块和沙子如暴雨一般打在索德曼兰和东哥特兰的狮身鹫首的怪兽旗、乌普兰的大苹果旗、达尔卡里亚和纳克的十字枪旗、威丝曼蓝的火焰山旗、哈森蓝的山羊旗、布来金厄的繁树旗，还有西波的尼亚的驯鹿旗上。人们愤恨地夺过士兵们手中的旗帜丢到一旁，怒吼道："这是走狗肮脏而耻辱的旗帜！"

俄罗斯士兵们拖着刀剑走在后边，然后是瑞典国王的长套马，简易担架和空空的盖着蓝布的座椅。跟在将领们身后弯着腰的是卢文霍特，然后才是元帅。最靠近沙皇的坐骑的是瑞典国务大臣，他曾经辅佐了两位瑞典国王。

他似乎什么也没听到，什么也没看到，他被人称为是瑞典最机灵的人，但今天，面对所有人的嘲笑奚落，他却没有什么可以回应。他的思想似乎不在现场，他的灵魂似乎有另一个目的地，他一直心不在焉。

傍晚，他回到俘虏集中营，冻成了冰的河面上烟火散落一地，他坐在一把扶手椅里睡着了，就连仆人给他戴上睡帽，铺上毛毯，他都没醒。

又是一天的早晨到来了，钟声也再次敲响了。日复一日，年复一年，一切都是同样的单调而沉闷。

他的桌子上放着弗兰克和阿恩特的宗教作品。他说服将军和卢文霍特握手言和，他给予那些跟他一样身陷囹圄的不幸的人们父亲般的关怀。他一大早急匆匆地走过街道，穷苦的瑞典士兵总能遇见他，他身后还跟着一条狂吠不止的小狗。

后来有一天，他很意外地被人带离了他的屋子，人们都很焦急地盼望他回来，漫长而焦急的等待过后，他的一些同乡在远离莫斯科的一个地方发现了他，他变得又老又瘸。

春天里的一天，天气晴朗。河面的冰开始融化，思乡的心也开始蠢蠢欲动。圣彼得堡已经从被瑞典侵占的沼泽地成长为一座城市，在圣彼得堡要塞的院子里有一栋破旧的小木屋。国务大臣正在小木屋前来来回回地走着。十七天以来，他一直只吃面包喝水，这天终于能出来透气一个小时了。他的衣服很破，满是褶皱。他拄着拐杖的手颤颤巍巍，而之前，这只手曾被波兰的国王和王后吻过，他本人功成名就，尽享荣华富贵。

看管就站在几步开外的地方，国务大臣唯一的交谈对象就是军队的牧师布雷登伯格，他是经过特许才接近这小木屋的。他收到了一封国务大臣的同伴从莫斯科寄来的信，大声读给国务大臣听：

"……大人匆匆离开时跟在身后的那条小狗得到了很好的照顾，但它却一直躲在黑暗中哀嚎，既不进食也不喝水，现在已经死去了。我们这些囚犯会像那只小狗一样以某种姿势倒下，然后死去，这不足惜，但我们热切期望大人得到救赎或是交换，能回到他的妻子儿女身旁，因为他在这里对我们的照顾就像父亲，像天使一般。他理应得到我们的祝福。"

他背对着布雷登伯格站着，直低头看沙地。他并不计较别人对他严加看管，但他的耳旁却一直回响着国王的斥责。难道不是他这个国务大臣自动跑到波尔塔瓦缴械投降的吗？他难道没听到他的国人的责骂声吗？他在斯德哥尔摩的房子已经被石头砸得稀巴烂了。他似乎看到自己的妻子克斯汀夫人在前厅收拾好所有珠宝和细软，老瑞典人和外国人都站在窗口好奇地观望着。他似乎看到她深夜从城里赶着马车去昂索。他一直在想着自己坐在瑞典的教堂里，听见牧师向上帝祈祷惩罚他这个国务大臣，说他接受了外国人的贿赂，误导了国王，提议开战，并耗费人力物力财力在乌克兰的雪地里修了一条公路。现在他不幸的囚犯同伴变成了他唯一的朋友。他不再属于先父的祖国，他也不想再去任何地方。只有他知道这些罪名的荒谬性，但他不能暴露他的主人，不能揭开国家机密。他一瘸一拐地返回了他的小屋，他是一个要平静地死在他的同伴和陌生人的诽谤和污蔑中的罪人，就像他见过多次的那些倒在征途中的无名的战士一样。

"大人，"布雷登伯格说，"我刚刚读的这种信，有很多都送到了瑞典，是的，到了瑞典国王那里，据说他的怒气可能已经消退了不少。这些天来，您受尽了饥饿，但是不要急，您的夫人已筹集到三万利克斯银元来换得您最终的自由。不要可惜这么些钱！您要是不同意，所有人都会说您贪婪。您要是自由了，您还能像以往一样享受荣华。"

他本来在轻声念：

    我不借前车之鉴，只把哀怨向上帝倾诉。

然而，此刻他转过身来，脸涨得通红，低声喊道："你究竟想要什么呀？我已经秘托夫人让国王不要送钱来了。你说够了没有！我是跟我的国人一起来到这里的，我会跟他们一起留在这里，我也会跟他们一起死在这里。"

见到老国务大臣如此激动，布雷登伯格微微一笑，却仍然低着头站在长椅旁边。

"他们说沙皇陛下想把大人您关进冰冷的斯卢塞博格监狱,您年近七十,身体已经不行啦,那么冷可受不了冻。我真诚地恳求您,回您自己的家吧,那是我们都希望回去的地方,不然会让我们受尽责骂。一个辅佐了两朝伟大君主的人居然不随民意,被放逐了,挨饿受冻而死,这会加深我们的罪孽的,请您好心可怜我们吧!"

国务大臣靠着小屋的墙摸索前行。

"朝圣坛低头吧,而不是那些遭人唾弃的不幸的人!如果战败的时候你在我身旁,看到那些可怜的人的遗体都被涂上盐或者香草送回家,你就不会劝我了。我的日子很快就要走到尽头了,我侍奉过了两位瑞典君王,我仍然会一如既往地侍奉这些最不幸的人。"

布雷登伯格筋疲力尽时,一群穿着羊皮大衣披着斗篷的瑞典官员从附近的议事厅跑出来。最前边的是诺尔伯格,披着一件棕色的披风,他是这一军团的牧师,从他傲慢的姿态中就能认出来了。他们将要被交换回家,他们乞丐般的随身物品都被堆放到了一旁,河岸边的双桅纵帆船上摆满了精美的食物。

戴着手铐脚镣的瑞典劳工都停止了忙碌,靠在独轮手推车上盯着那些将要离开的同乡。然而很快他们又推着独轮车散去,挥舞着鹤嘴锄忙碌起来。这些无足轻重的无名人,一群活死人,他们不了解自己人,也不会去敲彼此的门,只是站在那里期盼着,日复一日地修建陌生人的城市。

国务大臣颤抖着慢慢举起手来,指着墙壁,说:"这里是我的兄弟们。"

来见被释放官员的布雷登伯格轻轻拽住了诺尔伯格的斗篷,所有人于是都转向了国务大臣,脱下了帽子。他们都没有跟他说话或替他带个口信,但诺尔伯格一直站在那里,这一幕深深打动了他。他感觉自己的心满满的,他从外套和马甲之间掏出一本祷书,举了起来,指着封面上的十字架。

"噢，上帝呀，您已经告诉我们，"他低声说，"这个人已经是我们子民的烈士之一！愿他受损的名誉得到恢复和尊敬！"

 将军的文件

　　这时候还不到凌晨四点,但是莫斯科城外桦树林树枝上的黄色光芒预示着黎明已经到来了。卢文霍特将军已经坐在了窗口他惯常坐的位置上,像森林里的老猫头鹰栖息在树枝上一样,两缕灰白色的头发垂到他的眉毛上方,他若有所思似的悲伤地眨了眨眼睛。
　　他听到了急促的脚步声,于是站起身来,转身朝向房间里。他面前站着一位头发下垂着驼背的俄罗斯籍犹太人。
　　犹太人不断地捻动着食指上的红色指环,他认为老将军是一位传奇人物,所有有关老将军的传说故事他都听说过,带着鼻烟盒的这位老将军总是把他不懂得战争残酷的士兵们送到立陶宛的战争前线去。他还从没见过一位指挥军队的英雄呢。他觉得这样的人一定很可怕,总是骂骂咧咧的,双手插在剑柄上,大老远就命令人端茶送水递烟,直到烟雾变得厚重,可以被一刀砍断。
　　"我……我只是个从图拉来的可怜的小商贩。"犹太人结结巴巴地

说,"我是赶着牛群过来的,但是城里的瑞典士兵却要求我好心施舍一点给他们。尽管他们勤劳地制作木钟和鼻烟盒,但他们这么可怜真让人心痛。然而这些穷人们也浪费了很多时间在那些愚蠢的事上,每天他们都坐在那里记载着什么,愿上帝保佑那些不小心把烟灰掉在纸上的人。但这也正是我无法理解的地方:他们靠这样消磨时光,又不能靠这个赚钱,士兵们当然不应该把时间浪费在涂涂写写上。"

因为房间里一片漆黑,所以卢文霍特点燃了一支油脂烛。

"看这里!"他温和地略带凄凉地说道,把烛光端到了未经装饰的靠墙的长书架上,上边有很多标记了数字的厚厚的文件。

犹太人愈发起劲地转动手指上的指环,不论眼光到哪里,他看到的都不是酒杯和食物,而是写满了字的纸。椅子上、桌子上和火炉的上边都有纸。真是个不可思议的将军,他想道,常胜将军就这样吗?

"一个民族,"卢文霍特说着,站在书架旁,"一个国家,我的朋友,是需要秩序的。这里是我们的财政部门的记录,所有俘虏过来的人都被记录在册,他们的个人资料都被及时登记。神职人员被关在了街道对面的教堂里,教堂里也有这么长的一个书架,保存了我们的宗教典籍。就是被关在了牢里,我们都是这样的人,这样的民族。你是个犹太人,当然能理解我说的是什么意思。"

他取下了一卷文件,翻过几页,朗读的声音不算太大。然后他走进了隔壁的卧室,在跪垫上点燃一根蜡烛,打开一个箱子,然后开始仔细地清点着不同的小皮包里的银币。他一直用不算太大的声调在说话,有时候自言自语,有时候是对那个商贩说的。

"我现在算出了应该要送多少钱到图拉。但要记得,精明的伙计,所有努力换来的只有忘恩负义和嫉妒。嫉妒,嫉妒,这就是让我们分崩离析而让敌人钻了空子盗走了我们的一切的关键缘由。在这肮脏卑鄙的世界上,只有傻子才会大声疾呼需要朋友和真心!当你在战场上救下一个人,他就会伸开双臂拥抱你,他发出悲叹,是因为你没有同时陷入困境，那样他就能取代你的位置。只有傻瓜才不向往天堂呢！敌人对我的打击比我的同伴对他们的打击要轻得多了，而我对上帝的忠诚堪比对国王的忠诚，这一点苍天可鉴！"

他的《圣经》就放在他身后的床上，而被送还给他的剑也挂在了床边。每装满一个钱包他就在一个本子里画上一笔，然后把包封好。整个卧室里也满是纸张文件，但每一张都被整齐地叠好了堆放在一起。因此这个戈矛索夫战争的胜者坐在冒着烟的封蜡烛火后边，喋喋不休地抱怨着命运苦楚，黎明也悄然来临了。

犹太商人再听不懂他的话了，只是不断捻动着他红色的指环，咕哝道："一个民族，一个国家，就算身在牢里也不会改变自己。这话说得真棒！"

上尉在药店

冬季的一天晚上，意大利人派纳洛上尉坐在托波尔斯科的一家瑞典俘房的药店里喝着烈酒。柜台后有一张敞开的门，另一侧是一间昏暗的房间，瑞典人科瑞莫少尉在做制革工的活儿，在一个大缸里鞣着皮革。

派纳洛是个善良的人，他的头上发际间有一道长长的疤痕，是在波尔塔瓦时留下的，他在那里战场上的死人堆里躺了整整两天才逃脱出来。这会儿，他一边喝着加了苦艾酒的白兰地，一边对科瑞莫的潜心勤奋唠叨起来。

"是的，当然！"他说，"你这高傲的家伙！一整晚都待在那缸旁边好了！不要进来陪老朋友喝一杯！也许是我没有志愿加入瑞典军队吧，是的，就是现在在牢里，他们被教皇所看不起的信仰我也接受了。你在听吗，年轻人？"

"我一直在这里鞣皮革。"科瑞莫答道。

"对的，你一直在干这个，你这家伙！我知道我们外国人也要鞣的一张皮革就是瑞典的精神。我刚刚跟罗斯勒上尉一起爬山，我把双手放在他胸口说：'罗斯勒，在这里跪下，感谢上帝让你生了这么俊美的容颜，所有女人都为你倾倒！你难道不为你喜欢一个人又抛弃她而感到羞耻吗？'愿圣母保佑！你猜那家伙有什么反应？他只是叹气，我能感觉到他的内心有多么空洞。然后我就去见了贝克上尉的夫人，尽管她一直洁身自好，勤俭持家，但不论怎样她都是个女人。她的鼻子上有一点雀斑，目如秋波。当我告诉她我在美妙的天籁中听到了西风对花儿的眷恋，罗斯勒上尉对她青睐有加，她就大骂罗斯勒是个浑蛋，然后她就开始啜泣，不讲情理，不过这都只是尴尬的表现罢了。当我在瑞典旗帜下发誓的时候，战鼓发出刺耳的声音，像是在对我们进行最后的宣判，我内心有些动摇。现在我们这些可怜人是在为那些高贵的人受煎熬啊！啊！伙计，我们国家的女人非常温柔可爱，她们会感恩上帝的仁慈，而不是去厌恶那可恶的男人。啊！伙计，来我的国家看看我们的那些女人吧，她们不是抱着孩子就是点着蜡烛在亡人的坟头哭泣！这真让人揪心。你是在听我说吗？"

"我在一直鞣皮革。"

"是的，你在一直鞣牛皮，你这家伙！那你知道为什么瑞典一直只是一个人数不多的小国吗，为什么他们没有在胜利的时候扩充他们的领土？你知道瑞典和瑞典语为什么没有席卷欧洲吗？我会告诉你，他们不侵犯别人。瑞典的精神从一开始就如牛皮一般坚韧，只能用责任这把利刃来修整。瑞典人从一开始就没有统治欲，也不会爱上别的，只爱上了责任。他们自己都不相互爱护，瑞典人宁肯坐牢也要将同胞缉拿归案绳之以法，他们的心生来就坚如磐石。但我们这些来自波兰、德国、法国和意大利的外人用我们冒险者的血液滋润了它，因此现在这里绿树成荫，鸟儿也在枝叶间鸣唱。这样的血滴挂在你们为之骄傲的史册里，就像是橡树上的苦果一样，是的，苦果总是在根部的，你要注意！这苦果的汁液流进了你们英雄般的国王的血液里。我亲爱的瑞典同胞们啊，听听我说的话吧！你们在你们的史册里看到我们的名字时，不要忘了我们也在这里流过血，我们外国人是你们的队伍中最快乐的，你们是鼓，而我们是长笛！因为爱，我才加入了你们瑞典的军队，也因为爱，我到死都会遵守我的承诺，听着！爱和责任最后一定是一体的。伸出手来吧，伙计，伸手握着我这个小个子意大利人和他所有的同伴。你认为我说得对吗？"

"我远没有你那么经历丰富，博学多才，派纳洛。我也不了解我们的过去和未来。但请跟我们在一起吧！跟我去瑞典，去布朗科博的瞭望塔，你周围的所有人都是不达目的决不罢休的，不论为了什么事，也不管这有没有价值！跟我去奥兰海的冰面上过一夜，你会被冻得苍白无力，你没有火把，不过干的桦树枝是可以燃烧的，傻瓜！然后就会有一种奇异的香味。"

他的双手友好地握着那个外国人黝黑的双手。

"你为什么晚上要这么辛苦地工作？"意大利人问道。

科瑞莫答道："我鞣牛皮，只要变软了，那我就能把它送给贝克夫人和她上学的孩子们，他们要用它织成马甲让我们穿在外套里面。去阿尔罕格尔斯科和喀山的路上，瑞典囚犯们一直在密谋叛逃。只要手里有武器，男女老少都愿意穿越整个俄罗斯去本德的国王身边。你也跟我们一起去吗？"

托波尔斯科的瑞典俘虏

托波尔斯科一条空荡荡的街道上有一栋没上漆的木房子,尖顶的房间里住着一些瑞典的俘虏。桌子上摆放着盐腌的梭鱼、煎饼和粥,这里要举行一次简单的宴会,刚刚帮莫顿夫人教学生们做缝纫的贝克夫人被指定在这次晚宴上端茶送水。

弯弯曲曲的楼梯上传来沉重的脚步声,很快门就打开了。乌瑞其上尉带着祈祷书走了进来,还有不苟言笑的少尉斯特恩弗利奇和个性活泼开朗的科赫勒中尉,他们都在这里的学校当老师维持生计。司普仁柏腾中尉的手腕上仍然有在喀山塔里留下的伤疤,跟很受女士欢迎的英俊的罗斯勒中尉大声谈论着什么,贝克夫人探询地瞥了他们一眼。在梅梅尔河时一直紧随着国王的跛腿的罗布佐夫上尉,就连在关押时期也穿戴整齐的沃尔特上尉,一直在检查着鼻烟壶、丝袋、马毛做的假发,检查着吹短号的恩纳斯和朋友们制作的睡帽,并把它们放进一个篮子里。斯特拉伯格上尉在地图上找到托波尔斯科,在这里画了一条线,抬起头来。

以唱歌为生的短号手付瑞思、维斯菲尔特和托尔敲着他们空空的钱箱走了过来。成为了染匠的霍尔将军正在往煎饼上撒糖。做刺绣为生的力达伯格将军从背包里取出银丝线球，缠绕在一个浅盘子上，做成复活节彩蛋的样子。当金匠的比斯中尉在桌子的边缘把一个闪闪发亮的达科特币展示给大家看，这是他们这两个月以来见到的第一枚达科特币。

年轻人们手背在后面贴墙害羞地站在那里。维堡来的当奴仆的哈伯曼穿着补丁摞补丁的裤子紧张地站在门边，有一间酒屋房子的巴克将军不得不把他拖到桌子旁来。还有伯曼，他也曾经是短号手，在波尔塔瓦的战争中，他因咒骂和恐吓自己的将领而受到了降级处分，他自卑地靠在炉火旁，贝克夫人不得不给他送上了食物和盘子。

乌瑞其拍了拍手，然后开始祈祷："我们感谢你，天父啊，感谢你对我们这些囚犯的仁慈，我们现在如往常一样每周日都在桌子旁向你祈祷。然后我们要感谢我们忠诚的兄弟们，他们用自己的双手创造了我们急需的一切，养活弟兄们以及孩子们。比劳以前也是我们最忠心的军医，他刚刚在莫斯科死去，给我们留下了他的睡衣，它被卖了整整七卢布二十铜板。尽管囚禁对我们而言是一次缓刑，但我们仍然能感受到你的关怀。最近，我们听说一直被脚手枷捆绑束缚住的艾瑞克·阿姆菲特获得了自由；我们感激你，因为我们的老国务大臣大人已经因为饥饿而进入了你所在的天国。"

乌瑞其一停止，斯特恩弗利奇就走上前来继续说："我们坐下之前，我们恳求你，哦，天父，为我们倒在矿区和采石场的兄弟们，还有那些在鞑靼和万里长城脚下的兄弟们，尽管他们并没有像信仰他们自己的神明一样信仰你。请你降福于我们的兄弟鲁赫，多年来他一直躺在坟墓里，衣不蔽体，他应该已经见到了他已丧生的朋友托比了。如果谣传是真的，他仍然还在阿斯特拉罕的一座寺院的话，那就让他一个人孤独终老吧。还有各自坐在自己荒郊野外的房子里的苏伦波与黑和安德斯·奥克斯胡福德，一名德国商人见过安德斯驾着马犁前行，他们都会得到你的庇护。噢，上帝，我们的天父，不要像耶利米书里那么说：'犹太的子民，神圣的人们，如铸金一样珍贵的人，现在没有人能看得起他们，那些罪恶的人们，肮脏的人们。追赶我们的人比天上的雄鹰还要迅速。我们神圣的灵魂被他们的爪子抓住，我们已经想过要生活在他们的阴影之下……"

风儿拂过窗外的芦苇杆，吹得窗玻璃哗啦啦作响。

"尊敬的贝克夫人。"斯特恩弗利奇为老人把椅子搬到前面，低声说，"我们还少了一个人，那就是我们可爱的朋友费迪南德·文·科瑞莫，那个年轻的号手。再没有哪个瑞典人比他更单纯更有责任心了，我一看到他，就会想起凉爽的夏夜。"

贝克夫人还没来得及回话，科瑞莫就已经从转梯上走了下来，衣领竖起，蓝色的眼睛一直盯着她。

"我刚刚跟一个人待在下面，你们可能都不欢迎他。"他压低了嗓门儿说，"是雷英，我试图说服他不要再去小酒馆闲逛了。我们要是能多容忍他一点就好了，他心地不坏。"

"他的消遣方式跟我们的很不一样。"贝克夫人回应的语气很强硬，但神情很温和。

"不要这么认真嘛，贝克夫人！"

她一直在桌边忙碌，摆放盘子，然后走到门边，向楼下喊道："科瑞莫是个正直的人，我们都不会把能与他相处的人关在门外。上来吧，雷英中尉！"

雷英的头发过早地灰白了，眼神迷离，脸因霜冻和喝酒而变得通红，他跨过门槛，马上就有人端来了一把椅子，似乎他就是这一群人里最尊贵的人之一。一开始他还坐得笔直的，但随着晚宴的进行，啤酒上来了，没人再记得他在那里，他突然抓住了贝克夫人的双手，并亲吻着，说他对她的爱有多么真诚，而贝克夫人一直在反抗。他带着酒杯与一个又一个认识和不认识的人拥抱，握手。最后，他走到了仍然靠在墙边的年轻人之中,要他们尊称他为"您",回到科瑞莫旁边的座位上时,他的酒杯已经空了。然后他一手搂过科瑞莫的背部,抚弄了一下他的眉毛。

然后他用另一只手敲打着桌面,桌子砰砰作响,说道:"瑞典人的勇气是什么,伙计们?我不是在问你们的上帝。如果雷英让你们觉得好玩儿,就举起告别的酒杯吧!你说什么?科瑞莫是诚实的!我发誓,我发誓这是真的。但你们有谁听人说过科瑞莫是聪明的?'人要有责任心。'他说得真好。不幸的时候不要只想到自己的不幸,不要轻易放弃,每周只要坐在那里赚五个小钱就够了。不,但你们知道吗?我正在想像斯特恩科那样做,我想要变成俄国人,加入俄国籍,然后跟一个俄国女人快乐地结婚。告诉我,亲爱的贝克夫人,就告诉我,为什么在这里的生活比在家里的差?难道家里的草更绿,床更软?"

"亲爱的朋友和兄弟!"科瑞莫温和地回答道,"你真是很天真的人,我也非常喜欢你,但是我们都很想念家里,我认为如果我们在这里是在履行自己的职责,那我们这些背井离乡的可怜人还有点值得欣慰的事。"

他前额上的黄发被整齐地梳到了后方。

雷英朝他点点头:"欣慰,我真的认为我们应该感到欣慰。你们知道为什么就连那个俄国人都喜欢我们瑞典人吗?你们听着,这不只是因为我们很有礼貌,不只是因为我们教他的孩子们读书写字。你们还记得吗,考试那天我去了学校,给孩子们讲述美索不达米亚的首都克罗克顿梅仑,那里没有单人卧室,只有小客栈和旅馆,马车不是靠轮子而是靠啤酒桶和小桶运行的时候,那些坐在孩子们之中的准备好要学点知识的骑兵们和俄国皮贩子们都大笑起来,于是贝克夫人把我赶了出去。真见鬼!因此,听着,俄国人和整个世界是欢迎我们的,因为我们这里所有身陷囹圄的人能把他们和整个西伯利亚拥入怀中,我们过得非常开心,快乐,能感染身边的人。"

科瑞莫专心地盯着他的眼睛:"啊,你这位老兄弟和酒鬼,快乐的瑞典人其实有更丰富的感情。"

但到了傍晚,雷英开始发火咒骂,好像他就是战场上的将领一样,贝克夫人用冰冷的双手悄悄拿走了他的酒杯。

"我可没开酒坊。"她严厉地说道,"我们来这儿不是胡吃海喝干蠢事的。"

科瑞莫马上打断了她,不让雷英听到这些严厉的话,并把他从房间里带到了楼下。

"我要去教堂。"雷英喊道,"它旁边就是最棒的酒馆。荣华和快乐会让人健康长寿。"

"你可以在这里的冰河边看到教堂,那旁边没有什么房子。"

"我要去看看我们在拉尔夫的小孩子的墓上种的草有没有生根。"

科瑞莫摇了摇头,用手臂支撑着他。刺骨的北风在荒凉的沼泽地里呼啸而过,看不见一个人。路上的积雪已经被风卷走了,两个朋友沉默着继续朝前走。尽管还隔着一段距离,他们还是在微光中看到了木制十字架上的白色瑞典语碑文。

"停下来大声读一读,科瑞莫兄弟!我听说我有个亲属死在了乌克兰,另一个在本德。十五年来,我们把瑞典人的骨灰从白海撒到了索洛韦次基群岛。"

科瑞莫拉了拉外套,说:"快过来,我告诉你!不要胡来。"

"草都被冻掉了。告诉我,告诉我,死人难道不在家里吗?那些已经躺到了地里的人不在家里吗?跟我说,科瑞莫。你的内心为什么如此宁静,可以让大海都恢复平静。"

"冷静,冷静,别搭理我!我不会再听你说话。不要沉浸在这些事里,还是想想我们的责任吧!"

"但是,我问你,我们死了之后都不能回家吗?家,家!你懂得这词的含义吗?家!我们难道就不再回家了吗?"

"你不知道你在跟谁说话,雷英,我比你还要脆弱。"

"家——难道你不也在想它吗?你已经无数次地在心里默念过:家,家!小孩子数着地板上的钉子和木片,开始建造家。听着,家就是心里的一颗种子,最终会长成参天大树。它从孩子们的房间开始,然后变成有许多房间,一整栋房子,一整个地区,整个国家,那一片土地之外,空气和水都不再新鲜。你能不能肯定地告诉我,倒在我们脚下异乡的土地里的兄弟们回家了吗?"

科瑞莫更猛烈地拉扯着自己的衣服。

"哈哈!这下我让你掉进了陷阱里啦!但我自己也掉进了这里边。你觉得一个快乐的人会自寻烦恼吗?我需要一点小钱的时候,就会在院子里创作我的乞丐之歌,这个你是不知道的。"

他在河边的小道上走得越来越慢,而科瑞莫一直站在教堂的围栏边,听他唱起了他的乞丐之歌:

> 在乌普萨拉
> 有一栋闪耀着白光的小农舍
> 这里的枫树日日夜夜都在叹息
> 然而时光飞逝
> 一晃就过了很多年
> 我现在成了囚徒
> 离家万里

在风雪之中,这首歌听着像是从很远的地方飘过来的。

> 我的声音不流利
> 我的舌头也不灵便
> 我喝了一口白兰地,开始唱歌

那就给我七杯——红酒！

为我的勇士我战斗了七年

我已经受够了

我负伤过十二次

我微笑着

就算寒风刺骨

我也不改变自己的方向

我要用剑杀死十二个敌人

但我的剑却不在身旁

而是深埋在远方

第聂伯河岸边的沙土里

我请求您——先生

施舍十二枚硬币给我

这是您劳动的最好报酬

终止了你们和邻居每天的纠纷争吵

查理国王万岁！

  歌声消失了，科瑞莫返回了他简陋且整洁的房间里，这里的桌子上一尘不染。他脱下了衣服躺在了床上，却睡不着。窗外似乎有什么声音，他不时跳起来倾听。那只是风声罢了，他想，然后用被子蒙着了头继续睡，但过了一会儿，他又在床上坐了起来，听起来好像有人在往窗台上扔沙石。

  他吹灭了仍然在燃着的蜡烛，穿着睡衣走到窗口。他打开窗户，看到下边的街道上站着一个小个子男人，不断朝他打着手势。他看到那羊皮大衣和半长筒靴就认出对方是一名俄国农民。

  "好人啊！"农民说，"我经常看到你跟那位快乐的瑞典中尉雷英在一起，那个人真是太让我开心啦。过去他跟我和我妻子一起住过很长一段时间，尽管他没有出过房租，但我们真的很喜欢他。傍晚他总是讲他和瑞典国王在波兰的森林里撕开花豹、大象和不知从哪里来的其他动物的尸骨，当然，有时候他会安安静静地坐在地下室的门口，但他只要喝了一两杯酒，就会再次变成很爱开玩笑的人。"

"哎呀，这家伙！"科瑞莫轻声说道，"我不是常说吗，快乐的瑞典人其实有着丰富的感情。"

"好人啊，今晚我没有看到中尉，因此我就去了他睡觉的地方，他也确实躺在了那里，是自杀身亡的。无疑，他再也无法承受那沉重的快乐了。"

这天晚上风很大，黑漆漆的。第二天早晨囚犯们都在祷告里提到了雷英的死。他们也发现晚上的时候科瑞莫离开了他的住处。这以后再没人听到过他的消息，也没有找到他留下的任何东西，但是军官们对士兵们说："他已经安全回到了他的家乡。"

牢笼中的勇士

纳姆·艾多拉是虔信会的首领，虔信会的成员不论在什么样的情况下都要说真话。虔信会的每个人都有自己的家，他们在家里经商或是收藏一些古老的字画，每年复活节后的第一轮新月月出时，他们晚上会打着火把穿着白色的法衣去一个遥远的山谷里。

一天晚上纳姆·艾多拉从集会回来时，经过怪石嶙峋的山路，他对打着火把的仆人说："我们已经立下兄弟誓约，只要不涉及我们个人的私密，就要永远说真话。有些不能说出口的事，必须到死都不能说出口。有什么比遗忘更能反映永恒的寂静的呢？在这地球上再没有比一块被人遗忘的坟墓更好的藏身之所了，那里的草和鸟儿的悲鸣都不一样。听我说，我的朋友！虔信会的言论自由让苏丹非常生气，如果得不到我的头，他就会把他们全都杀光。他要的就是我的头，只要看到这边眼睛的胎记就知道是我了，我会自己把头给他送过去的，然而这是一个秘密，被兄弟们知道可就不好了，我现在不想，也没权利说出这话。要是兄弟们知道我的想法，他们就会把我绑起来然后藏好，不会让我这么做。因此你要秘密跟着我，要是我被抓到杀掉了，你就要偷偷地把我葬在一个没人知道的地方，然后放出话去，说我被人俘虏了。"

黎明到来了，仆人熄灭了火把，他们走到了帖木儿塔拾城堡旁边一块鲜花盛开的草地上，苏丹正在这里游玩。

纳姆·艾多拉看到许多宫殿，陈设奢华，有点困惑，瑞典国王是住在这里吗？这时他向一个奴仆打听，奴仆告诉他，瑞典国王和他穷困潦倒的官员们住在城堡里，虽然是个囚犯，却受到了很好的待遇。

"我们去那里吧。"他对自己的仆人说，"因为我自己懦弱，见到英雄他也许会给我力量。我年纪大了，眼睛也不行了，见到了英雄我才能快乐地闭上眼睛呀。"

他们穿过花园，夏日的阳光照在无花果树和桑树之间的小道上，侍卫牵着苏丹的马去饮水。他们走上城堡的台阶，遇上了刚刚见过国王，身着土耳其装束的苏丹被一群土耳其人围着走了过来。纳姆·艾多拉紧贴在墙边，用手把他松散的头发拉到盖住自己眼旁的胎记，他感觉到了自己的手腕上有呼吸的气息拂过，那天晚上苏丹要是发现了他，会马上把他处死。国王，他需要立刻见到国王，不然他就会打退堂鼓。

国王的房门开了，他急促地朝前走了几步，弯下腰去，从一张屏风的一个洞里观察着国王。

这间大厅是苏丹的乐手们演奏长笛的时候，舞者们跳舞的地方，这里从地面到天花板还有墙壁和窗口铺满了色彩绚丽的阿拉伯式挂饰，纳姆·艾多拉甚至都觉得自己是进入了一个花瓣大厅，魔法蜘蛛把它们的丝线结在了花叶之间。国王靠在最远的墙边的一张小床上，扣子从下扣到了脖子上。他是个俘虏，无兵无权，却仍然不失为一个遥远的国度的国王，他没有足够的钱去买礼物贿赂苏丹的侍从，国王无法忍受向一个外国的侍臣点头哈腰，然后像一个身无分文的流浪者一样去见苏丹。想起自己要像个囚犯一样听从别人的号令，出现在那些王公贵族和宦官们面前,不论他们怎样重复说这违背了他自己的意愿,他都觉得脸红。因此,他还是躺在床上。让他这么萎靡不振的不是疾病而是钱。自在本德烧了王宫以来,好几个月他都一直躺着不动,他一刻也没有下过地,铺床的时候他就裹着被子躺到沙发上。他的两名御医斯科拉根斯特纳和纽曼焦急地报告称他的四肢开始变得僵硬,麻痹,正如那个托钵僧很久之前在垃圾堆上所宣称的一样。他们请求他至少每天起来一次,在地毯上走几步,却是徒劳。

因此纳姆·艾多拉认为他看到的是一个习惯于在枝繁叶茂的橡树的下面或是对着向阳的山坡虔诚礼拜的一位圣徒。

患肺病的学者恩曼一边咳嗽一边讲着自己漫长的故事,刚讲完,他又从火药筒里摇出了两条小鳄鱼,描述它们被床边火盆中的余烬活活烧死的时候,它们吐出了绿色和黑色的毒液。国王的手臂支在枕头上低头看着在余烬中烧成一团的两条鳄鱼。

"一个人只用一把剑就能斗得过一条成年鳄鱼?"国王问道,"任何事人都能做到呀。"

衣衫褴褛的大臣文·穆勒已经成了头号大厨,他现在无事可干,傻傻地拍打着破旧的大衣后襟。

"只要去做,不用蛋和奶油也能摊煎饼吗?"

"只要有刀,就能得到他所想要的。"

葛罗森仰起头,黑洞洞的鼻孔埋到了长发套里,低声对穆勒说:"就算最坏的情况,只要去做,就一定有回报。"

"阁下们看上去很开心啊。他们在说什么?"纳姆·艾多拉问着离自己最近的一名宦官,宦官十分疑惑,但马上谦和地回答:"他们在讨论《圣经·新约》里最美的一首诗。"

这时候纳姆·艾多拉突然用力推了一下光滑的地面上的屏风,国王发现了他,一看到这位尊敬的长者,他就要求他走近一点,并让葛罗森当翻译。

国王说:"显然你是个智者。但你会有勇气站在枪林弹雨之中吗?"

纳姆·艾多拉放下了他的头巾,沉思地抚着自己长及腰腹部的白胡须,说:"我来自虔信会,是里边一个不起眼的小兄弟。但请您这位英雄回答我:如果你的第一个老师告诉你:'不要杀生,就算在垃圾堆里也不要杀最丑陋最凶残的动物。'如果你身边的贵人和所有人每天早晨都说'不要杀生,因为那是犯罪。待在你自己的家里看着别人收获猎物,即使你并没因仁慈而被人称赞',你有勇气不杀生吗?你有勇气在逆境时也保持谦逊,承认自己被打败了,并原谅你的敌人和让你痛苦的人吗?"

国王皱起了眉头,答道:"难道一名优秀的军人在战场上可以不忠诚吗?"

"你讨厌撒谎,绝不容忍别人高抬自己,你的头高高昂起,眼睛很大,但紧闭的嘴唇上有一条罪恶之线,人们认为那是微笑的皱纹,不过那不是,从这条线上所看到的与你的嘴说出来的完全不一样。嘴唇诱惑上帝,说你的意愿完全是按上帝指使的。其实上帝希望见到的是金黄的麦穗铺满大地,希望看到孩童无拘无束地嬉戏,但你却违背他的意愿,召集了军队出征,继续争斗,所以遭到了重创。上帝要是打倒了一个人,就会在他的坟墓上放上一块大石头,让他永不翻身。所有强者都有这样的特性——成功时更谦逊,失败时不灰心,这是一条真理。你所召集的军队里有这样的强者,他们曾听命于你,现在却离开了。你的国家曾经有很多伟人,但他们从一开始就比你占据了更有利的条件吗?你讨厌被遗忘,希望有所为,希望像一颗恒星一样闪耀上万年,但命运却不站在你这边,因为上帝想让你和你的子民经历失败。那么,就去完成你英雄的壮举吧!收起你无用的名望,把它当作你看不起的喝酒的人和女人。谦逊而自信地去做,不论你要干什么,朝前走,面对失败和贫困,朝前走,像雅布一样,直到生命终结。控制好你自己,露出微笑,其实你比自己认为的要能干多了,上帝是不会允许你自暴自弃的。他不会把爱抚的手放在除你之外的其他晶莹剔透的珍宝之上,他也不会愤怒地把自己创造的事物扔进深邃的黑暗之中,因此我爱你,因为你有人性。我从来没爱上过所见过的任何人,除了你,只有你。不过你要小心又小心!因为还有别的爱你的人出现,他们可能比诽谤你的人和最坏的敌人更危险。"

"这些人是谁啊?"

"骗你的人。他们注意到了你嘴角的线条,用他们自己的语言诠释了它的含义。你身边总有骗你的人,他们总是用花言巧语来愚弄你。他们中最厉害的骗子就是能骗你上钩。骗子才不会管你的本性是什么样,他们不会爱上别人。他们就像那蜷缩着身体坐在汉志棕榈林石像里的小猴子,在阳光中吃着海枣,一听到人的脚步声,就从一个枝头跳到另一个枝头,不断吱吱叫唤。噢,国王陛下,您不惧怕死亡,如果上帝记起了你的孩子般的小手怎样抓着基路伯之剑,他就会让您去死,他的报复也会更为加重,他把您交给了骗你的人。"

"你真是心直口快。"

"我只是想知道,既然你是个英雄人物,你究竟有多勇敢?你有勇气接受不为人知的死亡吗?"

听到这话,国王的脸色更为阴沉,他仔细思考着该怎样回答,他斜坐在床上,被子绕在他的膝盖和双脚之间。

纳姆·艾多拉双手交叉放在胸前,鞠了一躬,说道:"那么,您还不足以强大到接受这一切。"

葛罗森用帽子敲击着火盆:"你这个说真话的人,你能说你不是在这里炫耀你的谦逊吗?谁会说名垂青史万古长青是不需要勇气的?"

纳姆·艾多拉闭上了双眼,瘦弱的手指在空中不安地画来画去,说:"您说得不错,大人。名望就是诽谤和造谣来的,是不真实,是欺骗。傲慢的人内心是懦弱的,懦弱的傲慢之徒。自上帝创造亚当以来,这世上出现了多少著名的男人女人啊,要是仔细清点一下,会发现有多少是真金铸就的啊?而您,国王陛下,你傍晚入睡的时候谁知道您在想什么？谁看到过您孤单一人醒着躺在黑暗之中？当您死了，谁会站在您的棺材旁，一手放在胸口，说'他是个好人啊！'只有那些骗你的人会那样做，还说：'问我们吧，我们知道他，他与我们一样。'当他们受够了鲜花，他们就会来扔石子，讥笑您，对您沉重的大刀指指点点。他们会聚集到您的墓前，您安静的坟墓会变成他们最爱的消遣场所，有他们在，诚实的人是无法靠近您的。但我还是把这些告诉您，尽管骗您的人认为您就跟他们一样，而如果您振作起来，召集了一帮聪明而真诚忠心的人，那些身处富贵之乡而仍然谦逊，身在不幸之中仍然自尊自爱的人在您身边，那群人才会远离您，那时候您才真正成为上帝的捍卫者，就算您已去世，人们还是会记得您。然后人们才发觉原来看错了您，这样您才会成为我希望的那种人。"

纳姆·艾多拉用膝盖支撑自己，头则磕到了地毯上："我是个弱者，见到了您才觉得有了力量。我经历很丰富，但也有很多不足。外表光洁无瑕，内心的创伤是无法掩饰的。我希望被人遗忘，遗忘，我会沉沉睡去，睡去。伟人也是寻常人，他的想法也不会得到所有人的支持，没有人会一直赞扬他，他是一棵高大的树，枝繁叶茂，不断摇摆着，叶子发出沙沙的叹息声。"

没有人回应他，空荡荡的大厅里一片沉寂。终于，火盆发出了砰砰的响声，国王赏给了这位白胡子的占卜者一枚亮闪闪的金币，他双膝跪在床上，脸紧贴着床单，把金币推了出去。"你也许会活着，也许会被处死。"国王说，"你所说的不是所有人都赞同的，我要休息了。"

第二天早晨纳姆·艾多拉在苏丹的营帐前被处死了。他的最后时刻终究被人遗忘得一干二净。

仆人把他的遗体埋在了两棵柏树之间。坟墓被挖好之后，仆人往里边撒了一些玉米粒来喂鸽子，这都是从玉米的枝干上摘下来的。很快，土地里长出了白色的花丛。疲惫的战士和农夫们总能在那里找到一个阴凉的地方，经常躺在那里的草地上休息。那里睡着一个被遗忘的人。

回家

在瑞典国王的德莫提卡牢房里,王室大臣文·穆勒坐在自己房间里的壁炉前烤煎饼,他拿着自己后襟起了毛的外套凑到壁炉旁查看。

"这根穗还连在骑装上,"他对站在旁边取暖的葛罗森上校说,"却被弄成了焦黑的。其他瑞典随员们都——真他妈见鬼!——像是吉普赛人一样。我跟法布瑞斯说:'我很快就不会记得钱币长什么样了,不知道是圆的还是方的。'"

"它们圆溜溜的,能像轮子一样滚走。"葛罗森回应道,不断搓着双手,"一个国王,一个朝廷,一支势单力薄的军队,什么也没有,口袋里只剩了在一个远离自己国土的土耳其集市里换来的几个小钱!你还见过这样的国家吗?这难道不是很稀奇的事吗?摊煎饼却只有一点点糖,愿上帝原谅我这么说。我们再不能从土耳其王宫得到一点钱了。尽管我晚上很少睡觉,一直在跟世界各地的高利贷者谈判,希望能借到一点钱作盘缠,然而我还是不能确定我们要怎样体面地离开这里。我已经

向陛下讲了,会有一大批的借债者跟在我们屁股后面,会追到我们瑞典的卡尔斯城,直到他们得到了钱为止。想想吧,小小的卡尔斯城里满是土耳其人,他们跪在街道的角落里大喊着'真主',多糟啊!唉!我们要能摆脱他们就好了!我们必须敲鼓吹号,大张旗鼓地离开,这是瑞典人的风格,你知道的。幸运的是我们还有一些那年夏天在帝国外交部时的一些漂亮衣物,不过,那些衣服里既没有衬垫也没有衬里,但外面有很多金色丝线和流苏,这看上去显得很高贵。我穿上去就会像个真正的大使一样,人还能有什么要求呢?镶有蕾丝花边,纯金的鼻烟勺,衣橱里有苏丹赏赐的皮大衣,一双包住脚后跟的鞋子,一顶睡帽,一件丝质睡衣,就算去死,也会乐意穿的。但那也是以后的事,我们还是看看在回家之前还有多少值钱的!"

葛罗森越说越兴奋,最后,他走到窗边,打开了窗子。

"外面怎么了?"穆勒问道,扣好衣服的扣子。

"土耳其人非常崇拜国王,他们正站在那里等着陛下骑马经过。雨下得很大,你看到了,他们都知道,这个时侯陛下不会一直不出门。"

葛罗森在外套的内层里掏了很久,掏出两到三枚大银币来,扔出了窗外,喊道:"这就是钱的样子。愿瑞典人和他们伟岸的有力量的慷慨大方的国王万寿无疆!"

"这是你自己的钱还是国王的钱啊?"

"鬼才知道呢!"

"你过去不是常把你自己的钱放在左边口袋里,国王的钱放在右边吗?"

"但左边的口袋同意如果要生活必需品可以从右边的贷款。亲爱的伙计,我真的不会弄错的,每天晚上我都会数数一共还剩多少钱。"

窗外传来一阵欢呼之声,而穆勒却抱怨着从火旁举起一个锅。

"你说得真轻巧,兄弟。你居然成为了这么一个举足轻重的人物,让男爵和王宫大臣做厨子,不过我希望我做的煎饼很合大家的胃口。我经常自问，像我们现在这样，怎么能如此快乐而安心地渡过这么多年？"

"这个我可以给你解释。人不可能控制自己的幸福与灾难，天堂的福音也不是指单纯的某一种事物。"

"你说得很好，人就是要单纯，不想太多，就会活得更轻松。"

"谢谢你，兄弟。这话是在说我呢。我很清楚我与你们有点不同。就叫我一个没用的乞丐或者一个——啊，好吧，随你们怎么叫我！像我这样的无神论者、心理学家，早祷的时候还在呼呼大睡的人，是不能体会你们瑞典人的爱的。国王也跟你们一样难以取悦，这些都不能让我感到慰藉。在家里没法想象战场的残酷，你会明白，兄弟，老葛罗森一点也不想当兵。"

"在家里，你说的。诚实地回答我，陛下真的希望回家召集新兵吗？"

"是的，明天就出发回家，他也会招到新兵的。那会成就一件这世界前所未见的事。我一点也不否认。现在急需有人借钱给我们，要是找不到能借钱的人，可能仆人们都会离开的。但人需要权利和名誉，这是最重要的。"

"那么，那也是他逃走的理由吗？经济已经拮据到了极点，都火烧眉毛了，他都不着急。"

"越往北走，他就会越清楚状况的。"

"你记得以前跟他作对的敌人吗，撒克逊、俄罗斯、波兰、普鲁士、汉诺威、丹麦，要斗六国！"

"七个国家。你还忘了最近也是最危险的一个。"

"哪个啊？"

"瑞典。"

穆勒从凳子上站了起来，两位独眼人面对面站立着。

"天啊！别这么说。你以前从来都不绝望的。听你说这话还真奇怪。"

"不是绝望，陛下知道了瑞典国内有人开始公然反抗他之后，他就一直想奔回家，急切的心情就像上战场一样。另外，谁能相信最新传来的消息呢？整个国家内部没有政务，行政事务的管理者就像是即将干涸的小溪边的水车一样，国会和议院都在讨论废位的事。如果瑞典人这么不奉公守法，那我们会看到一场灭顶之灾，也可能陛下仍然是他们的统治者。不要抱怨，亲爱的穆勒，你说的这些都是老调重弹了，别那么吝啬糖，把整个丰饶角翻成煎饼吧，高高抬起你的头！再见啦！"

穆勒站在房间中央，激动不安，什么也没有回应。这时他听到葛罗森在门外叫一个鼓手："奥古斯特，找一个好鼓过来！挂在你脖子上，跟我去市场。"他激动不安的神情马上又转为了惊讶。

穆勒摇了摇头，再次坐到了煎饼旁边，说："上帝呀，葛罗森会用这鼓干什么荒唐的事啊？"

第二天早晨，瑞典人浩浩荡荡地从德莫提卡开始赶往波罗的海岸边的家。他们不得不穿越重重山岭和森林的阻碍。他们身后跟着一长串背着行囊的土耳其人、犹太人和亚美尼亚人，这些就是他们借钱借得最多的七十二个债主。国王兴高采烈，土耳其百姓和他们蒙着面纱的妻子为要离开的英雄而祈祷。只有葛罗森一人还没离开，因为他的两位土耳其朋友把他挡在了门里，他们一个往他手里塞了个墨水壶，另一个给了他烟，穿黑色衣服的随从为他脱下了外套。葛罗森的大鼻子高昂着，用一个夸张的动作把他外套口袋里的东西都放进了随从们手中，然后打开了自己装衣服的箱子。

"我最最最亲爱的朋友！"他说，"看这顶我特地为你做的漂亮的睡帽，我自己也用过，这真是值得纪念的礼物。还有您，尊敬的长者！这双崭新的鞋子，你不要觉得那鞋跟很矮，其实我穿过，它底不硬，穿着很舒服。还有你，请接受这件丝质的睡衣吧！"

送完后，他像逃亡一样飞快地跳上了自己的马车，命令车夫赶路。

那天傍晚，他们追到了太莫塔什，赶上了国王的部队，一名宦官给国王送上了苏丹送的丝质帐篷和一把刀柄上镶了钻石的军刀。

"我的紫貂皮衣也送走了。"葛罗森大声对国王说,"再没有回赠的礼物了,陛下您自己也只剩了一件满是灰尘的大衣和一小打战士们穿的粗布衣服。"

"把你刚刚得到的墨水壶和烟借给我吧。"国王回应道,眼睛里闪着精明的光,"土耳其人护送我们回去,我必须要回赠点礼品给他们的首领。"

"为那个王宫里的一个宦官把老随从葛罗森所得到的都送走啦!"葛罗森兴奋地喊道,不断搓着双手,摇着头,疯狂地大笑。这时候他突然看到了那名鼓手,手臂下夹着鼓棒一个人沮丧地在路旁徘徊,他的同伴在开玩笑地喊:"你的鼓敲不出声,是因为里边装了很多财宝吧!"

他们检查那个鼓,发现那鼓上贴了四张封条,鼓手的眼里涌出了大颗大颗的泪水。

"勇敢地敲响你的鼓吧!"葛罗森命令道,"封上它的是我,就像钉死耶稣的犹太总督比拉多一样,所有的土耳其债主都跟着我们,来一点悲伤的音乐也不错,哈哈!现在骑马流亡的是他们,而不是我们。"

傍晚时分,瑞典人在篝火旁休息,乐手们开始敲打摇晃起鼓来,他们都认为这里边有很多葛罗森从国王那里偷盗来的钱财。

"他真是厉害!"他们低声私语道,"不断往右边口袋里掏,放到左边随便用,真会耍把戏!"

才凌晨两点,国王就命令敲鼓准备前行,他举着火把骑马奔到了山崖之间。到了派特斯特,他发现自己进入了信基督教的斯特拉斯城边界,遇上了留在本德的那批人马,还有最后一批乌克兰哥萨克,他们曾经忠诚地为他出生入死,跪着跟他告别。现在这些人又回到了他身边,他又有了自己的部队。

他来到葛罗森身旁。葛罗森刚刚停下来,正在数着一名侍卫给他的几枚基尔德币,那是侍卫用物品讨价还价交换来的。

国王对他说:"去往斯特拉尔松城的通行证已经准备好了。现在我叫作弗瑞斯科上尉,只带罗森和杜尔荣赶去斯特拉尔松,你带其他人走另一条路到那里。"

听到这话,葛罗森取下他镶着穗子的帽子和假发,上交给国王。

"鞋子、睡帽、那件漂亮的皮衣和丝质的睡衣,找找看,找找看!都不在了!现在假发和帽子也要丢掉。用这个假身份和一件棕色的双排扣当礼服,陛下就变成了另一个人了,罗森家族的人不懂得怎样去讨女人的欢心,也没有接触过酒馆里的女孩儿,但却是国王的得力助手。但就我而言,只要不让我去铺就国王陛下横跨欧洲的旅途我就感激不尽了。"

葛罗森马上跳进了马车里,想要第一个到达目的地,在瑞典海边与他的国王相会,国内的反对者已经在那里建造了居住地,修建了堡垒。

一天,休息的时候,有两个骑兵赶来追随国王,国王也日日夜夜都与自己选的两名随从和骑兵一起练习骑行。不久,他准备好了,穿上了伪装用的服装,跳上了马,使劲用马刺蹬了被阉割的马一下,马儿扬蹄疾驰,杜尔荣和罗森很快就被甩开了,他又恢复了原来斗志昂扬的样子。他好多个月来一直躺在床上装病,以免见苏丹而受到羞辱,多年来他一直希望在土耳其的小城里召集一大帮军队跟随他,而今,他却只有两名同伴,却没有一名侍从。

马蹄踩踏在石头上的声响像是逃跑一样,晕晕乎乎的葡萄园主跑到了门前。

"谁骑马骑这么快呀?"他问道,"如果是可怜的被人追赶的逃兵,那就藏到我家来吧,我和我妻子会保护他,并让他睡在干草堆上的。"

"要小心骑士的剑,老伯!"杜尔荣回应道,"今天一天都没放进剑鞘里。他是个官员,被一个不忠的朋友和不忠的亲人紧紧追赶。"国王低声自言自语道:"那亲人就是瑞典的子民,那将是我们的最后一战!"

与此同时,葛罗森把封好的鼓放在堆满了篮子和水罐的驾驶箱上,朝斯特拉尔松赶去。他到达斯特拉尔松,读到歪斜在路牌上的城市名时,他的心像年轻人见到恋人一样怦怦直跳。很快,他就听到了圣尼古拉斯教堂里报时的钟声。有人还没睡着,有零星的灯光从房子里透出来,刚到吊桥,他就从马车上跳了下来,对守城的人们喊道:"国王陛下!国王陛下呢?他在哪里?他到了吗?"

他们什么也不知道,每天早晨葛罗森都站在墙头盯着国王可能出现的方向,希望能发现国王的踪迹。一天晚上,国王的脸上挂着月光的清辉到达了斯特拉尔松的营地,第二天一大早,葛罗森光着肿起的双脚跑进了国王的房间,兴奋地喊道:"国王陛下,我真爱您!"

国王亲切地握着他的手,说:"亲爱的葛罗森,不要像小女孩儿那样打招呼吧,我们还有更重要的事要做。"

"不只有小女孩儿才这么做,母亲和祖母也会这样的,除了这点,女人的其他方面我可不了解。如果您不嫌弃,我现在诚恳地请求您做我的密友。"国王笑着再次握紧了他的手。

葛罗森把他的文件放在国王面前,不断向国王说明文件中的数据,但为了让工作变得不那么枯燥,活跃一下气氛,他还会插叙自己的浪漫经历。

"那天中午,我赶到了斯特拉尔松,阳光下,在尼伯门旁,我看到一栋洁白如玉的房子,白得晶莹剔透,让人不舍得移开视线,我看到一个女人,她就那样坐在窗口。不是的,陛下您弄错了数据,这里所需的两千基尔德我已经划到我的账上了。是的,那个女人就坐在装着镶有白色花纹的窗帘的窗口。她的头发也是全白,不过被梳理得整整齐齐,非常精致,她的脸很小,显得非常温柔。显然她已经有七十多岁了,但仍然是个女人。尊敬的陛下,没有比爱慕一个老女人更高尚而神圣的事了,其他人都不会想靠近她。她站在窗口的样子就像一幅旧画,一幅老照片一样。军队经过的时候,士兵都崇敬地朝她挥挥手中的剑。"

"很高兴听到你的故事,小葛罗森。我对于活泼的精神病人的兴趣这些年来好像越来越浓厚了。那个很快就要来这里的霍尔斯坦人戈尔兹据说是一位彬彬有礼,谈吐优雅的绅士,在占卜方面很有天赋,你可以去找找他。"国王笑着说。

"我以前也经常跟陛下您推荐他,不过他来了以后,我和费夫就只有俯首称臣的份儿了,他比我们疯得更厉害。好了,别再说这个了!像我这样的小笨蛋在现在整个社稷都岌岌可危的状况下是没有一点用处的,我们现在需要的是一个强悍的外交使者,霍尔斯坦人戈尔兹就很不错,他很勇敢也很机灵,很擅长管理政务,他不知用了什么手段,也不知从哪里得到一大笔钱。他比十个小葛罗森和五十个穆勒和费夫那样的人还要狡猾,您要防范。但现在最困扰我的问题就是要怎么给我在尼伯门那里遇到的老妇人写情书呢?"

国王再次在他的眼神中看到了玩笑的神情,递给了葛罗森一支笔。

"站在桌子这头写吧,我来口述。"

国王思考了一会儿,然后开始说:

尊敬的女士:

  本人是一名受过炮火洗礼的士兵,本来是不敢乞求获得您尊贵的女士的青睐的,然而您在窗口优雅的神态打动了我,所以我就写信向您表达爱意,希望得到您的回应,但是您回应的速度要快,因为我的国王称我们很快就会行军离开,那么您爱我的回应……

葛罗森写着笑着,做着数据记录,和国王商谈国家大事,说着戈尔兹的趣闻。情书写好之后,他把它折叠好,亲吻了国王的手,不久之后就下楼上街朝尼伯门赶去。

穆勒比他们迟一天也赶到了斯特拉尔松,跟葛罗森一起在国王的接待厅里忙碌着。

一名男仆打开门喊道:"乔治·海恩里奇·温·戈尔兹男爵先生

驾到!"

独眼的戈尔兹的剑柄上镶着珍珠母,昂贵的天鹅绒礼服上佩戴着勋章,派头十足地跨过门槛来,握着葛罗森和面露困惑的穆勒的双手,把它们放在胸口。然后,三个独眼的绅士并排站好,立在那里。

"告诉我!"戈尔兹说着,头朝紧闭的国王房间的门点了一下,"我们的英雄上次沐浴到现在有多久啦?"

葛罗森答道:"让我想一下!他上次沐浴是去年夏天在德莫提卡的时候,他有时候会用冷水冲凉。阁下您太关心国王了,但我有个建议要提——不要议论瑞典人的生活琐事!"

戈尔兹闭上眼睛,点点头,进入房间里去见国王。

一丝阴影掠过葛罗森的面部,他低声对穆勒说:"陛下正把自己出卖给魔鬼,我想我还是去集市逛逛,别让自己操心了。"

戈尔兹彬彬有礼地朝国王走去,向国王问安,没有说任何奉承的话。

他说:"我来看看您的运气,您往大厅的地板上扔一枚硬币,运气好的话,它会叮叮当当地滚过地板,一直滚到了橱柜下边才停下来。"

国王仍然对这个陌生人的占卜术有点半信半疑,于是就从打开了放在桌上的钱包里掏出一个达科特,把这枚钱币丢到地上。它转了一个圈,然后就掉在了房间中央他的面前。

"天啊!"戈尔兹说,"天啊!我刚刚还说这钱币会滚到橱柜下面,它居然只滚到了地板中间!"

这时候,国王突然用剑柄敲打这个钱包,里边所有的达科特都掉到了地板上。它们像受惊的羊群一样跑得到处都是,掉落在橱柜或桌子下面,甚至还有到了火炉后边的。

戈尔兹这时候才深深地弯下腰去鞠躬。

"听着!我坦白承认,我不是个信仰宗教的人,但我遇到重要的事还是会迷信。一个炸弹落在一堆营帐之间也许伤不着一个人,但沾着黄油的面包掉在地上，有黄油的那一面不沾灰尘，这样的事，世上还没出现过。空气中有一些邪恶的小精灵，要是能看得见，它们就像是飞翔的小黄蜂一样，它们原本也造不成多大的危害，只是被它叮到，就会有一点难受，但如果有很多黄蜂不停地叮咬，这种难受就会越聚越多，那就会变成不幸了。知道吗，闪亮的瑞典武器所带来的烦恼就是这种无形的小精灵。如果现在您把旗帜升起来了，绳索就会拉断。如果您的战士走到了结了冰的沟渠里，冰面也会裂开。简单地说，陛下您现在运气真是糟透了，而之前则棒极了。"

国王轻声哼唱着：

唉，人怎么能
只做一只鞋
给一大帮淘气包穿？

人的命运也许只有自己才能主宰。人能把那些鬼精灵都吓跑。一开始，人就应该远离小人，因为那样的人身上就有很多鬼精灵，就像马身上有虱子一样，然后果断地把他们从身边赶走，远离他们。"

"瑞典的官员们宣称，很快国内将变得一文不剩。"

"那就要制造新的钱币。钱是什么呀？就是有价值的债券。一个王国难道不能有人尽可用的钱币吗？"

"我也一直在想着发行纸币。不过那样合适吗？君主做事要合理，他的名誉不应受到玷污。要记住这个！"

"那是当然，那是当然！您知道，强制发行纸币实际上也是在借款，是在向未来借款，要通过多年的艰辛才能还一点点。只有在和平年代里，国家才能真正地把强制发行纸币这种制度丢进火炉里。志存高远的人不能害怕魔鬼捣乱。"

国王的头脑一片混乱，不知道到底要不要发行纸币，两种思想好像在他的头脑中打仗。他自己从未体验过兜里没钱的滋味。国王对一切比乞丐对遮羞的衣物和避寒的居住地更漠不关心,不知道自己真正想要的究竟是什么。他的钱除了用来鼓励和奖赏其他人,从来没有过别的用途。对他而言,钱是大家所共用的。然而他每天都注意到,一到了他命令其他人把财物交给军队的时候,他们都开始抱怨起来,并且想方设法地躲开。他藐视这些人的做法,他觉得这样的军队需要整改,不能只想着钱。为了向敌人报仇,他竟然在世人的眼前使自己陷进了这样一个深渊之中。难道他不是国王吗,不是一个统治成千上万人的君主吗?那么,他为什么经常会受到这些小金属片的限制和阻碍呢?这些小东西本来不值钱,在这个地方被称作利克斯银元,而另一个地方又称它为基尔德。钱是一种能让人颠倒是非黑白,让人们为了奢华的生活而背信弃义的东西。改变一些迷恋这东西的吝啬鬼真的是罪恶吗?要完全公平公正,钱就应该被废除。

国王想了一会儿,问道:"如果要请你来,那需要什么条件?"

"我仍然是霍尔斯坦人,我要自由选择我的助手,保证对陛下您尽责。行政事务管理应该改变,这样更有利于王权统治。军队——"

国王直接打断了他:"不论敌人是要合约还是商谈,先祖留给我们的土地我们是寸土不让的。不然我们就都去死,并把整个瑞典都烧光。我不主张打仗,我还少不更事的时候,邻国就已经埋好伏兵了。"

听到这话,戈尔兹第一次跪了下来。

"这世界永远无法理解一个宁愿遵守自己的诺言也不做狡猾的政治家的英雄,但是完全回避问题的人就是个懦夫。心胸狭隘的是陛下身边那些预言者,他们当然能在星空中看到好的预兆,但却没看出瑞典王国的灾难已经降临,而且是不可避免的灾难。瑞典需要派出大量的军队,因为战争需要士兵。我是个外人,但只要我活着,说出的话就是出自真心的。我会尽我所能,我会四处筹钱,也印一些纸币来修筑一座牢不可破的堡垒。"

"这真需要胆量。"

"大胆的主意才让人兴奋。一个优秀的官员每天都要做好丢乌纱帽的准备,就像战士要随时做好被子弹击中的准备一样。要是情况变糟了,那么那堡垒也会被点燃,照亮我们黑暗的环境,敌人只能远远地观看。那时候我就待在堡垒的城墙上,跟我的占卜术一起被大火光荣地吞噬。我们那里有一支歌,是很受欢迎的歌手卢瑟在酒馆里经常唱的,'酒、女人和歌',我还能记得歌词——不爱女人、名声和权力的人,到死都是个笨蛋。"

戈尔兹激动得发热,都忘了不说"女人"这个词了,但国王却并没注意到这些,眼里闪着泪光走到他身边。

"印钱的时候,能把我的图像印上去吗?"

"我们可能会把所有奥林巴斯的神都画上去。"

国王沉默着站了很久,然后颤抖着轻声说道:"瑞典的武器也不能印在纸币上吗?"他紧皱眉头,面露痛苦。

戈尔兹感到惊讶,他颤抖着慢慢的从地上站起来,走到窗口,指着楼下的广场,说:"要是陛下痛苦的话,就到窗口来看看街上的人吧,很容易就能发自内心地笑出来。"

"我很久都没发自内心地笑过了。"

楼下的广场上,葛罗森正来回穿梭在卖点心的女郎之间,他身后跟着一个鼓手,带了一个贴了封条的鼓。

"猛敲一下,把姑娘们带过来!"葛罗森命令道。

鼓手敲击着鼓点,所有女郎们都好奇地跑过来聚到一起,葛罗森拆开了封条,揭开了鼓面皮,然后他从鼓里掏出了最后一晚在德莫提卡集市上买到的各种各样的女装和装饰用品,有小手帕、面纱、镜子和瓶装的玫瑰油,还有绣着新月和花纹的围巾。他高高挥舞着手帕,不断转动着头部,汗液从棕褐色的脸上滴落,他不断叫唤着,把这些商品都售卖出去。第一名顾客他要求得到一个吻,第二名他要一个拥抱,第三个就要在大庭广众之下跳一段舞。

"看，看啊！"戈尔兹继续说道，"我们的上校居然在向女性基督徒兜售异教徒的手帕！他真是个有意思的人，不过这样的朋友可没有能力来服侍查理十二世。"

国王皱起了眉头，示意戈尔兹退下。

"也有些人中伤你，男爵先生，说你是个无赖。我要告诉你，我们一直在一起，我了解葛罗森，而你，男爵先生，喜欢在背后说别人的坏话，那样的话，你也有可能在背后说我。我的大臣们不是没有跟我说过楼下那面鼓的秘密，那里边有什么？唉，其实都是些玩具和垃圾罢了！如果说葛罗森很浪费的话，他至少没有用掉他口袋里的东西。我现在想处理一些事，你先退下吧。"

戈尔兹咬着嘴唇退了出来，下楼后他朝朋友葛罗森挥了一下手，示意他到门廊里来说话。

"从乌克兰波尔塔瓦来的病快快而血流不止的狮子休息得已经够久了，他的爪子已经变得又尖又利。戴上你们的帽子，扣好你们的外套，先生们，随时准备好。秋天的风雨就要开始了。"

瑞典国王的部队很快就听到墙外传来斯特拉尔松的守卫部队奏乐的声音，警钟声催促着那里的士兵们赶到防御墙边或是有火光的房子旁边。凌晨时分国王在弗兰肯门前的石道上用帽子遮着脸睡一个小时。醒了之后，他一直盯着黑洞洞的帽子内侧，战士们提着灯笼过来只辨认出了他的下巴和嘴唇，他仍然保持着微笑，嘴唇紧闭，看上去冷冷的，好像是一张画像。战士们低声议论，说他们从未见过比他更无所畏惧的英雄。而外面的星光下站着许多受瑞典国内挑唆而支持瑞典国内反叛者的高官，他们都大喊只有现在的国王死了，瑞典王国才能得到拯救。

他听到了他们说的一切，但他假装没听到。他曾梦想为之拼搏的人们，已经在期盼他的死亡，希望能从他的死亡中找到救赎。对一个国王而言，还有什么比这更可怕的呢？他生来就只是为了领导瑞典人远征，最终就要像使用坏了的工具一样被晾在一旁吗？他姐姐的丈夫已经在觊觎他的王位了，还有他姐姐的孩子，他最爱的小侄子，也对这宝座虎视眈眈。

圣餐礼的时候他表现非常谦逊，真诚地流着眼泪，但不是为自己的不幸而哭泣，而是内心极度难受，难道亲人们是他不共戴天的仇敌吗？他对官员们的态度也愈发强硬和冷淡，说话的时候双手紧握，但他也更严格地控制自己以及自己的思想。当然，他对自己的着装比以往就更疏忽了，十四天里，他一直穿着那一件沾满灰尘的衬衣，走路仍然跛着脚。尽管还不到三十三岁，他的头发里就已经出现了银丝，然而，他冷静下来以后，抬起头看看帽子，不断对自己重复着："我所走的路一定是上帝指给我的。"然后他就像精力充沛的少年一样跳起来，把他的斗篷递给了被冻坏了的老战士。但如果有人提起他的祖国或是瑞典人，他就会扣好外套的扣子，缄默不语。

一天，葛罗森正以前所未有的热情在他尼伯门前恋人的窗口训练士兵，老妇人像一幅画一样一动不动地坐在花圃后，葛罗森举起帽子，新的编织物让人眼前一亮。

他召唤着他的鼓手。

"她还没见到过你的鼓，我们打开它吧。那里边有一双非常漂亮的绣着金花的小鞋子，把它们送给那位女士，就说是葛罗森送她的礼物。这下子，鼓就空了。"

"将军阁下！底部还有一块土耳其金币。"

"真的呀！这真让人激动，这是国王陛下的钱。现在我们都要赶去鲁根港，普鲁士人和丹麦人受到国内反叛者的唆使，准备在那里登陆，堵住我们的海路，我们不能被堵住。你把钱去送给国王，要求他接受它，这是忠诚的象征，是纪念葛罗森多年跟他在外面的时光。愿这金子在以后的和平年代得到重铸，瑞典人到时可以再次在那钱币上见到他们的武器和国王！还代葛罗森恭敬地向他问好。"

做好了离开的准备之后,葛罗森用剑向那位七十岁的老妇人致意。他骑马穿过街头,朝那些在窗口好奇观望的女郎们挥手,踏平了街边的摊位,自德莫提卡以来,这鼓第一次发出清脆的声响。从教堂的墙壁发出的回声像是敌军的炮火在呼啸。杜克正在楼梯底部大胆地兴奋地跟国王谈论着,达尔朵夫听到巴瑟维兹对戈尔兹的抱怨,骑马到了将军们之中,小科隆司特德拍着将军的肩部,他一会儿跑到这边,一会儿跑到另一边。他瞥了一眼他的快速射击大炮,像是一个马夫看着自己的马一样,有时候用外套的一角擦拭着新发现的博尔赫姆螺丝钉。

"这会是一场艰苦的战斗。"小科隆斯特德说,"只有陛下真的站在了瑞典的土地上时,才能说国王的流亡生活结束了。"

黄昏,秋天的风雨在鲁根城海滩和岛屿上空咆哮而过,空中没有星星,军队开始祈祷的时候,牧师念起了《圣经·旧约》里那些复仇的语句。瑞典军队现在很缺人,他们甚至用狗来护卫,它们的叫声在海浪滔天的时候都还能听得见。

"狗的叫声预示着死亡。"战士们说。

鲁根城斯特索夫村的村民们几乎手无寸铁,只有斧头和镰刀,一万多普鲁士人和丹麦人冒着瓢泼大雨在这里登陆。大风吹散了迷雾,皎洁的月光照亮了这荒芜的地方。晚上三点,敌兵已经侦查到瑞典部队也已经到了这里。

国王也到了这里,与葛罗森会师了,他站在那里,解开他的斗篷,转身对达尔朵夫和王室护卫队说:"时间过得真快啊!我们团结一致,出生入死,谁知道灾难什么时候又降临到我们头上呢?"

葛罗森从胸口的两颗扣子间取出一只黄色的手套说道:"是啊,我们相处十分融洽,我在本德的时候从陛下您那里得到了这只手套,晚上的霜冻太冷,这手套一直温暖我的心。"

听到这话,达尔朵夫摘下了他的帽子,说:"如果我中弹倒下了,只要我的心还在跳,它就会呼唤离开的军队,就会为手持武器的忠诚的兄弟们祈福。啊,只有团结一致,我们才能再次取得胜利呀!农夫都知道老地要休耕,要播种就只有开垦新的土地,上帝也如此安排着王朝的肢解和更替。当上帝为我们开拓了新的领土,我们就要把边界移到新的领土这边来。现在我们不了解上帝的意愿,只知道上帝不在我们这边。"

国王反驳道:"上帝在我们这边。他肯定不愿意瑞典王国被肢解了。如果是你说的那样,他就会让我们一个接一个地倒下!"

"是,您说得有道理。"达尔朵夫说。

这段时间,曾经支持瑞典国内反叛者的本地官员们看到了瑞典国王为了正义为了自己的理想而奋不顾身,看到了上帝赋予他的坚毅的个性,在星光下的斯特拉尔松城门前,他们不再大喊他们之前说的话,相反,他们纷纷前来对瑞典军表示友好,支持国王,拥护国王。

他们打击讽刺国王的声音消失了,鼓声和号声也消失了,旗帜也被放下来,卷起收好了。国王拔出剑走在军队前方,他的队伍只有不到三千人,要把一万多敌人赶下海去,这让他们大吃一惊,他们愿意为国王出力。

国王来到了最前线,停了下来,问道:"敌人就到了,怎么会这么快呢?这里就有他们的防御墙,在月光下,我还看到了一个前哨站,敌人的时间把握得真准,准备战斗!"

这时候,护墙前闪过一道火光,第一发炮弹划过夜空,瑞典军人却把防护栏放下,纷纷站到了墙头上。

炮兵科隆司特德的炮弹从他们头顶呼啸而过,扬起了他们所在的壕沟里的沙子和石头,大地也震颤不已,枪炮的火光从四面八方飞过来。海滩上尖叫和咆哮的声音不断,像是有一大群猛禽冲到了海滩上一样。烟雾冲天,只有在很偏远的地方才能看到皎洁的月光照在地面上,像是刚下过雪一样。枪炮声稍稍减弱时,战士们仍然听得到被束缚住的狗的嚎叫声,但很快枪炮声就又盖了过来,士兵们连将领们的命令都听不清楚。瑞典军人们手握着剑柄冲上前去,像是决斗的武士一样,这不再是一场战士们听从将领指挥的战役。这是一支穿越过欧洲大陆的残存的军队,他们身经百战,现在准备最后一次在瑞典海南岸流血牺牲,这是一场事关荣誉与羞耻的生死白刃战。

雅各布·托尔斯滕森上校已经倒下了,但他的兄弟卡尔·乌尔瑞克却冲过护墙,带领着自己的部队冲进了敌军的壕沟。他慢慢地贴着土墙前行,一条腿跨过阿德勒菲尔德上尉的尸体,吼道:"大胆往前冲啊,亲爱的战友们!我的祖父曾是瑞典军队的统帅,只有死了我才会放下我的剑!"

国王光着头,怒火烧到了眉毛上,冲进了刀山火海之中。面对利刃,他热血沸腾,根本没考虑到自己的生死。阿波戈少尉没牙而丑陋的面孔再次出现在他旁边,谢武德·托尔夫斯拉格打倒了无数拿着武器冲上来的敌人。枪炮从四面八方袭来,溅起了地上的泥土,嗖嗖地落到国王褴褛的军服上。他横冲直撞,不断开枪。他被敌军粗糙的手扣住腰部,他就跟这个大声咒骂的敌兵手搏。一名丹麦军官认出了他,一手揪住他的头发,想要夺过他手里的剑,国王从腰间掏出枪,射穿了丹麦人的身体,丹麦人中弹身亡,倒了下去。然后其他敌军又冲了过来,敌军带着炮火从侧翼袭击了瑞典军队,这个风雨交加的晚上,瑞典军队陷入了枪林弹雨的包围之中。

主将斯特朗菲尔特把自己的马让给了国王,但是在黑暗中,它中了一枪,好像被什么绊住了一样,倒在了国王身上。国王试着从马下爬出来,却被一颗流弹击中了胸部,血液从他嘴角流出来。他眼前一黑,失去了知觉,沙土埋了他大半个身子,只有一只手还握着剑。

陆军中校特朗菲尔德跟丹麦人浴血奋战,他两手各挥舞着一支剑,破烂的衣服里露出了胸部三处伤口,他不再能站起来,就跪着战斗,直到倒地身亡为止。

科隆司特德受伤了,血流不止,被人抬下了战场。

"北方的瑞典人，"他说，"今晚要捍卫他们最后的战场。"

他面前躺着一个已阵亡的年轻炮兵，大炮的点火装置仍然在燃烧，在战场的硝烟和炮火声中，传来了一个念祷词的声音，原来是牧师，他一直在弯腰查看士兵们身后那些伤亡者。

"军队的将领们啊，不要像哭耶罗波安家的孩子那样哭我们：'那些死在城里的，畜生会吃掉的；那些死在战场上的，猛禽会吃掉的，我们的主就是这么说的！'上帝啊，为什么不告诉我们你仍然与我们同在呢？为什么不让流血的我们获胜呢？这样我们的战友们即便倒下也会觉得舒心啊。"

巴瑟维兹中了两弹身亡，已经从战场上抬下来了，老兵达尔朵夫曾多次出生入死救了国王的命，也把他斯莫兰的马夫们带入了霍洛夫增这个死亡区域，现在流着鲜血倒在士兵们之间，脸色苍白得像一具尸体一样躺在铺好的斗篷上。炮弹的火光照亮了刀剑，映着拼搏的士兵们的脸庞，在火光中，卫兵下士保穆葛藤终于认出了国王，把他扶上了马，回到了撤退的瑞典军队之中。

接着，一阵持续不断而激烈的鼓声传入国王耳中，他转过头去，看到晨光中，一名手持鼓锤的鼓手仍然留在后面，跟敌人拼命。他身旁仰面躺着一个双臂完全伸开的军官，镶着蕾丝的大帽子盖在他不失高贵气质的头上。一条法国蕾丝围巾随风飘扬，外套的下摆周围散落了许多甜食和银币。

"那个倒下去的是谁呀？"国王问道。

李达司大德将军回答："那是一位英勇的战士，上帝也怜悯他，不过许多人却不理解他。他是陛下您最要好的朋友之一——葛罗森。"

李达司大德回答过这个问题之后，又回到了战场，不久也牺牲了。

伸手不见五指的冬夜，国王乘着六桨驳船，穿过战火硝烟，离开了斯特拉尔松。一直忠心耿耿地跟随着国王的杜尔荣在城墙前倒在了血泊之中，而他的兄弟则一动不动地坐在划船者的位置上。许多斯特拉尔松的人们带着棍棒和镐在两岸破冰，帮助国王离开，罗森像国王一样站在船头，好像是在跟他们告别似的。

驳船躲避着枪炮的袭击，开到了靠近海边的地方。然而，来接他们的瑞典船只迅雷和强盛号却不见踪影，驳船被海上的风雨所困住，无法出航。于是，国王跟他的两名同伴还有一名侍从登上了一艘抛锚停在那里的重型货运船，被炮火染黑了的风帆上有一大撮红色的补丁。罗森指着岸边那根直立的桅杆告诉国王，那就是托登斯基尔德的舰队，双桅的迅雷船还远在海天交接的地方。国王愤怒而无奈地踏上了这陈旧的船只。船员们站在船头迎接他，十四年前那个在游艇上年轻气盛，听着老主教快乐拍手的国王去哪儿了？这就是那个船员们听说过会把帽子夹在手臂下，恭敬地朝百姓鞠躬的君王吗？

他举起手来向船员们致意，然后慢慢地放下去，紧握成拳状，他在船上说的第一句话就是宣布惩罚："强盛的船长处以鞭刑！迅雷的船长到现在还没赶到，处以死刑！"

浮冰随着大风四处漂浮，洁白的浪花拍打着岸边的堡垒，像是溺水者的鬼魂，国王一直站在桅杆旁边，黑暗包围了他。他要不是君王，就可以转身去寻找一个安全的容身之所，但是，现在即便那样，也会有人找到他，并把他带走。他应该训练出一支海军，应该拥有自己的舰队。而现在，他的臣民们要求他回家捍卫自己的家园，他越是靠近思科讷，就越觉得好像会陷入敌人的包围。他还记得在卡尔伯格堡的那天凌晨，在祖母和姐妹们醒来之前，他偷偷带着霍特曼走下楼，赶往战场。他不想再看到那些熟悉的面庞，他不想骑马穿过斯德哥尔摩的街道，看着人们举着火把在风雨中迎候国王驾到。当然他看到了许多瑞典人为了他和他们那一点点土地而不断献出自己的生命，不过他也明白他们中也有人在暗自祈祷他快点去死。这么多年来，他把这一切看得清清楚楚，而之前他却丝毫不知。他并没想着与敌人和解调停，他忘不了那些跟他上了战场却无法跟他回来的那千千万万士兵，他的子民们的泪水和祷告声都落在了那些士兵的坟茔上,这些战士都变成了圣人,所有的罪过都得到了宽恕和遗忘,而战士们的美德则受到了赞誉。对战士而言,只有两种获得上帝和人们青睐的方式,那就是战争得胜、牺牲和光荣负伤。

狂风暴雨的夜晚,他踏上了斯堪纳的土地,没有跪下,也没有发出悲伤或惊喜的呼喊声,只是二话没说就去了一块名为权杖石的巨石旁。他,这个从德莫提卡骑马而来的骑士,此刻安静地躺在巨石旁的雪堆上,这一刻他完全忘记了自己的身份,在石头的背风处接水喝。他就一直这么待在那里。

教堂里没有钟声,王宫里没有哭声和火光。夜雨打在房顶的檐沟里,瑞典人睡在自己的家里,并没有想到,在十五年传奇般的胜利和不可名状的不幸之后,他们的国王会愤恨地回到国内,走在自己的国土上,没有人迎接。他不再回头,一直向前走。复仇!这个词像锤子一样砸在他心头。向那些不真诚的人复仇,对那个把他变成一个没钱又没权的穷光蛋的世界复仇,但要干得轰轰烈烈而不失高贵!他知道第二天他的很多臣民会欢庆,并且会很热闹。一想到这些,他就微笑起来。他因缺乏自信和家人的背叛而愤怒。也正因如此,最近这些年来他才很少谈及瑞典。他想要惩罚并控制最近的这批敌人,却不会行刑。他威严地平静地走在这一块差一点就将不属于他的土地上。他表情阴郁,冷静得就像是个身处丛林之中的牧羊人一般,他将要控制反叛者,如果真有这种人的话,还要迫使他们就范,跟随他走。他一定要瑞典的反叛者仍然顺从他,仍然忠诚于他。

天渐渐亮了,太阳升起来了,一些农夫来到了田野中,太阳冷冷的光线照着他们冷漠的表情!一切看上去冰冷而陌生!

"那,这就是瑞典了?"罗森说道,衣领高高竖起,"我几乎都认不出来啦。"

"你眼睛都被风吹红了。"国王说,过了一会儿,他继续说,"只要这里的其他人都认识我们,我们不认得家里了又有什么关系呢?"

他要求一个农夫告诉他们怎样去特雷勒堡。他很平静地说想要见见伦德那些有学识的人物和伟大的博尔赫姆，他能帮他开凿一条跨瑞典全境的运河。三位绅士像是游历到家乡的陌生人一样穿行在最底层小镇的围篱和安静的小屋之间，罗森用帽子遮掩着脸庞，像孩子一样大哭了起来。

国王要给向导指路费的时候才发现，自己的钱在旅途中就用光了。他只找到了葛罗森曾送给他的藏在鼓里的那枚土耳其金币，当时还许下了愿望，希望到了和平的年代里，这枚金币能被锻造成瑞典的钱币。这是国王身上最后一点钱，而且还是葛罗森向一位土耳其籍犹太人借的。

国王二话没说，就把这枚外国的钱币放在了瑞典农民的手里。

艾伦思科德

即将回到祖国怀抱的瑞典士兵们衣服沾满了灰尘，鞋子破烂，他们一家一家旅馆地找寻着住所。他们前边的马车上坐着芬兰的女人，她们都是国王从土耳其人那里救赎并许配给自己的士兵们的，她们身旁的草垫座位上放着装有很多恩纳曼博士从亚洲运回来的变色蜥蜴的笼子。女人们乘坐的马车很快就落到了后边，蜥蜴们都死了，布兰德克里帕坐在马夫和被太阳晒成了棕褐色的士兵之间，他现在年老体弱，步履蹒跚，不再是骑着马趾高气扬的英雄人物了。

走在队伍最前面的人又高又瘦，面色黝黑，眉头紧皱，双眼一直滴溜溜地转个不停，洁白的牙齿则镶嵌在浓密而脏乱的胡须间，他没有刀来修剪胡须，就连最不堪的流浪者都会嘲笑他褴褛的衣衫，他所有的一切——一个麻袋和一根棍棒都在手里。当然，准备回国的时候，他四处去借钱，但借到的少量的钱早就被用光了。不熟悉情况的人不应对他的贫穷和他的祖国指指点点，他自称是个普通的士兵，而事实上，他是王室护卫队的一员，名叫艾伦斯科德。年轻的时候，一个十月的晚上，他喝了很多酒，用武器砍伤了一位基伦斯特恩少尉，事情发生之后，他非常焦躁不安，整晚思绪乱飞，没有睡着。直到黎明时分，他还一直穿着木屐在房间里不断走来走去，把他的战友们都吵醒了。

傍晚时分，困倦不已的士兵们围在旅馆大厅的餐桌旁时，他站着高兴地向那些好奇地爬到窗口观望的人们举起酒杯。

"看啊，看啊！"大家低声议论道，"那个人脸上的所有伤疤和他的双手就是他战绩不凡的凭证。这些人是从伊力昂回来的英雄！"

后来，他们看到布兰德克里帕僵硬地在院子里散步，又议论说："他们把木马带回来了。"

艾伦斯科德马上向大家介绍是布兰德克里帕时，那些贵妇人们就带着沾糖的面包走下马车来，以便她们可以告诉她们的后代，她们曾经亲手给布兰德克里帕喂食，他进食时会把所有的都吃光，并敲着桌子示意同伴们也效仿。

"你太想家啦，都不让我们坐会儿或者休息一下。"他的同伴们抱怨道，"饭菜都摆好了，你马上就招呼我们起身赶路，我们肉都没碰到呢。"

听到这话，他就不再理睬他的伙伴们了，并对他们心生怨恨，一天早晨，他偷偷溜走了。

他无须看路牌，也无须问路。他明白自己是在往北方走，也知道他走的是最便捷的路。年复一年，他的思乡之情越来越强烈，每一步都带他更靠近自己从未提及过却是他心里一直在魂牵梦绕的地方，越靠近祖国，他的思念也就越发强烈。有时候，他双手交叉放在胸前，呆呆地盯着路面，不知道在想什么，然后又开始继续赶路。要是在雨夜，他经过路边的房子，就会对房里的人说自己是一个可怜的瑞典赶马车的，希望能取暖，并吃一点面包，然后就会听到骂骂咧咧的声音，门仍没开。要是他在窗口透出的光里看到了桌上的面包片和一碗牛奶，他就忘记了自己的军人身份，折断铅条，抽出两三片小玻璃片，为自己取到尽可能多的食物。每次吃完以后，离开之前，他都用手杖狠狠地敲打着桌面，碗和碟子砰砰作响，房间里的人认为这不是一个普通的盗贼，都跑出来为他开门。一旦他满足了口腹之欲，他就记起了自己还是一个优秀的士兵，不应该这样做。

他赶在其他人之前先到了斯特拉尔松，但这座城已经被敌人占据了，这里的舰队都挂上了波罗的海的旗帜。多次冒险之后，他终于在阿姆斯特丹找到了一条荷兰的小船，船主正准备起航去布胡斯，答应带上他，他就被安排在船主拼缝的被子下小隔间的稻草床上睡觉。

但他一听到船锚链的响声，就用手杖敲着隔间的屋顶，叫着船主："好心的人啊，看到瑞典群岛就告诉我一声，那样我就整理好衣物，剃了胡须上岸。"

船主答应了他的要求，但还没走到甲板就又听到他敲打隔间屋顶的声音，船主于是又跑了回来。

"回家，回——家。"艾伦斯科德结结巴巴地说着，握着船长的手，"你四海游历，经历丰富，好人啊。告诉我，为什么人一旦想要平静，就会很想回家呢？在土耳其的时候，可怜的冯克死于热病，我当时负责护卫葬礼的举行，相信我，我痛苦得握不住剑，也不记得任何命令。冯克墓碑的石头非常洁白，柏树一动不动！如果是我自己躺在那里，我不会安心入睡的。我会从头顶的泥土里探出头来，祈求上帝可怜我，让我的灵魂回家。"

船主回应着："上帝不是创造了大地，还用这弱不经风雨的船带领我们穿越风雨吗？去墙边好好休息休息！你们这些陆战兵可不是好水手，而现在天气又很糟。"

第二天一早，船主站在舵手身旁时，又听到小隔间屋顶传来的砰砰声。

"我的肋骨下有一颗子弹，我也不清楚是因为这子弹还是因为想家,自己变得这么浑身无力,一站起来就会疼痛难忍。今天凌晨,稍稍有一点光亮,太阳还没有升起时,我特别特别想家。"

这一段路,风雨无休,海面波涛汹涌。一天晚上,船主提着灯笼到了小隔间的梯子上,光芒照亮了艾伦斯科德。他醒着躺在稻草上,手杖就在他身边,包裹则被当成了枕头,他的头发已经长及耳朵了。

"好心的阁下,"船主说着,把灯笼挂在了隔间顶部的挂钩上,"我们现在到了乌德瓦拉外面的瑞典群岛,但是风雨很厉害,而现在是晚上,视线模糊什么也看不见。我们必须回到海上等天气好点儿了再上岸。"

"是吗?转向,你们!"艾伦斯科德吼道,隔间的墙壁嗡嗡作响,"我不想回家了。不,不回去,我在家里能干吗呢?我父亲的尸骨在卡尔马教堂,他的灵牌挂在那里的墙上。我的妹妹们都长大了,结婚了,然后慢慢老去,不再是以前的样子了,不再有小妹妹了。我的家不在了。"

听他说完这些,船主正要离开,他马上扯住了他的袖子。

"别听我刚刚说的!"他说,"勇敢地穿越过去吧,像之前一样!忠诚地服侍了国王这么久的士兵可不能像个懦夫一样地回到家里。"

"但是我的船啊,好心的阁下!它是我唯一的财产,是我的所有。我确实看到了西北方向有烽火,但这边有很多海盗,很危险,也许那是他们发出的引诱我们上钩的信号。"

艾伦斯科德马上变得蛮横起来,他坐得笔挺,一条腿伸出了床外,一只手死死拽住了船主。

"如果你遵从军官的意愿,那就往前开吧。我现在除了身上所穿的以外,再没别的能给你的了,如果这船被毁了,在卡尔马城我还有一点财产,如果没有被别人拿走的话,我拿给你当报酬。"

船主觉得他一定是思乡心切,失去了理智。他很清楚如果船舵没及时放下去,他们就会撞上岩石。船主努力挣脱了他的手,袖子从肩膀处脱落了,光着膀子跳到了梯子上。

船突然撞到了什么,猛烈摇晃着,灯笼里的蜡烛都被晃倒,熄灭了。

"天啊!看吧,你到了瑞典群岛!"

"那愿上帝保佑!自孩提时代以来,我一早醒来还从没这么舒心过。"

艾伦斯科德听到了一阵枪声和打斗声。他拿起包裹和手杖,爬到了冰冷的甲板上。波涛打到他身上,而黎明的曙光也透过这朦胧的空气照了过来,他看到船搁浅在一个岩石遍地的岛屿上,一群人正在命令船员缴械。

"交出你们所有的钱物!"一个红胡须的人命令道,举起了枪,"那艘搁浅的破船就归在岸上的人啦!"

艾伦斯科德握着手杖柄,把空空的包裹扔到前面。

"拿去,拿去吧!我刚刚才平静一点,你们的子弹可吓不倒我,如果你们没枪,这样的游戏会让你们损失惨重的。我可是听命于国王的官员。"

红胡须谨慎地让枪口朝下。

岛屿的最高处有一处临时的灯塔,灯光昏暗,悬崖的后面有一艘没悬挂任何旗帜的小船。昏暗的灯光旁坐着一个面色蜡黄的年轻人,裹着一件奢华的狐皮大衣,膝盖上放着两支拐杖。

"怎么不开枪,诺克罗斯?"年轻人喊道,声音尖细,"赶紧,快!"

红胡子答道:"这个人说他是王宫里的官员,要不要给子弹?我们最好还是给他一颗子弹,以免他逃上岸去乱说话。过来,你这家伙,告诉我们你究竟是谁。我看到了你穿的破衣烂衫,可不是王宫里的服装。你离开很久了吗,没听说过拉瑟长官!他就坐在那边的船上。这位是科莫多·盖腾荷蒙,要记着!"

"我的姓名，"艾伦斯科德说，"你们看到我衣服上的军衔就会知道的，我可不介意你们会对我做什么，我只要在此生再次踏上瑞典的土地就够了。我明白你们是无法无天的海盗，我明白我将会离开这一片乐土，不论怎样，现在我回来了！我的生命我无所谓了，但不要否认我终于踏上了瑞典的土地！"

"你说得对。"盖腾荷蒙说，"但要快点儿，快点儿下来！"他越来越不耐烦地用手杖敲着栏杆。

艾伦斯科德像投降一般把东西都扔在了甲板上，踏上了小岛。他向前慢慢挪动，好像土地是一块磁石，把他的脚吸引住了一样，然后他跪了下来，双手抚摸着悬崖峭壁，脸颊也贴了上去。

"孩子赞美你，天父啊！"他低声说，"你引领着你的游子走过这么多陌生的地方，现在终于到家啦！荣誉归于主，归于主！"

他说完这话，盖腾荷蒙做了个手势，诺克罗斯把枪举到眼前，在船的栏杆处打中了艾伦斯科德的头。

天完全亮了，海盗们把他们抢来的东西都搬到了布胡斯岸上，而艾伦斯科德却死在了岛上，双手环抱着悬崖。

马丁·罗森格德

焦躁的马斯特兰德市民们在广场上不断议论着,一个渔夫称托登斯科德很快就会把他的船都停在岛上,并控制住那里的要塞。

教堂司事马丁·罗森格德带着钥匙匆匆穿过广场,一如既往地穿过熙熙攘攘的人群去教堂,没跟任何人打招呼。

"他老了,耳朵不好使了。"有人议论道。

马丁·罗森格德则轻声自言自语:"但老马丁记忆力还不错,他记性很棒,他从没忘记过这一生最快乐和最勇敢的时刻。他没有忘记巴格,尽管到现在那个人带着一张本德来的委任状躺在坟墓里五年了。他是我们的老师,虽然已经进了坟墓,但他的教导仍然回响在我耳边。他光荣的事迹已成为了过去,但他是我们的骄傲,因此今天我们要怀念他。在我们心里,没有人能夺走我们的堡垒。双手交叉祈祷吧!现在是周日上午,老马丁还有事要做。"

他的身影越走越远,走进教堂关好门之后,他满足地点了点头。他把蓝色和黄色的鸢尾花放进烛台里,把祭台的桌布折好。年轻时的记忆再次涌上心头,他仿佛觉得空荡荡的教堂里传来人们的说话声和脚步声。

那也是一个礼拜日,吉尔登洛跟丹麦士兵们刚刚接管岛屿的时候,命令牧师弗雷德瑞克·巴格来唱圣歌,并为克里斯汀国王和他得胜的军队做丹麦式祈祷。吉尔登洛和军官们坐在司令官的席位上,过道里满是外国士兵,因此看上去,马丁牧师的大长袍在那些闪闪发光的制服中显得很破旧。最远处的瑞典男人和女人们眼睛一直呆呆地盯着前面,教堂的窗户打开了,他们在阳光中看到了马丁牧师苍白的脸,鹦鹉从窗口飞进来。

他吟诵的声音比以往要更清晰。唱过赞美诗之后,他站在讲坛里,吉尔登洛轻声插话道:"马丁,马丁,你要为我们而祈祷!"

马丁牧师充满激情地宣扬胜利的重要性,一脸严肃的士兵们眼睛都湿润了,但他开始祈祷的时候,双手高举过头顶,为瑞典的国王祈祷起来。

一听到他的祈祷,吉尔登洛就从椅子上跳了起来,小小的教堂里顿时响起吵闹、诅咒的声音和武器、马刺的砰砰声,好像有一场搏斗一样,但在这一片喧嚣中,马丁牧师仍然在平静地祈祷着。

战士们拥上讲坛的台阶,把他架下来,但他坚持念完祈祷词。

"如果你没别的可说的,"吉尔登洛吼道,"那就等死或是终身监禁吧!"

"我还有话要说。"

最远处的席位上,瑞典人的啜泣声也停止了,战士们也停下脚步等待着他的话。

然后马丁牧师就开始为瑞典军队,为那些忠诚的人们,为了瑞典的胜利而祈祷,瑞典胜利了,敌人才会离开,岛国才能得到和平。

吉尔登洛狠狠地朝讲坛的围栏跨了几步,挥舞着手套。

"把教堂门前高脚凳上的手铐拿来！"他命令道。

两名战士走出门去，拖着手铐进来时手铐在地面上磨得咔嚓咔嚓响。吉尔登洛停在了马丁牧师面前。

"我相信你是个值得敬仰的牧师，你的所为都是出于激情，因此我再原谅你一次，只要你愿意悔改。但是要小心！如果你再次叛变，那你就会被监禁。你有房子，有家人，要好好考虑！我会耐心等你回心转意。放开他，伙计们，让他再次回到讲坛！还有你们，坐在长椅上的听众们，你们都记住我的话！"

马丁牧师整理了一下披风，好像是要听从命令回到讲坛一样，但他突然又转过身去面对着教堂的会众。

"我还要忏悔，我是认真的。我可以就在这里说，也不用上讲坛。"

吉尔登洛把身旁的军官们推开，回到自己的座位上，手指一直在不耐烦地敲打着剑柄。这时候所有教堂里的听众都站在了过道里或是教堂门口。

马丁牧师并没有握紧双手，而是张开了双臂，没有人知道他这动作的含义。

"我忏悔！"他说，"我已经把最贴近心底的祈祷藏了很久。"

说着，他就开始为农作物和天气，为河上的渔船和运草的马车，为就算将来他在黑暗的地牢里他也发誓会忠诚于其的这片瑞典土地而祈祷。

这时候士兵们才明白他为什么会伸出手。他一直在祈祷着，他们铐好了他，拔出了剑，把他从教堂带到了堡垒里。

 **沙皇**

　　冬天，星光熠熠的晚上，孤独的人容易没有理由地哭泣。戴着王冠的沙皇扬扬得意地被抬着穿过莫斯科街道，他身边的人前呼后拥，一片欢呼。每到一处，人们比以往更沉默，他经过之后，人们开始窃窃私语，表达着对沙皇的不满，议论着政府的黑暗与腐败，议论着刑法的残酷。商贩们在柜台前抱怨冗长的战争，农奴们用力拉着厚厚的大衣，遮盖着他们剪掉了胡须的脸，他们的脸上露出的是无法改变的痛苦的神情。两个人相见，只要不被人听到，他们就会诅咒沙皇。牧师们在香炉旁说他在斋日吃肉，他所崇拜的是罗马的神而非基督圣徒。波维亚人抱怨他们晚上也不得安宁，因为他们要日夜劳作，重建整个俄罗斯帝国。他们都说他疯了，他要不是在训练军队，就是在观察别人，看是不是有人说他的坏话，能像医生一样问诊，像鞋匠一样做鞋子，像造船者一样造船，像车工一样用机车加工玉石，甚至像刽子手一样砍别人的头。一天的劳作之后，人们有时候会在吃饭的时候看到他走下来坐在乐手之

中，熟练地击起鼓来，这种娴熟程度也是无人能及。

夜晚来临了，空中闪耀的星星也愈发多了。沙皇的儿子阿列克谢坐在他穹形的屋子里，这个房间被装饰得花花绿绿的。他周围的地板上摆满了虔诚圣徒的宗教作品。他正给他红头发的芬兰奴仆阿弗罗辛尼亚写信，还没写完就停住了，因为他想到了烦心事，想到了沙皇把他的剑和他对王国的继承权都收走了，就停下了笔。他穿着以往沙皇穿的光滑笔挺的皮大衣和镶嵌着绿松石的小靴子，想象着自己在偏僻的古堡里欣赏着王室金匠的作品，并跟有学识的修道士谈天说地；他想象着自己走进了教堂，在地下室里接受洗礼；他想象着自己晚上跟波维亚人纵饮狂欢的样子，他们激动地大声感激上帝；想象着过去王国的样子，乡村的钟声敲响了，人们早早就吹灭了灯休息，睡到很晚才起来。想到这里，一股热血冲上他的额头。

他身后的门开了，他以为进来的就是仆人，因此一直坐在那里冥想着。直至听到了走廊上还有脚步声和笑声，他才转过他青灰的脸庞，他面容枯瘦，眼窝深陷。来的是他的父亲沙皇和他晚上的客人们，他们的前面是仆人们抬着一张长长的桌子，桌子上的烛台里还放着十支点燃的蜡烛，看上去就像十个馒头一样。阿列克谢一直苦恼这些晚宴，避免见到父亲，多次服用药品来避免出现在他父亲的晚宴上，还跟他的仆人阿弗罗辛尼亚去了南部的那不勒斯的葡萄园，以躲避这个正朝他举着手杖的父亲！这时，他走向暗处。

"阿列克谢！"沙皇喊道，"你今晚就是主人。坐到我对面！"

这时候，他们都坐了下来，沙皇把一个音乐耳盒递给了邻座，喊道："我们一起来传递它！还从没听说过这些贵人们和王子会坐在一起玩这个的。"

人们兴奋得一个一个地传递着乐盒，到了坐在沙皇另一侧维亚塞姆斯基副官的手里，他很年轻，不谙世事，脸色苍白，手举到半空，盯着沙皇。在座的这些人中，再没有谁比他更得沙皇喜爱的，而今晚有人密报他有叛变的迹象,因此沙皇想特地试他一试,神态如伊凡大帝一样威严,笑声却透着莫斯科人的好脾气,他对他说:"维亚塞姆斯基,孩子,很快整个王国一提到我就会诅咒我了。我在这里,以圣父圣子圣灵之名,相信你的忠诚。如果你认为有人造谣污蔑你,那就不要留在这里了!那样我也就没别的期待了。我想要的是事实,我也会谢谢你说出实情。"

维亚塞姆斯基站起身来,把椅子移开以便跪下,与此同时他眼睛盯着蜡烛的光,低声说:"我的手不太干净,我先洗洗手再回来吧。"

沙皇不太高兴地点点头,看着他离开。

"他,变了,不是原来的他了。"

沙皇举起面前的空酒杯,一整天都在偷偷观察他的皇后,这时也穿着一件蓝色的衣服走了进来,坐在空出来的座位上。他把手搭在她的手臂上,转而对阿列克谢说话。

"你为什么不倒上一杯,向我们敬酒呢?做得很好!再来一次!还来一次!坐下去!快点儿!不,别人都坐着,但你要站着,你要站起来回应。那些学者们真的告诉你你是这整个国家的希望和未来了吗?"

阿列克谢站在桌子的另一头,冷得瑟瑟发抖,挤成一团的脸,灰白而苍老。这在沙皇看起来就像个小孩子一样,不断地问着问题,面对每一个新的问题,阿列克谢一直用手指拨弄着长长的蕾丝围巾,一句话也没回应。

"你真的那么讨厌我,讨厌给你生命的人吗,讨厌到一直期盼着我快点死掉然后推翻我日日夜夜辛辛苦苦建立的王国吗?你的教父真的邀你为人民而殉道吗?啊!这世上除了那些为人民洒热血的还有很多英烈。我乐意为你们所有人而奉献自己。但谁能说自己得到了上天的明示,称自己选择的路才是正确的呢?也许你们有一天会说,这个身体里流着我的血液的丢人现眼的蠢货就是你们的救星呢,但那时候你们会失望得大喊大叫,我活着的时候还能控制他。卡特琳努什卡,为什么就没人理解我啊？"

他闭着眼睛，脸埋到了皇后的手臂上，笑了起来，笑声里带着哭腔，桌子旁的客人都一一站起来，走到皇后身后窥视着他。他的笑声很阴沉，除非是在乡村的小房子里，他们从未在别处听到过这样的笑声，但他们凭经验知道，这种笑意味着失望与责备，因此他们个个都提着脑袋等着他接下来的反应。

"卡特琳努什卡，孩子，在欧洲各地，他们造史册的时候，都把我描述成傻子。为什么就没人理解我啊？不过还有一个跟我一样不被理解的人，他现在正在率领瑞典军队翻越挪威的山脉。奇怪，我们这样两种完全不同生活方式的人居然会有同样的结局。那个副官为什么迟迟不回？我希望看看你们之中究竟有没有人能诚实地告诉我他是不是爱我。希望你们大胆说出来！"

他抬起泪流满面但却笑着的脸，皇后则轻柔地抚弄着他的卷发，低声啜泣着唱起了一首民歌：

    那些伟人，尽管有随从和卫兵跟随
    跟那些在荒野漫步的乞丐一样孤苦无依
    但是真诚的人，受到天使庇佑的人
    是听着穷苦人的音乐入眠的

"副官维亚塞姆斯基，他是那种胆小，不敢杀害沙皇的懦夫吧？也许，他正在门外犹豫不决？或者也许他没有背叛我？"

一直坐在那里的门什科夫戴着涂了粉的大假发站了起来，说道：

"过去，我还是个糖果店的伙计，带着糖果在莫斯科大街上到处跑的时候，我就是您的开心果，主子。我会编很生动的故事，让您想象到可恶的大大小小的猫头鹰在您和您的那些仆人身旁。但我们现在都老了，您，我的主子和我都是如此。我会遵从您的命令，也会忠诚于您。"

门什科夫走到房间前面的过道里,沙皇在他身后问道:"为什么那名副官还没来啊?他的手就那么不干净,要洗这么久啊?我想要看看那水究竟洗得多脏了。"

门什科夫回来的时候,带了一大盆像是葡萄酒的红色液体。

"维亚塞姆斯基副官死了。"门什科夫说,"他是用自己心里的血液洗手的。"

沙皇再次闭上双眼靠在了皇后的手臂上。她用手指抚过并梳理他的头发的时候,听到他低语:"他不爱我,他怕我杀了他,卡特琳努什卡,小嬷嬷!"

英吉布瑞特

这天是圣诞夜,牧师的寡妇独自坐在家里,膝头上放着亡人的照片。她上身穿的是由已故丈夫的破旧的外套改做的衣裳,她头上围着一条他的硬方巾,后脖颈处打了一个结,她枯瘦如柴的手冻得发青,手指完全伸开摊在纸上。她比其他女人更高更瘦,因为她贪婪而刻薄,大家都很讨厌她,并经常说她坏话。就算是在富裕的时候,牧师家里也没有点过牛油蜡烛。冬天凌晨三点,只有火把和壁炉的微光,什么也看不见,她就催着仆人们起来干活,仆人们不得不打着哈欠在阁楼里抱怨。在牛舍和马厩之间的路上,她会叫仆人们必须要把木鞋挂在脖子上,周日来礼拜时才能穿,要是发现有人犯了过错,她就会秘密告发,让那人受苦行。

现在是傍晚了,透过被雪遮盖了大半的窗户,她一直盯着盖着木瓦的教堂和教堂尖塔。她身旁站着一个长着浓密的卷发的男人,他的脸通红,却一直保持着微笑,这个人是从下面的磨坊过来的磨坊主特卢森。

"你觉得他会来吗?"她紧张地询问道,"他是我唯一的仆人,自从搬到城里之后,他就没再来过。三天前他走了,他应该受到惩罚。周一就会有人在小旅馆里发现他的,然后就会根据新的公告让他去当兵。"

"我觉得你的房子里悲伤的气氛比较浓,这可不好。"特卢森友好地说,"正因如此我才赶来这里。不要抱怨,英吉布瑞特嬷嬷,从本质而言,幸福与不幸也没我们所想的有那么大差别,它们都是我们创造的。你看看,我那个主人老好人苏普,他就很大方,我进去的时候,他笔直地站在餐厅的桌子旁,什么也不说,数着他一年来要上交的税。女士用的进口丝绸六百银币,蕾丝六十,紫貂皮衣四十,专用的衣帽二十,茶和咖啡四个银币,大马车上的金饰四十,烟草和其他一些中看不中用的东西,出游和其他必需品的税款加起来四十。铁也是必须上交给国家的,而且没有回报,他也准备好了,他整个磨坊里就剩了三个劳力运送东西到铁匠铺!而老苏普仍然没事人一样站在那里,把印着戈尔兹头像的钱币摇出钱包。而你对这世间所有的一切都很贪婪,英吉布瑞特嬷嬷,大家都这么认为。"

"只有穷人才省吃俭用呢。"她恶狠狠的低声抱怨道,"我又不是对每一个人都这样。自十一月以来,为了维持军队的开支,我们一直都在啃树皮,我的丈夫可怜的韦博留斯像个农民一样去地里干活,直到他自己累得倒下去了为止。五个银币都买不到一磅糖,五十个买不了一桶鲱鱼,盐也要一百个银币以上。明天就是圣诞节了,我们却没有牛油来点蜡烛,也没有牧师来朗诵上帝的箴言,没有教堂司事。马儿都去运送行李了,如果那个仆人还不回来,我可就没办法啦,没有男人可是不行的。上帝啊,对我仁慈一点,告诉我他会来的!"

她把脸贴着窗户,身体一直在发抖,也不知道该做什么。

"他来了!"特卢森说,"我听到外面雪地里有脚步声!"

这时候,一阵喧闹声传来,门被推开了。几个大嗓门儿的战士穿着褴褛的军服跨过门槛,他们身后跟着一大群骨瘦如柴的流浪者,大部分是年轻的男人,也有男孩儿。因为长期啃吃树皮,他们的面容都变得黑黝黝的,而且都变了形,他们的腿脚上都绑着羊皮。她在最后一排的人里认出了她的仆人,她立刻就知道他也参军了,现在跟其他人一起回来了。

"快点忙活起来,这里有很多活要干!"一名战士命令道,往自己冻僵的双手上吹气以便活动。

"没什么活儿要干,真的没有。"她回应着,一动不动地呆在那里。

"没拿出来的全部都拿过来。七个小时里我们没吃任何东西,一直在蒂山森林空无人烟的农场里游荡着。"

马刺和刀剑丁零当啷地响着,人们不断的低声说话交流着,英吉布瑞特嬷嬷没有阻止他们,只是来来回回地走动着,双手一直在围裙上擦来擦去。她探询地看了她的仆人一眼。很长时间里他没有去拿东西,只是听着吵闹声,不断挠着脖子。

最后,他低头看着地面,轻声说道:"您一直都很吝啬、很苛刻,嬷嬷。去年夏天我偷偷在门廊橱柜的抽屉里藏了四块黑面包,现在我会在您眼皮底下拿出来跟他们一起分享,在这种人急需食物的时候是不会分你我的。"

战士们嚷嚷着从英吉布瑞特嬷嬷的腰间抢过钥匙,橱柜和抽屉都被打开了。泥碗里装着各种她私自留下的美味佳肴,战士们骂骂咧咧地给一块火腿解冻,很多蛆都在骨头上被冻僵了。

"好心的人啊,请安静!"特卢森安详友好地说道,"冰霜杀死了肉里的蛆,那我们的祖国所经历的苦难也在杀害很多侵蚀我们心灵的恶蛆。"

他说这话的时候一直看着英吉布瑞特嬷嬷,好像这话是特地说给她听的,但是她却想打断他的话,并转移他的视线。

然后他开始用一种牧师布道的语气说话。他背对着火,站在房间中央她的面前,双手交叉继续说:

"请安静,先生们,我们吃之前还是先祈祷吧。这样一个不幸的夜晚是上帝用来考验人们的,以让他们变得善良而优秀,那样的话,贫穷的小部分人也比那些享受荣华富贵的人更美更高贵。"

她走到打开的橱柜前,不断摆弄着杯子,这样就听不到他说的话了,但她还是回到了他身旁。

"特卢森,我觉得你性格温和——"

"您在这里太过吝啬了,嬷嬷,但现在我们的食物可不能拿走。"

人们靠着墙叉着双手站在那里。

特卢森平静地看着英吉布瑞特嬷嬷,思索着将要说的话,大声开口道:"天父——"

她心烦意乱地揉搓着围裙,颤抖不已,想要转开视线,却被他轻柔地扳过来面对着他,她的呼吸也变得越来越粗重。他终于说出一句:"每天都要给我们提供日常的饮食。"她不自觉地打断了他的话。

"不要再来啦!"她咆哮道。

"什么?难道我不能来向上帝祷告?"

"今晚不要啦,明天再来祷告吧。"

她拽着他的手臂,把他拖到了门口:"你居然说我苛刻吝啬?"她的语气十分激动,似乎这话是从她心底里发出的。

"是的。"

"你说这种考验会让我们变得善良而优秀?"

他点点头。

"那你跟我来!"她低声说,于是他们一起走到了门外寒冷的冬夜之中。

地面被冻得坚硬而结实,漆黑的夜空中星星在闪光,没有牛叫,树上也没有鹦鹉。北风呼呼地刮着,为了躲避这凛冽的寒风,他们不得不靠着牛舍的墙行走,他们一走进树林,就抱着冷杉树枝一步一步往前走。

他想,恐惧会让她失去理智,他伸出手去,呼唤她,但在风雪中她并没听到他喊话。她只是一直注视着前方,不断往前走。他怀疑她是想不开,开始害怕起来,而晚上丢下一个女人独自离开他会感到自责,因为他知道自己离开之后,狼就会围过来。

因为寒冷和不安,他变得全身冰凉,加快了脚步想要赶上去搂住她的腰,阻止她继续前行。然后他发现,他跟着她到了一所没人居住的荒废的房子前,房子的主人死于瘟疫,而他们的儿子死于战争。房子里堆满了积雪,门外雪花飞扬。敞开的门里,对面墙上的玻璃把雪光映到空荡荡的房间里。他害怕得停下了脚步。

小房子的墙边站着一个令人恐惧的怪物,像是一个裹着灰色皮衣的男人,头上戴着一个巨大的尖尖的雪冠。他是那个得瘟疫而死的人吗,他挖开自己的坟墓到这房子里来过圣诞的吗,查理十一世统治的时候,他经常在这房子里喝酒享乐啊。

英吉布瑞特嬷嬷不安地摇摇头,用手遮住眼睛以不让自己看到那景象,她进入了小房子里。

特卢森的心都将停止了跳动,他弯腰仔细查看那个怪物,发现是一只被冻死了的麋鹿。原来房子的主人还在的时候,它在寒冷的夜晚到过这里,发现这里是个很温暖的避难所,因此这天晚上它再次来到这里,而此时这里的大床上再没有人睡,窗户里再也没有透出温暖的火光。

"愿上帝可怜你!"特卢森咕哝着走进了房间里,"这时候死的不只是人,还有野兽。"

但英吉布瑞特嬷嬷却没听到他的话。她已经从地上移开了几块木板,苍白的雪光中有一个空箱子,大概有人的一肢手臂那么长,两肢手臂那么高。箱子是蓝色的,有白色的波浪形和叶状的饰物,手柄是铁的。

英吉布瑞特嬷嬷没有去看那壁龛和空荡荡的床，一直紧靠着身后的特卢森。他仍然不明白她要做什么，不过她伸手抓住一只手柄的时候，他也握住了另一只。然后，他们一边不断观察着四周，一边把这箱子带出了小房子，回到了教堂中的家里。他们把箱子放在了离门廊几步远的教堂走廊里。

"去房子里！"英吉布瑞特嬷嬷说，"坐在桌子旁像主人一样招待我那些不请自来的客人！我会守着这箱子，我会仔细考虑清楚，明天一大早在这里见面的时候，我自然会是上帝所希望选择的带领大家做圣诞祷告的人。"

他听从了她的话，穿过院子进入了牧师住宅，他却认为不幸让她丧失了神智，第二天早晨他应该带她去精神病院。

第二天一早，暴风雪也停止了，这里的钟声也没有如往常一样敲响，教区的富人们也没有在冰封的路上赶车。一英里之内，灰暗，破旧，空无一人的房屋里一片沉寂，一点声响也没有。路旁的树之间有几支火把，几个女人和虚弱的老人拄着手杖或拐杖站在前面。再没有别的男人，去教堂做礼拜的一共也只有十二个人。坟墓比祭祀的人还要多，再没有哪个圣诞节比现在更为宁静了。

来教堂做礼拜的人们用堆满了雪的木鞋子踩灭了火把，他们看到英吉布瑞特嬷嬷坐在箱子上，却没有蜡烛，他们满腹狐疑，随意问候了几句。她一直呆坐在那里，双手支着下巴，没有回应他们，他们愈加觉得她讨厌。

这时候，昏昏欲睡的客人们也从牧师的房子里走了出来，不过外面没有钟声，因为教堂尖塔上的大钟早就成了一块废铁，躺在了狄特马的一处沼泽底部。再没有牧师走上讲坛布道，也没有教堂司事敲响的音镲，一直代为履行这个职责的女佣已经在门口等着了。

然后英吉布瑞特嬷嬷站起身来，随意梳理了一下前额的几缕头发，教堂里伸手不见五指，她只能用手触碰墙壁，让自己靠在长椅后的门旁边。不论是烛台还是圣洗池，不论是照片还是版画，什么都看不清楚，只有远处祭坛上的铜质烛台在雪光的映衬下闪闪发亮。

"昨天，"她说，"我们祈祷的最后一句是'给我们提供日常饮食。'"随即她又平静而柔和地继续说："请原谅我们的罪过。"

这时候，一个如幽灵一般，面色蜡黄的小男孩儿举着一支燃着的火把跑到了教堂门口。在这光芒中她打开了箱子，跪在了它前边坟墓的石子路上。

"不幸才会创造奇迹。"她说，对所有在黑暗中进行圣诞祈祷的人们而言，这时教堂长椅后的门边燃起的光亮比一百支蜡烛的光芒还要明亮。

她给她的仆人和他身无分文的同伴们分发了六个银杯子和六只银勺子，并倒出了四大包菲亚特硬币，在每一只伸出的手上放了一笔钱，每个人都得到了，每一件围裙里她都放了面包、盐、戒指和其他物品，直到箱子变得空空如也，火光也熄灭了。

托乐·奥瑞森

　　征兵的政府官员们把人们召集到一起，给每一个志愿当骑兵的人发放了五十个银币，当步兵的发了一百个银币。许多不愿去的人用刀剁掉手指自残以达到不上战场的目的，一旦征兵者发现是为了躲避出征而自残，就被惩以三十鞭子，或者是去马斯特兰德终身从事重体力活。到处都是逃兵，每到一处，他们就烧杀抢掠。农民在门口听到他们的声音，就会锁好门，藏在干草堆下，或是带着家眷和牲畜逃到野外去。在斯德哥尔摩，大臣们都躲在房间里不敢出门，以防被他们发现，被他们拷问。为了抓到这些逃兵，巡警和禁卫军一个一个港口地巡查，一家一家地盘问，闯进农民的地窖和食物储藏室，砸坏了里边的一切。大街上空无一人，甚至狼群也会到大街上游荡。商店里没有任何商品，磨坊里也没有粮食，没有人干活，没有愉快的歌声，更不会有人冬天傍晚惬意地在家里的火炉旁打瞌睡。

　　不久，所有人都听到了警报声，于是都开始瑟瑟发抖。在教堂或是其他藏匿地，人们都在议论上帝要让他们去殉道，国王现在像最残忍的士兵一样在自我伤害，不久就会死去，血雨腥风也就会过去，春天很快就会到来。日复一日，人们都在祈祷着这福音的降临，希望降临的时间快快到来。许多人害怕地都暂停了他们日常的劳作，惊恐地等待着。死的人越来越多，斯德哥尔摩的一名议员已经在抱怨他不知道他们该从哪儿得到丧服和葬礼所必须的开销。有一天早晨戈尔兹的仆人进来添火的时候，居然发现他还躺在床上没睡着。瑞典已经变得岌岌可危了，而在这废墟一般的城市里，抱怨已经变成了沉默，和平美好的梦想像流星一般划过空中，天才预言家们声称只有上百上千年之后，这个闪光的梦想才能实现。

这时候，在乌普萨拉住着一位很有学问的乞丐，有时会在红白喜事上作几首瑞典语和拉丁语的诗，他曾经想要当教士，却一直沉溺赌博和打架。这个人名叫托乐·奥瑞森，他虽然块头很大，但四肢却很纤弱，不论有多久没进食，他不长胡须的脸庞总是显得红润饱满。只要能自由自在地去做他想做的事，并且早晨可以睡到自然醒，那他就不会对任何人造成任何伤害，他的朋友们却认为他不能辨别是非。

一个晴朗的礼拜日，征兵人员大喊大叫地到了这里，他马上装着认真地坐在教堂的长椅上看起一本拉丁语法书，征兵者们扛着一堆铁链叮吟哐啷地闯了进来，而托尔·奥瑞森却一直低着头看着书上空空的封面。他不断翻着书，唱着热情的歌谣，根本就没有人想要抓他，尽管他正好就是那种根据王室命令，最适合去军队的人。

然而，当他看着他的父辈们生活过的这片土地时，他感到惊恐，现在这里的战争和瘟疫不断。这就是他的父辈们所创造并当成掌上明珠一般呵护和守卫的瑞典吗？是那个北方诸国所爱戴和恐惧的伟大王国吗？这时，他突然觉得应该背着行囊走天下，应该去看看外面的世界。在路上他遇到了很多怨声载道的农民，他们被逼长途运送粮食到挪威或者到更远的耶姆特兰雅普的前哨站，路旁堆满了翻倒的马车和死马的尸体。

在无人居住的丛林里，他从被人遗弃的房子窗口里看到了许多衣衫褴褛的流浪者，他马上把钱放在他的靴子里。在市镇上，农民的家里，农民们把床、马车和家养的动物搬到门外去卖，他们大声吆喝，讨价还价。富贵人家的厨房里，仆人们在谈论男女主人把他们的银器都给埋了，因为戈尔兹命令所有的钱和珍贵的金属器物都应该上缴，并发放相应的纸券，这样国王就能收到所有臣民的全部的钱。托尔·奥瑞森甚至发现斯德哥尔摩的王妃桌子上都没有太多银器，而国王自己也是用铁皮碗吃饭的。在城外流向大海的河流里，漂浮着很多车轮和被毁掉的门板。在废弃的铁匠铺里，他与留在那里的唯一一位老铁匠交谈，铁匠太老了，身体虚弱，不适合去参军。他听铁匠说，要是有人铸铁的话，那锻造好的铁器将会被无偿上交国库，不会得到一点现钱。他又到了一个牧师的家里，经过许可之后，他坐在了牧师的家里烤火取暖，他很熟悉《圣经》和拉丁语，这让他获得了牧师的尊敬，牧师有时候会跟他聊天一直到天明。这位头发斑白的老牧师告诉他，不能缺少政府官员，不然的话，就没有人发号施令。老人甚至说了自己是如何典当了《圣经》和白色的法衣，去买淡啤酒喝。他到了官员们的办公地，这里有人悄悄地在议论为学校和穷人拨款的问题，是的，还有银行的问题；没有纸笔，但还要办公，而绅士们是绝对不会同意用手指蘸墨水在光桌子上写字的。

托尔·奥瑞森就这样从一个地方游荡到另一个地方，邮差好像都参了军，那些不懂规矩的旅舍老板则变成了信件收发站站长，于是有时候就叫他去送信，送政府公文，还能得到一个铜币。这些老板并不明白他们所做的事的意义，女人和没有父母照顾的孩子总会绝望地追着他们，哭喊着问那些亲朋们从战场和西伯利亚矿区写来的信。他在斯拉瑟戈教堂里看见一件苏丹的绣着金花的外套被当作祭坛布挂在那里，他从一群怨声连连的农民那里获得了伸手摸一摸这件外套的荣耀。在卡尔马城，他又变成了炮兵埃兹特德的死党，这个人刚刚与一名女佣结婚，不过他自己并不是个男人，而是一位名为斯托尔涵玛的小姐。在维辛瑟他跟穿着破衣烂衫的俄国囚犯玩骰子赌输赢，在卡尔斯，他跟波兰人、亚美尼亚人和犹太人扭打在一起，扯掉了土耳其债权人头巾上的穗子。他甚至诱使他们喝酒，随后又把喝过酒的杯子狠狠砸到地上，杯子也就破碎了。在伦德，他混进了持枪械的学生群中，看到他们聆听爱赫尔教授的反叛言论，向想要平息混乱的瑞德留斯教授开枪。穿越了大半个瑞典国之后，一天傍晚，他终于到了哥特堡，国王曾经在这里的斯蒂戈堡广场受到海盗加藤荷蒙的款待。他风尘仆仆地赶到多罗蒂·埃克的咖啡屋时，托尔·奥瑞森觉得有点渴了，这时候他看到人们彼此相拥着哭天抢地，大声咒骂可恶的马达加斯加海盗，他们开着六十艘满载货物的私掠船在城里上了岸，在这里胡作非为，横行霸道。

然后他就再也管不住自己的嘴了，不断用瑞典语和拉丁语讲述自己旅途中看到的让人痛苦伤心的事，很快他就发现又有两个人坐在他身边，衣领高竖，不声不响地聆听他说话，这让他愈发兴奋，收不住嘴。

"自异教徒侵犯进来以后，瑞典人越来越觉得负担沉重。"他说，一边观察着自己闪闪发亮的指甲，"国王已经扛着剑打过许多国家了，现在他要对阵的是自己的国家了。会有不一样的结局吗？人们都有不祥的预感。他没有儿子，这样一个人要一个儿子有什么用？议员的办公桌里都有英国宪法的简章了。我们可不愿再次经历像现在这样的苦难啦。也许明天，也许就在今晚，我们在这里聊天的时候，一个疲惫的战士正坐在一堆即将燃尽的火堆前锻造武器，也许这一刻，他的枪口正在对准最伟大的英雄。"

一个年长而消瘦的商人，他头发已经全白，视力也模糊不清，拍打着他的手。

"人只有经历了伤痛，才能得到经验和教训，现在，让我这个老人说说话吧！就算我们意志如钢铁一般的国王没有出生，我们现在那些日渐强盛的邻居们也会来摧毁瑞典王国。渐渐的，日复一日，年复一年，我们的孩子们还有孩子的孩子们只会妥协退让，会遭到辱骂，土地也会一块一块地丧失。这里将再不会平静,也再没有荣耀,只能看着这只年富力强的狮子血液一点点流失,这是多么的愚蠢啊!因此我更希望听到云层响惊雷,有人率领我们前进。国王什么时候命令我们为这个国家去奉献,去牺牲呢?我会毫不犹豫的。他没有挨过饿、受过冻吗?现在有传言称他会跟我们一起倒下。"

托尔·奥瑞森改变了说话的语气。他不想掩饰自己的情感,他心里也认定最后说话的那个人的观点是正确的。

"如果我不在乎自由和舒适的床,那我就会偷偷溜走,跟着国王,亲吻他在挪威的雪地里的足迹。很快就会来不及了,子弹会穿过——"

这时候他咽下了后边的话,他身旁的两个人像是收到了什么暗示一样站起身来,他变得十分恐惧,脸色苍白,因为他看到了他们的披风下亮闪闪的铜扣子。

"亲爱的伙计!"他们在他耳边喊道,像是押犯人一样束缚住他的双臂,"既然你这么会说,那上战场去也不会是什么难事。我们这回得到了一只大鸟。我们可是征兵的,我们,先生!你明白吗?现在,赶快去挪威吧!"

"我一生除了当兵,再没别的梦想啦。"他立刻说道,声音是如此的温和友好而坚定,就连他自己也相信了这句话,"把参军的钱放在我的帽子里吧!"

于是他终于不得不穿上自己一直很害怕的蓝色军服,每天都有新鲜的经历,在自己的祖先辛勤劳作过的土地上感受未曾经历过的冒险。他一走出斯特伦斯塔德,就看到了搁浅在地面上的大帆船。他们想要越过海峡去伊卢利萨特冰峡湾,于是,为了这两英里半的路程,他不断给农夫鞠躬示好,以求借用他们的牛和马把船拖过去。船一点点地挪过堆满了木材树枝等坑坑洼洼的路面,晚上有火把的光照亮街道,而白天则受着七月烈日的炙烤。一个穿着紫色绸缎外套,头发浓密,脚上穿的鞋子上还有大大的金搭扣的小个子男人来回在人群中穿梭,鼓励着他们。这个人是伊曼纽尔·司伟邓波,因为博尔赫姆命令他来这里执行这非同寻常的任务。

他一看到托尔·奥瑞森,就用手挡着眼睛,说:"那个人是我多年来看到的最糟糕的士兵了。尊敬的下士们,不要太为难那个人,因为我看得很清楚,他手无缚鸡之力!"

这可是自在乌普萨拉在同伴们面前摔碎眼镜以来,托尔·奥瑞森第一次听到别人说可怜他的话,他非常感动,泪水涌上眼角,伸出他胖乎乎的手向司伟邓波讨烟抽。

"我是个很不幸的可怜人。"他用瑞典语夹杂着很有学者风味的拉丁语低声说道,"只要一点点鼻烟,我就对您感激不尽了,还会为您而祈祷。"

"先别想着抽烟,做好你的事再说吧。"司伟邓波严肃地说道,然后离开了。但这天傍晚,救援物资到了之后,他带着鼻烟盒又回来了。

"把这一整盒都拿走吧,收藏好,再不要跟别人提起这事儿!"他低声说,然后像突然在路上偶遇到他一般快速离开了。

一听这话,托尔·奥瑞森激动地想,还是有好人啊,他离开人群,努力使自己的情绪恢复正常。他感觉很累,又要早起,他把所有鼻烟和最后的铜板都分给了别人,才终于在早上多休息了一个小时,这时候他才发现人是很自私的。

最后一艘船载着胜利女神的饰金像终于驶出伊卢利萨特冰峡湾漆黑的水面时,他们接到了命令。很多国内外官员们聚集到岸边,瑞典国最后一批被征入伍者们开始从各村庄出发。

一天中午,在一个休憩站,托尔·奥瑞森正在马车棚后睡觉,帽子则放在膝头上。鼓声响起,他惊醒了过来,一枚明晃晃的银币和一张折叠着的纸掉落在他的帽子里。

这可真是出人意料,他揉了揉双眼,怀疑自己是不是在做梦。他用手指敲击着它,掂量了一下,然后打开那张纸,读了起来:

"在蒂斯特达尔磨坊的房子旁边有一棵树枝低垂的桦树,因为它的主干上有三支分枝,所以就称它为烛台。如果你杀掉了你的国王,你就会见证一个奇迹,在烛台树附近的地里得到五十达科特。"

"这一定是那些外国人用瑞典文写的。"托尔·奥瑞森喊道,几乎是哭号着把纸撕成碎片,撒了一地。他用脚把碎片踩到泥土里,掩盖好。然后把银币放进裤子口袋里以便使用,但还没走几步就又掏了出来,好像这枚银币灼伤了他的身体,烧坏了他的衣服一样。他把钱扔进了远处的沼泽里。

他把包裹背在背上,开始带着以往孩子般的微笑再次前行,好像世界仍旧美好,并没有任何事发生过一样,而第二天晚上他却梦见了那棵有三支分枝的白桦树。

高高的山上树木繁茂,加上缭绕的云朵更显得厚重,山路陡峭而险峻,他的盘缠已经用光了,但无论怎样的艰险,托尔·奥瑞森的面颊和四肢仍然不改其圆润。脚上的靴子都烂掉了,在节衣少食的军队做的裤子太小了,很不适合他,于是他把那些布料都用一根绳子绑在了腰间。他露出了他光洁丰满的身体,好像衣食无忧的样子,这刺激到了他的同伴们,于是他们想要抢他的东西,不过他又比这群人都高出一个头,因此又没人胆敢靠近他。

尽管他没露出任何反叛的迹象,却从早到晚地研究那奇怪的文字。为什么那些坏人选择了他作为他们的工具呢?他什么理由都想不出。当这群人风尘仆仆地赶到蒂斯特达尔时,他突然停了下来,不自觉地指着那一棵叶子都掉光了的桦树。

"桦树,就是那棵桦树!那就是烛台,我敢肯定它就是叫烛台。"

"不要说话!"下士命令道,严肃地把他拉回到队伍里。

下士紧握着他的手臂,感觉到他肌肉的柔软,才意识到这名高个新兵原来并没有什么力气。

"这个人最好还是开除了吧。"下士说,"他原来这么柔弱啊!"

十一月的一天，凌晨三点，太阳才刚刚出现在天际，好几支分遣队都驻扎在山路上。官兵们都被高原的太阳晒得黝黑，胸前挂着烟草袋，他们都想象着他们现在正冒险穿越过野外赶去的那个寒冷国度的模样。被俘的神枪手讲述着森林仙女的故事，她们头发金黄，长得跟人一样高，晚上会来到营地的篝火旁，用斧头砍死那些疲惫不堪睡着了的瑞典人。

这边下着大雪，远处的山峦间夕阳的光线在矮小的树丛和悬崖峭壁上投下了金黄的光圈。

这里边有一支十五六岁的少年队伍，他们都还不成熟，面色蜡黄，带着武器往前行。

小个子的西哥特兰人鼻子尖挺，眼睛滴溜溜地转动，低声对同伴说："国王也许会说，要是我们不想挨饿，就在挪威的山里挖一点野味吃得了。"

"那我们就开挖吧。"斯莫兰人拖着悲伤的长音回应道。

达拉纳人和布胡斯人疲倦地把头支在枪托上，而索德曼的军人们则开始抱怨起来。鲁格·法赫斯上校到了这里，听到抱怨，勒住了马，停在了他们的前面。马镫里一只脚是歪着的，因为在加德布施时，他的腿部中了一颗子弹受伤了，从战场上被抬了下来。

"真不害臊，你们这些索德曼人！"他用斯堪尼亚的方言喊道，"给了你们蛋糕，如果没放葡萄干，你们这群蜜罐里出生的人就开始抱怨了。我听出来你们都很沮丧，但现在你们有责任勇敢地承担这一切，我告诉你们，瑞典人再不会遇上像我们的国王一样的英雄了，我很高兴能为他流血牺牲。看看我！我叫什么名字？说，说啊！"

"鲁格·法赫斯！"所有战士异口同声地答道，他们马上振奋了起来。

"对了。鲁格·法赫斯这个名字会伴我一生。那么，你们知道我有什么财产吗？能答对这个问题的会得到半个便士。"

没有人敢回答。

然后鲁格·法赫斯从胸前掏出一个小簿子打开，翻了几页，说道："在这儿说什么该死的财产啊？伙计们，就是一些保存的账单罢了。也许诸位都觉得所有财产都会有收益，那你们就看看我的财产！注意听！债务状况：无。这就是我财产的第一部分。我这里有已故的施立彭巴赫的睡衣。你们是不是都忘了你们已故的上校施立彭巴赫了？他把他的衣服和军队都留给了我，这两者可是他最贵重的财产了。那件睡衣对我而言非常珍贵，如果少于5000银币我是绝不会换的。对我来说，它就值这个价。继续听，我的话还没完呢！我的财产：已故的施立彭巴赫上校的睡衣：5000银币；索德曼军队：10000银币；我留在家里的爱妻：70000银币；一条霍尔斯坦狗：1000银币；国王的重用：80000银币；小客栈金驴子：2000银币。我估计的这些价格还不高呢，不过这是我一生的所有了。不过那个金驴子客栈究竟是什么呀？"

"那就是尊贵的上校的麻袋布帐篷。"所有人纷纷回答。

"那就是了！在那帐篷里人们不可以免费吃早餐，因为那里什么也没有。还有，所有财产加起来是168000银元。但是没有债务也是我财产的一半，那一部分也是168000银元，那么这些财产加起来一共就是336000银元。听着，伙计们，这就是戈尔兹所谓的理财，这一门技术是很有用的，你们懂吗？你们只学会了记账，并给所有的一切定下价格标准，你们却不知道你们现在过着有钱人的生活，不用拼命去干活，只是有时会挨饿。"

"万岁！鲁格·法赫斯万岁！"大家欢呼道，这时候他们也抽出刀剑，举起枪，敲起鼓来。山峦间有个高大的人影在一瘸一拐地蹒跚着，头上戴着一顶圆皮帽，手中握着弯弯曲曲的拐杖。

这个人就是国王。

他经过的道路两旁有很多松树，身后跟着一大帮握着剑牵着马的队伍。他自己走在前面，走过铺满白雪的山路。他伤痕累累的小脸被太阳晒得黝黑，饱经风霜，双眉间已有了一道深深的皱纹。他把帽子塞到手臂下，向欢呼的人群致意，雪花掉落到他头上光秃秃的王冠上。将军们慢慢地跟上了他，侍卫们用刀剑砍了一些杉树枝铺到地面上。这段时间里他一直光着头站在风雪之中，斑白的头发在太阳穴上飘扬，像一顶霜冻过的树叶制成的帽子一样。他命令士兵们把枪堆放到一起，点燃树枝，而乐手们则听命靠在悬崖边一直演奏音乐直到日落的时候。

"这些挪威人很容易对付的。"国王说，"这些像克鲁斯人和克尔伯恩森人一样的人死了以后应该躺在金棺材里。"

主将莫纳回应道："我们刚刚抓到一些躲在这旁边树丛中准备袭击陛下您的挪威间谍，要把他们捆起来吗？"

"不用了。给所有白费力气和时间的这些人每人一达科特，让他们别再搞破坏啦。"

莫纳压低了嗓门："另外，还有很多您认为可靠的巡逻兵。我刚刚从布伦纳市长那里得到一封密信，说这里有叛兵要谋害您。如果他的话可信，那这里五码之内都有很危险的敌人。"

"那么，那就让他们站着吧，除非他们自己选择坐下。战争的时候是没时间做调查研究的。"

莫纳的仆人卢森伯格送了水瓶过来，国王喝过水之后，给了他一颗坏掉了磨光了的杜松子，像是把武器交给他一样，自言自语说："一个土耳其人说我必须要当心背后的人。你可以试试看，我是不害怕你在我背后玩花招的。"

卢森伯格接了过来，像是拨弄吉它一样拨弄了一下，唱起了一首法语情歌。

莫纳走到国王身边，在他的帽子后低语道："大家都饿了。"

"食物可以慢慢找。"

"不过饿极了的人枪都拿不稳！"

"雪融化了就变成了水。吃杉树枝还能勉强填饱肚子嘛。"

"我们现在所有的人可是家里的顶梁柱,他们说讲坛上的牧师正公开祈祷上帝惩罚瑞典。他们认为,上帝惩罚过瑞典之后,就会让他们的王国解体,陛下您只是在为自己的荣誉而战。"

"他们的荣誉和我的变成两回事了吗?他们真是愚蠢,告诉他们,我会让他们拼到最后一刻,这难道不也是为了他们自己吗?他们说是我借用了上帝的名义,告诉他们,他们错了,我没借用,是在顺应上帝。确实是这样,以上帝的名义发誓,这是我的誓言。谁能明白,谁能给我主持公道?"

说完这些,国王戴上了皮帽子,竖起了衣领,平静地躺在杉树枝上睡觉,好像这世上根本就没有他的敌人一样。

杜克大声给军官们下着命令。莫纳斜倚在一棵红松树打盹儿,根本听不到小科荣司特德谈笑风生,精明的密探斯特恩鲁斯穿着一件羊皮夹克和一双木屐走了过来,背上还背了个桶。国王已经睡着了,一动不动,根本没有想什么密信和危险的事,他很信任自己的士兵。

但是他身后还有人在观察他。托尔·奥瑞森前一天刚刚被任命为索德曼军团的下士,一直不转眼地盯着国王。他一直都记得鲁格·法赫斯的话。

也许我也得把我的收入提前记录下来,他想道。烛台桦树下的地里有五十达科特!

他一直目不转睛地盯着国王,都没发现鲁格·法赫斯走到了他身旁。

"你怎么啦?"法赫斯问道,轻轻拍着他的肩膀,"这里有一封信要送到蒂斯特达尔,我们现在要去弗雷德瑞克斯顿要塞开战。你带两个人,点一支火把照路,快点赶去!身体这么丰满的人不用参加训练,可以每三个晚上吃一顿,你可以很好地运用上帝赐予的礼物。"

托尔·奥瑞森带着两名士兵进入了树林,离火堆很远之后,他转过身去看了看国王。

天明的时候,他到了蒂斯特达尔村,站在烛台桦树下,把火把未灭的那一头插进了土地里。

"我走过许多地方,见识不少。"他告诉士兵们说,"我见过好人,也见过坏人,可能野兽和树木也是分好坏的吧。我曾跟木工们出去干活,每天午休的时候,躺在树下,一点也没睡着,观察树,我能辨别出树的好坏。看!这棵树的枝桠上有个咒语,要把这棵树的枝桠从顶部砍到根部,才能找到咒语,这可要一上午的时间。"

他一直站在那里看着快要熄灭的火把。

"我说过,人是分好坏的。我从没见过比我们的国王更尊贵的人,不过随着年岁的增加,他也变得越来越固执,越来越冷酷。不论是杀人还是野兽,他从没掉过一滴眼泪,甚至悲痛的哭喊声也不能让他改变心意。他已经进入人生的冬季啦,最终将会死去。要是他有机会回到年轻的时候,那我们应该为他感到悲哀!再没人经历过比他更单纯更伟大的人生啦!看那火把,它一点点燃烧,冒出那样的黑烟污染了空气!为什么不毫不犹豫地动手,趁着它燃烧的时候把它埋进土里?"

战士们并不理解他这些话的含义,只是回应道:"愿上帝保佑我们的君主!"

他走了几步以跟上他们,但烛台桦树的树枝伸到了他头上,似乎是在恳求他不要走,于是他停下了脚步自言自语。

"谁在想着坏事啊?托尔·奥瑞森拿起枪,他这个无赖,没人看得起他,他曾经挨家挨户地串,希望能讨要一点面包来吃。他举起枪,手指放在扳机上,这一枪会让所有人同意。就算弗雷德瑞克斯顿已经开火了,炮声也不会传过来。在这周围安静得像一个遥远的冰冻的山谷湖泊一样的地方,战士们可能只听得到一声枪响,回声会一直在人们耳旁回荡。我要是挖到了五十达科特,我就会去找将军,把所有钱都丢到他们面前,说:'拿出你们的手铐来吧,先生们!这是你们的酒钱。真的为我的健康而干杯吧!杀了陛下的人是我。没人会说你们的,不过我将和他一样永垂不朽。'手铐还要拧紧一点。我会坐在囚车里,去斯德哥尔摩刑场,但是那里没有托尔·奥瑞森的容身之所,没有人想见他。但是,在我的家乡,我曾在那里吃饭的那些人家,在我曾经乞讨过的牧师住宅,他们会说:'托尔·奥瑞森曾经坐在那把椅子里,抽过那支烟,他用他开枪的手开过那扇门。'乌普萨拉那些目中无人的骄傲的学者朋友们,会觉得让我雨夜在他们家过一夜,是莫大的荣幸,这些人变老了,头发斑白的时候还会一直念叨:'我们认识托尔·奥瑞森,我们对他直呼其名。'以后也会经常这样说。一旦有人进入斯德哥尔摩城,就会有人指着窗外说:'那里就是墓地!'墓地里也许躺着一百个死刑犯,不过他们只会说:'托尔·奥瑞森就被埋在那里,那个可怜的家伙!'其他人会附和说:'他拯救了他的祖国!'"

说完这些,托尔·奥瑞森用双臂支撑起自己,但这时候他却把手放在了冰冷而光滑的枪上,一把拖了过来,不由自主地惊恐地叫喊了一声。

战士们停下脚步,转过身来,他却命令他们继续前进,自己跟在后边,而他的脸色已变得苍白。

国王在山上要塞前的小沟旁边搭建了一栋小木屋,里边摆放了一张床,一张桌子和一把椅子。没有战士持枪在门前站岗,放哨的副官经常因各种差使而出门。国王甚至克服了对黑夜的恐惧,晚上也不再允许别人睡在他床边了。白天的忙碌让他觉得疲惫,有时候他晚上就睡在对着敌人的枪口和战士们作掩护的防护墙上,任何在晚上偷袭的人都能一剑结束他的生命。在乌克兰第一场战争失利之后那些无眠而难熬的夜晚现在对他而言都是过眼云烟了。他的心灵难道没有因不幸而更坚毅吗?就像他经历了贫困的磨砺身体变得更强壮一样?他一点也没有考虑过危险,不过他知道这阴云离自己的头顶越来越近了,他不再像年轻的时候一样浮躁,而是变得沉着冷静。他的声音变得铿锵有力,眼里放射出专横霸道，充满活力的光芒。他周围的所有人都因战败而沮丧不已，他却拄着拐，不耐烦地咒骂着，不停地命令士兵们干活。

他偶尔抬头看着天空，辨认着他所知道的星座。夜深了，薄雾升起来了，他就闭上眼，用手指数道："三百、三百八十五、九十、九十四、四十万银元。戈尔兹真的能够在十二月前筹到这么多钱吗？那么要是筹不到，军队又该怎么办呢？戈尔兹两天之内能赶到这里吗？大家期盼的他如果不来就会人心惶惶吗？现在我们该怎么办啊？"

国王现在没有任何顾忌了，他现在已经是不抢钱物的强盗了。瑞典人不是都骂他疯子，并一直觊觎他的王冠吗？啊，好吧，既然他们已经给了他一个交待，他也就不再计较这一点了。如果战火烧到了他们的国家，他会和他们团结一致，战到最后一刻。难道他没有从心底里发誓去履行自己神圣的责任和义务吗？不论有多想在家里舒舒服服地躺着，现在都没有时间，戈尔兹的公告，让他失去了所有人的信任。在他的军营里，他有见过将领们在必要的时候反叛的吗？他们一旦成功不就变成了智者了吗？风雪过去之后他要去调查一下看有没有人反叛，要把所有都理理清楚。他要求绝对的忠诚，不允许有不忠的行为。现在最重要的任务就是拿下他前面山上的这座弗雷德瑞克斯坦碉堡，它的墙壁是灰色的，城垛尖尖的，直指通往挪威的道路。他有信心，他们不是曾经用手里的刀剑打败了吉尔登洛的队伍吗？

用手里的刀剑！他像以往一样闭上眼睛，没人看见他的时候他总是这样，轻轻祷告："他们认为我引诱了您，噢，永远的神奇的上帝啊，圣灵啊，您让我欣喜，愉快，充满活力！他们常说：'滚一边去，离我们远点儿，你太霸道了，我们累的时候想坐下就坐下，不要挡着我们，不然我们不会奉你为君主。'您是我们的启明星，在您面前我不敢有所要求，我是个悔过的罪人。如果我在地上迷了路，那就直接让我去死吧！"

"国王已经在他的床上睡了。"战士们看着他低下头拉下了帽子，说道。

他听到了这话,抬起头来回应道:"还没!"

基督降临节的第一个周末,国王跨上马,穿过一片狼藉去了蒂斯特达尔的磨坊。他心情沉重,为了平静自己的心情,他坐到了火旁的椅子上查阅着他的文件。这些都是他在伦德逗留期间所收到的请愿书、故人的信件和被取消的支出。他的视线最终停在了两张比平常小了一半的纸上,这两张纸是用一根铜针穿在一起的,上边是他自己潦草的字迹。他读道:

"人类医疗学。所有生物的天性是追求享乐,乐分为两种,一种是生理上的,一种是精神上的。精神上的乐是身体所感受不到的,而生理上的乐趣也是心灵无法体会的。身体被分成三个部分——第一部分是固体的构造,就是身体内外的模样和外形,第二部分是液体,这就包括了血液,还有第三部分就是呼吸,这可是生命最宝贵的部分,是生命血液与活力的来源,人从至关重要的呼吸中获取能量,维持身体的运行。一旦身体死亡,它也就离开了我们。心灵感受到了这两种乐,而身体却只能感受生理的乐,理由是这样的——生命是心灵的财产,身体不过是一具行尸走肉,只能通过思想活动来收获感觉。五种感官其实就是一种感觉,是心灵的体会,通过五种不同的方式表现(这是根据各自的身体结构的本质决定的)……"

他从椅子上站起身来,抓着正进门的莫纳将军的腰带,说:"如果莫纳的心理学学得跟经济学一样好的话,你肯定会不赞同我的观点。不,不要再读下去了,这只是我在伦德的时候写的一些废话罢了。我常常觉得自己刚刚做好的决定过不了多久就会反悔,我喜欢像敌人一样否定自己,摧毁自己的阵地。思想的乐就在于这样的自我斗争吗?"

莫纳答道:"陛下真是个好辩论学问的人,我从未见您的辩论如此精辟过,但我可不会像已故的葛罗森一样附和您。"

他赶紧解开外套的口袋,掏出几封未启的信件递给国王:"您想一想，陛下，不假思索地责备您，这种责备有可能是正确的，忠言逆耳利于行。"

国王早就知道这些未签名的信件，这些内容都指向那些最亲近他的人，并预示他会死去，死亡的威胁对他而言就像是呼啸的子弹擦肩而过。他难道不是从小就每天清晨都准备好要倒在战场黑暗的死人堆里吗？他把这三封未启的信件一封一封地扔进火里，平静地站在磨坊的房子里，好像他最后一批又累又饿的士兵们已经把全欧洲的王冠都放在马车里带了回来一样。

"直接告诉我！"一阵沉默之后，国王激动起来，吼道，"还有多少人是我能相信的？我不打算放弃，但要是一切都不遂我们的意呢？"

"我一定要回答吗？这是命令吗？"

"是的，还有多少人是我能相信的？"

"一个也没有。"

房前传来一阵鼓声，原来是战士们集合过来做晨祷了，霍特曼走进来，说："我是来告知二位晨祷现在要开始了。今天我们要听的经文是耶稣基督进入耶路撒冷。"

国王赶忙洗掉了脸上和手上的污渍，然后穿上了崭新的蓝色细平布服饰，戴上了崭新的黄色麋鹿皮手套。霍特曼把国王的头发染成了全白，国王看上去像个老人一样，他一只脚踩在火里的木块上，轻声说着，好像在自言自语："这一篇对我来说非常重要。人们已经铺好了道路，其他人则砍断了树枝撒在路上。他的先人和后人大喊着，和萨那归于大卫的儿子！以上帝的名义赐福于他的到来！真诚地赞美你！"

"是的，是的，至高无上的主啊！"霍特曼低声回应道，"那么，上帝的使者进入天堂般的耶路撒冷，圣人们也会这样喊的。"

国王转身离开了火炉，来到了战士们身边，他光着头站在了烛台树下。战士们已经习惯了他杜松子枝的帽子和褪了色的军服，这样的装扮他们都没认出他来。

他一整天都待在军营里,直到晚祷之后,浓雾开始消散,他才骑着马穿过山上茂密的丛林,去了悬崖边的小木屋。

托尔·奥瑞森和他的战友们在壕沟边缘作战,受法国人梅格雷的命令,瑞典人带着铲子,卷好行李挡在身前,以抵挡要塞里打出的子弹,一步一步地往前挪着。敌军炮火的回声如电闪雷鸣般地在山谷里回荡着,地动山摇。

为了让士兵们瞄准目标,也为了自卫,守卫部队点起了高高的树脂火把,悬崖边闪着炮火的光芒。弗雷德瑞克斯顿的战场上硝烟四起,从用草皮覆盖的瑞典营帐上方托尔·奥瑞森辨认出了烟火中国王大大的帽子和小小的头。

他躲在悬崖底部的阴影处,把一个死去战友的枪拖了过来,弯着腰朝防御土墙的方向后退,一直退到防御墙,听到国王站在土墙内壕沟里对那些官兵们的讲话时,才停了下来。

棒极了!他想。每晚的突围中都有很多战士伤亡。那么,国王用什么力量强迫这么多人一起坚持战斗,倒在这里而不敢喊出那几个简单的字——恕不从命呢?

他想要跪下,祈祷上帝原谅,说服自己他的行为是正确的,但却做不到。他内心极度紧张害怕,如果这时候,哪怕是一个孩子,叫他扔下枪,他可能也会听从的。但是没有人跟他说话,也没有人看见他,他只害怕多耽搁一秒,就会增加内心的焦虑和犹豫。他竖起了枪,枪口瞄准了目标,他看着那个眼见自己的同胞倒下流血却无动于衷的人,但他搭在扳机上的手指却一直在颤抖,根本无法开枪。

有脚步声靠近,来的是老霍特曼,他穿着搭扣鞋和白色的长筒袜,帽子毕恭毕敬地夹在手臂下,在呼啸而过的弹雨中走在岩石上,他手里端着一个盖了餐巾,盛着国王的晚餐的碗,走了过来。一到土墙边,他就把餐巾铺在帽子里,然后把碗放在上边,递给国王,国王站在那里吃着,不时拽一下他的忠仆的扣子。

托尔·奥瑞森放下了枪,听到国王说:"你走路像布兰德克里帕中弹临死前的步伐一样僵硬。但是没有人比你更忠诚地跟随我四处走了,因此我提拔你为主厨。这么多年来,像你这么忠诚跟着我的人越来越少了。"

"上帝,仁慈的上帝啊!"托尔·奥瑞森低声呼喊道,手里握着枪不断走来走去。

他看到霍特曼再次穿过弹雨退出,国王靠在土墙上,左手抵着下巴。一轮满月刚好上升到松林的上方,月面很大,月光皎洁。

旁边,瑞典、德国、意大利和法国的官兵们用各自的语言交流着,讨论着要怎样把这个暴露了自己的国王劝下来。梅格雷这时走到国王身旁,轻轻拽着国王的外套,说:"这里不是陛下您待的地方,炮弹可不分国王和普通士兵的呀。"

然后托尔·奥瑞森再次双手举起了枪。

他把枪扔到地上,枪走火了,在敌人的炮火声中,这枪声根本没人听到。

"不要!"他咕哝道,"不要!一个在瑞典出生的人不能这么做,即使在挪威每一棵白桦树下都有五十达科特可挖。牺牲光荣,逃走也好,我为什么要在乎钱呢?我曾经想要的是他的命,但我现在不能这么干。我不能这么做,除非我死了。没有别的外国枪手可以蒙着眼睛打向国王吗?为什么非要我来完成这个任务呢?"

托尔·奥瑞森并没有注意到月光已经照进了悬崖之中,把他自己瘦弱的躯干和孩子一般微笑的脸庞的影子打到了土墙面上。

"你在这里干什么,小伙子?"国王问道,"冲啊,朝敌人开火!"

托尔·奥瑞森吃了一惊,开始向要塞奔去。他听到身后官员们仍然在劝说国王下去。

国王回应道:"别担心!"

然后,他也不知道自己在做什么,托尔·奥瑞森抓着帽子的顶部,开始跳过防御墙,直接冲到了敌营里,一直往前冲。许多瑞典士兵看到他,以为他是要逃跑,于是都站起来跟着他跑。他停了下来,用手猛击他们,他们为什么不去挖壕沟呢?每次转身他都能看到站在防御墙上的国王,好像国王还在命令他。他一刻也没停下,越跑越猛,越跑越盲目,最后,他也不知道他是服从命令而跑还是想逃。他以树桩和山谷的裂缝作掩护,但却一直在靠近要塞。他柔弱的身躯已经有了三处伤口,血流不止,他并未注意到那温暖的血滴从手套上滴落,却一直在祈祷,唱着圣歌,骂自己是个没良心的坏蛋,一心只想着出卖自己的灵魂。

他到了一所小而破旧的房子前,看上去似乎没人居住,但一听到挪威士兵们的说话声,他赶紧躲在了墙缝中。

距他几步远的地方,在木轮上方放着一个锈迹斑斑的弹筒,正对着瑞典国王所在的防御墙,弹筒里装满了土块和废铁皮。这里边有一枚腐朽了的炮弹,一百年前,一个醉醺醺的强盗为自己的情人唱下流曲儿的时候自制的。里边还有断掉的钥匙和钉子,是很久之前从农夫的马车上掉下来的,之前可能是母牛的颈铃,阳光明媚的上午,颈铃声与牧牛女的呼喊声交织在一起,回荡在山谷中。

长长的云朵围绕着满月,托尔·奥瑞森躺在墙壁间,双手颤抖,不断流着血。

"这天晚上,"他低语道,"天空明朗,上帝沉思着俯瞰大地,人们都能感觉到他的目光。人们可能会逃跑,会藏起来,可能会像我或者将军们一样可怜,然而人们还是感觉到了上帝的目光。英雄,什么是英雄?一直坚定不移,不屈不挠地对抗敌人,对朋友忠诚的人就是英雄。但是天父啊,您是自己和人类的复仇者,您的仁慈一旦用尽,您就举起您万能的手指,英雄就只能低下头,平静地躺在地里。"

托尔·奥瑞森头靠到最近旁的墙上的藤蔓上,听到挪威的将领跟战士们在说话的声音。

"伙计们,没必要在这条壕沟上浪费人力和武器,但是这枚炮弹都快要散架啦,真的不好移动,司令官已经命令我在我们离开前把它给炸掉,只要它不散成碎片,应该能够给瑞典人一点苦头吃。"

他说话的时候,小心地把火柴放在炮弹上,然后转身迈着轻快的脚步朝要塞走去,一边还唱着歌,战士们也跟着他离开。

托尔·奥瑞森的眼睛一直盯着火柴昏黄的光,它一点一点地靠近炮的火门。他马上跑过去,奔到炮弹旁一把拂开了火柴,大声对黑夜喊道:"我本来要杀了那个人,但我现在想让他活下来,因为我刚刚见到了他,听到了他说话。他就这么一眼,我们就都变成了他的仆人。我失去了理智,什么也思考不了。"

他用拳头砍断了藤蔓,但栅栏却挡住了他,他无法扑灭火门旁的火焰,所以一直看着它在那里燃烧,间或突然减弱甚至都快熄灭了,但很快它又复燃起来,火光明亮。

托尔·奥瑞森想,这是一个暗示,暗示人们那天晚上不要再有什么行动,于是他踏上了通往山谷的小路,朝烧成灰烬的弗雷德瑞克谢尔城黑漆漆的房舍走去。走了很远他仍然能看到那火门旁的火焰,它燃烧了很久。他走到了岩石群的后面更远的地方时,听到了炮弹爆炸的声音,山崖也为之颤动。

他实在已经筋疲力尽,他的思想都模糊不清了。他不再记得自己为什么会来到敌方的阵地,只是很害怕被人发现被人抓去当俘虏。他抬头看着夜空,听到山谷里传来如雷鸣般的炮火声。

他不知道自己在树林里游荡了多久,也不清楚要去哪里。终于,他听到了铁皮靴沉重的声响,还有路面碎石块咔嚓作响的声音。十二个卫兵正抬着一个担架走下陡坡。

他安静地躲在树丛后等待着。担架上躺着一名伤员,裹着两件普通士兵的衣服,一缕白色的卷发从脸上有发套的帽子下方垂下,挡住了整个额头。

"那个伤员是谁啊?"他悄声问道,在前边扶着担架以防歪斜的卡尔伯格上校一点都没听到。

"上校说这是位高官。"距他最近的一名抬担架的士兵说,一边转过头去看着这个夜晚独自游荡的人,士兵不知绊到了什么,蹒跚了几步,因重压而跪在了地上。

借来的假发和帽子从死人的头上掉落,皎洁的月光照亮了被子弹打穿了太阳穴的面庞。

"是国王!我们尊敬的国王陛下!"抬担架的士兵们低声喃喃道,准备放下担架。

这位让人敬畏的君王,刚刚还有人称,他不再信任任何人,现在手无寸铁地躺在那里。浑身沾满了泥尘的老战士们粗糙而饱经风霜的手都摞在他的尸体上,哭喊道:"我们伟大的敬爱的国王啊!"

上校不得不严厉地训斥他们,要求他们保持安静,不能这么哀号着泄露了秘密。

他们只好收起悲伤,闷声不语,用担架抬着国王继续前行,之前国王曾乘坐这粗糙的担架去看望过许许多多不知名的士兵,而他现在已经如愿死在了战场上。

当担架被放在蒂斯特达尔村庄一块开阔的草地上时,已经过了午夜了。战士们得到了三枚硬币的酒钱之后就离开了。军官则留了下来,坐在担架末端,不断思考着,重重叹着气。远处的树林那一边,枪炮声仍然没有停息,而其他地方则一片安宁,河边水车的轮子一动不动地站在那里,所有的房舍里一片漆黑,这一轮满月既照着假扮马夫穿过斯特拉尔松城门的人,也照在了这天晚上鲁根战场的草地上,在这里,一名孤独的军官正在看护着已经亡故的国王。

托尔·奥瑞森一步一步地尾随而至,停在了草地旁边树枝一动不动的烛台桦树下。他稍稍提高的声音自言自语,围着白色的树转了好几圈,让自己受伤的手臂上的血液滴落到草地上,让国王获得永远的安眠,让那些罪恶的钱币都埋在土里。

"睡去吧,可恶的家伙!鼓声为什么还没敲响呢?担架在那边孤零零的,没有女人的哭泣,没有孩子,没有真正的朋友。啊,月亮啊,你来来去去,见证了那么多事,以后如果我不记得这担架,就绝不在瑞典的森林里见你。"

他抽出了砍进了一根树枝里的斧头,之前他曾指给战士们看,说这树上有个咒语。木屑掉落下来,周遭一片宁静,就连他轻抚白桦树的声音都听得见。

他一边抚摸着树,一边再次检查自己的手,思想突然开窍,像一缕曙光照进了他的心灵:"万能的复仇的上帝啊!那些放下了屠刀的刺客,那些微笑着出生入死的人,那些被蹂躏至死的人们,您什么时候才能使他们这一生完满呢!我们的国王在战场上孤单死去,像个小战士一样。几位挪威士兵欢乐地唱着歌把燃烧的火柴丢到一颗腐坏的炮弹上,炮弹发射出去,偏偏打中了他。为什么这一颗炮弹会刚好如您所愿地掉在他身上呢?我知道我刚刚见到了那一幕,我不过只是个普通人,我怎么能算到呢?因此我相信这是上帝您的意愿。黑暗之中您还安排了多少人的命运啊!"

军官一直坐在担架的末端那个穿着士兵服的死人身边,在这寂静的夜晚,落在粗壮的桦树桩上的斧头声更显疲惫。树终于被砍倒了,这个不被人所知的伐木者沉默地坐在树桩上。

黑夜很快就过去了。凌晨时分,两位奉命来接国王的仆人走了过来,把他们已故的主人抬回去。一位上尉手持国王的剑走在他们之间,上尉说,国王死时一直狠狠地拽着他的剑柄,剑刃都差点脱离了把手。

托尔·奥瑞森躲到了烛台树枝下,一边听着每一句话,每一个词。

"那剑——"他自问着,"那就是那个刚毅的、早生华发的人吗?他用那剑反抗曾给予他名分的光明君王的人,还是也——"

他径直走到上尉面前,压低了声音问道:"那剑——那剑是反抗谁的?穿着沾满了血迹的下士的服装的我,也许比你更聪明,却一直被人看不起。不要赶我走,只要如实回答我就好!"

"我的朋友,我听不明白你的问题。"

"我是说,反抗谁的?这把剑面对的敌人是谁?我自己现在知道了。是反抗谁的,我是这么问的吗?反抗所有。这个答案对我们来说不就足够了吗?难道英雄不应该这般死去吗?他相信自己的行为是正义的。这样的反抗上帝是会原谅的,这样的反抗就连人也能原谅。"

 皮赫戈

俘虏戈尔兹就是抓一只狡猾的狐狸，赫西王子在军部的一名叫作皮赫戈的听差在老年时经常会讲述这一段经历。皮赫戈故去多年之后，这一段故事的所有都被记录在韦姆兰一个教堂里的一份手稿里。没有人知道这份手稿为什么会出现在那里，不过仔细阅读过这些泛黄的纸页的主教曾经这样讲述这故事：

国王被害的当晚，赫西王子跟几名军官坐在托普的餐桌旁。然后一名叫西切尔的法国人走了进来，在王子的耳旁低语了几句，而王子则悄声告诉了坐在他身旁的人。大家都这样得知了消息之后，王子放下了刀叉。然后他命令要一匹马和一个仆人。皮赫戈那天晚上在王子的住所守卫，他匆忙地把衣服装进了行李袋中，背着王子和所有军官赶去了国王倒下的地点。

赶到以后，准备好担架，王子就命令军官们把他们尊贵的君主抬上去，但这个说一不二的英雄狠狠拽着剑柄，那一刻将领们很费力地让他

松开手指。当瑞典人终于把剑从这个死去的伟人手中取下并带走时,他的手指一直没离开他们的手,所有见到这一幕的人都认为那一刻上帝永远地让那只手封住了。

而担架刚刚被抬走,王子就召集军官们在国王倒下去的地方开会商讨战况,三十名士兵举着火把站在不远处。

国王的侍从也是皇家军团的上校波姆加藤跟伯恩斯基尔德中校走到一旁,伯恩斯基尔德一直在偷瞄皮赫戈,他走到皮赫戈身旁,一边以王子的名义邀请他出去执行一个秘密任务,现在不能告诉他,只能在路上得到指令,一边称赞他聪明,战绩显赫。

听到这话,皮赫戈非常困惑,不知道究竟要他干什么,第二天一早他跟波姆加藤和伯恩斯基尔德见了面之后,他们才告诉他:"现在我们要去抓戈尔兹。"

"去抓戈尔兹,"皮赫戈说,"我们要眼明手快,要保持警惕,因为他太狡猾了,如您两位所知,我会一如既往地忠诚服务。那么,要去哪里抓呢?"

他们答道:"据说他就在不远的地方,但如果他去了蒂斯特达尔,那可就会造成不小的麻烦。"

他们又走了一天一夜,傍晚五点的时候,他们看到戈尔兹穿着红色外衣骑马走在瑞博斯平原上。

皮赫戈指着那头骑马的人,说那是戈尔兹,波姆加藤和伯恩斯基尔德奚落着他,在他耳旁大笑道:"你觉得那个伟人会骑马吗?"

而皮赫戈答道:"如果不是戈尔兹我就去死。我确定他身旁那个骑马的人就是他的仆人佩特·博格,他是我最亲密的老朋友了。"

他们越走越近,发现皮赫戈说的是真的,波姆加藤赶忙下马,十分谦卑地问候戈尔兹,并肯定地告诉他,国王陛下当时状况非常不错。

"那你们现在要去哪里?"戈尔兹问。

波姆加藤内心里很讨厌戈尔兹所做的一切,却装着非常高兴的样子,深深地弯下了腰,手里的帽子都碰到了地上,然后他随口撒了一个谎:"我要去哥特堡为士兵们买靴子。"

然后戈尔兹转向伯恩斯基尔德,后者的德国籍妻子是他的一名亲属,说:"那你呢,表弟?"

伯恩斯基尔德脸涨得通红,也随口撒了个谎:"喔,我也要去哥特堡,王子被困在那里的一艘搁浅的船上了。"

波姆加藤这下又低头刮起胡子来,他装着十分高兴的样子,眼里闪着光彩,又编:"最棒的是,我们现在已经可以回家啦,而我们首先还是得有新的马。这位侍从是王子派来给我们送信,要我们回家的。"

他这么说过之后,朝皮赫戈眨了眨眼。波姆加藤觉得皮赫戈是个诚实的人,是个很厉害的角色,可以以一当十。要不是他同来先认出了戈尔兹,戈尔兹现在也许这会儿就跑了。戈尔兹是违背上帝意愿的人,他对于耍阴谋诡计,干见不得人的勾当很在行,因此,皮赫戈说要保持警惕就不足为奇了。不能让这个人延长他作恶多端又无足轻重的生命,不能让他的生命自然地走到尽头。而后来抓戈尔兹时,皮赫戈立下了汗马功劳,却没得到任何实质的报酬。

因为皮赫戈是佩特·博格的好朋友,因此他骑马靠近佩特·博格,诚实地把他们的计划告诉了他,还对他说他们只抓戈尔兹,不会伤害他的仆人,听到之后,佩特·博格内心很高兴,但只是微笑着,没有说话,但皮赫戈告诉他国王牺牲了,佩特·博格像其他人一样为国王的离开而伤心难过。

他们不敢在外面立即逮捕戈尔兹,只是跟着他走,戈尔兹很和蔼地问他们:"你们会在哪里过夜呢?愿不愿意跟我去托纳姆的牧师住宅一起享用晚餐?"

这正好说中了他们的心思,他们装出一副十分感激的模样,手都在胸口画十字,而心里却都在想着看能不能在那里抓他时得到一点好处。

戈尔兹骑马赶往托纳姆的牧师住宅,一名号手和一名副官也悄悄赶来帮助皮赫戈他们,这两人远远地偷偷跟在他身后,观察到他确实是去了他所说的地方,而没有转向去格罗姆,如果他改变了路线,他们就会一枪打穿他的头。波姆加藤和伯恩斯基尔德看到了他们,都为自己的势力加强而高兴,他们没有在瑞博斯的旅馆里得到新的马匹,而戈尔兹却要求他们俩都来背他沉重的行李,所以他们走得很慢,落在了后边。只有皮赫戈很快为自己找到了一匹在马厩里休息了三天的马。事实上,他搭讪上了一位女仆,彬彬有礼地邀她去别的房间里聊天,她没有拒绝这样的邀约,于是跟他冒雨出门,一到达另外的房间,他立刻变得认真起来,许诺要是她为他找一匹马,他就会给她一笔可观的钱。

波姆加藤和伯恩斯基尔德看到皮赫戈牵着一匹不断喷着鼻、膘肥体壮的马时,大吃了一惊,但他们负载很重,走得很辛苦,只好叫皮赫戈先去牧师住宅,偷偷请求牧师给他们一个有灯光,生着炉火的房间,让他们好好休息休息。

夜晚很冷,外边整晚都下着瓢泼大雨。皮赫戈进入戈尔兹所住的牧师住宅时,碰巧遇到了那号手和副官,他们躲在黑漆漆的货车车棚里,很难被发现。他们看到他的马时,真不敢相信自己的眼睛,那匹马性子太烈了,他们都驾驭不了它,不过他们都夸奖他,认为他很聪明,很高兴他能跟他们一起执行任务。

过了很久,波姆加藤和伯恩斯基尔德才赶上他们。波姆加藤和伯恩斯基尔德安静地把马拴在马厩里,房子里的人根本没发现他们。所有的窗口都亮起了灯光,但外面还是一片漆黑,在他们走进皮赫戈住的房间之前,他们安排得很周密,在皮赫戈所住房间旁边的房间里都备好了枪。

他们很兴奋,根本没留意自己淋成了落汤鸡。他们悄悄地走进房间,波姆加藤轻声对牧师说:"我们的使命就是逮捕戈尔兹,因为查理国王刚刚中弹殒命了。"

瘦小的牧师面容亲切祥和,稀薄的头发已经变得像雪一样洁白,在铺满了冷杉树枝的地面上转过身来,举起便帽,说:"愿上帝保佑您,上校,如果您把我们祖国掌握着至高无上的权力的邪恶瘟神赶跑,那就好了。他是个恶魔,穿着华丽的衣服,干着龌龊的勾当,这天晚上却跑到我这里大吃大喝。自那个废物骑马从雨里赶来之后,厨房里就火光冲天,火花都跳出了烟囱,这火花好像不仅不能温暖我,反而让我觉得寒冷。"

波姆加藤回应说:"别这么激动,亲爱的牧师先生。您现在必须让你的仆人拿着斧头站在窗口,还有皮赫戈,你可是比我们任何人都要聪明,你暗地里把戈尔兹的仆人们一个一个地带来这里,直到我们把那些人都关起来锁好为止。"

然后皮赫戈轻轻走了出去,在一个小房间里看到了他的老朋友佩特·博格,皮赫戈曾和他送一封密信给霍因斯坦伯爵,在路上,他们建立了深厚的友情。这时,博格在这里处理戈尔兹带来的许多火药筒,他给了皮赫戈一杯美酒,并感谢他自落魄以来所建立的真挚友情。后来,博格看到号手握着枪,侍从握着光杆的刀剑站在他的门口,于是他开始大哭大闹起来:"我再也不会相信皮赫戈这样的家伙啦!"

这时候,波姆加藤发现博格的口袋里有一百个达科特硬币,但这个博格可怜的家伙告诉他,这钱只是他为费夫送任命信时所得的酒钱,于是波姆加藤告诉博格只要把所知道的一切都说出来,他就不没收这些钱。

"嗯,"他平静下来,谨慎地说道,"我不知道其他,我只知道这里有很多瓶子,有一些装着法国酒和匈牙利酒,但其他的装着戈尔兹的钱。"

说完这些,牧师停在了地板中央,重重地拍着手,这时候波姆加藤也在桌子上敲打着,点着头不停地喊道:"啊,比我们所想象的要好多啦!"

皮赫戈返回到黑夜之中,用同样的方法去抓戈尔兹的随从,很快戈尔兹的所有随从就都被关在了房间里,只有贴身仆从这时正跟主人在一起。皮赫戈发现要抓到这个仆从是很困难的,不过他凭着灵活的身体攀爬到了面对着院子的厨房窗口前。

外边下着瓢泼大雨,他看到厨房里火还未烧旺,戈尔兹的女厨反反复复地把炖锅放到火上取下来,放上去,不知在做什么。最幸运的是,戈尔兹的贴身侍从很快就进入了厨房,尽管这个侍从非常傲慢,但皮赫戈很清楚该怎样与他打交道,于是就走到了敞开的厨房门口。

"好心的先生啊!"他一边说一边鞠躬,"我想请您跟我穿过院子去陪波姆加藤上校聊聊天,好吗?"

"为什么呀?没看下这么大的雨啊!"侍从问道。

这话可让皮赫戈噎着了,因为他不知道该找什么样的理由,只是站在雨里盯着对方,终于,他回过身来,说道:"好心的先生,上校阁下是想请您去喝酒。"

听说有酒喝,侍从很快跟着他穿过院子,进入房间里,看到明晃晃的刀剑,他想要转身离开。他愤怒地对皮赫戈大吼大叫,而皮赫戈不再对他彬彬有礼,只是走到他面前,说:"安静一点,可以吗?我是个很诚实的人,也许也是一个比你更优秀更健康更勇敢,也许也更聪明的仆从,是的,一个从未让主人失望的更好的仆从。这就够了!"

"你这个自吹自擂,夸夸其谈的家伙!"侍从大喊道。

"哎呀,这个侍从真让人难以忍受!"牧师对皮赫戈说。

而皮赫戈可没有自夸,只是中肯地评价了自己,波姆加藤知道自己该怎样做,于是用手背猛击了一下侍从的嘴,大声说道:"除了他自己说的,皮赫戈比你更可靠,如果你不老实的话,我会把你打成肉泥!现在,绅士们,好好看管着这些家伙们,别让他们偷偷溜走,我们还有要紧的事要办呢!"

这样,皮赫戈就跟着波姆加藤和伯恩斯基尔德穿过庭院,他们来到牧师的房间,戈尔兹独自一人在里面,房间里很安静,一直亮着灯,窗户上挂着蓝色的厚窗帘，看不到里边的人影，如同进入了深夜，整个住宅平静安详，唯一的动静就是女厨不时把锅移到火上和从火炉上取下时发出的声响。

皮赫戈想起了自己之前所讲过的许多有趣的冒险经历，他觉得这一次是最重要的一次。这时他才感觉到自己的衣服都湿透了，他全身变得冰冷，冷得发抖，牙齿也开始打战。

他们走到门口，把剑都收进剑鞘里，然后才进去见戈尔兹。

"晚上好！"波姆加藤打招呼道。

戈尔兹正戴着眼镜在沉思，只是挪动了一下睡帽以示招呼，并没有摘下来。壁炉里燃着火光，桌上放着两根白蜡烛。

波姆加藤站在了地板中间他的面前，喊道："我宣布，枢密院官员戈尔兹先生被逮捕了！"

"逮捕谁？我吗？真的吗？"

戈尔兹安详而精致的面容立刻变得苍白，手指弯曲，指关节嘎嘎作响，双唇启动："难道查理国王死了？国王还活着吗？"

波姆加藤答道："我上次跟他说话的时候，他还活着。"

而狡诈的戈尔兹追问道："你见过他吗？"波姆加藤又答道："我最近一次见他的时候，他害羞而窘迫地坐在那里，跟以往和平的时候一样，手里拿着帽子，地点是在殖民地托恩。"

"我是说，"戈尔兹说，"你最后一次见他是什么时候？"

波姆加藤答道："在那个不幸的日子里，除了在饥饿的军队里和祈祷的时候，他从不摘下他的帽子。"

然后，戈尔兹满腹悲痛地喊道："瑞典的国王过世了啊！"

波姆加藤走到桌子旁，把所有公文都用一块很大的红方巾包了起来，戈尔兹刚刚读过这些，包好后就递给了门边的皮赫戈。而这时候，伯恩斯基尔德则在身后戈尔兹坐过的长椅上看到了他的剑，也递给了皮赫戈。这把剑的剑柄是纯金制作的。

戈尔兹从椅子上站起身来，波姆加藤开始检查他的衣物，看看他是否还带了什么证件，毒药瓶，或者给守吃的迷魂药什么的，因为他觉得这个犯人必须严加看管，以防他再次潜逃出去。他把他的短裤口袋翻了个底朝天，只找到了一个装折叠小刀的金盒子，一枚古老的金币和一个半达科特。但戈尔兹走到壁炉旁，突然从衣服下边抽出了一份文件来并把它丢到了火里，皮赫戈快速抽了出来，烧到了手指，要不是这么快，它立刻就变成了灰烬。

"住手，你这家伙！"波姆加藤吼道，扳住了戈尔兹的肩膀，"你不再是以前的你了。在瑞典，你对我的迫害是最严重的，不过现在我变成了你的主子！"

听到这么多斥责，戈尔兹紧咬着牙，脸色从红变白又从白变红，用独眼直接盯着波姆加藤。房子的主人牧师走到门旁，看到一个拥有至高无上权力的人突然成了一个阶下囚，很是震撼，温和地对戈尔兹说："阁下您是被上帝遗弃了的，您关心更多的是那些异教徒的信仰而不是不幸的瑞典人，瑞典人的灵魂就好比是摊开的《圣经》上放的一把刀。而在别人遇到不幸的时刻，所有人都要怜悯他。"

这下，戈尔兹完全挺直了身体，傲慢地站在那里，说道："我不相信上帝，但还是相信《圣经》和剑。你们这些满怀恶意，头脑简单的瑞典人，根本就不明白我相信什么，不相信什么。"

牧师说："阁下您是靠着陛下才生存下来的。"

戈尔兹答道："你们理性的国王在国外出征的时候非常地尊敬我，是他邀我来的。如果您要讲道，尊敬的牧师先生，请等到周日再说吧！人活着的时候不过是个泡沫，死了就变成了蛆虫的食物。"

"那我再没什么可说的了，"牧师称，"只想问问阁下，您想不想用晚餐？"

波姆加藤插话进来，代替戈尔兹答道："正好，我也饿了。马上把晚餐送过来！"

仆人把为戈尔兹准备的菜肴都端了上来,这些菜肴丰盛得只适合于伟大的国王,波姆加藤、伯恩斯基尔德跟戈尔兹在桌旁坐下,却不敢冒险让他使用小刀,在他的盘子上为他切好食物再让他吃。在瑞博斯所用的称呼"阁下"这个词已经不再使用了,波姆加藤问道:"大人也许也带了点酒吧?"

戈尔兹变得惊慌失措起来:"酒!好的,红酒和白葡萄酒都有,都要,是的!"

波姆加藤用其他人都不懂的芬兰语低声对皮赫戈说,要他把戈尔兹的酒和装钱的瓶子带过来,却大声说:"把红酒和白葡萄酒都拿过来。沃尔奈酒的味道就是非常不错,蜜饯有金黄的光泽。"

牧师和皮赫戈忙着搬运那些沉重而贵气的瓶子。他们把酒瓶放在桌子旁边的地板上,波姆加藤对皮赫戈说:"亲爱的皮赫戈,请给我倒一满杯酒,因为我现在很想喝,也当然值得享用,尤其是今天。你自己也要喝一杯,伙计,要不是你,我真不知道结果会怎么样。"

戈尔兹没拿任何刀叉坐在桌子一头,什么也吃不着,尽管他的盘子里摆满了美味佳肴。然后波姆加藤又开始召唤门边的皮赫戈:"亲爱的皮赫戈,过来这边,坐下来吃吧。你也许跟我一样饿了,我知道,从托波回来后你还没好好吃过一点东西。我们都知道的。腌酸菜,这难道不正合先生的胃口吗?还是来一片阉鸡肉,或者西梅干馅儿饼?噢,那可真美味!像我们这样的饿汉只要一顿普通的法式餐点就行了。我也两年没有吃过了。唉呀,来吧,不要站在那里犹犹豫豫,要走不走的!"

"我必须非常恭敬地谢绝您的好意。"皮赫戈看出波姆加藤那么说,只是想羞辱自大的戈尔兹,说道,"我可不想过分抬高自己,我只是个随从,上校一定知道军队里职位划分很明确,部队里是没有仆人的,不,整个瑞典,整个……"

"打住吧,不要说这么多废话,坐下!"波姆加藤叫道。

皮赫戈听到这话,只得乖乖遵从,但他心底里却感到很满足,因为之前他只知道这个戈尔兹有权有势,从未曾料到他有一天也会跟这么一个权贵同席吃饭。

因为抓的是表兄,伯恩斯基尔德刚开始还有点窘促,有点沉默。不过他们都有两天整没进食了,于是他们尽情享用着美味佳肴,尽情喝酒。戈尔兹什么话也没说,只盯着皮赫戈,后者在受伤的手上绑了一块布。然而,皮赫戈却没有觉得有什么不方便,他很明白要怎样使用刀叉,怎样握住酒杯。

终于,波姆加藤开始分发点心,戈尔兹要了两三片,一片掉在了他面前的一杯匈牙利酒里,但他把一些食物放进嘴里时,又不由自主地吐出来,把它放在了盘子上。然后他喝了半杯酒,一整晚他就只吃了那一点点。

波姆加藤让皮赫戈去打开那最重的瓶子,并送过来。

"敬爱的先生们,"他说,"我们不要忘了最后要感谢枢密大人为我们提供了这么丰盛的法式晚宴。我这里有一瓶烈酒,它味道醇美,很容易上瘾,在我们贫瘠的土地上这可真是罕见的宝贝,这个可是我们枢密大人最爱的饮料和日用的良药。"

他一边这么说着,一边开始倾斜酒壶,所有明晃晃的达科特硬币都泄进了杯子里,闪闪发光,叮叮当当。

戈尔兹双手放在桌子下方,什么也没说,直愣愣地盯着前方两支蜡烛之间的黑暗之处。牧师依然站在门边,手指相互摩擦着,帮戈尔兹的贴身侍从搬放桌子的女佣站在他身后的门槛处,穿着补丁摞补丁的裙子。

而伯恩斯基尔德再也无法保持沉默了,他激动地跳了起来,变得面红耳赤。他端起所有杯子,把那些酒都倒回酒壶里。

"我诅咒那瓶酒!"他喊道,"愿所有喝了它的人都不得好死!"

"阿门,阿门!"牧师说。

然后,他们都从桌子旁站了起来,牧师拿过一支蜡烛,照着戈尔兹走进他所休息的房间。皮赫戈带着那支昂贵的剑,把所有的文件都裹在一条丝质围巾里走在最后。

戈尔兹高傲地走进他的房间,把他的帽子和马甲都扔在一把扶手椅上,然后,连装有马刺的靴子都没脱,就直接躺在了牧师的罩着漂亮的床单的床上。牧师对此很不开心,因此就假装要替他脱靴子的样子,而波姆加藤制止了他,说:"尊敬的牧师先生,您太好心了,居然要亲自脱掉这么脏的靴子。叫您的女佣过来就行啦,我们不反对的。"

"叫我的贴身侍从过来!"戈尔兹语气强硬。

"我是个诚实的瑞典人。"波姆加藤说,"要什么贴身侍从啊,牧师要叫他的女佣来帮你脱鞋,你应该好好谢谢他。"

女佣马上就过来了,却脱不下靴子,波姆加藤于是再次请求皮赫戈和牧师帮助她。她坐下来,不想要他们帮忙,但他们还是进来了,戈尔兹面色阴沉,露出凶恶的表情,却仍然什么也没说。

"如果枢密大人是想做晚间祈祷,并感激这一天的辛劳,那没有什么理由可以阻止的。"波姆加藤说着,把一本笛卡儿的非基督教拉丁语书籍放到床单上推到戈尔兹的行李之中。而他却碰都不碰那书,只是低声自言自语道:

> 大幕徐徐落下,
> 我满怀悲痛地离开英雄的国度
> 不幸的人们都死去了
> 沉睡吧,一切都结束了
> 沉睡吧,黑夜降临了

"是的,现在胜利是属于我们的了。"波姆加藤说,"一大早教堂里的人,就会帮我们把你送到乌德瓦拉,然后我们再跟骑兵团去斯德哥尔摩。但在那之前,我们要做一份有关这事的报告,并于今晚送到挪威的总指挥处。我觉得，只有皮赫戈才是可靠的送信人选。"

"上校知道，"皮赫戈说，"要是一个仆人能真诚谨慎，并且冷静地自己面对所有困难——"

"没人能让那个自以为是的家伙住嘴吗？"伯恩斯基尔德低声问道。

而波姆加藤则更精明，他朝伯恩斯基尔德眨了眨眼，说："皮赫戈，像你这么聪明的人这世上真是绝无仅有。牵一匹马来，再会啦！"

尽管皮赫戈全身都湿透了，疼得难受，他再也无法直立着了，但他还是跨上马鞍，回到了黑暗之中，赶往挪威。然后波姆加藤得到了戈尔兹的大金剑作为对他所受磨难的补偿，而伯恩斯基尔德则得到了一匹拥有全套马具的马，但皮赫戈可以说得到了戈尔兹和他的所有随从，他一个人从未得到过这么多的财产。

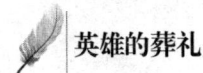英雄的葬礼

冬季的一个黄昏，在斯德哥尔摩市郊的刑场上，一个人站在行刑者的小房子外边，敲打着窗户。房间里没人回应，于是他转向城里的方向，手放在耳边仔细聆听着。然后他走到通往树林边缘的一条小道上，戈尔兹的外国随从们拿着铁锹站在那里低声交谈着。

"晚上好，伙计们！"他说，"我是主厨杜瓦尔。不要害怕，把灯笼提过来吧。刽子手走了。所有人都去斯德哥尔摩参加国王陛下的葬礼了。"

一个仆人从斗篷下方把点着的灯笼拿出来，光芒照着一架没有盖的棺材，放在一个偷偷掘好的坟墓旁边。在冷杉树枝堆上，躺着一具尸体，身着天鹅绒衣物，双脚间夹着一个头颅。

杜瓦尔朝城里挥舞着拳头，咬着牙喊道："你们这群报复心重的瑞典人！这是我们尊贵的戈尔兹爵士的遗体。但要记住，记住，在你们面临困难与阻碍的时候，他英勇无畏地站出来了，得到了你们国王的重

用，现在你们杀掉了他，他鄙夷你们残忍的行径，虽然你们在他的尸体上盖着天鹅绒毯，但是你们觉得他会死得安心吗？"

"现在丧礼的钟声开始敲响了。"仆人们说着，拿着铲子对着火光冲天的城里恶狠狠地吼道，"听啊，敲钟呼唤和平都是徒劳！"

杜瓦尔说："人快要进入坟墓了，还仍然在争斗，这样的地方是不可能有和平的。昨晚我扮成一个仆人，到了一个酒馆，对那里的人们说：'你们流血的伤口不是还没愈合吗？明天往那棺材上扔石头吧！在葬礼上狠狠地骂他吧，他就是个暴君，无心的君王！撒旦国王！笨蛋国王！为你们瑞典带来了深重的灾难！瑞典人难道不该骂他吗？"

"别人怎么回答你的呢？"

"'那么，你恨他吗？'人们反问我。我一个外国人能怎么回答啊？这样一位君王没有人恨他，这难道不是奇迹吗？背地里人们一提起他，就会尽情挑他的刺；而一看到他，就会脱下帽子。那么，这不是愚弄自己吗？今晚会有许多人安静地站在街头，却没有人憎恨他。国王刚死时，有人传言是凶兆，他们还是站在棺材旁边守卫着，连他们自己也说不清楚理由。听着，朋友们，我们有时候只看到人的一面，只看到他的缺点，而不知道他身上也有闪光点。你们知道我这话的含义吗？那就是说，这个人尽管有很多不足，但只要他有正义感，这正义的重量就比黄金还要重，是我们无法计量的。尽管我们自认为这个人所做的一切都是在犯罪，但他的额头上还是有那一点正义之光，有这正义之光，希望也就没有离开。我刚刚提到了扔石头，我自己难道就想往那棺材上扔石头？我所讨厌的是我自己不幸的主子没能得到命运之神的眷顾。"

听到这话，仆人们都摘下了帽子，开始啜泣："我们可怜而不幸的主人啊！那么，谁会为他敲响丧钟呢？"

"好兄弟们，猫儿死了，所有的老鼠就在光天化日之下猖獗，这可真是让人遗憾。情况危急，我们顾不了那么多了。我们要把主人的脸洗干净，把他的遗物都收好放在箱子里，把他的祷文放在他的胸口，然后秘密把它们都带回国内，把他葬在他先父的坟墓之中，会有人怜悯地为他敲响不幸的丧钟的。"

戈尔兹的仆人们都在铲子旁哭泣的时候，已故的国王正躺在卡尔斯堡王宫里，旁边点着烛光。像最贫穷的士兵一样，他穿着一件干净洁白的粗布衬衣，灰白的头发上却还戴着一个月桂花环。就算死了，嘴唇依旧微张，像是在微笑一样，牙齿依稀可见。

他的面部涂着香料。棺材被盖上之后，十二位饱经风霜的上校肩抬盖着的棺材走下阶梯，把它放在了蒙着黑布的雪橇上，雪橇上方罩着天鹅绒华盖。三十名面无表情的侍卫和一些带着枪的随从围着棺材，右侧最前方的是戈尔塔，他身旁的有一大群穿着黑色服装的侍从，老霍特曼就在其中，依然服侍着自己的主人，像之前跟随主人穿越乌克兰雪地和波尔塔瓦硝烟四起的战场时一样。对他而言，这世上所有神圣而伟大的事物都已经死去了，晚风拂过叶子都掉光了的菩提树，他想起了自己当年跪在关好了的寝宫门外，听到还是孩子的国王的晚祷，他看不清任何东西，只看到了在战火硝烟的战场上，国王一直戴着它跟士兵们同进退，现在放在棺材顶部的王冠。

参加葬礼的队伍经过卡尔斯堡门的时候，皇后大街街道上的灯和远至骑士塔上的灯都已经点燃了，但二月的夜晚，整个城市依旧乌云满天，不见星光。侍卫队后有一个非常年轻的人。他面色红润，眉头紧锁，看起来很像圣尼古拉斯大教堂里的圣乔治的画像，他的朋友们私下里都称他为乔治兄弟。前一天晚上他跟泰新大人共进晚餐时听到了许多不满的言辞，因此他一直在观察着旁边的人，看有没有激进的人在这里捣乱。

人们里三层，外三层地聚集在皇后大街，看到最前边的传令官时，杜本引着身着长大衣的王室总管从瑞德的房子里走了出来。他的脚步仍然跟在本德训练侍卫们用枪时一样僵硬，他还隔着老远就看到了差点被风吹走的横幅旗帜，他伛偻着腰背，低着头，在窗口观望的亲人们都没认出他来。爵士和贵族们从科容赫姆家走出来，佩·瑞兵将军费力地走下光滑的石阶，稍稍转过身去说道："幸亏我没有孩子，不然今晚就要想念那些不能陪伴我，而是牺牲在战场上的孩子们了。"

但当他看到周围那些枯瘦如柴的等待家人归来的人们时，他又轻声说道，像是在自言自语："我要是有孩子在战场上倒下去了，也许我孤独的脚步会更沉重。"

灯光照着窗口和教堂塔楼上的人们，塔楼上的敲钟人从打开的窗口探出头来。队伍一步一步地走向鼓声喧天的地方，棺材在雪中摇摇晃晃着。北桥边，漆黑的河水翻腾不已，淤泥的下边还有沉船和之前停靠在阿格尼费橡树林下边的小艇的残骸。在桥边的达尔摩教堂的墓地里，过去一人付零点五个银币就能在这里买到葬身之所，小卡瑞恩未婚妻的尸体就被埋在了这里。新组建的护卫队在这里排着整齐的队伍，每隔七个人就有一个黑漆漆的空位，位子上放着一盏锥形的灯，好像是在为死去的人照明一样。人们都在议论着，声音很低。没有人哭泣，也没有人受到惊吓。所有瑞典人都认为千万年之后这一幕也会留在史册里，他们现在觉得他们的生命已经失去了一半。

这个神奇的教堂，每年都有很多伟人的庙宇建在这里，像圣诞晨祷时一样闪着光，塔楼上，以前在瑞典政府大楼最高处的挂钟也在这里敲响。乔治早就忘了去观察周围可疑的人，抓住了身旁一个侍臣的衣领。

"我从未听过这么动人的钟声，每一声里都能感觉到欢乐，好像是为加冕礼而奏的一样，也许就是。今晚难道不是他们出征十八年后回国吗？这难道不是那得胜归来的人人都渴望见到的军队吗？"

"得胜？"

"在福瑞德里克谢尔的那天晚上，他的意愿被征服，上帝就已经把他置于死地了。"

"他坚定地回来就变成了我们的灾难。"

"你还不明白吗？这只是我们私底下的想法，我们只能顺从他坚定的意愿,就像是弱小的猎物只能任雄狮宰割一样。"

对乔治而言,他至死跟随的不再是一个被人遗忘的人。他明白,英雄倒下,战争结束时,最可怜的是许多多倒在英雄前面的顽强不屈的人,是他们把英雄托举起来的。

乔治走进教堂,被唱诗班推过来的放在镀金像上的五百支蜡烛的光芒晃到了眼,他不再记得自己是在葬礼上了。他觉得乐队演奏的音乐是一首圣诞歌曲,这是家里冬至时的圣诞祷告,为祖国,为那些再也见不到亲人的英雄而祷告。他想起了那些倒下的人,被囚禁在西伯利亚的人,还有过去的一切。

右侧的黑匾上记述了瑞典辉煌的九年,而左侧的匾上则记述了瑞典不幸的九年。一批幸存者这时也到了葬礼现场,那个勇敢的阿克塞尔·鲁斯和他因受伤和痛风而变得弱不禁风,只能靠拐杖行走的朋友阿波戈站在瓦萨最古老的墓碑后。大臣们按级别排在了马格纳斯·拉杜拉斯和卡尔·纳特森所躺的石碑后。听,那骑士们行进的步伐多么哀痛,那弗格勒维克的行军声是多么悲伤啊!谁知道这些头脑发热,自高自大,能说会道的老爷们会不会很快又开战呢!

灯笼里的火光照亮了地面和墙壁的每一个角落。阿尔布雷克特半闭着布满血丝的双眼,手指插在胡须里,被一大群教士们簇拥着,跟瑞典治安官走过来。钟声响了,整个教堂里都能听到,所有的窗子都被震得哗啦啦的响。那个从门廊里走到了印着金钱豹旗帜前的是谁呢?原来是丹麦王后克里斯蒂娜,身后是她枯瘦如柴的仆人们,他们搬着装有衣服、绣帏、银质的高脚酒杯还有所有只能摆看的奇珍异宝。号鼓声让窗户都摇摇欲坠。她伸出玉手,爬上了最高的箱子,从顶端俯瞰这城市,斯登·斯图尔的军队戴着圆圆的头盔,如春天融化的冰水一样涌了进来。

箱子的这一边插着旗帜,这里也是卡尔·尼尔松·法拉手握栏杆碎片被绞死的地方,而王冠则放在了另一侧,戈斯塔国王曾在这放王冠的地方赏给劳伦修斯·佩特里一根牧杖，这里也是托克尔·纳特森下葬的地方。听这歌声！听这卡累利阿郊外的怒吼声，听这旗帜在那些预言家和巫师头顶还有被鲜血染红了的神像上空飞扬的声音！

过道两旁站满了侍卫，面对着圣波吉塔听告解的神父的祭坛。圣母啊！耶路撒冷城里，您的罪人穿着朝圣的服装听到了天堂里天使们演奏竖琴的声音了！

沉重的脚步声和马刺发出的声响回荡在约兰·佩尔松和他的儿子们流血牺牲的地方。停在绞架上的乌鸦狠狠地啄着那个离间国王兄弟情谊的牧师之子的手！难道他们仍然没有和解？一个傻子头发灰白，衣衫褴褛，站在监狱的栅栏旁边，约翰指甲里蘸着墨水，腰间系着一份文件，徘徊在斯德哥尔摩王宫的教堂里。现在已经是晚上了，主乐手一直坐在回廊里不断地演奏着，他一个人待在那里，在那圣歌声中，他听到了夏天的风拂过月桂树的声音。

蜡烛的光芒照着战士们黝黑的面庞，屋顶上的红色石膏破碎了，像是有什么不祥的预兆降临到人头上。古老的修道士的语言——利己、不明是非，都印在了瑞典人的前额上。其中有六个是瑞典人不幸的根源——私利、奸诈、漠视法律、无视公益、对陌生人漠不关心和对同伴的嫉妒。最后的两项仍然还在，只有漠视法律这一项已经几乎完全没有了。什么时候所有的这些才能完全消除呢？

烛光照着黑色的挽联、横幅、旗帜和上边的徽章，也照着奥克森斯特纳家族血红的号角和卢文霍特家族蓝色的狮子，逝去的人安静地聆听着长笛和军鼓的声音。托尔斯滕森记起了自己带着战争地图坐在轿子上，巴纳想起了跟自己的新娘骑马在街上经过，一个孩子看到这么多人，害怕得低头看着她马鞍的前边。女人们手拿着金织布，最后一次擦拭她们为闭上了眼睛的国王而流的悲伤的泪水，她们都意识到，今晚又一位瑞典君主回家了。

教堂前一片昏暗，财务主管拉菲尔特在给沉默的人们分发很难收集到的纪念币，科隆司特德的礼炮发出震天的响声，烟火从窗口升了起来。

查理十二世的人马英雄传奇的故事就这么结束了，每个人心里都有无法填补的空虚感。教堂的门前，仆人们已经点起火炬，照亮通往王宫的路。

乔治迷迷糊糊地瞪着眼，双唇轻启，用别人听不到的声音低声说："愿我们在冬季暴风雪的夜晚举着火炬怀念他！我从未见过像我们为他所题写的墓志铭那么了不起的文字——他没有让我们变成天之骄子，我们还是真诚地为他哭泣。"

士兵们举起枪致敬。

所有的乐器都停止了演奏，夜晚变得异常的宁静，枪的咔嗒声清晰可辨。战士们哽咽着大声念起了最后一首葬礼诗篇，官员们抬着棺材缓慢地，沉重地，一步一步地走向墓穴。

通往查理家族坟墓的台阶一直延伸到唱诗队的旁边。查理十世手握金质的权杖，头戴金王冠，旁边还有金苹果、金钥匙和金剑，非常威武地躺在那里。查理十一世则没有任何装饰物。看看那些在莫拉穿着木鞋跳舞的女子，听听那有关法律、权益、收获与和平的宁静的呼唤！那些美好的日子都去哪儿了呢？那些繁荣的景象都在哪里？

在棺材放下的地方，以前西罗宁姆斯总是光着脚跪在圣弗朗西斯的祭坛前祭拜，身后跟着一大群老修道士。但一天清晨，他静悄悄地穿过冰冷的教堂离开了。他去了罗马接受教皇冕冠。听，拉特兰教堂里的钟声如银铃一般清脆！听，棕榈树叶在沙沙作响！

这里曾经是一个大教堂，有土地有房屋的主教圣弗朗西斯曾在这大教堂里点着烛光的祭坛前，指点人们，宣扬贫穷，克己能给人们带来福音，现在躺着那些让整个瑞典一贫如洗的贵族与王族。喔，那些过往，那些曾经出现在地球上的人啊，那些在星光下沉睡的人啊！你们应回应这一首传奇之歌！你们听到了吗？你们知道今晚敲你们门的人是谁吗？

他是一位国王，你们预测到了。但你们知道他一直满怀期待地在等待开门吗？传奇，伟大杰出的他很喜欢睡在这些闪亮的星星下边。他想要变成传奇之歌的一部分。

两个铁环把两块厚厚的板门闩上，坟墓就关闭了。

船

夏夜娉娉婷婷地降临了大地，科尔索群岛上聚集着许多带着武器的乡下人和从沙港和哈罗来的岛屿居民。

自周日蒂斯特达尔那些枪炮最后一次被送到国王那儿之后，冬天的风雪就已经走远了。许多查理王室的旧臣和那些因病痛而残疾的人们都带着那一点点抚恤金回到了自己的小家，在窗口织补着破渔网或是翻阅以前的日记。周日他们毕恭毕敬地上教堂祷告，将军和上校，这时候都不论等级了，泪眼婆娑地拥抱战争期间结识的兄弟们。这时候还未签订和解的条约，俄国的战船再次靠岸在瑞典群岛，那些老兵像以往一样整齐地扣好他们褴褛的蓝色外套，解开床边挂剑的搭扣，取下剑来，拼尽全力去保家护国。

瑞斯罗夫上尉自命为驻科尔索军队的首领。他闷在房间里久了感到厌烦，于是走出来，自信地站在人群之中。整个冬季，他的剃须刀和剪刀都躺在了抽屉里。他的头发长得很长，胡须雪白，看上去非常有趣，不论他转往哪个方向，情绪低落沉重的人都会笑逐颜开。

一天的暴风雨之后，海浪仍然在拍打着岛屿坚实的海岸，而在那片松树旁边，一丝风声也没有，人们焦躁不安地等待着战争结束，数着远处传来的枪炮声。

一位来自杜若的牧师的儿子走上前来，手里握着帽子，夜色中他的脸色更显苍白，颤声说："上尉，您派船让我们去岛内找更多援兵。现在两只漏水的划艇就是我们所能找到的唯一的交通工具，要是敌人登陆成功了，我们却只有不到四十人。不要再遮遮掩掩的啦！我们这么几十个人在这里什么事也做不了。当然，我们也听说了，法赫斯已经率索德曼军队到了桑德拉与敌军展开生死之战，杜克和达拉纳以及韦斯曼的军队也很快会跟上来，但我们也知道，卜地、瓦姆和索德托恩沿岸，很快会被炮弹摧毁，请原谅我这么说。而且我们都听说特鲁萨已经被洗劫一空，尼雪平火光冲天，很快就要烧到斯德哥尔摩了。北雪平的农民和士兵们公然在大街上抢夺流浪者的小手推车。维克博兰的农民们向俄国船舰举白旗投降，并表示愿意效忠沙皇，在马斯特兰德，杨森韦赛尔已经公然投靠了丹麦。我们周围的空气里满是火药味。我们的家和祖国都完蛋了。"

"我什么也没有遮掩。"瑞斯罗夫说，"但瑞典人总是在最后时刻到来之前就会得到救助，从来不会更早。"

牧师的儿子露出一个不屑的微笑，转身离开，说："现在很晚了，刚刚又过了一个小时，只剩了一个钟头了。我们还是现实一点吧，救世主会出现吗？"

人们非常不安地围在瑞斯罗夫身旁。枪炮声仍然在持续，不过转移到了海面上，不再那么震耳欲聋了。

然后那个面色苍白的牧师之子再次攀爬到了岩石间，他踽踽着，蹦跳着往前走，他独自穿过人群而没被人发现。

"我发现了一件奇怪的事，好人们啊。海上驶来一艘船，船头有一盏点着的灯笼,但却没有桅杆,没有风帆,也没有船桨。甲板上也没有一个人。舵柄那里也没有人,但船还是在往前行,只是行进非常非常缓慢。"

农民们都惊恐不已,纷纷开始议论,而沉默寡言的岛民们跟着瑞斯罗夫爬到了水湾最高的岩石上。他们认为牧师的儿子没有看到这艘船,因为海面上什么也没有,只有茫茫的海水与天相接。

突然,他们惊讶得大叫起来,尾随在他们后边一段距离之外的人们再次开始低声议论起来。崎岖的岩石后,滔天的海面上,驶来了一艘双桅船,没有风帆和绳索,舷窗被涂成了白色,船尾点着的灯笼下有一只金狮子,前爪举起,像是要跳出来一样。

"真是一艘鬼船!"农民们低声说。

瑞斯罗夫踌躇地叫上一些胆子最大的岛民们带上枪跟他乘着一艘划艇过去。

他们轻轻划着桨,谨慎地靠近那船,向船开枪,却没有得到任何回应。船舱的一些小窗口闪着微光,却都是夜光,很快就又恢复了一片漆黑,只有船头的灯笼还亮着。

"上帝保佑!"瑞斯罗夫低语道,指着从船尾吊进水中的一块长布条,"那是我们旗帜的颜色。我现在明白了,这就是我们瑞典的雄狮号!"

"是的,是的,这是雄狮号!"岛上的农民们地上叫喊着。

他们装好了船具,停好了小艇,从一根垂下来的绳索上爬了上去,但当他们从一个破窗口爬进船舱之后,却只能在黑暗中伸出手摸索着往前走。

"这里有人吗?"瑞斯罗夫大声问道,却没得到任何回应,而其他人跟以往一样保持着沉默。

然后他走出舱门到了甲板上。船上的老鼠肆无忌惮地跑来跑去,而船舷上缘处躺着一些面色苍白一动不动的水手,他们已经在自己的岗位上殉职了。他走过这一个又一个人身旁，弯腰确认他们都已经死亡。

然后他对自己的同伴们说："幸运的时刻已经到来了。现在把大家都带上来吧，在海浪把这艘船冲上岸之前，把两艘小艇系在船尾。我们都能让自己安全回到内陆，救出这艘英勇经过战争洗礼的王室的船。"

老瑞斯罗夫穿过甲板，独自一人坐在船尾的最高处。

人们都登上船来，让船驶进了岛屿之间。金狮的影子倒映在船头柔柔的水中。

海上再也没有了炮火。船行的速度比一个残废的老兵拄拐杖行走还要慢，慢慢地蜿蜒穿行在小岛之间。经过一个小岛，藏在灌木树丛下的女人和孩子们都从藏身处钻了出来。她们很高兴听到从甲板上传来的自己的母语声音，于是都聚到岸边大声喊话。

"这是从战场上回来的瑞典雄狮号船！"甲板上的人们回答道。

听到回答声，在旗杆旁的老瑞斯罗夫从自己的哀思中回过神，站了起来。

"不止如此。伸出你们的手！"他对年轻一点的人们喊道，让他们都聚集到自己身旁，"脱下帽子，好人们啊，脱下帽子！这艘破船就像瑞典一样，她最后的军队和亡灵们一起藏在了岛屿后边。那些远在西伯利亚的俘虏们是多么思念她啊！他们穿着别人的衣服，孤独地站在船舷上看着那一眼望不到边的北冰洋，每时每刻都在向上帝怒吼着，要是他们回不了家，就不能掐灭他们的生命之光。他们的家呢？都已经支离破碎了。我们的人都被打败了，帝国已经分崩离析，海岸边都是烟火余烬和残骸。噢，奇妙的永远的上帝啊，黎明不会到来了吗？安静，安静，兄弟们啊，黎明已经来临了。西伯利亚城市里的一直在劳累的俘虏们，总有一天会看到一个人摇着白旗骑着马来到广场上，宣告和平已经到来。很多人会喝到弗雷德里克和乌尔里卡的镶金的酒杯里的美酒，女人们再也不用穿着丧服过圣诞了，瑞典的草丛里又将开满了鲜花，教堂的钟声也会敲响，一整年里每天中午都要为和平而敲响，为那些故去的人们而敲响。有葛罗森的鼓和土耳其丝绸做的旗帜的旧军队都去哪里了？那个带领我们走过打过，不相信上帝救了我们的人，我们所有的期盼都系于其的那个人，现在到了哪里，在干什么？问问那唱歌的孩子们吧！不论在何处，不论是步行还是乘车，我们都能在夜色中看到，那些白色的小教堂的墓地里，有八到十个新的石碑立了起来。啊，是那些拿着武器的老战友们啊，他们一个接一个地走来了！他们衣衫褴褛，在我们面前营地的篝火旁徘徊了一会儿，然后离开并倒下了，他们都在天堂祷告：'愿上帝庇佑那些在困境中永不屈服的人们！'他们都是这样的。以后不管距家乡多远，只要看到花朵开放，我们就要坐在草地上低声询问：'我们的战友们曾在这里战斗过流血过吗？'我们要悼念他们，他们也永远活在我们心中！"